KÜSSE FÜR DEN QUARTERBACK

MARIE FORCE

ÜBER DAS BUCH

Star-Quarterback Ryan Sanderson hat zehn Tage Zeit, um seine Frau Susannah zu überzeugen, es noch einmal mit ihm zu versuchen – und es gibt nichts, was er nicht tun würde, um sie zurückzugewinnen, auch wenn er dabei zu schmutzigen Tricks greifen muss.

Susannah Sanderson hatte endlich einen Schlussstrich unter ihre stürmische Beziehung mit dem beliebtesten Spieler der Denver Mavericks gezogen. Als ihr Noch-Ehemann also plötzlich auftaucht und verlangt, dass sie ihm und ihrer Ehe noch eine Chance gibt, würde sie ihn am liebsten zum Teufel jagen. Wenn seine Küsse nur nicht so unwiderstehlich wären ……

WIDMUNG

Für meine Eltern George und Barbara Sullivan, die mir immer gesagt haben, dass ich es schaffen kann. Und für Dan, Emily und Jake, die mir dabei zur Seite standen.

DANKSAGUNG

Ein Football-Buch zu schreiben war nie mein Plan. Als also meine Muse eines Tages mit Ryan Sanderson im Gepäck auftauchte – ein NFL-Quarterback, wie er im Buche steht –, habe ich mich Rat suchend an die Footballfans in meinem Leben gewandt. Ich danke meinem Bruder George Sullivan, weil er mir geholfen hat, die Karriere und die Statistiken von Ryan auszuarbeiten, meinem Ehemann Dan Force, weil er meine Anwesenheit *und* meine Fragen während der NFL-Saison von 2006 ertragen hat, und meiner Freundin Julie Cupp, weil sie mich in die kleinen Geheimnisse einge-weiht hat, obwohl ich unerlaubterweise in *ihren* Sport eingedrungen war. Joy Morgan hat alle meine Fragen über Denver beantwortet, und Gators-Fan Debby Boree hat mir mit den Details zu Gainesville geholfen. Für ihre Unterstützung bin ich sehr dankbar. Genauso wie ich allen dankbar bin, die das Manuskript gelesen, korrigiert, mich angefeuert und für mich gebetet haben. Ihr wisst, wer ihr seid, und euch gehört meine Liebe und Dankbarkeit, weil ihr mir nicht erlaubt habt, aufzugeben.

Für alle Leserinnen und Leser, die Ryan und Susannah von Anfang an geliebt haben: Der Epilog ist für euch.

1

Wenn es eines gab, worin Susannah Sanderson – bald Susannah Merrill – besonders gut war, dann war das, einen eleganten Tisch zu decken. Neben funkelnden Kristallgläsern und Besteck aus Gold und Silber standen Kerzenhalter aus Sterlingsilber mit feinsten Wachskerzen. Ein Blumengesteck aus gelben und goldenen Blüten war die perfekte Ergänzung zur Hauptattraktion des Tisches: dem Limoges-Porzellan ihrer Großmutter. Susannah behauptete immer, dass sie sich bei einem Feuer das Fotoalbum von ihrem Debütantinnenball und so viel von Grandma Sallys Porzellan schnappen würde, wie sie tragen konnte.

Nicht für jede Feier holte sie das Porzellan mit den blassen Blumen und dem Rand aus vierzehnkarätigem Gold heraus. Aber ihren Verlobten und seine Eltern zu bekochen verlangte förmlich nach dieser großen Geste.

Susannah blickte zu Henry, der zustimmend lächelte, während er einen Bissen von dem Lammbraten kostete, den sie mit einem Hauch Minze zubereitet hatte.

»Das ist absolut köstlich, Liebste«, sagte Henrietta Merrill zu ihrer zukünftigen Schwiegertochter.

»Du hast sehr viel Glück gehabt, mein Sohn«, fügte Martin

Merrill an Henry gewandt hinzu. »Es gibt doch nichts Besseres, als mit einer wunderschönen Frau verheiratet zu sein, die auch noch kochen kann.«

Henry griff nach Susannahs Hand. Sein Blick verriet seine tiefe Liebe zu ihr. »Ich weiß, Dad.«

Als ihm eine Strähne seines leicht ergrauten Haars in die Stirn fiel, musste Susannah den Drang unterdrücken, sie ihm aus dem attraktiven Gesicht zu streichen. So eine übertriebene Zurschaustellung von Gefühlen vor seinen Eltern würde Henry nicht gutheißen. Seine Fliege mit dem Paisleymuster, die er zu einem gestärkten hellblauen Hemd trug, hing ein wenig schief, aber das machte ihn in ihren Augen bloß attraktiver. Henrys Gegenwart erfüllte sie mit einem überwältigenden Gefühl der Sicherheit und Ruhe – zwei Dinge, die in ihrem Leben gefehlt hatten, bevor er zu ihr zurückgekehrt war. In nur einem Monat würde sie seine Frau sein und diese Sicherheit und Ruhe für immer haben. Susannah konnte es kaum erwarten.

Beinahe als könne er ihre Gedanken lesen, drückte Henry ihre Hand und ließ sie dann los, um nach seinem Weinglas zu greifen.

»Haben Sie schon ein Kleid gefunden, Mrs Merrill?«, fragte Susannah. Henrys Eltern verbrachten den Monat vor der Hochzeit bei ihrem Sohn in Denver.

»Ja, gerade gestern bei Nordstrom. Es ist ganz bezaubernd und aus blassgrüner Seide.«

Susannah zwang sich, nicht zusammenzuzucken. Die Farbe würde überhaupt nicht zu dem Tiefrot passen, das sie als Farbschema für die Hochzeit Ende Februar ausgesucht hatte. »Ich bin froh, dass Sie etwas gefunden haben, mit dem Sie glücklich sind.«

»Und jetzt verrate mir«, erwiderte Henrietta mit einem Funkeln in den Augen, »wieso nennst du mich immer noch Mrs Merrill?«

»Tut mir leid.« Susannah lachte leise. »Alte Gewohnheiten sind schwer abzulegen. Für mich sind Sie seit der Zeit, in der Henry und ich auf der Highschool zusammen ausgegangen sind, Mrs Merrill.«

»Tja, nun wirst du seine Frau werden, deshalb waren wir uns doch einig, die Formalitäten beiseitezulassen, oder?«

»Natürlich ... Mutter.«

Henriettas rundes Gesicht strahlte.

Nachdem Susannah ihre berühmte Mousse au Chocolat serviert hatte, tranken ihre zukünftigen Schwiegereltern noch einen Kaffee – für Martin entkoffeiniert, damit er schlafen konnte.

Susannah erschrak, als auf einmal der Klang einer Glocke durch das Haus schallte, das Zeichen dafür, dass die Haustür geöffnet worden war.

»Erwartest du noch jemanden, Liebes?«, fragte Henry.

»Nein.« Sie schob den Stuhl zurück, erstarrte aber auf halbem Weg, als sie erst einen Stiefel und dann einen weiteren auf den Marmorfußboden im Eingangsbereich fallen hörte. Nur ein einziger Mensch hatte je seine Stiefel dort fallen lassen. *Das kann nicht sein. Oder doch? O Gott, lass das nicht zu ...* »Entschuldigt mich bitte«, stammelte Susannah und eilte aus dem Esszimmer, durch die Küche und in den Eingangsbereich, wo sie beim Anblick ihres Ex-Mannes Ryan abrupt stehen blieb.

»Was tust du hier?«, zischte sie leise.

Er hatte sich halb vorgebeugt und war gerade dabei, etwas in den schäbigen Seesack zu stecken, der neben seinen Füßen stand. Langsam richtete er sich zu seiner vollen Größe von eins fünfundneunzig auf. Der Stetson, den er immer trug, beschattete eine Hälfte seines Gesichts. Er lächelte sie an, und das Grübchen in seiner Wange wurde sichtbar. »Hallo, Liebling«, sagte er mit diesem trägen Südstaaten-Akzent, der einst ihr Herz ins Stolpern gebracht hatte. Jetzt ließ er sie genauso kalt wie alles andere an ihm.

»Was machst du hier?«, wiederholte sie.

»Ich bin zu Hause«, antwortete er und zuckte lässig mit den Schultern. Dann zog er seine abgetragene Lederjacke aus und warf sie auf den Garderobenständer.

Susannah war nicht überrascht, als die Jacke genau auf einem Haken landete. »Was meinst du mit ›zu Hause‹? Das hier ist nicht dein Zuhause.«

»Siehst du, und da irrst du dich.« Er blickte mit übertriebenen

Bewegungen auf die Uhr. »Zehn Tage lang gehört das Haus noch mir.«

»Das Haus gehört *mir*«, flüsterte sie. »Du musst dein Zeug zusammensuchen und von hier verschwinden. Und zwar sofort.« Sie griff nach seiner Jacke und schrie erschreckt auf, als er sie am Handgelenk packte.

Das Gesicht nur wenige Zentimeter von ihrem entfernt, grinste er sie an. »Warum flüstern wir?«

»Weil ich Gäste habe.« Sie versuchte vergeblich, sich von ihm loszureißen. »Und du bist hier nicht willkommen.«

Er schnupperte in der Luft wie ein Hund, der die Fährte eines Kaninchens aufgenommen hatte. »Rieche ich da Lamm?« Er leckte sich die Lippen. »Du weißt, wie sehr ich dein Lamm liebe. Ich hoffe, du hast mir was aufgehoben.«

Erst in diesem Moment fiel Susannah auf, dass sie wie gebannt auf seine Zunge starrte, mit der er sich über die Lippen strich. Schnell riss sie sich zusammen. »Ich weiß nicht, was du hier für ein Spiel spielst, Ryan Sanderson, aber du musst jetzt deine Sachen zusammenpacken und verschwinden«, drängte sie, während sie erneut versuchte, sich von ihm zu lösen.

Doch anstatt sie loszulassen, hob er ihre linke Hand an sein Gesicht. Sein Blick fiel auf den Verlobungsring. »Mehr hat der alte Henry nicht springen lassen? Das ist nicht gerade der Stein, den du von mir bekommen hast, oder?«

»Dafür kommt er auch ohne die Kopfschmerzen, die du mir bereitet hast«, erwiderte sie. »Jetzt lass mich los, und verschwinde!«

»Genau. Lass sie los«, ertönte Henrys Stimme hinter ihnen. »Sofort.«

Ryan schnaubte. »Sonst was?«

Susannah wünschte, der Marmorboden würde sich auftun und sie verschlucken. »Henry, Liebster, geh zu deinen Eltern zurück. Alles ist gut. Ryan wollte sich gerade verabschieden.«

»Den Teufel wollte ich. Ich bin gerade erst nach Hause gekommen. Ist das etwa die feine Art für eine Frau, ihren Ehemann zu begrüßen?«, fragte Ryan und fügte mit seinem gedehnten Akzent hinzu: »Hast dir wohl einen anderen Mann zugelegt, während ich in die Schlacht gezogen bin, was, Liebling? Du hast mir nicht mal eine Abschiedskarte geschickt.«

Susannah blickte Ryan voller Verzweiflung an. Die Hälfte seines Gesichts, die nicht unter der Krempe des großen Huts lag, wirkte angespannt, was ihr verriet, dass er entschlossen war, seinen Willen durchzusetzen. Das war nicht gut. »Henry, bitte. Geh zu deinen Eltern zurück, und gib mir ein paar Minuten«, flehte sie ihren Verlobten an, der ihren Ex-Mann mit Blicken durchbohrte – oder besser gesagt, ihren zukünftigen Ex-Mann. »Bitte.«

»Nur wenn er dich loslässt«, erklärte Henry. Seine Ohren waren knallrot angelaufen, so sehr bemühte er sich, seinen Zorn im Zaum zu halten.

Ryan ließ Susannahs Arm los. »Zufrieden, Loverboy?«

»Ich bin zufrieden, wenn du hier verschwindest und in das Höllenloch zurückkehrst, aus dem du gekrochen bist.«

»Ohhh.« Ryan schüttelte sich dramatisch. »Jetzt fürchte ich mich aber. Mit dieser Fliege flößt du mir echt Angst ein.«

»Das reicht, Ryan«, zischte Susannah. Mit einem schwachen, an Henry gerichteten Lächeln nickte sie in Richtung Esszimmer.

Nach einem letzten frostigen Blick zu Ryan drehte Henry sich um und entfernte sich.

»Der ist ja ein wahrer Tiger«, bemerkte Ryan. »Ich wette, im Bett ist er richtig wild.«

»Was willst du, Ryan?«

»In einem Wort? Dich.«

»Tja, mich kannst du aber nicht haben. Trotzdem schön, dass du so unerwartet vorbeigeschaut hast.« Sie wirbelte auf dem Absatz herum. »Du findest sicher allein hinaus.«

»Nicht so schnell. Ich gehe nirgendwohin. Das hier ist mein Haus. Ich habe es gekauft. Und alles, was darin ist, auch.«

Susannah fuhr zu ihm herum. »Bei der Scheidung hast du eingewilligt, alles mir zu überlassen!«

»Wenn ich dich daran erinnern darf: Die Scheidung ist erst in zehn Tagen durch. Doch ich bin ein ziemlich vernünftiger Kerl, und ob du es glaubst oder nicht, ich will dir und deinem Loverboy keine Probleme bereiten. Also lass es uns für uns alle leicht machen, okay?«

Misstrauisch nickte Susannah. »Ja, das wäre gut.«

»Wir haben noch weitere zehn Tage als Ehepaar, und die werden wir gemeinsam verbringen.«

Susannah wollte protestieren, aber Ryan unterbrach sie mit einer Handbewegung. »Jede Minute eines jeden Tages der nächsten zehn Tage.«

»Du bist verrückt! Auf keinen Fall verbringe ich auch nur zehn Minuten mit dir, ganz zu schweigen von zehn Tagen. Niemals.«

»Du hattest immer eine Schwäche für dieses Haus.« Er ließ seinen Blick durch die großzügige, foyerartige Diele schweifen, über die geschwungene Treppe und das formelle Speisezimmer. »Wir haben beim ersten Versuch schon ewig gebraucht, um uns zu einigen. Eine Neuverhandlung würde sich Monate hinziehen, und angesichts deiner Verlobung glaube ich, dass das für dich ein wenig … unangenehm wäre.«

»Das würdest du nicht tun.« Susannah kochte vor Wut, doch schon während sie die Worte aussprach, wusste sie, das würde er. Ihr Magen zog sich vor Anspannung zusammen, als sie an die Hochzeit und ihre Pläne mit Henry dachte.

Ryan machte einen Schritt auf sie zu. Sein Duft, eine würzig-herbe Mischung, die Susannah immer an die Berge erinnerte, war ihr so vertraut wie alles andere in ihrem Leben. »Dann pass gut auf«, erklärte er so leise, dass sie es nicht gehört hätte, wenn er nicht so nah vor ihr gestanden hätte.

Tränen stiegen ihr die Augen. »Warum tust du das?«

Er streckte die Hand aus und berührte ihre schulterlangen blonden Haare. »Es war ein Fehler.«

»Wie kannst du das sagen?« Sie schlug seine Hand weg. »Unsere Ehe war ein Albtraum. Die Scheidung war das Beste daran.«

Er schüttelte den Kopf. »Sie war kein Albtraum. Zumindest nicht immer. Erinnerst du dich an die ersten Jahre, Susie?«

»Nenn mich nicht so. Das ist nicht mein Name, und du weißt, wie sehr ich es hasse.«

»Das war mal anders. Weißt du noch, wie wir uns geliebt haben und ich dich Susie genannt habe? Denkst du je daran, wie heiß es zwischen uns war?«

»Nein! Ich denke nie an dich. Nie!« Sie schob ihn von sich, und er atmete scharf ein. »Was ist? Geht es dir nicht gut?«

Ryan hatte Mühe, Luft zu holen. »Nichts, alles in Ordnung«, stieß er hervor, doch seine Lippen waren weiß vor Schmerz.

Susannah streckte die Hand aus und nahm ihm den Hut ab. Sie zuckte zurück, als sie die Seite seines Gesichts sah, die bisher verborgen gewesen war. »O mein Gott! Was ist mit deinem Gesicht passiert?«

»Kleiner Unfall am Sonntag. Schulterpolster gegen Rippen, Helm gegen Gesicht. Drei gebrochene Rippen, aber zum Glück ist es im Gesicht bloß eine böse Prellung. Das wird meinen Werbeverträgen nicht schaden.«

»Na Gott sei Dank«, erwiderte sie sarkastisch. Sein Gesicht war so grün und blau, dass Susannah den Drang unterdrücken musste, die Hand auszustrecken und sanft darüberzustreichen. »Was ist mit deinem Helm? Wie konnte das passieren?«

»Der Kerl hat mich so hart getroffen, dass der Helm nicht viel ausrichten konnte.« Er schüttelte den Kopf, dann kehrte sein Grinsen zurück. »Wir haben allerdings gewonnen. Sie haben mich erst im letzten Viertel ausgeknockt, da hatten wir den Sack schon zugemacht.«

»Super«, sagte sie ohne jeglichen Enthusiasmus. Wenn sie jemals wieder auch nur ein Wort über die Denver Mavericks hörte, würde sie schreien.

»Der *Super Bowl*, Baby«, erklärte er mit seinem typischen großspurigen Grinsen. »Das sind drei innerhalb von fünf Jahren, falls du mitgezählt hast.«

»Hab ich nicht, aber herzlichen Glückwunsch. Und jetzt geh bitte. Das ist mein Ernst, Ryan. Diese Reise in die Vergangenheit war interessant, und es tut mir leid, dass du verletzt bist, aber es gibt nichts mehr, worüber wir beide reden müssten.«

»Das sehe ich anders.« Er legte einen Arm um ihre Schultern und zog sie an sich, wobei er zusammenzuckte, als sie mit seinen verletzten Rippen in Berührung kam. Dann neigte er den Kopf und fand ihre Lippen mit einem Kuss, der heiß und heftig war.

Susannah versuchte zu protestieren, doch er nutzte die Gelegenheit nur, um ihr die Zunge zwischen die geöffneten Lippen zu schieben und den Kuss zu vertiefen.

Als er sich endlich von ihr zurückzog, konnte Susannah ihn bloß fassungslos anstarren.

»Wie hast du *das* vergessen können, Liebling?«, fragte er sanft.

Sie schubste ihn von sich, und es war ihr egal, dass dabei der blanke Schmerz in seinem Gesicht aufblitzte. Ob der von dem Schlag gegen sein Ego oder dem gegen seine geprellten Rippen verursacht wurde, wusste sie nicht, und es war ihr auch egal.

»Fass mich nicht an! Hörst du? Ich bin mit einem anderen Mann verlobt. Du hattest deine Chance und hast es vermasselt. Jetzt kommst du her und gibst den großen Sporthelden und glaubst, dieser Mist würde bei mir funktionieren? Ich habe das alles schon mal gehört, Ryan, du kannst es dir also sparen. Ich habe dich höflich gebeten, zu gehen. Wenn du das nicht tust, rufe ich die Polizei.«

Er lachte leise und fuhr sich mit den Fingern durch die dunkelblonden Haare. »Und was, glaubst du, werden sie mit dem Kerl machen, der gerade einen weiteren *Super-Bowl*-Pokal nach Hause gebracht hat?« Er griff in die Tasche seiner verblichenen Levis, holte sein Handy heraus und hielt es ihr hin. »Nur zu. Ruf sie an.«

Susannah stöhnte verzweifelt auf, denn sie wusste, dass er recht hatte. Die Cops würden gar nichts tun, außer ihn zu bewundern, wie sie es immer taten.

»Wenn du so stur bist, bleibt mir wohl keine andere Wahl.« Lässig scrollte er durch das Nummernverzeichnis auf seinem Telefon. Als er den gesuchten Eintrag gefunden hatte, drückte er auf »Anrufen«.

»Wen rufst du an?«

»Meinen Scheidungsanwalt. Er soll erst einmal alles auf Eis legen.«

Sie riss ihm das Handy aus der Hand und beendete den Anruf.

Er zog eine Augenbraue in die Höhe, und sein geschundenes

Gesicht erhellte sich unter einem Lächeln. »Heißt das, wir haben einen Deal?«

»Und was genau soll ich Henry erzählen?«

»Das ist mir so was von egal.«

»Reizend, Ryan. Ganz reizend. Du bist ein genauso unhöflicher Idiot wie immer.«

»Und du bist immer noch heiß auf mich«, sagte er und grinste selbstgefällig. »Das nervt dich richtig, oder?«

»Ich weiß, dein übergroßes Ego wird das schwer schlucken können, aber ich bin nicht mal lauwarm auf dich.«

»Was immer du meinst, Baby.« Er zuckte zusammen, als er sich vorbeugte, um seinen Seesack aufzuheben. Dann nahm er Susannah den Stetson aus der Hand, warf ihn auf den Garderobenständer – wo er natürlich wiederum zielsicher auf einem der Haken landete – und begann, die Treppe raufzusteigen.

»Was machst du da?«, fragte Susannah mit wachsender Verzweiflung.

»Ich geh ins Bett. Gesell dich gerne zu mir, sobald du deinen Loverboy losgeworden bist. Oh, und wenn du dich als besonders großzügig erweisen willst, bring mir ein wenig Eis für meine Rippen mit.«

»Eher friert die Hölle zu.«

»Ich kann warten. Die Saison ist vorbei, und ich habe ausreichend Zeit.«

Hilflos sah sie zu, wie er die Treppe hinauflief und auf dem Flur verschwand. Lange stand sie einfach nur da und überlegte, was sie tun sollte, bis Henry schließlich zu ihr kam.

»Bist du ihn losgeworden?«, fragte er.

Mit einem Blick zur Treppe erwiderte sie: »Äh, nicht wirklich.«

2

»Was?«

»Pst«, sagte Susannah. In diesem Moment fiel ihr auf, dass Henrys Gesicht nicht nur dann rot anlief, wenn er erregt war.

»Das ist unmöglich! Er kann nicht hierbleiben.«

»Nicht so laut«, zischte sie. »Was hier im Eingang gesprochen wird, hallt durchs ganze Haus. Er kann jedes Wort hören, genau wie deine Eltern.«

»Das ist mir egal«, zischte Henry zurück. »Ich will, dass er hier verschwindet.«

Susannah knabberte nervös an ihrem Daumennagel. »Ich glaube nicht, dass er das tun wird. Zumindest nicht heute Abend.«

»Und was soll ich jetzt machen? Dich einfach hier mit deinem Ex-Mann allein lassen?«

»Technisch gesehen ist er das noch nicht.«

Henry zupfte an seiner Fliege, die ihm mit einem Mal zu eng zu sein schien.

»Gehen wir zu deinen Eltern zurück«, schlug Susannah vor und hakte sich bei ihm unter. »Wir reden später darüber.«

»O ja, darauf kannst du Gift nehmen.«

RYAN LIESS SICH GANZ LANGSAM UND VORSICHTIG AUF DEM BETT NIEDER. Trotzdem gab die Matratze unter seinem Gewicht nach, und Schmerz zuckte durch seinen gesamten Körper. Vorsichtig öffnete er die Knöpfe seines Hemdes und schnitt eine Grimasse, als er es sich von den Schultern schob. Selbst die Beine aufs Bett zu schwingen und sich in die Kissen zu lehnen trieb ihm kalten Schweiß auf die Stirn. Er atmete ganz flach ein und aus, bis das Schlimmste vorbei war. Doch sein rasender Herzschlag und die Übelkeit blieben.

Die Verletzungen vor Susannah runterzuspielen hatte ihn seine letzte Kraft gekostet. Erst am Vormittag hatte er sich gegen den ausdrücklichen Rat der Ärzte selbst aus dem Krankenhaus entlassen, um von New Orleans in dem Privatjet, den seine Mannschaft ihm geschickt hatte, nach Hause zu fliegen. Da ihm allmählich die Zeit dafür davonlief, die Scheidung noch aufzuhalten, die er gar nicht wollte, hatte Ryan es nicht erwarten können, zu Susie heimzukehren. Der Rest der Mannschaft war schon zwei Tage vorher heimgeflogen und von ihren treuen Fans bei der Ankunft angemessen begrüßt worden. Ryan bedauerte es, die Party im Flugzeug und die Feier am Flughafen verpasst zu haben, aber er hatte es schon zweimal mitgemacht, also würde er es überleben.

In den zwanzig Jahren, seitdem er als Sechstklässler mit Football angefangen hatte, war er schon ein paarmal übel zugerichtet worden. Während seines Junior-Jahrs in Florida hatte er sich in einem Spiel gegen Florida State den Ellbogen ausgerenkt – zum Glück nicht den von seinem Wurfarm. Vor drei Jahren hatten die Mavs gegen die Bears gespielt, wobei er sich das vordere Kreuzband im linken Knie gerissen hatte. Das hatte höllisch wehgetan und ihn für die Hälfte der Saison außer Gefecht gesetzt. Eine Rippe hatte er sich bisher allerdings nie gebrochen, geschweige denn drei, und auf einer Skala von eins bis zehn war der Schmerz eine Zwölf. Sein Gesicht fühlte sich auch nicht allzu gut an, und sein Kopf dröhnte seit Tagen.

Er hätte weinen mögen, als ihm einfiel, dass seine Schmerztabletten in dem Seesack steckten, der in der anderen Ecke des

Zimmers stand. Er hoffte, dass Susie zu ihm kommen würde, um sich weiter mit ihm zu streiten, denn dann könnte er sie vielleicht überreden, sie ihm zu bringen.

Ryan hasste es, so hilflos zu sein, doch zum Glück erholte er sich immer schnell von Verletzungen. Er fühlte sich bereits besser als direkt nach dem Zusammenprall. Da er seinen Blick fest auf seinen Freund Bernie in der Endzone gerichtet hatte, hatte er den riesigen Kerl von der gegnerischen Mannschaft nicht bemerkt, der von der äußeren Spielerposition auf ihn zugekommen war. Das Ei hatte gerade Ryans Hand verlassen, als – *bum!* Er hatte nur noch Sterne gesehen, während er auf dem Rücken auf dem Spielfeld gelegen und nach Luft gerungen hatte. Das Brennen in der Brust und das Dröhnen im Kopf waren unerträglich gewesen.

Acht Stunden waren in einem durch den Schmerz verursachten Nebel vergangen, bevor er daran gedacht hatte, Bernie zu fragen, ob er den Ball gefangen hatte. Hatte er natürlich, und der Touchdown hatte ihnen weitere sechs Punkte eingebracht. Außerdem hatte er erfahren, dass er wieder zum *Super Bowl MVP* ernannt worden war – zum besten Spieler des *Super Bowl* – und dass eine der gebrochenen Rippen beinahe seine Lunge durchstochen hätte und er durch den Schlag gegen den Kopf eine Gehirnerschütterung erlitten hatte.

Er zuckte zusammen, als er an seinen wenig glorreichen Ausstieg aus der NFL dachte – ausgerechnet auf einer Trage. Noch wusste niemand, dass es sein letztes Spiel gewesen war. Diese Entscheidung hatte er in den Wochen vor dem *Super Bowl* getroffen, und er wollte mit der Bekanntgabe warten, bis die Mannschaft ihren Sieg gebührend gefeiert hatte. Auf keinen Fall würde Ryan mit seiner persönlichen Ankündigung die öffentliche Aufmerksamkeit von seinen Mannschaftskameraden ablenken, die sie sich nach dem großen Sieg verdient hatten.

Seine Nase fing an zu kribbeln, und er konnte das Niesen nicht unterdrücken. Die Schmerzwelle, die daraufhin durch ihn schoss, trieb ihm die Tränen in die Augen. In den letzten drei Tagen hatte er feststellen müssen, dass Niesen mit gebrochenen Rippen das Schmerzhafteste überhaupt war.

Unglücklicherweise hatte seine Allergie sich ausgerechnet diese Woche ausgesucht, um nach Monaten zurückzukehren. Morgen würde er den Mannschaftsarzt anrufen, um sich eine Spritze dagegen zu holen.

Als der Schmerz verebbte und seine Atmung sich normalisierte, blieb Ryan ganz still im Bett liegen und lauschte den Stimmen vom unteren Ende der Treppe.

***

»DAS WAR ALLES GANZ BEZAUBERND, SUSANNAH«, SAGTE HENRIETTE und hielt ihr die Wange hin.

Susannah gab ihr einen Kuss darauf. »Danke ... Mutter.«

»Lass uns diese Woche über die abschließenden Pläne für die Hochzeit sprechen«, fügte Henrietta an.

Susannah nickte und küsste Martin zum Abschied. Es war ihnen gelungen, Ryans Anwesenheit im Haus vor Henrys Eltern geheim zu halten.

»Ich komme gleich nach«, erklärte Henry und reichte seinem Vater die Autoschlüssel.

Susannah wusste, er wollte, dass sie schon mal vorgingen, damit er Susannah wegen Ryan zur Rede stellen konnte. Am liebsten hätte sie die beiden angefleht zu bleiben.

»Lass dir Zeit, mein Sohn«, erwiderte Martin mit einem Augenzwinkern.

In dem Moment, in dem die Tür hinter ihnen ins Schloss fiel, legte Henry los. »Ich werde oben mit ihm reden.«

Susannah packte ihn am Arm. »Das ist keine gute Idee.«

»Lass mich das regeln, Susannah.«

»Das geht nicht«, beharrte sie. »Er hört auf keine vernünftigen Argumente. Ich kenne ihn. Wenn er in dieser Stimmung ist, kann man nichts anderes tun, als abzuwarten, bis er seine Meinung von sich aus ändert. Vertrau mir.«

»Ich vertraue dir. *Ihm* allerdings nicht im Geringsten.«

Als sie vom oberen Ende der Treppe her ein Geräusch hörten, hoben sie beide den Kopf.

Susannah musste schlucken, als sie Ryan nur mit Boxershorts bekleidet dort stehen sah. Seine unverletzte Gesichtshälfte war blass und schmerzverzerrt. Über und unter dem Tapeverband an seinen Rippen zeigten sich massive Prellungen, die sich von seiner Brust bis zu seiner Schulter zogen. Er kam langsam die Treppe runter, und Susannah fiel auf, dass sein üblicher selbstbewusster Gang verschwunden war. Dass er so offensichtlich litt, tat ihr trotz ihrer Verärgerung über sein plötzliches Auftauchen über ein Jahr nach ihrer Trennung leid. Sie beobachtete, wie Henrys Blick über Ryans breite Schultern, seine ausgeprägten Brust- und Bauchmuskeln und seine schmalen Hüften glitt.

Henry schluckte sichtlich.

Selbst so zugerichtet war Ryan Sanderson der aufregendste Mann, der Susannah je untergekommen war – und das wusste er. Und Henrys Miene nach zu urteilen, wusste er es auch. Ryans beeindruckender Körperbau schüchterte ihn ein, was genau das war, was Ryan mit seinem Auftritt nur in Unterwäsche bezweckt hatte.

»Gibt es ein Problem, Liebling?«, fragte Ryan, als er die unterste Stufe erreicht hatte.

»Du musst gehen«, stammelte Henry. »Es ist nicht richtig, dass du hier einfach auftauchst und ... so rumläufst.«

Mit Unschuldsmiene kratzte Ryan sich den Bauch direkt über dem Bund seiner Boxershorts. »Wie *so*?«

»Halb nackt.«

Ryan schnaubte. »Ich weiß nicht, was für dich ›nackt‹ ist, aber ich würde sagen, ich bin zu drei Vierteln nackt. Susie kann dir bestätigen, dass ich es normalerweise vorziehe, ganz ohne Kleidung herumzulaufen. Die Shorts habe ich bloß an, weil wir Gesellschaft haben. Denn trotz deiner geringen Meinung von mir bin ich kein totaler Neandertaler.«

»Genug, Ryan«, wies Susannah ihn zurecht.

»Ich wollte mir nur ein Glas Wasser holen, damit ich meine

Schmerztabletten nehmen kann«, erklärte Ryan. »Lasst euch von mir nicht stören.«

»Du wirst nicht hier bei meiner Verlobten bleiben«, erklärte Henry in einem Anfall von Mut.

»Sie mag *deine* Verlobte sein, doch sie ist immer noch *meine* Frau. Sosehr ich es hasse, das Offensichtliche auszusprechen, Kumpel, ich glaube, dieser Stich geht an mich.«

Henry schäumte vor Wut, und seine Ohren liefen knallrot an.

»Ich erklär dir jetzt mal, wie das laufen wird«, fuhr Ryan fort. »Ich will ein paar Tage allein mit meiner Frau, ohne nervige Störungen ...«

»Vergiss es. Das wird nicht passieren«, warf Henry ein.

»Doch. Das wird es. Sonst gibt es nämlich keine Scheidung und damit auch keine Hochzeit. Kannst du mir so weit folgen?«

»Das kannst du nicht machen!«, rief Henry.

»Ich glaube, das habe ich schon.« Ryan ließ sie in der Eingangshalle stehen und begab sich in die Küche.

Als sie wieder allein waren, griff Henry nach Susannahs Hand. »Komm mit mir«, bat er. »Komm mit zu mir nach Hause.«

»Ich kann nicht«, flüsterte sie. »Ich muss ihn beruhigen, damit er uns wegen der Scheidung keine Probleme bereitet. Das ist unsere einzige Hoffnung.«

»Was soll ich denn tun, solange du mit deinem Ex trautes Glück spielst?«

»Warten und geduldig sein.«

»Das tue ich schon seit über elf Jahren. Wie viel Geduld soll ich denn noch haben?«

»Es sind nur noch zehn Tage. Nach all der Zeit kannst du mir die doch wohl geben?« Sie nahm sein Gesicht zwischen ihre Hände. »Oder?«

Mit versteinerter Miene sagte Henry: »Du verlangst sehr viel von mir, Susannah. Ich weiß, was dir dieser selbstsüchtige Bastard angetan hat. Wie kannst du da von mir erwarten, dass ich einfach zur Tür hinausspaziere und dich mit ihm allein lasse?«

In diesem Moment kam Ryan mit einem Glas Wasser in der Hand

aus der Küche geschlendert. »Immer noch hier, Henry?«, fragte er und zog eine Augenbraue hoch.

Henry sah Susannah an. »Ich wollte gerade gehen.«

»Ich warte oben auf dich, Liebling«, sagte Ryan und machte sich daran, die Treppe hinaufzusteigen.

»Sanderson!«, rief Henry. »Wenn du sie auch nur mit einem Finger berührst, bringe ich dich um. Hast du mich verstanden?«

»Dazu müsstest du mich erst mal kriegen«, erwiderte Ryan lachend.

Susannah hielt Henry davon ab, darauf zu antworten. »Lass es gut sein«, bat sie leise. »Das ist viel heiße Luft.«

»Ich meine es ernst, Susannah.« Henry zog sie an sich. »Wenn er dich berührt, bringe ich ihn um.«

»Diese Gelegenheit wird er nicht bekommen.«

»Sorg dafür.«

Susannah wich einen Schritt zurück. »Deine Unterstellungen gefallen mir nicht.«

»Und mir gefällt nicht, dass dein Ex einen knappen Monat vor unserer Hochzeit hier auftaucht und seine Besitzansprüche geltend macht wie ein Cowboy aus einem schlechten Western.«

»Ich glaube, du gehst jetzt besser, bevor einer von uns etwas sagt, das er später bereut.«

»Siehst du denn nicht, was er da tut? Er hat bereits für Probleme zwischen uns gesorgt.«

»Das kann er nur, wenn wir es zulassen.« Susannah beugte sich vor, um ihm einen Kuss zu geben. Was als kurzer Abschiedskuss geplant gewesen war, wurde zu mehr, als Henry sie an sich zog und leidenschaftlich küsste.

»Ruf mich an, wenn du mich brauchst.« Er schaute die Treppe hinauf. »Wenn irgendetwas passiert ...«

»Das wird es nicht.«

Widerstrebend nickte er und ging.

Susannah schaute ihm nach, wie er zu seinem Toyota lief. Er hielt kurz inne, um den nagelneuen schwarzen Cadillac Escalade zu betrachten, der auf der Einfahrt parkte. Offensichtlich war Ryan erneut zum besten Spieler der NFL ernannt worden. Sie berührte ihre Lippen, die noch von dem leidenschaftlichsten Kuss prickelten, den sie je von Henry erhalten hatte. Lange nachdem er weggefahren war, stand Susannah an der Tür, die Stirn gegen die kühle Fensterscheibe gelehnt.

Zehn Tage allein mit Ryan Sanderson. Das werde ich niemals unbeschadet überstehen. Ich habe ja die erste Runde mit ihm kaum überlebt. Was um alles in der Welt soll ich nur tun?

SUSANNAH LIESS SICH ZEIT DAMIT, ESSZIMMER UND KÜCHE aufzuräumen. Sie wusch und trocknete die Kristallgläser ab, legte das Besteck in seine Mahagonikiste zurück und spülte Grandma Sallys Geschirr von Hand. Als nichts mehr zum Waschen, Trocknen oder Polieren übrig war, wischte sie sich die Hände an einem Geschirrhandtuch ab und hängte es auf. Dann schloss sie die Hintertür ab und schaltete alle Lampen aus, bevor sie die Treppe hochschlich und den Lichtschein unter der Schlafzimmertür bemerkte. *Oh, der Kerl hat vielleicht Nerven!*

Während sie im Flur all ihre Kraft zusammennahm, um sich ihm zu stellen, hörte sie ihn dreimal kurz hintereinander niesen. Dabei schrie er vor Schmerz auf, und Susannah eilte ins Zimmer. Seine Augen waren geschlossen, und er schnappte keuchend nach Luft.

»Mein Gott, Ryan«, seufzte sie. »Du solltest im Krankenhaus sein.«

»Mit mir ist alles in Ordnung«, stieß er zwischen zwei flachen Atemzügen aus. »Das ist die verdammte Allergie. Irgendetwas in New Orleans hat sie wieder aufflammen lassen.«

Susannah ging ins Badezimmer und kehrte mit zwei Antihistamintabletten zurück, die sie ihm reichte.

»Du hast das Zeug immer noch im Haus?«

»Das sind deine«, sagte sie achselzuckend. »Ich bin nicht dazu gekommen, sie wegzuwerfen.« Sie nahm das Wasserglas vom Nachttisch und reichte es ihm ebenfalls.

»Danke.« Er schluckte die Tabletten, gab ihr das Glas zurück und schloss die Augen.

»Was machst du wirklich hier, Ryan?«

»Das habe ich dir doch erklärt«, erwiderte er mit einem schwachen Seufzer.

»Hattest du hier etwa ein herzliches Willkommen erwartet?«

»Nicht wirklich. Ich weiß nur, dass ich dich immer noch liebe und glaube, dass du mich vielleicht auch noch liebst.«

Susannah, die sich gerade vorgebeugt hatte, um seine Jeans vom Boden aufzuheben, richtete sich auf und blickte ihn verblüfft an. »Aber das tue ich nicht«, sagte sie und faltete die Hose zusammen, um sie ans Fußende des Bettes zu legen.

Ryan nieste erneut und schlang die Arme um seine Mitte, um sich gegen den Schmerz zu wappnen.

»Ich hole dir ein wenig Eis«, sagte Susannah. Sie konnte es nicht erwarten, wegzukommen, weil sie es nicht ertrug, ihn so leiden zu sehen. Der Ryan, den sie kannte, war niemals hilflos. Selbst mit seinem gerissenen Meniskus war er einen Tag nach der Operation schon wieder auf den Beinen gewesen. Noch nie hatte sie ihn so erschöpft erlebt wie jetzt, und das irritierte sie. Als sie mit dem Eis zurückkam, griff Ryan nach ihrer Hand.

»Bleib bei mir, Susie.« Seine braunen Augen fixierten sie, während sie ihm den Eisbeutel auf die Rippen legte.

Diese Augen, dieser umwerfende, sexy Mund, die zerzausten Haare, die an den meisten anderen Männern unordentlich gewirkt hätten, die Grübchen ... Das war mehr, als Susannah ertragen konnte. Zorn blitzte in ihr auf. *Wie typisch für ihn, einfach so aufzutauchen und alte Gefühle in mir zu wecken, gerade als ich dabei bin, mit meinem Leben weiterzumachen – mit einem anderen Mann.* Das konnte sie ihm nicht durchgehen lassen. »Ich kann nicht«, erwiderte sie. »Und ich will auch nicht.«

»Was glaubst du, was passieren wird? Ich kann mich ja kaum bewegen.« Er atmete flach ein und verstärkte den Griff um ihre Hand. »Bleib. Bitte.«

Sehr lange betrachtete sie sein zerschundenes Gesicht, bevor sie ihre Hand wegzog.

»Susie …«, sagte er, als sie sich abwandte. »Ich brauche dich.«

Susannah ging ins Bad und schloss die Tür. Ihr Herz raste vor Aufregung und Mitleid und – *verdammt* – Verlangen. Er hatte recht. Sie wollte ihn so sehr wie immer. Sie wollte sich neben ihn legen, die Arme um ihn schlingen und ihn trösten. Doch so einfach war das mit Ryan nicht. Dass sie trotz allem Mitleid und Verlangen für ihn empfand, überraschte und beunruhigte sie. Sie zog sich ihren rosafarbenen Flanellschlafanzug an, wusch sich das Make-up ab und cremte sich ein.

Für einen Moment betrachtete sie sich im Spiegel. Ihre Haut hatte eine elegante Blässe, und sie versuchte stets, ihr Gesicht vor der Sonne zu schützen, die in Denver dreihundert Tage im Jahr schien. Ihre blauen Augen standen für ihren Geschmack ein wenig zu weit auseinander, aber Ryan hatte immer gesagt, sie wirke dadurch unschuldig und mädchenhaft. Mit dem Finger strich sie über den Rücken ihrer Nase, die sie für das Schönste an sich hielt. Ein paar ihrer Freundinnen aus der *Junior League* hatten ein Vermögen dafür ausgegeben, sich Nasen machen zu lassen, die aussahen wie ihre. Während sie sich etwas Balsam auf ihre anmutig geformten Lippen tupfte, wünschte sie sich zum tausendsten Mal, dass ihre Unterlippe nicht ganz so voll wäre. Alles in allem hatte sie ein hübsches Gesicht – wenn es auch nicht so atemberaubend schön war wie das ihrer Schwester. Doch es war besser als die meisten. Sie bürstete sich ihre blonden Haare, bis sie glänzend und weich auf ihre Schultern fielen, und griff dann nach ihrer Zahnbürste.

Als sie aus dem Badezimmer kam, war Ryan in einen rastlosen Schlaf gefallen. Susannah betrachtete ihn seufzend und erinnerte sich an den Tag, an dem sie ihn das erste Mal gesehen hatte. Sie war mit einer Gruppe Freundinnen im *Purple Porpoise* in Gainesville gewesen, als Ryan mit einer Gruppe Footballspieler hereingekommen war. Susannahs Freundinnen hatten sich sofort in flüsternde, kichernde Püppchen verwandelt, die kein Wort herausbrachten, als Ryan an ihrem Tisch stehen blieb und seinen Blick auf Susannah richtete.

»Wie läuft's?«, fragte er.

Das aufgeregte Getuschel ihrer Freundinnen ignorierend, antwortete Susannah: »Gut.«

»Ryan Sanderson.« Er streckte ihr die Hand hin.

»Susannah Freeman.«

Er behielt ihre Finger in seinen und lächelte amüsiert. »Schön, dich kennenzulernen, Susannah Freeman.«

In diesem Moment merkte sie, dass alle Aktivitäten im Restaurant ins Stocken geraten und aller Augen auf sie gerichtet waren. Vor Verlegenheit liefen ihre Wangen rot an. Schnell zog sie ihre Hand weg und griff nach ihrem Wasserglas.

»Wir sehen uns noch, Susannah Freeman.«

Sie brachte ein kleines Nicken zustande, bevor er ging.

»O mein Gott«, rief eine ihrer Freundinnen. »Das war *Ryan Sanderson*.«

»Ja, das habe ich gehört«, sagte Susannah trocken.

»Er ist der neue Quarterback der Gators.«

»Oh.« Susannah hatte einen Blick über ihre Schulter geworfen, um ihn ein weiteres Mal anzuschauen. »Was ist ein Quarterback?« Als er ihr zugezwinkert hatte, war sie nervös geworden und hatte sich schnell umgedreht. Ihre Freundinnen hatten sie mit offenem Mund angestarrt. »Was ist?«, hatte sie gefragt.

Bei der Erinnerung musste Susannah lächeln. Seit jenem Tag hatte sie mehr über Football – und über Ryan Sanderson – erfahren, als sie je hatte wissen wollen. Er zitterte im Schlaf, also griff sie nach der Decke am Fuß des Bettes, nahm den Eisbeutel weg und breitete die Decke vorsichtig über ihn. Den Eisbeutel leerte sie im Badezimmer ins Waschbecken. Dann kehrte sie zurück und schaltete ein Nachtlicht an, damit Ryan sich nicht noch mehr verletzte, sollte er desorientiert aufwachen.

Er schlug die Augen auf und streckte ihr seine Hand hin. »Bleib bei mir, Susie.«

»Ich kann nicht, und das weißt du.«

»Ich könnte in der Nacht irgendetwas brauchen, und ich kann mich im Moment wirklich nicht bewegen. Bitte?«

Unfähig, ihm das abzuschlagen, schaltete sie die Nachttischlampe aus, ging um das Bett herum und schlüpfte unter die Decke. Als sie sich ausstreckte, sagte sie sich, dass das nichts zu bedeuten hatte. Sie würde das Gleiche für jeden anderen tun, der verletzt war und Hilfe benötigte.

Er nahm ihre Hand.

Susannah verschränkte ihre Finger mit seinen und ermahnte sich noch einmal, dass sie nur, weil er so schwer verletzt war, überhaupt mit ihm redete, seine Hand hielt und mit ihm schlief. Nun ja, technisch gesehen schlief sie ja nicht mit ihm. Zwischen ihnen lag der Großteil ihres Kingsize-Betts, und sie teilten sich nicht mal die Decke.

»Danke«, flüsterte er.

»Wir werden morgen darüber reden müssen. Du kannst nicht hierbleiben, Ryan.«

Er drehte den Kopf, sodass sie ihn im schwachen Schein des Nachtlichts sehen konnte. »Zehn Tage, Susie.« Seine Stimme war rau vor Schmerz und von irgendeinem Gefühl, das sie nicht benennen konnte. »Wenn du danach weiter die Scheidung willst, werde ich dir nicht im Weg stehen. Ich werde dich und Henry in Ruhe lassen. Versprochen.«

»Wirklich? Du versprichst, nie wieder einfach so aufzutauchen und Henry daran zu erinnern, dass mein Ex-Mann ein großer, starker, unglaublich beliebter und reicher Superstar ist?«

Er grinste. »Du hast ›umwerfend sexy‹ vergessen.«

Susannah wollte nicht lachen, konnte jedoch nicht anders. »Du bist unmöglich.«

»Ich habe das vorhin ernst gemeint.« Er drückte ihre Hand. »Ich liebe dich, Susie. Ich habe dich immer geliebt, und ich werde dich immer lieben.«

Ihr Herz flatterte, aber sie war entschlossen, sich nicht von seinem Charme einwickeln zu lassen. »Das sind nur Worte, die mir nichts mehr bedeuten. Nicht nach allem, was passiert ist.«

»Ich habe mich verändert«, behauptete er. »Ich bin nicht mehr der gleiche Kerl, der sich dummerweise das Beste, was ihm je passiert ist, durch die Finger hat schlüpfen lassen. Ich bitte dich lediglich um zehn Tage.«

Zehn Tage, dachte sie. *Wenn ich das nicht tue, werde ich mich dann immer fragen, was wohl passiert wäre? Nein, ich weiß, was passieren wird. Innerhalb von zwei Tagen werden wir uns streiten – wenn es überhaupt so lange dauert. Henry wird mir nie vergeben, wenn ich diese Zeit mit Ryan verbringe. Bloß wie soll Henry – oder sonst irgendjemand – wissen, was mir dieser Mann mein gesamtes Erwachsenenleben über bedeutet hat? Oder wie sehr er mich verletzt hat? Das darf ich nicht vergessen.* Susannah seufzte. *Aber da ich ihm bereits mehr als zehn Jahre geschenkt habe, machen zehn Tage mehr doch auch nichts mehr aus, wenn ich danach endlich frei von ihm bin, oder?*

»Okay«, sagte sie leise, während sie sich innerlich eingestand, dass sie vielleicht nie wirklich frei sein würde. »Zehn Tage. Keine Minute länger. Und wenn es vorbei ist, will ich die Scheidung. Und ich erwarte, dass du dein Versprechen, mich und Henry in Ruhe zu lassen, einhältst.«

Sie sah nichts von der üblichen Großspurigkeit, die sie erwartet hatte, nun, wo er seinen Willen bekommen hatte. Stattdessen blickte er sie ernst an. »Du wirst es nicht bereuen.«

3

Um halb neun am nächsten Morgen klingelte das Telefon. Susannah hörte es, brachte aber nicht die Energie auf, die Augen zu öffnen und ranzugehen – bis sie etwas Haariges an ihrer Wange spürte. Sie hob die Lider und sah, dass sie Ryans Schulter als Kopfkissen benutzt hatte. Ihr Bein lag über seinen, und einen Arm hatte sie über seinem Bauch ausgestreckt, direkt unterhalb des Tapeverbands um seine Rippen. Seinen Arm hatte er eng um ihre Taille geschlungen, seine Lippen an ihre Stirn gepresst. In dem Moment, bevor sie sich von ihm löste, fiel ihr auf, dass er eine Erektion hatte.

Er stöhnte vor Schmerz, als sie ihn von sich schob.

»Was tust du da?«

»Dich im Arm halten«, antwortete er gähnend.

»Ich hätte wissen müssen, dass ich dir nicht trauen kann«, schäumte sie.

»Hey, gib nicht mir die Schuld! Wie dir vielleicht aufgefallen ist, liege ich noch genau da, wo ich war, als du ins Bett gekommen bist. Du bist diejenige, die die Grenze überschritten hat.«

»Hab ich nicht!« Es war ihr zutiefst peinlich, dass sie sich vielleicht im Schlaf an ihn gekuschelt hatte.

»Äh, doch. Ich lag hier ganz ruhig und habe an nichts Böses

gedacht ...«

Sie sprang aus dem Bett. »Ach, halt den Mund!«

Er sah ihr amüsiert nach, als sie aus dem Zimmer stürmte. »Du bist so wunderschön, wenn du genervt bist. Das warst du schon immer.«

»Du musst es ja wissen. Du hast es dir schließlich zur Lebensaufgabe gemacht, mich zu nerven.«

»Das denkst du also?«

Wieder klingelte das Telefon.

»Willst du nicht rangehen?«, fragte er.

Sie warf ihm einen vernichtenden Blick zu und schnappte sich das Telefon von der Ladestation.

»Guten Morgen, Susie. Hier ist Duke Simmons.«

»Hallo, Duke«, begrüßte sie den Trainer der Mavs.

»Wie geht es unserem Jungen?«

»*Unserem* Jungen geht es wunderbar.« Sie sah Ryan an, der sie angrinste. »Ich gebe ihn dir.«

»Danke, Süße.«

Susannah reichte Ryan das Telefon und lief ins Bad, wo sie die Tür hinter sich zuschlug.

»Morgen, Coach«, sagte Ryan und strich sich mit den Fingern durch die zerzausten Haare.

»Alles okay, Sandy?«

»Ja, heute ist es schon ein bisschen besser.« Er merkte, dass das stimmte. »Was ist mit dir? Ist es schon gesackt?«

»Drei Mal in fünf Jahren«, sagte Duke, und das Erstaunen war ihm anzuhören. »Kaum zu glauben, oder?«

»Stimmt. Ich wette, die Presse dreht durch.«

»Wie verrückt. Die Reporter sind wie tollwütige Hunde, die alle ein Stück von dir haben wollen. Macht es dir etwas aus, wenn ich sie heute bezüglich deiner Verfassung auf den neuesten Stand bringe?«

»Überhaupt nicht. Sag ihnen, dass ich mich zu Hause erhole und die Parade und alles aufgrund meiner Verletzungen ausfallen lassen muss.«

»Bist du sicher, dass du das willst? Wir könnten uns was einfallen lassen ...«

»Ich werde mich nicht durch die Straßen Denvers kutschieren lassen, solange ich aussehe wie ein verdammter Grottenolm.«

Duke lachte. »Ja, ist vermutlich besser. Es würde das Herz einer jeden Frau in dieser Stadt brechen, wenn sie dein schönes Gesicht so zerschunden sähen.«

»Du kannst mich mal«, antwortete Ryan belustigt. Duke Simmons war der Vater, den Ryan nie gehabt hatte, und es gab nichts, was er nicht für ihn tun würde. Sein Herz zog sich zusammen, als er an die Unterhaltung dachte, die er bald mit seinem Trainer führen musste. Aber nicht heute. Nicht, während Duke sich im Glanz des *Super-Bowl*-Sieges sonnte, der seinen Ruf als größter lebender Football-trainer zementiert hatte.

Immer noch lachend sagte Duke: »Können wir irgendetwas für dich tun, Sandy?«

»Du könntest mir den Doc mit einem Mittel gegen meine Allergien rüberschicken. Das Niesen bringt mich echt um.«

»Kein Problem. Ich schicke ihn gleich nach der Parade los. Also, du und Susie ... ihr seid wieder zusammen?«

»Wir arbeiten daran.«

»Das ist gut. Freut mich zu hören. Die Trennung von euch beiden ... Tja, das war eine verdammte Schande.«

»Das hätte nie passieren dürfen«, stimmte Ryan ihm zu. »Hör mal, ich werde mich ein paar Tage zurückziehen, also halt mir die Presse vom Leib, okay?«

»Wird gemacht. Deine Mannschaftskameraden hingegen ...«

»Ist schon gut. Die können mich gerne anrufen.«

»Oh, und Rodney Johnson will auch mit dir reden. Ist es in Ordnung, wenn ich ihm deine Nummer gebe? Es tut ihm so leid, was er dir angetan hat.«

Ryan grinste. Ausgerechnet der gläubigste Spieler der gesamten NFL war für seine gebrochenen Rippen und die Gehirnerschütterung verantwortlich. »Ja, klar.«

»Wenn du was brauchst, weißt du, wo du mich erreichen kannst.«

»Sicher. Noch mal Glückwunsch, Coach.«

»Ohne dich hätte ich das nicht geschafft, Kumpel.«

»Danke für deinen Anruf.« Er legte auf und drückte sich das Telefon einen Moment an die Brust. Die Unterstützung und Kameradschaft der Mannschaft würden ihm fehlen. Den Großteil seines Lebens hatte er von Mitspielern und Trainern umgeben verbracht, und er wusste, dass dort nach seinem Rücktritt aus dem aktiven Sport ein großes Loch klaffen würde.

Rücktritt.

Ryan seufzte. Zweiunddreißig Jahre alt, und er konnte in Rente gehen. Er könnte auch noch zwei Jahre weiterspielen, denn er war sich sicher, dass seine Talente und Fähigkeiten ihm das ermöglichen würden. Er hatte sogar überlegt, für drei weitere Jahre zu unterschreiben, als sein Freund Dan Trippler kommentarlos als Start-Quarterback für die Buccaneers fallen gelassen worden war. Ein paar schlechte Spiele, ein paar Interceptions und Turnovers, und mit einem Mal war der Star der Mannschaft in die zweite Reihe versetzt worden.

Ryan hatte nicht vor, so lange dabeizubleiben, bis ihm das ebenfalls passierte. Lieber würde er auf dem Höhepunkt seines Erfolgs abtreten, als darauf zu warten, dass Alter und Ermüdungserscheinungen ihn einholten. Mit einer *Heisman Trophy* und drei *Super-Bowl*-Ringen musste er nichts mehr beweisen, und seinen Platz in der *Hall of Fame* hatte er sich schon vor langer Zeit gesichert. Seine Aufmerksamkeit würde er jetzt seinen verschiedenen Geschäftsinteressen und seiner Frau widmen.

Susannah kam in einem schwarzen Anzug mit blassrosafarbener Seidenbluse aus dem Bad. »Woher wusste Duke, dass du hier bist?«

»Er hat mich erst aus dem Flugzeug gelassen, als ich ihm verraten habe, dass ich zu dir fahre.«

»Du warst dir ja verdammt sicher, dass ich dich reinlassen würde.«

Er zuckte die Achseln und verzog kurz vor Schmerz das Gesicht, während er versuchte, eine bequeme Position zu finden. »Wo willst du hin?«

»Ich habe ein Meeting im *Downtown Athletic Club* für den

Schwarz-Weiß-Ball.«

»Wie lange wirst du weg sein?«

»Eine Weile«, sagte sie und steckte sich die Diamantohrringe an, die er ihr zur Hochzeit geschenkt hatte. Es freute ihn, dass sie die immer noch trug.

»Wirst du dich auch mit Henry treffen?«

»Das geht dich nichts an.«

»Das sehe ich anders.«

»Du kannst dich vielleicht in diesem Haus breitmachen, aber du wirst mir nicht vorschreiben, mit wem ich mich treffen oder was ich tun und nicht tun darf.«

»Warum musst du es mir so schwer machen, Susie?«, fragte er und seufzte hörbar.

Sie blickte ihn ungläubig an. »Meinst du das ernst? Du stellst mein gesamtes Leben auf den Kopf, indem du mich erpresst, damit ich zehn Tage mit dir verbringe. Du hast vielleicht Nerven, zu behaupten, dass *ich* es schwer mache.«

»Erpressung ist ein so hässliches Wort.«

»Wie würdest du es denn nennen?«

Er ignorierte die Frage. »Ich will wissen, wann du zurück bist.«

»In ein paar Stunden«, teilte sie ihm mit und seufzte nun auch.

»Ich werde warten.«

Kopfschüttelnd verließ sie das Schlafzimmer.

Ryan sah ihr nach und wurde dabei von einem Gefühl erfüllt, das ganz neu für ihn war: Angst. Er fürchtete, dass er zu lang gewartet hatte, um sie zurückzugewinnen. Vielleicht stimmte es, dass sie ihn nicht mehr liebte. Aber trotzdem, in dem Moment, bevor sie sich wieder an all die Gründe erinnert hatte, aus denen sie sich von ihm scheiden lassen wollte, hatte er einen Funken in ihren Augen bemerkt. Was für einen Funken, konnte er nicht sagen, doch für den Moment reichte ihm das. Unter Schwierigkeiten setzte er sich auf. Als er wieder atmen konnte, ging er ins Badezimmer, um zu duschen und sich zu rasieren.

Als er sich schließlich eine Jeans und ein Mavs-T-Shirt angezogen hatte, war er vor Erschöpfung ganz schwach. Und wütend darüber, dass er sich erst ein paar Minuten auf der Bettkante ausruhen musste, bevor er sich kräftig genug fühlte, um nach unten zu gehen. In der Küche machte er sich Kaffee und Toast. Er war entschlossen, den Tag ohne die Schmerztabletten durchzustehen, von denen er nur müde und irgendwie matschig im Kopf wurde. Vier Tage war der Zusammenstoß jetzt her, und er war es schon leid, sich so schwach und hilflos zu fühlen. Aus Erfahrung wusste er, je länger er einfach bloß herumlag, desto mehr Zeit würde er dafür benötigen, wieder zu Kräften zu kommen.

Den zweiten Becher Kaffee nahm er mit ins Wohnzimmer und setzte sich vorsichtig aufs Sofa. Sein Herz hämmerte unter der Anstrengung, aber der Schmerz war nicht mehr ganz so intensiv wie gestern. Selbst jetzt, am Ende seiner Karriere, war er immer noch mit einem Körper gesegnet, der sich schnell von Verletzungen erholte, die einen schwächeren Mann wochenlang außer Gefecht gesetzt hätten.

Er griff nach der Fernbedienung und schaltete einen der Regionalsender ein, um zuzuschauen, wie seine Kameraden im Siegeszug Denvers Innenstadt durchquerten. Er lächelte, als er Bernie, Coach Simmons und all die anderen Jungs sah, wie sie die Straße entlangfuhren, die von Fans in den Mannschaftsfarben Violett und Gelb gesäumt war. Bernie reckte die *Lombardi Trophy* in die Luft, als sie gerade an einer Frau vorbeifuhren, die ein Schild hochhielt, auf dem stand: »WIR LIEBEN DICH, RYAN – DENVERS MVP!!!« Ryan lächelte und bedauerte, diesen Moment nicht mitzuerleben, auf den er die ganze Saison über so schwer hingearbeitet hatte. Er hörte sich die Glückwunschreden vom Gouverneur, vom Bürgermeister und von Coach Simmons an, die alle Ryans Beitrag zu diesem Sieg hervorhoben.

»Ryan erholt sich gerade zu Hause und sendet seinen Dank an die Fans, die uns die ganze Saison über unterstützt haben«, erklärte der Coach.

Ryan lachte, als seine Mitspieler eine der Kameras kaperten und Nachrichten an ihren gestürzten Quarterback hineinriefen. »Idioten«, murmelte er, auch wenn ihr Überschwang ihn rührte.

Als die Übertragung der Parade eine Stunde später endete, zappte Ryan auf der Suche nach etwas Interessantem durch die Kanäle. Er wartete darauf, dass Susie nach Hause kam. Da es außer Seifenopern und Talkshows nichts gab, scrollte er durch die aufgenommenen Sendungen, um herauszufinden, ob Susie irgendeinen guten Film hatte. Er war überrascht, den *Super Bowl* auf der Liste zu sehen, und lächelte breit. »Verdammt«, flüsterte er. »Dir ist es doch nicht egal, Darling.« Zu wissen, dass sie sein Spiel aufgenommen hatte, erfüllte ihn mit Hoffnung. *Warum sollte sie sich die Mühe machen, wenn ich ihr egal wäre? Sie scheint es sich aber nicht angeschaut zu haben, denn gestern wirkte sie überrascht über meine Verletzungen. Ich muss sie auf jeden Fall danach fragen.*

Er ging das Spiel im Schnelldurchlauf durch – bei seinen vier Touchdowns in der ersten Hälfte schaltete er auf Normalgeschwindigkeit und freute sich über das Lob, das er dafür von den Kommentatoren bekommen hatte. »Hatte die NFL je zuvor einen Quarterback wie Ryan Sanderson?«, fragte einer von ihnen, ein ehemaliger Spieler. »Nicht, dass ich mich erinnern könnte, Jim«, erwiderte der andere. »Sein Talent ist unglaublich.«

Unglaublich, dachte Ryan, *das gefällt mir*. Die Halbzeitshow übersprang er, genau wie das ereignislose dritte Viertel, in dem die 49ers ihren einzigen Touchdown erzielt hatten. Dann kam das letzte Viertel, und er wappnete sich für die Bilder von dem Zusammenstoß, der für seine Verletzungen verantwortlich war.

Er schaltete auf Zeitlupe und achtete genau auf die Guards und Tackles, die ihn vor der Defensive Line beschützen sollten, die, wie er jetzt erkannte, in Blitzformation aufgestellt war. Ryans Center Marcus »Darling« Darlington hatte es kurz geschafft, Rodney Johnson aufzuhalten, doch dann war der monströse Defensivspieler an Darling vorbeigestürmt und direkt in Ryan hineingekracht. Er zuckte zusammen, als er sah, wie Rodneys Helm gegen seinen schlug und sein Kopf zurückschnellte.

Ryan massierte sich den schmerzenden Nacken, während er sich das Ganze ein zweites Mal anschaute. Das Letzte, woran er sich erinnerte, war, dass die gelbe Penalty-Flagge des Schiedsrichters auf dem

Rasen gelandet war, was einen Regelverstoß anzeigte. Auf dem Fernseher erkannte er jetzt, wie die Trainer und Ärzte der Mannschaft aufs Spielfeld eilten, gefolgt von Coach Simmons und dem Offensive-Line-Coach. Nach einigen spannungsgeladenen Minuten, während derer die Kommentatoren nervös darüber spekulierten, warum Ryan sich nicht rührte, wurde er von den Trainern auf einer Trage vom Rasen gebracht. Coach Simmons beugte sich vor, um etwas zu ihm zu sagen. Dann hob Ryan eine Hand zur Menge. Er hatte keine Erinnerung daran, das getan zu haben. Und auch nicht daran, dass die Fans bei dieser Geste durchgedreht waren.

Das Telefon klingelte, und Ryan streckte vorsichtig die Hand danach aus. »Hallo?«

»Äh, hallo. Hier ist Rodney Johnson. Wie geht's dir?«

»So, als wäre ich von dem größten, kräftigsten Defensive End der NFL überrollt worden«, antwortete Ryan und lachte leise. »Lustig, dass du in diesem Moment anrufst. Ich habe mir gerade die Aufzeichnung angeschaut.«

»Hör mal, Kumpel, es tut mir echt leid …«

»Was? Dass du deinen Job gemacht hast?«

»Dieses Mal aber zu gut. Ich wollte dir nicht die Rippen brechen und so.«

»Ganz zu schweigen von dem, was du meinem attraktiven Gesicht angetan hast.«

Rodney lachte auf. »Ich bin sicher, das ist für dich ein größeres Problem als deine Rippen.«

»Du kennst mich. Danke, dass du dich gemeldet hast, Rodney, aber du musst dir deswegen nicht den Kopf zerbrechen. Wir beide wissen, dass so etwas bei diesem Spiel passieren kann.«

»Danke, Mann. Ich bete für deine schnelle Genesung.«

Die Vorstellung, wie der dreihundert Pfund schwere Defensivspieler betend dasaß, amüsierte Ryan. »Danke, das weiß ich zu schätzen.«

»Die Liga war weniger verständnisvoll als du«, gab Rodney zu.

»Sie haben dich mit einer heftigen Strafe belegt, hm?«

»O ja.«

»Tja, ich weiß, dass es keine Absicht war, also alles gut. Genieß die spielfreie Zeit.«

»Das habe ich vor. Ich würde sie allerdings noch mehr genießen, wenn wir euch geschlagen hätten.«

Ryan lachte. »Vielleicht nächstes Jahr.«

»Pass auf dich auf, Ryan.«

»Gleichfalls.«

Er legte das Telefon zurück auf die Ladestation und ließ den Kopf gegen die Sofalehne sinken. Es nervte ihn höllisch, dass er schon wieder müde war. Aber anstatt dagegen anzukämpfen, gab er nach und schlief ein paar Stunden. Ein Klingeln an der Tür weckte ihn. Etwas steif nach seinem Nickerchen, schlurfte Ryan wie ein Achtzigjähriger durchs Haus und riss die Tür auf. Auf der Veranda standen ein paar seiner Teamkollegen mit Einkaufstüten und Sixpacks in den Händen. *Ein Glück, dass Susie nicht zu Hause ist*, dachte Ryan und begrüßte seine Kumpels lächelnd. »Was macht ihr denn hier?«

»Du hast den ganzen Spaß verpasst«, antwortete Bernie. »Also dachten wir, wir bringen den Spaß zu dir.«

»Lässt du uns rein, Sandy?«, rief Darling von den Stufen aus.

»Klar, sicher, kommt rein.« Susie würde ihn dafür umbringen. Er zuckte zusammen, als Toad, sein Backup als Quarterback und einer der jüngsten Spieler der Mannschaft, ihm im Vorbeigehen auf die Schulter schlug.

»Um Himmels willen, Toad, er ist verletzt.« Bernie gab ihm einen Klaps an den Kopf. »Fass ihn ja nicht noch mal an.«

»Sorry, Sandy«, rief Toad.

»Kein Problem. Ich geh schon nicht kaputt.«

»Es tut mir so leid, dass ich das nicht verhindert habe.« Darling schüttelte den Kopf, während er die blauen Flecken in Ryans Gesicht musterte. »Dieser verdammte Johnson ist *riesig*.«

»Wem sagst du das?« Ryan folgte ihnen in die Küche. Dort wurde ihm ein Bier in die Hand gedrückt, und er nahm es, weil er keine Schmerzmittel intus hatte. »Er hat angerufen, um sich nach mir zu erkundigen.«

In der Küche wurde es totenstill. »Ernsthaft? Das gibt's ja nicht«, erklärte Bernie schließlich.

Ryan lächelte. »Ich weiß. Für mich war es auch das erste Mal.«

»Das hat ihm einen Gang in den Beichtstuhl gespart«, sagte Toad, und alle lachten laut auf.

Während Darling Töpfe und Pfannen hervorholte, machten es sich ein paar der Jungs an dem Granittresen der Kücheninsel gemütlich. Jeder der muskulösen Männer hatte ein Bier in der Hand. *Oh, oh. Sie richten sich häuslich ein. Susie wird mich definitiv umbringen.*

»Was kochst du uns, Darling?«, fragte Ryan.

Darlings strahlend weißes Lächeln erhellte sein schwarzes Gesicht. »Natürlich mein weltberühmtes Chili.« Er gab einen riesigen Berg Hackfleisch in eine Pfanne.

Es klingelte erneut an der Tür, und Ryan ging hin, um zu öffnen. »Hey, Doc. Immer hereinspaziert. Die Party ist in der Küche.«

Der Arzt zog seine weißen Augenbrauen missbilligend zusammen. »Was ist hier los, Sandy? Du sollst dich schonen und nicht feiern.«

Ryan warf einen Blick über seine Schulter zu dem Stimmengewirr und der Musik, die aus der Küche drangen. »Die Jungs wollten nur mal Hallo sagen.«

»Muss ich dich daran erinnern, dass du eigentlich im Krankenhaus sein solltest?«

Ryan legte dem kleinen Mann eine Hand auf die Schulter. »Ich weiß. Hast du mir was gegen die Allergie mitgebracht?«

Mit einem finsteren Blick in Richtung Küche nickte der Doc.

Ryan führte ihn ins Wohnzimmer, wo er sich behutsam auf dem Sofa niederließ.

Der Doc hatte ihm gerade die Spritze gegen seine Allergien gegeben und war dabei, Ryans Rippen neu zu tapen, als Bernie ins Wohnzimmer kam.

»Hey, Doc«, sagte Bernie. »Wie geht es dem Patienten?«

»Er sollte im Krankenhaus liegen und nicht hier mit euch Dummköpfen feiern.«

»Ich fühle mich – auch im Namen der Dummköpfe in der Küche – gekränkt«, erwiderte Bernie indigniert.

Ryan lachte leise, aber sein Lächeln schwand, als der Arzt das Tape festklebte. Der Schmerz breitete sich wie ein Flächenbrand in ihm aus und ließ ihn in kalten Schweiß ausbrechen.

»Verdammt, Mann«, entfuhr es Bernie. »Alles in Ordnung?«

»Nein, es ist nicht alles in Ordnung«, entgegnete der Arzt. »Er muss sich ausruhen.«

Ryan hätte gerne etwas zu seiner Verteidigung vorgebracht, wenn er denn hätte sprechen können. Er wünschte, er hätte die Schmerztabletten genommen.

»Beinahe fertig«, antwortete der Doc.

Als der Arzt schließlich ging, lag Ryan ausgestreckt auf dem Sofa und versuchte, durch den Schmerz hindurchzuatmen.

»Mein Gott«, flüsterte Bernie. »Du machst mir Angst, Sandy.«

»Sorry«, keuchte Ryan. »Tut höllisch weh.«

»Hast du keine Tabletten oder so?«

»Doch, aber ich versuche, sie nicht zu nehmen.«

»Warum zum Teufel nicht?«

»Weil ich davon richtig müde werde.« Ryan legte eine Hand auf sein hämmerndes Herz. »Gib mir eine Minute. Das ist bald vorbei.«

Bernie setzte sich ihm gegenüber.

Darling kam ins Wohnzimmer. »Bereit für eine Portion Chili?«

»Sandy geht's nicht gut, Kumpel«, erwiderte Bernie. »Wir sollten besser verschwinden.«

»Das wird gleich besser«, widersprach Ryan. Unter normalen Umständen hätte er seinen Freunden den Kopf gewaschen, weil sie sich so um ihn sorgten. Doch im Moment fehlte ihm dafür die Energie. »Ihr müsst euch nicht verziehen.«

Jemand drehte die Musik in der Küche lauter, und Rap dröhnte durchs ganze Haus.

Ein paar Minuten später öffnete sich die Eingangstür, und Susie betrat das Haus. Ryan sah, dass sie kurz zögerte, bevor sie schnurstracks ins Wohnzimmer kam. Die Hände in die Hüften gestemmt, erdolchte sie ihn mit ihrem Blick. »Was zum Teufel ist hier los?«

4

Bernie stand auf, um Susannah zur Begrüßung zu umarmen. »Es ist so schön, dich zu sehen, Susie.« Er gab ihr einen Kuss auf die Wange. »Mary Jane und ich haben dich vermisst.«

»Ich euch auch«, erwiderte Susannah lächelnd.

Ryan war erleichtert, dass sie unter der Umarmung ihres alten Freundes weicher wurde.

»Es hat mich so gefreut, zu hören, dass du und Ryan wieder zusammen seid«, sagte Bernie.

Ryan zuckte zusammen. *Ups.*

Susannah kniff die Augen leicht zusammen. »Wir sind nicht wieder zusammen.« Sie warf Ryan einen Blick zu. »Ich weiß nicht, wo du das herhast.«

Ryan zuckte auf dem Sofa ahnungslos die Achseln.

»Oh«, stotterte Bernie. »Ich dachte ... Ich meine, der Coach hat gesagt ...«

»Alles gut, Bernie«, beruhigte ihn Ryan.

Darling durchbrach die Spannung im Raum, indem er Susannah einen lauten Schmatzer auf die Wange gab. »Du siehst umwerfend aus, wie immer.«

Obwohl sie von Ryan genervt war, lächelte sie und tätschelte Darling die Wange. »Immer noch der alte Charmeur, Marcus, hm?«

»Ja, Ma'am, so sagt man.«

Sie schaute in Richtung Küche, wo laute Stimmen mit der Musik konkurrierten. »Ist das ganze Team hier, oder klingt es nur so?«

»O nein«, erklärte Darling schnell. »Es sind bloß ungefähr fünfzehn von uns.«

»Na, das ist ja eine Erleichterung«, bemerkte Susannah trocken. »Was kochst du?«

»Mist!« Darling flitzte davon. »Das Chili! Bleib, wo du bist, ich bring dir was.«

»Super«, murmelte Susannah und zog sich den schwarzen Ledermantel aus, um ihn über den Stuhl vor ihrem antiken Rollschreibtisch zu hängen. »Fünfzehn Footballspieler und eine Schüssel Chili.«

»Tut mir leid, Liebling«, erwiderte Ryan mit einem schiefen Grinsen. »Die Jungs wollten sich nur persönlich davon überzeugen, dass ich noch am Leben bin.« Er sah, dass sie sich bemühte, vor seinen Freunden keine Spielverderberin zu sein. »Wie war dein Termin?«

»Gut«, antwortete sie. »Der Schwarz-Weiß-Ball findet nächstes Wochenende statt.«

»Und du hast wieder den Vorsitz?« Es war ihm peinlich, dass er das nicht wusste und dass Bernie Zeuge davon wurde, wie wenig Kontakt er noch zu seiner Frau hatte.

Sie nickte.

»Das ist dann das fünfte Jahr in Folge, oder?«

»Das siebte«, verbesserte sie ihn leise. Ihre blauen Augen blickten traurig und erinnerten ihn an die vielen Themen, die zwischen sie gekommen waren – wie zum Beispiel sein Desinteresse an den Dingen, die ihr wichtig waren.

Ryan verfluchte sich für seine eigene Dummheit. Das Kinderkrankenhaus war eines der Lieblingsprojekte, die die Mavericks unterstützten, und Susannah hatte die Leitung der jährlichen Spendengala beinahe so lange inne wie Ryan die Mannschaftsführung. Ihre bevorstehende Scheidung hatte sie offensichtlich nicht davon abgehalten, weiter ihre Zeit dem Krankenhaus zu widmen.

»Nun, ich überlass dich dann mal deinen Freunden. Es war schön, dich zu sehen, Bernie.«

»Gleichfalls, Susie. Ruf Mary Jane doch mal an. Sie würde gerne von dir hören.«

»Geh nicht.« Ryan zog seine Füße an, um Platz auf dem Sofa zu machen. »Bleib und iss etwas. Du willst ja schließlich Darlings Gefühle nicht verletzen.«

»Ich habe keinen Hunger und muss außerdem noch ein paar Telefonate führen.«

Ryan zog fragend eine Augenbraue in die Höhe und hoffte, dass das reichte, um sie an ihren Deal zu erinnern. Mit angehaltenem Atem wartete er ab, ob sie die Botschaft verstand. Nach einer halben Ewigkeit, in der er nicht wusste, was ihr gerade durch den Kopf ging, setzte sie sich aufs Sofa, wobei sie darauf achtete, so viel Abstand wie möglich zu ihm zu halten. Er lächelte sie an, und sie wandte den Blick ab.

Sie unterhielten sich mit Bernie, während die restlichen Jungs nach und nach mit einem Bier in der einen und einer Schüssel Chili in der anderen Hand ins Wohnzimmer kamen. Darling reichte auch Ryan und Susannah eine Schüssel.

»Danke«, sagte sie. »Was ist da alles drin?«

»Das ist ein Familiengeheimnis.«

»Aber keine Erdnussbutter, oder?«, fragte sie.

Darling schnaubte. »Wie kommst du denn auf *die* Idee?«

Der übrigen Spieler lachten leise über Darlings Miene, mit der er den Raum verließ. Kurz darauf kehrte er mit einem Sixpack Bier und einer Schüssel Chili für sich zurück. »Wie ist es?«, fragte er.

»Schärfer, als die Polizei erlaubt«, antwortete Toad mit erstickter Stimme.

»Stimmt.« Ryan griff nach der Bierflasche, die Darling für ihn geöffnet hatte. Erst da fiel ihm auf, dass Susannah ihre Kehle mit der Hand umklammerte und nach Luft schnappte. Er bewegte sich so schnell, dass er den Schmerz nicht spürte, der von seinen Rippen ausstrahlte, als er seine Schüssel auf den Couchtisch stellte und aus dem Raum rannte.

»Sandy?«, rief ihm einer der Jungs hinterher. »Was ist los?«

»Ruf den Notarzt!«, befahl er, während er den Küchenschrank durchwühlte, in dem sie immer ihren EpiPen aufbewahrt hatte. Er hoffte, dass das immer noch so war. Erleichterung durchströmte ihn, als er ihn fand. Schnell kehrte er ins Wohnzimmer zurück und zog im Laufen die Kappe vom Stift. Als er Susannah erreichte, wäre sein Herz beinahe stehen geblieben. Sie kämpfte so sehr darum, Luft zu kriegen, dass die kleinen Äderchen in ihren Augen schon geplatzt waren. Durch die Hose stieß er den Stift in ihren Oberschenkel und hielt ihn dort so lange fest, bis er spürte, wie sie sich langsam entspannte.

Tränen strömten ihr über die Wangen, und er zog sie in seine Arme. »Alles gut, Baby«, flüsterte er. »Alles ist gut. Ich hab dich.«

»Die Frau vom Notruf will wissen, was passiert ist«, sagte Bernie, der vor Schreck ganz bleich war.

Die anderen schauten Ryan und Susannah an.

»Anaphylaktischer Schock«, sagte Ryan. »Sie ist allergisch gegen Erdnüsse.«

»Mein *Gott*«, hauchte Darling. »Ich dachte, sie macht Witze.«

»Macht sie nicht.« Ryan hielt Susannah weiter fest. »Immer weiteratmen, Baby. Ich kann den Krankenwagen schon hören.« Mit den Lippen strich er über ihre schweißnasse Stirn.

»Was können wir tun?«, wollte Bernie wissen.

»Nichts.« Ryan schluckte schwer gegen die Panik an, die ihm die Kehle zuschnürte. Das Ganze hatte weniger als dreißig Sekunden gedauert, aber für ihn hatte es sich wie eine Ewigkeit angefühlt. »Es geht ihr gleich wieder gut.«

Die Sirene näherte sich, und Bernie lief zur Haustür. Er kehrte mit zwei Sanitätern zurück, die Ryan mit Fragen über Susannah Krankheitsgeschichte löcherten und wissen wollten, was sie gegessen hatte.

»Ihr Blutdruck ist leicht erhöht«, erklärte einer von ihnen. »Wir nehmen sie mit.« Seine Augen weiteten sich, als er mit einem Mal Ryan und die anderen Spieler erkannte.

»Ich bin ihr Mann. Ich fahre mit.«

»Natürlich, Mr Sanderson. Kein Problem.« Sie luden Susannah auf eine Trage und deckten sie zu.

Ryan nahm seine Jacke vom Haken im Flur und schlüpfte in die Stiefel, die er dort am Vorabend hatte stehen lassen. Seine Rippen schrien bei jeder Bewegung protestierend auf, aber in seiner Hast ignorierte er den Schmerz.

»Es tut mir leid, Sandy«, sagte Darling, und in seinen Augen schimmerten Tränen.

»Ist schon gut.« Er drückte Darlings Schulter. »Sie wird wieder.« Er war nicht sicher, wen er zu überzeugen versuchte – sich oder seinen verstörten Freund.

»Wir räumen hier noch auf«, rief Bernie ihm hinterher, während Ryan den Sanitätern aus dem Haus folgte.

Ryan stöhnte auf, als ein Wagen vorfuhr und Henry heraussprang.

»Was ist hier los?«, fragte er. »Ist was mit Susannah?«

»Was machst *du* denn hier?«, wollte Ryan wissen.

»Ich wollte nach Susannah schauen. Was ist passiert?«

»Sie hatte eine allergische Reaktion auf etwas, das sie gegessen hat.« Ryan hatte Mühe, ruhig zu bleiben, weil er einfach nur zu Susie wollte. »Sie nehmen sie mit. Eine reine Vorsichtsmaßnahme. Es geht ihr gut.«

»Ich will sie sehen.« Henry stürmte auf den Krankenwagen zu.

»Nicht jetzt.« Ryan drängte sich an ihm vorbei und zuckte zusammen, als er in den Wagen einstieg. Sein Kopf und seine Rippen pochten, doch er setzte sich auf die Bank an der Seite und konzentrierte sich einzig auf Susie. »Wie geht es dir, Baby?« Er nahm ihre Hand.

»Besser«, krächzte sie.

»Susannah!«, rief Henry von draußen. »Honey, ich bin hier!«

Die Sanitäter schlossen die Tür, und kurz darauf setzte sich der Krankenwagen mit einem Ruck in Bewegung. Ryan hätte vor Schmerzen ohnmächtig werden können, aber er biss die Zähne zusammen und zwang sich, ganz für Susie da zu sein.

»War das Henry?«, fragte sie.

»Ja.« Ryan führte ihre Hand an seine Lippen. »Ich habe ihm

gesagt, dass es dir gut geht.« Mit einem Mal brach die Realität dessen, was passiert war, über ihn herein. »Du hast mir einen gehörigen Schreck eingejagt.« Er lehnte seine Stirn an ihre und bemühte sich, sich zusammenzureißen.

»Du hast mir das Leben gerettet, Ry.«

Er gab ihr einen Kuss auf die Hand. »Ich war so erleichtert, dass der EpiPen noch da war, wo du ihn immer aufbewahrt hast.«

»Ich kann nicht glauben, dass du dich daran erinnerst.«

»Ich habe immer in der Angst gelebt, dass so etwas passiert. Allerdings hätte mich nichts darauf vorbereiten können, wie es wirklich ist.« Er ließ ihre Hand los, damit die Sanitäter ihren Blutdruck prüfen konnten.

»Das ist mir nicht mehr passiert, seit ich dreizehn war. Ich hatte ganz vergessen, wie furchteinflößend es ist.«

In dem Moment, in dem der Sanitäter die Blutdruckmanschette von ihrem Arm löste, nahm Ryan wieder ihre Hand. Die roten Flecken auf ihren Wangen waren verschwunden, aber ihre Augen wirkten immer noch groß vom Schock.

»Darling ist ausgeflippt. Er dachte, du hättest bei der Sache mit der Erdnussbutter gescherzt.«

»Es ist nicht seine Schuld. Ich hätte direkt sagen müssen, dass ich allergisch bin.«

»Oder ich hätte es tun sollen. Ich hätte dich besser beschützen müssen – nicht nur heute, sondern immer«, flüsterte er, weil der Sanitäter wie gebannt an seinen Lippen hing. »Es tut mir leid, dass ich das nicht getan habe.«

Ihre Augen füllten sich mit Tränen, und sie drückte seine Hand.

Ein paar Minuten später kamen sie am Krankenhaus an, und die Sanitäter rollten Susie in ein Untersuchungszimmer. Eine Krankenschwester hielt Ryan auf, als er ihnen folgen wollte. »Bitte warten Sie hier, Mr Sanderson. Der Arzt kommt gleich zu Ihnen.«

Henry kam durch die Türen der Notaufnahme gestürmt. »Wie geht's ihr? Ich will sie sehen.«

»Das ist leider nicht möglich«, beschied ihm Ryan genervt. »Warum fährst du nicht nach Hause, Henry? Hier kannst du nichts tun. Ich sorge dafür, dass dich später jemand mit einem Update anruft.«

»Nicht bevor ich nicht meine Verlobte gesehen habe«, erwiderte Henry stur.

Eine Krankenschwester mit einem Klemmbrett in der Hand näherte sich ihnen. »Es müssen ein paar Formulare ausgefüllt werden«, sagte sie und streckte ihnen das Klemmbrett hin.

Henry griff danach. »Ich mach das.«

Die Krankenschwester hob fragend die Augenbrauen. »Und Sie sind ...?«

»Ihr Verlobter.«

Ryan nahm ihr das Klemmbrett ab. »Ich kümmere mich darum.«

Die Krankenschwester schaute von Henry zu Ryan und wandte sich dann kopfschüttelnd ab.

»Weißt du überhaupt ihr Geburtsdatum?«, fragte Henry. Er hatte die Hände in die Hüften gestemmt und das Kinn empört gereckt.

Seine heutige Fliege war gelb mit Paisleymuster, und seine goldgefasste Brille war ihm auf der Nase heruntergerutscht, was ihm das Aussehen eines verrückten Professors verlieh. *Was zum Teufel will Susie nur mit diesem Kerl?*

»Pass mal auf«, verkündete Ryan. »Du gehst mir auf die Nerven.« Er setzte sich ins Wartezimmer und füllte die Formulare so gut aus, wie er konnte. Henry summte um ihn herum wie eine störende Mücke, während Ryan kurz ein paar Zahlen im Kopf überschlug, um Susies Geburtsjahr herauszufinden, bevor Henry merkte, dass er es nicht auswendig wusste. Aber verdammt, er wusste, wann sie Geburtstag hatte.

Für was für einen Armleuchter hielt Henry ihn? *Für einen unaufmerksamen, vergesslichen Armleuchter*, dachte er. Für jemanden, der ihren Geburtstag vergaß, ihren Hochzeitstag und überhaupt alles, was ihr wichtig war. Ryan schaute zu dem im Wartezimmer auf und ab tigernden Henry hinüber. *Mein Gott, ich habe sie nicht verdient. Ich habe sie nicht verdient, er allerdings schon.* Der Gedanke jagte ihm beinahe so viel Furcht ein wie ihr Anblick vorhin, als sie keine Luft mehr bekommen hatte.

Ein Arzt betrat das Wartezimmer. »Mr Sanderson?«

Ryan stand so schnell auf, wie seine Rippen es erlaubten, und schüttelte dem Arzt die Hand.

»Es ist mir eine Ehre, Sie kennenzulernen«, sagte der. »Ich bin ein großer Fan.«

»Danke.«

Henry verdrehte stöhnend die Augen. »Wie geht es Susannah?«

»Sehr gut. Ihr Blutdruck ist gesunken, und ihre anderen Werte befinden sich im Normbereich. Sie haben ihr das Adrenalin verabreicht, bevor Schaden entstehen konnte, Mr Sanderson.«

»Super«, murmelte Henry. »Das ist einfach super.«

»Könntest du einfach mal den Mund halten?«, fuhr Ryan ihn an. »Kann ich jetzt zu ihr?«, erkundigte er sich dann, an den Arzt gewandt.

Er nickte. »Ja. Sie hat nach Ihnen gefragt.«

»Hat sie nicht«, schnaubte Henry.

»Und wer sind Sie?«

»Ihr Verlobter.«

Der Arzt sah Ryan fragend an.

Der zuckte bloß mit den Schultern.

»Es tut mir leid, doch meine Patientin fragt nach Mr Sanderson«, erklärte der Arzt Henry.

»Wenn ich dir fünf Minuten mit ihr gebe, fährst du dann endlich?«, wollte Ryan von Henry wissen.

Der erwiderte seinen finsteren Blick ebenso finster. »Aber nur dieses eine Mal«, sagte er schließlich.

»Gut. Dann geh.«

Nachdem Henry mit dem Arzt verschwunden war, setzte Ryan sich wieder auf den harten Stuhl. Seine Beine waren schwach – sowohl wegen seiner eigenen Verletzungen als auch wegen des Schocks von Susies plötzlichem Anfall. Als ihm bewusst wurde, wie kurz er davor gestanden hatte, sie für immer zu verlieren, wurde er noch entschlossener, sie zurückzubekommen. Das hier war das wichtigste Spiel seines Lebens, und er hatte vor, es unter allen Umständen zu gewinnen.

5

———

Susannah streckte die Hand aus, um Henry eine Locke aus der Stirn zu streichen. »Mir geht es wirklich gut«, versicherte sie ihm. »Ich hatte Glück, dass Ryan wusste, was zu tun ist.«

Henrys Kiefermuskeln spannten sich an. »Immer der Held, was?«

»Er hat mir das Leben gerettet, Henry. Willst du ihm das etwa vorwerfen?«

»Natürlich nicht. Aber auch auf die Gefahr hin, das Offensichtliche auszusprechen: Wenn er sich nicht in dein Leben gedrängt hätte, wäre diese Situation gar nicht erst entstanden. Und du würdest jetzt nicht im Krankenhaus liegen.«

Susannah seufzte. »Das ist nicht fair.«

»Weißt du, was nicht fair ist? Dass dein Superstar-Ex-Mann mich wenige Wochen vor unserer Hochzeit an die Seitenlinie drängt. Oder findest du das fair?«

»Nein. Das ist es nicht. Es ist schrecklich unfair.« Sie drückte seine Hand. »Ich liebe dich, Henry. Du musst Vertrauen in meine Liebe und zu mir haben.«

»Das habe ich.« Er strich ihr mit dem Finger über die Wange. »Ich habe alles Vertrauen der Welt zu dir, Susannah. Nur ihm traue ich nicht. Er hat dir so wehgetan. Ich kann nicht einfach dasitzen und zuschauen, wie er das noch einmal tut.«

»Still. Nicht. Es wird alles gut, und in wenigen Wochen bin ich deine Frau. Ich werde da sein, wo ich immer hätte sein sollen: bei dir. Ich kann es nicht erwarten, den Rest unseres Lebens mit dir zusammen zu verbringen.«

Er beugte sich über das Bett, um sie zu umarmen. Nachdem er eine kleine Spur aus Küssen über ihr Kinn gezogen hatte, sagte er: »Und ich kann es nicht erwarten, dich endlich wieder in meinem Bett zu haben. Elf Jahre sind eine verdammt lange Zeit, um darauf zu warten.«

Sie lächelte. »Wir werden froh sein, gewartet zu haben. Das wird unsere Hochzeitsnacht zu etwas ganz Besonderem machen.«

Seine Ohren liefen knallrot an.

Susannah liebte ihn so sehr. Er war der einzige Mensch, auf den sie immer zählen konnte. Seine Ergebenheit ihr gegenüber hatte nie gewankt, selbst nicht, als sie den schlimmsten Fehler ihres Lebens begangen und ihn auf dem College für Ryan verlassen hatte. Für diesen Fehler hatte sie einen hohen Preis gezahlt, und Henry auch.

»Die Zeit ist um«, erklärte Ryan von der Tür aus.

Henry hob den Kopf von Susannahs Brust und beugte sich vor, um sie zu küssen.

Susannah strich ihm mit den Fingern über die Haare und zog ihn für einen leidenschaftlicheren Kuss an sich.

»Ich rufe dich später an«, sagte er atemlos.

Sie nickte.

Ohne Ryan eines Blickes zu würdigen, verließ er das Zimmer.

»Kommst du dir groß vor, wenn du ihn klein machst?«, fragte sie Ryan, als er näher kam.

»Er ist klein.«

»Verglichen mit dir ist er ein Riese.«

»Warum schläfst du dann nicht mit ihm?«

Sie keuchte auf. »Du hast uns belauscht?«

»Ich habe es zufällig mit angehört.«

»Du widerst mich an.«

»Heißt das, du hast schon wieder vergessen, dass ich dir das Leben gerettet habe? Ich dachte, mein Heldenmut würde wenigstens mit *einem* schönen Tag belohnt.«

Sie funkelte ihn böse an.

Er steckte die Hände in die Hosentaschen. Mit ihm fühlte sich der Raum auf einmal viel zu klein an. »Also, warum schläfst du nicht mit ihm?«

»Das geht dich nichts an.«

»Ich wette, ich weiß, warum«, sagte er und grinste frech.

»Na, da bin ich ja mal gespannt.«

»Du hast Angst, dass er nach mir eine Enttäuschung ist, und es wäre besser, wenn du das erst nach der Hochzeit herausfindest.«

Susannah bemühte sich, sich ihre Empörung nicht anmerken zu lassen. Diese Befriedigung würde sie ihm nicht gönnen. »Ich fürchte, du liegst vollkommen falsch, aber ich werde dir meine Beziehung zu Henry nicht erklären. Wir wissen beide, dass das zwischen dir und mir immer nur Sex war, weil du zu wahrer Intimität gar nicht fähig bist.«

Seine Augen blitzten verärgert. »Das stimmt nicht.« Er trat näher ans Bett. »Es war mehr als das, und das weißt du.« Als seine Rippen gegen den Bettrahmen stießen, wurde er kalkweiß. Er streckte die Hand aus, um sich irgendwo festzuhalten, und stolperte, als er nichts fand.

»Ryan? Was ist los?« Als er nicht antwortete, klingelte sie nach einer Krankenschwester. »Etwas stimmt nicht mit ihm!«

Die Krankenschwester, die sofort herbeieilte, führte Ryan zu einem Stuhl und überprüfte seinen Puls. »Wobei hat er sich die Verletzungen zugezogen?«

Susannah wurde bewusst, dass sie es mit einem von möglicherweise drei Menschen in Denver zu tun hatte, die keine Ahnung hatten, wer Ryan Sanderson war. »Beim Footballspielen. Drei gebrochene Rippen und eine Gehirnerschütterung. Das ist jetzt vier Tage her.«

Die Krankenschwester, die alt genug war, um seine Mutter zu sein, schnalzte missbilligend mit der Zunge, während sie ihm mit einer kleinen Stablampe in die Augen leuchtete. »Er muss sich hinlegen.« Sie schlang einen Arm um Ryan. »Kommen Sie.«

Er ließ sich bereitwillig von ihr aufhelfen und zu dem anderen Bett im Zimmer führen.

»Wissen Sie, ob er heute irgendetwas gegen die Schmerzen genommen hat?«

»Nein, das weiß ich nicht.« Susannah machte sich mehr Sorgen um ihn, als sie zugeben wollte. »Ich war heute tagsüber nicht mit ihm zusammen. Geht es ihm gut?«

»Das wird es wieder. Vermutlich hat er sich nur überanstrengt. Von einer Gehirnerschütterung kann einem ziemlich schlecht werden, wenn man nicht aufpasst.«

»Er hat mir vorhin das Leben gerettet«, antwortete Susannah leise, den Blick fest auf Ryan in dem Bett neben ihrem geheftet.

»Ich würde sagen, das zählt zu ›überanstrengen‹«, erwiderte die Schwester lächelnd. »Ich schicke den Arzt her, damit er nach Ihnen beiden sieht.« Sie schaute ein weiteres Mal zu Ryan, der eingeschlafen zu sein schien. »Er ist definitiv ein attraktiver Teufelskerl. Sie sind eine glückliche Lady.«

»Ja«, flüsterte Susannah, nachdem die Krankenschwester weg war. »Ich Glückliche.«

»Sie werden es beide in den nächsten Tagen ein wenig langsamer angehen lassen müssen«, erklärte der Arzt etwas später.

Susannah blickte weiter Ryan an, dessen Gesicht noch immer nicht seine natürliche, gesunde Farbe zurückgewonnen hatte.

»Sie haben einen Schlag auf den Kopf bekommen, und mit gebrochenen Rippen ist auch nicht zu spaßen. Wenn Sie nicht wollen, dass ich Sie wieder einweise, müssen Sie mir versprechen, in den nächsten fünf oder sechs Tagen nichts Anstrengenderes zu unternehmen als den Toilettengang. Verstanden?«

»Mhm«, machte Ryan.

»Das überzeugt mich nicht. Es ist mir egal, wer Sie sind. Ich habe ein Bett mit Ihrem Namen oben auf der Station, wenn Sie mich nicht ernst nehmen.«

»Ich nehme Sie ernst, Doc. Und ich habe Sie verstanden. Ich werde es langsam angehen.«

Ein wenig beruhigt wandte der Arzt sich Susannah zu. »Sie sollten sich morgen schon wesentlich besser fühlen, aber Sie haben einen Schock erlitten. Daher gilt für Sie das Gleiche.«

»Dafür werde ich sorgen«, warf Ryan ein.

Der Arzt hob eine Augenbraue. »Und wie genau wollen Sie das bewerkstelligen, wenn Sie flach auf dem Rücken oder im Krankenhaus liegen?«

»Wir fahren morgen in unser Haus in Breckenridge«, sagte Ryan.

»Nein, das werden wir nicht«, widersprach Susannah.

»O doch. Das ist genau das, was wir brauchen: kein Telefon, keine Besucher, keine Ablenkung.«

»Klingt perfekt«, stellte der Arzt fest. Er wirkte zufrieden, dass seine Botschaft bei Ryan angekommen war. »Wie gelangen Sie dorthin?«

»Ich bitte meine Kumpels, uns zu fahren.«

»Viel Spaß.« Susannah verschränkte die Arme vor der Brust. »Ich bleibe da.«

Ryan holte sein Handy heraus. »Das werden wir ja sehen.«

Der Arzt beobachtete sie amüsiert, was Susannahs Laune nicht verbesserte.

»Ruf ruhig deinen verdammten Anwalt an. Ist mir egal.«

»Wenn du willst.« Ryan wählte die Nummer. »Hier ist Ryan Sanderson. Kann ich bitte mit Terry sprechen?«

Susannah fixierte einen Wasserfleck an der Decke, während ihr Herz heftig klopfte. *Das macht er nicht.*

»Hey, Terry«, sagte Ryan. »Ja, danke, mir geht es ein wenig besser. Ich habe ordentlich was abbekommen, aber wir haben gewonnen, also war es das wert.«

Susannah verdrehte die Augen. *Der Sieg war eine Gehirnerschütterung und drei gebrochene Rippen wert? Ja, für Ryan bestimmt. Football ist das Einzige, was ihn interessiert.*

»Hör mal, warum ich anrufe: Ich habe beschlossen, dass ich das mit der Scheidung erst einmal auf Eis legen will.«

Der Arzt unterschrieb Susannahs Entlassungspapiere und reichte sie ihr, bevor er das Zimmer verließ.

»Ich weiß, wir sollen in neun Tagen vor Gericht erscheinen, aber ich habe meine Meinung geändert.« Ryan hörte einen Moment zu, dann schaute er kurz zu Susannah. »Sie sieht das ganz ähnlich.«

Susannah stand aus dem Bett auf und schnappte sich Ryans Handy. »Ich sehe das absolut nicht ähnlich, Terry«, sagte sie und legte auf.

»Du hast gedacht, ich würde bluffen, oder, Liebling?« Er schenkte ihr ein träges Lächeln, und sie hätte ihn am liebsten geohrfeigt. Oder geküsst. Nein, definitiv geohrfeigt.

»Du bluffst ja auch. Du wirst die Scheidung nicht stoppen.«

»Der Richter wusste, was er tat, als er entschieden hat, dass wir sechs Monate warten müssen, bevor die Scheidung rechtskräftig wird. Er hat gemerkt, dass wir noch nicht miteinander fertig sind.«

»Ich *bin* aber fertig mit dir! Was muss ich tun, um dich davon zu überzeugen?«

»Verbring die nächsten Tage mit mir in Breckenridge. Du hast den Arzt gehört. Ich soll mich schonen, und du auch. Wenn wir in der Stadt bleiben, haben wir keine Minute unsere Ruhe. Das Telefon wird ununterbrochen klingeln, unsere Freunde kommen vorbei ...«

»Und vergiften mich ...«

»Susie! Du weißt genau, dass es ein Versehen war.«

Seufzend zog sie sich die Schuhe an. »Ich kann die Stadt jetzt nicht verlassen. Nächstes Wochenende findet der Ball statt, und außerdem muss ich eine Hochzeit planen. Ich werde nicht mit dir gehen.«

»Ich bringe dich rechtzeitig für den Ball zurück. Und wenn du nicht willst, dass ich Terry noch mal anrufe, wirst du mitkommen.«

»Und was soll ich Henry sagen?«

»Ich bin sicher, dir fällt etwas ein.« Er versuchte, sich in eine sitzende Position hochzustemmen.

Ohne nachzudenken, streckte Susannah eine Hand aus, um ihm zu helfen.

Er nutzte das aus, um seinen Arm um sie zu legen. Dann neigte er den Kopf, gab ihr einen sanften Kuss und strich ihr über die Wange. »Die Farbe ist in dein Gesicht zurückgekehrt.«

Verblüfft von seiner Dreistigkeit und ihrer Reaktion auf den sanften Kuss konnte Susannah ihn nur anstarren. *Warum hat er diese Wirkung auf mich? Und warum werden mir immer noch die Knie weich, wenn er mich so anschaut?* Sie löste sich von ihm und verließ das Zimmer.

Bernie und Darling tigerten im Wartezimmer auf und ab.

»Susie!« Darling eilte auf sie zu. »Geht es dir gut?«

»Ja, alles prima.« Die aufrichtige Besorgnis in seiner Miene rührte sie, also nahm sie ihn in den Arm. »Es war ein Unfall. Denk nicht weiter darüber nach.«

»Es tut mir so leid. Ich hatte keine Ahnung, dass du allergisch bist.«

»Woher solltest du das auch wissen?« Die muskulösen Football-spieler hatten die Aufmerksamkeit aller im Wartezimmer auf sich gezogen. »Vergessen wir es, okay?«

»Äh, klar, sicher«, erwiderte Darling. »Lass mir ein, zwei Jahre Zeit.«

Susannah lachte und neigte den Kopf, als Bernie ihr einen Kuss auf die Wange gab.

»Du siehst schon wesentlich besser aus«, meinte er. In diesem Moment gesellte sich Ryan zu ihnen, und die Luft im Wartezimmer lud sich mit elektrischer Spannung auf. »Er allerdings schlimmer als vorher. Was ist passiert?«

»Ich schätze, ich habe es heute übertrieben.« Ryan zuckte die Achseln. »Ihr müsst mir einen Gefallen tun, Jungs.«

»Alles, was du willst«, antwortete Darling mit einem Ernst, der die anderen amüsierte.

»Könnt ihr uns morgen früh nach Breckenridge fahren? Einer von euch kann mein Auto nehmen, und der andere kann uns mit seinem Auto folgen, damit ihr wieder zurückkommt.«

»Kein Problem.« Bernie breitete seinen Mantel über Susannahs Schultern. »Auf geht's. Bringen wir euch erst mal nach Hause.«

Als Ryan versuchte, einen Arm um Susannah zu legen, wich sie ihm aus. Sie würde sich schnell etwas einfallen lassen müssen, denn auf keinen Fall konnte sie mit ihm in die Hütte fahren. Er wollte nicht nur nach Breckenridge, um aus der Stadt rauszukommen. Nein, er wusste, dass die Hütte sie an eine Zeit erinnern würde, in der sie mit ihm glücklich gewesen war, und er hoffte, dass ihr Widerstand dahinschmelzen würde. Das durfte sie nicht zulassen.

Auf der Fahrt in Bernies Mercedes betrachtete Susannah die Situation von allen Seiten. Der Anruf von Ryan bei seinem Anwalt hatte sie verstört. Mit einem Mal hatte sie Angst, ihn zu sehr zu bedrängen. Er hatte nichts zu verlieren, wenn er die Scheidung stoppte, aber sie schon. Sie würde alles verlieren: Henry, ihren Verstand und das friedliche, unkomplizierte Leben, das sie sich im letzten Jahr nach und nach aufgebaut hatte. Ihr Magen zog sich zusammen, als sie den Blick hob und sah, dass Ryan sie amüsiert musterte. In diesem Moment hasste sie ihn für das, was er ihr antat. Und für die Gefühle, die er in ihr wachrief – Gefühle, mit denen sie vor langer Zeit abgeschlossen und die sie seitdem zu vergessen versucht hatte.

Als ihre Blicke sich trafen, flatterte ihr Herz unter einer Erkenntnis auf: Der Richter hatte in einer Sache recht gehabt – sie waren noch nicht fertig miteinander.

AM NÄCHSTEN MORGEN SCHÄUMTE SUSANNAH INNERLICH AUF DEM Beifahrersitz von Ryans Escalade, als Bernie sie in Richtung Westen zu der Hütte in Breckenridge fuhr. Darling folgte in seinem Pick-up. Als sie Cherry Hills, ihr Viertel im wohlhabenden Teil von Denver verließen, fing es an zu schneien, und der graue Tag passte perfekt zu ihrer Laune.

Ryan, der ausgestreckt auf der Rückbank lag, unterhielt sich mit Bernie, während Susannah im Kopf ein weiteres Mal den Streit durchging, den sie wegen ihres Ausflugs zur Hütte mit Henry gehabt hatte. Sie ignorierte Ryans unermüdliche Versuche, sie in die Unterhaltung miteinzubeziehen, und ärgerte sich stattdessen lieber über das Chaos, das er in ihrem neuen, wohlgeordneten Leben angerichtet hatte.

Er hat kein Recht dazu, mich zu zwingen, irgendwo hinzugehen, wo ich nicht hinwill! Mit der Ausrede, dass sie wegen einer dringenden Familienangelegenheit die Stadt verlassen müsse, hatte sie die endgültigen Pläne für den Schwarz-Weiß-Ball an die anderen Mitglieder des Ausschusses übergeben. Und irgendwie war das ja auch nur halb gelogen. Aber sie konnte ihnen schlecht sagen, dass ihr berühmter Ex-Mann sie erpresste. So eine Information würde auf Jahre hinaus für Klatsch und Tratsch in ihrem Bekanntenkreis sorgen. Es war schon schlimm genug, dass ihr Ausflug ins Krankenhaus am Morgen in der *Denver Post* erwähnt worden war – und noch dazu im Sportteil. Was für eine Beleidigung! Sie war bloß eine Nachricht wert, weil sie mit *ihm* in Verbindung stand.

Ihr Tag hatte mit einem zornigen Anruf von Henry begonnen, dem es überhaupt nicht gefallen hatte, dass seine Verlobte in der Zeitung als die Frau vom Quarterback der Denver Mavericks bezeichnet worden war. »Was soll ich meinen Eltern und Freunden sagen, wenn sie das sehen?«, hatte er gefragt.

Darauf hatte Susannah keine zufriedenstellende Antwort für ihn gehabt, weil es keine gab.

»Da mach ich nicht mit, Susannah.«

»Was soll ich denn tun? Wenn ich ihn nicht begleite, stoppt er die Scheidung, und das war's dann mit unserer Hochzeit. Welche Wahl habe ich denn?«

»Ich glaube langsam, dass du das Ganze genießt.«

»Was soll ich genießen?«

»Dass zwei Männer um dich kämpfen.«

Da hatte sie einfach aufgelegt, und als er zehn Minuten später erneut angerufen hatte, hatte sie das Klingeln ignoriert. Im Moment hatte sie keinem der beiden etwas zu sagen. Sie war alle Männer und ihre übersteigerten Egos so leid.

»Ich will Ski laufen«, beschwerte sich Ryan, als Bernie durch den geschäftigen kleinen Ort Breckenridge fuhr. »Ich habe das ganze Jahr auf das Ende der Saison gewartet, um endlich auf die Piste zu können, aber das wird wohl nichts.«

»Ich weiß.« Bernie nickte. »Das ist echt ätzend. Doch mit etwas Glück bist du in ein, zwei Wochen wieder fit. Und in der Zwischenzeit vergiss nicht, dass du es langsam angehen sollst.«

»Ja, Dad«, sagte Ryan und lachte leise.

Als sie an der geräumigen Holzhütte am Fuße der Berge ankamen, ließen Bernie und Darling nicht zu, dass Ryan oder Susannah auch nur ein Gepäckstück trugen.

»Bring meine Sachen bitte ins Gästezimmer«, bat Susannah Darling.

Mit einem Blick zu Ryan griff Darling nach ihrer Tasche.

Susannah atmete einmal tief ein, bevor sie das Haus betrat, das sie gekauft hatten, nachdem Ryan bei den Mavs unterschrieben hatte. Kaum hatte sie die Türschwelle überschritten, drangen Hunderte von Erinnerungen, Gefühlen und Gerüchen auf sie ein, die ihr die Tränen in die Augen trieben. *Oh, er weiß genau, warum er mich hergebracht hat.* Da Ryan seit ihrer Trennung entweder hier in der Hütte oder in einer Wohnung in der Stadt wohnte, war sie überrascht, nichts von dem Chaos zu sehen, das sie sonst mit ihm in Verbindung brachte. Im Gegenteil, das Haus war makellos aufgeräumt. Als sie schwere Schritte auf der vorderen Veranda hörte, wischte sie sich schnell die Tränen ab.

Darling und Bernie kamen mit ihrem Koffer und Ryans altem Seesack von den Mavericks herein. Sie brachten die Sachen in die Schlafzimmer und gesellten sich dann in dem rustikalen Wohnzimmer zu Susannah und Ryan.

Bernie ging auf die Veranda hinaus und kehrte mit einem Armvoll Feuerholz zurück, das er zum Kamin trug. Ein paar Minuten später brannte darin ein fröhliches Feuer. »Wir fahren schnell in den Supermarkt, um euch ein paar Sachen zu besorgen«, erklärte er. »Habt ihr irgendwelche speziellen Wünsche?«

Susannah schüttelte den Kopf.

»Sie will mindestens einen Karton Cola light«, sagte Ryan. »Und außerdem Müsli, Bananen, Vanille-Eiscreme und alles, was man für einen Salat braucht.« Er kratzte sich an seinem stoppeligen Kinn, während er Susannah musterte. »Oh, und Thunfisch, Cracker und Hüttenkäse.«

Sie wollte weder von seinem guten Gedächtnis beeindruckt noch von seiner Aufmerksamkeit gerührt sein, aber sie war beides.

»Kannst du dir das merken, Bernie?«, fragte Darling.

»Ich glaube schon.«

Nachdem sie gegangen waren, machte Susannah sich daran, ihre Sachen im Gästezimmer auszupacken. Sie war weiter sauer darüber, überhaupt hier zu sein.

»Wirst du je wieder mit mir reden?«, fragte Ryan.

Sie drehte sich um und sah ihn am Türrahmen lehnen. »Was soll ich denn sagen? Du scheinst doch schon alle Antworten zu haben.«

»Wenn ich alle Antworten hätte, wären wir niemals vor dem Scheidungsrichter gelandet.«

»Ich möchte eins klarstellen, Ryan: Ich bin nur hier, weil du mich dazu gezwungen hast.«

»›Gezwungen‹ ist ein ziemlich hartes Wort. Nicht ganz so schlimm wie ›Erpressung‹, aber ...«

Sie hob eine Hand, um ihn zu unterbrechen. »Ich will nicht hier sein. Ich will nicht bei dir sein. Ich will bei Henry sein. Also sitze ich hier meine Zeit ab, bis du entweder genug von dieser albernen Scharade hast oder bis zu unserem Gerichtstermin. Was auch immer als Erstes kommt. Gibt es irgendetwas daran, was du nicht verstehst?«

»Nein, ich glaube, ich hab's kapiert. Selbst ein dummer Sportler wie ich versteht einfaches Englisch.«

Susannah nervte es, dass sie der Schmerz, der von ihm ausstrahlte, störte.

»Da ich nicht vorhabe, uns in nächster Zeit aufzugeben, könntest du dir da vorstellen, dass wir wenigstens höflich miteinander umgehen?«

Sie zuckte die Achseln. »Im Moment ist mir nicht sonderlich nach ›höflich‹.«

»Ich liebe dich, Susie.«

Sie verdrehte die Augen. »Spar dir das.«

»Ich habe dir nicht viel Anlass geboten, das zu glauben, doch es stimmt. Ich liebe dich. Ich liebe dich schon so lange, dass ich mir nicht vorstellen kann, dich *nicht* zu lieben. Als ich gestern zusehen musste, wie du nach Luft gerungen hast, wurde ich wieder daran erinnert, dass ein Leben ohne dich kein Leben ist. Du musst also nicht höflich sein. Du musst nicht mal mit mir reden, aber ich werde mit dir reden. Und ich hoffe, du hörst mir zu.«

Nachdem er gegangen war, setzte sie sich aufs Bett und weinte.

6

Bernie und Darling kehrten mit Lebensmitteln aus dem Supermarkt zurück, die locker für zehn gereicht hätten. Nachdem sie alles weggepackt hatten, holten sie Feuerholz für mehrere Tage ins Haus. Zu viert nahmen sie schweigend das Mittagessen ein, während die Spannung zwischen Ryan und Susannah mit den Händen zu greifen war.

Um die unangenehme Stille zu brechen, unterhielten Bernie und Darling sich über den anstehenden Besuch im Weißen Haus, wo der Präsident die Gewinner des *Super Bowl* begrüßen würde.

»Passiert das normalerweise nicht später?«, fragte Susannah.

»Der Präsident ist ein riesiger Mavs-Fan«, erklärte Darling. »Er hat extra Platz in seinem Terminkalender gemacht, um uns vor der Spielpause zu empfangen.«

Vor ihrer Rückfahrt nach Denver bat Bernie darum, einen Moment allein mit Susannah reden zu dürfen.

Sie zog sich ihren Mantel an und trat mit ihm auf die Veranda.

»Geht es dir gut?«, fragte er.

»Das wird schon wieder.«

Bernie schaute durchs Fenster zu Ryan. »Er ist mein bester Freund, und ich liebe ihn wie einen Bruder.« Er sah erneut Susannah an. »Aber du liegst mir ebenso am Herzen. Wenn du nicht mit ihm hier sein willst, musst du es bloß sagen, und ich bringe dich nach Hause.«

»Er scheint entschlossen zu sein, diese Rettungsaktion für unsere Ehe durchzuziehen«, erklärte sie seufzend. »Ich werde nicht zu ihm zurückkehren. Und er wird dich brauchen, wenn ihm das endgültig klar wird.«

»Ich weiß, er kann ein sturer Idiot sein – verdammt, das kann ich auch. Da musst du nur Mary Jane fragen. Trotzdem ist er einer der Guten, Susie. Ich würde ihm mein Leben und das meiner Kinder anvertrauen. Und wenn es eines gibt, wobei ich mir ganz sicher bin, dann ist das, dass er dich liebt. Ihr hattet eine schwere Phase, das bedeutet allerdings nicht …«

In dem verzweifelten Bemühen, diese Unterhaltung zu beenden, stellte sie sich auf die Zehenspitzen und gab ihm einen Kuss auf die Wange. »Ich bin dir dankbar für das, was du versuchst, Bernie. Wirklich. Und dass du an mich denkst, aber ich werde hierbleiben und es bis zum Ende durchziehen. Er scheint diesen Abschluss zu brauchen.«

»Was ist mit dem, was du brauchst?«

Sie lächelte ironisch. »Darum ist es nie wirklich gegangen, oder?«

»Wenn du deine Meinung änderst und nach Hause willst, ruf mich an, und ich hole dich ab. Egal ob Tag oder Nacht. Sollte ich in Washington sein, schicke ich jemanden vorbei.«

»Danke.«

Die Tür öffnete sich, und Ryan und Darling kamen raus. »Fertig?«, fragte Darling.

Bernie nickte. Dann umarmten die beiden Männer Susannah.

»Richtet dem Präsidenten meine Grüße aus«, sagte Ryan.

»Du wirst uns fehlen, Mann«, erwiderte Darling. »Bist du sicher, dass du nicht mitkommen kannst?«

»Ich hab das ja schon mal mitgemacht. Und außerdem«, fügte er mit einem bedeutungsvollen Blick zu Susannah hinzu, »habe ich im Moment Wichtigeres, worum ich mich kümmern muss.«

Susannah winkte ihren Freunden nach, die die lange Straße

hinunterfuhren, die in den Ort führte. Sie wollte ihnen hinterherlaufen, konnte sich aber nicht bewegen, weil die Erkenntnis, wie allein sie hier mit Ryan war, sie lähmte.

»Erinnerst du dich, als wir das erste Mal hier waren?«, erkundigte er sich. »Wir hatten die Rocky Mountains noch nie gesehen, doch dieser Ort hatte etwas, das uns von Anfang an angezogen hat, weißt du noch? Nach unserer Kindheit und Jugend in Florida und Texas hatten wir nichts, womit wir es vergleichen konnten. Die Berge und die Bäume und den Schnee. Die Luft, die so kalt und klar war, dass das Atmen beinahe schmerzte. Zum ersten Mal in meinem Leben hatte ich Geld, aber wir haben gezögert, einen so teuren Impulskauf zu tätigen. So hast du es doch genannt, oder? Einen Impulskauf?«

Susannah kehrte ihm weiter den Rücken zu, als Schutz gegen die Erinnerungen, die er in ihr hervorrief.

»Trotzdem haben wir es nie bereut, oder? Was hätten wir in den ersten verrückten Jahren bei den Mavs ohne unseren kleinen Rückzugsort gemacht? Ich weiß, du liebst unser Haus in der Stadt, aber das hier ist unser Zuhause, Susie. Hier gehören wir hin. Ich weiß, dass du es auch fühlst.«

Sie drehte sich um und bemühte sich, ihn nicht anzuschauen oder seinen verletzten Rippen zu nahe zu kommen, als sie sich an ihm vorbei ins Haus zwängte. Drinnen ging sie schnurstracks ins Gästezimmer und schloss die Tür hinter sich.

***

Susannah schwebte zwischen Wachen und Schlafen. Musik. Eine Gitarre und Gesang. Ryan. Sie schlug die Augen auf und blieb ganz still liegen, um zu lauschen. Es fühlte sich irgendwie seltsam an, in diesem fremden Zimmer aufzuwachen. *Oh*, seufzte sie innerlich. *Nicht dieses Lied ... Das ist nicht fair, Ry.* Rod Stewarts »You're in My Heart«, das Lied, zu dem sie auf ihrer Hochzeit getanzt hatten. Ryans Stimme war tief, und sein Gitarrenspiel hatte sich dramatisch verbessert, seitdem sie ihn das letzte Mal gehört hatte. Vor ungefähr drei Jahren hatte er beschlossen, Gitarre zu lernen. Und wie alles, was er sich vornahm, hatte er es in kürzester Zeit gemeistert.

Susannah merkte entsetzt, dass das Lied den gewünschten Effekt hatte. Ihr Kopf schmerzte, wenn sie an die Hochzeit dachte, die nur zwei Wochen nach Ryans Collegeabschluss stattgefunden hatte. Und zwei Wochen bevor er zum Trainingscamp der Mavericks abgereist war. Sie war so aufgeregt gewesen, so verliebt und so voller Hoffnung für ihre Zukunft. *Das ist lange her*, ermahnte sie sich, *und jetzt ist alles anders.*

Die Tür ging auf. »Hey«, flüsterte er. »Bist du wach?«

Er war lediglich eine vom Flurlicht erleuchtete Silhouette. »Ja.«

»Hast du Hunger?«

»Ein bisschen.«

»Ich habe was zum Abendessen gekocht.«

»Wirklich?«

Er lachte leise. »Freu dich nicht zu früh. Es gibt nur Steak und Salat.«

»Von dir persönlich zubereitet?«

»Sehr lustig. Ich lebe jetzt schon eine ganze Weile allein, da musste ich mich mit der Küche anfreunden.«

»Eine interessante Entwicklung.«

»Von denen hat es ein paar gegeben. Ich würde dir gern davon erzählen, wenn du mich lässt.«

Susannah blieb noch einen Moment liegen und versuchte, die Kraft aufzubringen, die sie benötigte, um auch nur im gleichen Raum mit ihm zu sein. Schließlich setzte sie sich auf. »Ich bin in einer Minute da.«

»Okay.« Er wandte sich zum Gehen und drehte sich dann noch einmal um. »Ich bin froh, dass du hier bist, Susie. Das Haus war ohne dich nicht das gleiche.«

Nachdem er den Raum verlassen hatte, blieb sie eine Weile auf der Bettkante sitzen, bevor sie aufstand und sich ins Badezimmer begab. Als sie schließlich ins Wohnzimmer kam, fühlte sie sich wie eine Besucherin, obwohl hier alles genau so war, wie sie es eingerichtet und dekoriert hatte. Während sie ihren Blick durch das gemütliche Wohnzimmer im Landhausstil gleiten ließ, über den Kamin, der eine ganze Wand einnahm, und die hohe Decke mit den Holzbalken, wurde ihr bewusst, wie sehr sie es vermisst hatte, hier zu sein, und wie sehr sie auch Ryan vermisst hatte.

Genervt von dieser Erkenntnis faltete sie die Decke zusammen, die er in einem Haufen auf dem Sofa hatte liegen lassen – ein Hinweis darauf, dass er sich ebenfalls ein Nickerchen gegönnt hatte. Der Mann, für den es sonst so was wie Schlafen tagsüber nicht gab, legte sich in der Hütte regelmäßig für einen Mittagsschlaf hin, weil hier der einzige Ort war, an dem er wirklich entspannen konnte.

In einem roten Flanellhemd zu einer alten Jeans kam Ryan mit einem Teller in der Hand von der Veranda herein. »Bereit, zu essen?«

Susannah dachte, wie so oft in der Vergangenheit, dass nichts an seinem Äußeren verriet, dass er ein Multimillionär war. Trotz seines Erfolges war er in vielerlei Hinsicht immer noch der gleiche Junge wie der, der sie vor über elf Jahren in einem Restaurant in Gainesville angesprochen hatte.

»Kann ich was helfen?«, fragte sie.

»Nein, nichts.« Er rückte ihr den Stuhl am Esstisch zurecht. Als sie sich gesetzt hatte, zündete er die Kerzen an und schenkte ihr ein Glas Rotwein ein.

Ihr Magen zog sich nervös zusammen. »Ryan, das ist alles wirklich nett und so, aber ...«

Er griff nach ihrer Hand. »Es ist nur ein Abendessen. Wir hatten dazu immer Kerzen und Wein, oder?«

»Ja, ich schätze schon.«

»Dann denk nicht darüber nach.« Er drückte kurz ihre Hand und ließ sie dann los, um den Salat zu servieren.

Nachdem sie mehrere Minuten lang schweigend gegessen hatten, sagte sie: »Das ist wirklich gut. Vielen Dank.«

»Gern geschehen.« Er füllte ihr Wein nach. »Darf ich dich etwas fragen?«

»Kann ich dich davon abhalten?«

Er ließ dieses Lächeln aufblitzen, das ihn bei den Frauen von

Denver – und darüber hinaus – zum Superstar gemacht hatte. »Warum hast du den *Super Bowl* aufgenommen?«

Susannah erstarrte. »Das habe ich nicht.«

»Doch.«

»Ich wollte es nicht.«

Er lachte. »Wie kann man denn aus Versehen den *Super Bowl* aufnehmen?«

»Vermutlich war das noch aus deiner Zeit dort so eingestellt.«

Er schüttelte den Kopf. »Nein«, widersprach er leise.

Susannah widmete sich konzentriert ihrem Essen.

»Hast du das aufgezeichnet, weil ich mitgespielt habe?«

Sie blickte auf und stellte fest, dass er sie eindringlich musterte. Da wusste sie, es hatte keinen Sinn, ihn anzulügen. Er würde sie durchschauen, wie er es schon immer getan hatte. »Ja.«

Seine Augen leuchteten zufrieden und mit einem kleinen Funken Hoffnung auf. »Warum?«

»Ich hatte an dem Abend Pläne mit Henry, und ich dachte, vielleicht würde ich es mir später ansehen wollen.«

»Weil ich aus dir einen so großen Footballfan gemacht habe?«, wollte er lächelnd wissen.

»Ja, so in der Art.«

»Und, hast du es angeschaut?«

»Nein.« Sie trank einen großen Schluck Wein. »Aber ich wusste, dass du gewonnen hattest.«

»Wusstest du auch, dass ich verletzt worden bin?«

Sie nickte. »Allerdings nicht, dass es so schlimm ist.« Sie zeigte auf sein zerschundenes Gesicht. »Das habe ich nicht mal geahnt.«

»Deshalb hast du das Spiel nicht angeschaut, oder? Weil du gehört hast, dass ich verletzt worden bin. Das zu sehen erträgst du immer noch nicht, oder, Baby?«

»Hör auf, Ryan«, flüsterte sie, und ihre Augen füllten sich mit Tränen.

Er griff nach ihrer Hand. »Du hast es dir immer so zu Herzen genommen, wenn ich verletzt wurde. Das habe ich gehasst.«

Sie entzog ihm ihre Hand und rief: »Ist das denn so falsch von mir? Dass ich es nicht ertrage, den Mann, den ich ...« Entsetzt und erschüttert von dem, was sie beinahe gesagt hätte, schlug Susannah sich die Hand vor den Mund.

»Den Mann, den du was? Den du liebst? Wolltest du das sagen?«

Sie wollte nur noch weg, also stand sie auf und ging auf die Veranda hinaus. In der Ferne konnte sie die funkelnden Lichter von Breckenridge und die hell erleuchteten Abfahrten an den Bergen erkennen. Zitternd wischte sie sich die Tränen ab, die kalte Spuren auf ihren Wangen hinterließen.

Ryan kam von hinten und legte ihr eine Decke und seine Arme um die Schultern.

»Ich bin fertig, Susie.«

»Womit? Zu versuchen, mich zurückzugewinnen?«

»Nein. Mit Football. Ich höre auf.«

Sie lachte schnaubend auf. »Ja, klar. Netter Versuch, Ryan. Du schreckst wirklich vor nichts zurück, oder?«

Er drehte sie zu sich herum, sodass sie ihn anblicken musste. »Ich meine es ernst. Sobald die Mannschaft aus Washington zurück ist, treffe ich mich mit Duke und Chet.« Damit meinte er den Trainer und den Besitzer des Clubs.

»Das machst du nicht.«

»O doch. Ich habe drei *Super-Bowl*-Ringe, einen Platz in der *Hall of Fame*, eine *Heisman Trophy* und mehr Geld, als ich in diesem Leben ausgeben kann. Ich muss nichts mehr beweisen – weder mir noch sonst jemandem. Ich will abtreten, solange ich an der Spitze stehe und mein Körper noch ein wenig Leben in sich hat.«

Susannah starrte ihn an, als hätte sie ihn noch nie zuvor gesehen.

»Ich meine es ernst, Susie.« Er zog sie an sich, und sie ließ es zu, weil ihr kalt war. »Wenn du also bei mir bleiben würdest, müsstest du nicht mehr fürchten, dass der Mann, den du liebst, verletzt wird.«

Sie schob ihn von sich, wobei sie darauf achtete, seine gebrochenen Rippen nicht zu berühren. »Das ändert gar nichts.«

Er umfasste ihr Kinn und zwang sie, ihn anzuschauen. »Das ändert *alles*. Es gibt einen weiteren Grund für meinen Rücktritt, und der ist wichtiger als alle anderen.«

Sie versuchte, den Blick abzuwenden, doch er ließ es nicht zu.

»Ich will so viel Zeit wie nur möglich mit meiner Frau verbringen. Ich will, dass wir eine Familie haben.«

Susannah schloss die Augen gegen den Schmerz und schüttelte den Kopf. Dann riss sie die Lider wieder auf, als sie seine kühlen Lippen auf ihren spürte. Gefangen von seinen starken Armen und der schweren Decke fürchtete Susannah, ihm wehzutun, wenn sie sich wehrte.

Seine Lippen wurden wärmer. Er senkte den Kopf, um den Kuss zu vertiefen. Seine Zunge war sanft, aber beharrlich.

Als sie ihre Sinne wieder unter Kontrolle hatte, merkte Susannah, dass sie sich mit den Fingern in sein Hemd krallte. Ihr Mund war geöffnet, ihre Zunge umspielte seine, und es war nicht zu leugnen, dass sie den Kuss erwiderte.

»Mein Gott«, keuchte er, als er nach Luft schnappte. Sein Atem bildete kleine Wolken in der kalten Luft. »Susie ...« Erneut eroberte er ihren Mund, doch dieses Mal hatte der Kuss nichts Sanftes.

Susannah presste ihre Hände gegen seine Brust. »Stopp, Ryan. Hör auf. Ich will das nicht.«

»Beinahe hätte ich das Gegenteil gedacht«, flüsterte er, während er heiße Küsse auf ihrem Hals verteilte und dann ihr Ohrläppchen zwischen seine Zähne nahm.

»Bitte«, stöhnte sie. »Ich will dir nicht wehtun, indem ich mich wehre, aber wenn du mich nicht sofort loslässt, werde ich es tun.«

Er hörte auf, an ihrem Ohr zu knabbern, und trat einen Schritt zurück. »Es tut mir leid.« Mit der Hand fuhr er sich durch die Haare. »Ich kann nicht anders. Ich will dich so sehr, Susie. Ich kann an nichts anderes denken als daran, wie es in den guten Zeiten zwischen uns war.« Er legte eine Hand auf ihre Schulter und lehnte seine Stirn gegen ihre. »Bevor das alles passiert ist. Ich weiß, du erinnerst dich daran. Du kannst mir nicht weismachen, dass du es nicht tust. Ich will, dass wir unseren Weg zurück dahin finden. Kriegen wir das hin? Können wir es wenigstens versuchen?«

Sie zitterte. Ob vor Kälte oder wegen der Sehnsucht, die sie in seiner Stimme hörte, konnte sie nicht sagen.

Einen Arm um ihre Schultern gelegt, führte er sie ins Haus zurück und drückte sie sanft auf den Boden vor dem Kamin. Nachdem er ein paar Holzscheite nachgelegt hatte, ließ er sich stöhnend neben ihr nieder.

»Hast du Schmerzen?«, fragte sie.

»Nicht so schlimm wie gestern.«

Sie merkte, dass er überrascht war, als sie nach seiner Hand griff. »Du sollst wissen, dass ich alles gehört habe, was du da draußen gesagt hast. Und auch das davor.«

»Ich meine jedes Wort davon.«

»Ich weiß.«

Er riss die Augen auf. »Wirklich? Du glaubst mir?«

Sie nickte.

Er sah aus, als würde er am liebsten weinen, als er die Arme nach ihr ausstreckte. »Dieses Mal wird es anders, Susie. Das verspreche ich dir. Du wirst an erster Stelle stehen.«

Sanft löste sie sich aus seiner Umarmung. »In den letzten Tagen ist mir etwas bewusst geworden.«

»Was, Baby?« Er schob ihr eine Haarsträhne hinters Ohr.

»Ich liebe dich, Ryan. Ich liebe dich wirklich.«

Ein Lächeln erhellte sein Gesicht.

»Ich war verrückt, zu glauben, das würde einfach enden, nur weil wir nicht mehr zusammen sind.« Sie packte seine Hände. »Aber es ist zu viel passiert, als dass wir wieder zu dem zurückkehren könnten, was wir einmal hatten.«

»Nein«, widersprach er. »Das stimmt nicht. Wir lieben einander. Was könnte wichtiger sein?«

»Ich habe Jahre darauf gewartet, Ryan – zu viele Jahre –, diese Unterhaltung mit dir zu führen. Doch es gab immer irgendetwas anderes, das wichtiger war, jemand anderen, um den du dich kümmern musstest.«

»Was soll das heißen?«, fragte er hitzig.

»Das ist jetzt egal. Nichts von alldem ist mehr wichtig. Es ist zu spät. Das musst du akzeptieren und mich gehen lassen.«

»Niemals.«

»Du hast es mir versprochen. Du hast gesagt, wenn ich dir diese zehn Tage zugestehe und danach weiter die Scheidung will, würdest du sie mir geben. Du hast versprochen, dass du dich nicht zwischen Henry und mich stellen wirst. Ich gehe davon aus, dass du dieses Versprechen hältst.«

»Ich habe acht Tage übrig, und jetzt weiß ich, dass du mich noch liebst«, erklärte er mit einem selbstbewussten Grinsen, das so typisch für ihn war. »Und wenn du mich nicht mehr wollen würdest, hättest du mich nicht so geküsst. Ich denke, ich bin weiter im Spiel.«

Mit einem genervten Seufzer stand sie auf. »Du hattest recht, als du gesagt hast, es wäre an der Zeit, aufzuhören, Ry. Lass es uns tun, solange wir an der Spitze sind. Gute Nacht.«

7

Susannah wälzte sich im Bett herum. Sie hörte, wie Ryan Gitarre spielte, und sie war immer noch wach, als er in ihr Zimmer schlich, ihr die Haare aus dem Gesicht strich und ihr einen Kuss auf die Stirn gab.

»Ich liebe dich, Susie«, flüsterte er. »Ich liebe dich mehr als alles andere auf der Welt.«

Sie tat, als ob sie schliefe, wobei sie darum kämpfte, gleichmäßig weiterzuatmen. Ihr Herz klopfte wie verrückt. So leise, wie er gekommen war, ging er wieder. Als sie die Dusche nebenan rauschen hörte, weinte sie bitterlich in ihr Kissen.

Wie lange habe ich mich danach gesehnt, dass er sich mir so öffnet? Aber erst jetzt, wo er vorhat, Football aufzugeben, rücke ich bei ihm an die erste Stelle. Das ist zu wenig. Und zu spät. Während sie von krampfhaften Schluchzern geschüttelt wurde, erinnerte sie sich an all die Nächte, in denen sie sich wegen des Mannes, der einst jeden ihrer Gedanken beherrscht hatte, in den Schlaf geweint hatte. *Ich kann das nicht ein weiteres Mal durchmachen. Ich war Henry schon untreu, weil ich Ryan geküsst habe, als würde das Küssen morgen verboten werden. Henry, du hast etwas viel Besseres verdient. Ich habe dich in der Vergangenheit so oft enttäuscht. Das darf ich nicht noch mal zulassen.*

Von Anfang an hatte Ryan sie in seinen Orbit gezogen. Sie hatte das College verlassen, um ihn zu heiraten und mit ihm nach Denver zu gehen, wo er von den Mavericks unter Vertrag genommen worden war. Ihr Leben hatte so lang um ihn gekreist, dass sie, als ihre Ehe geendet hatte, keine Ahnung gehabt hatte, wer sie ohne ihn war. Im Laufe des letzten Jahres hatte sie es herausgefunden, und sie war auf dem Weg in ein ganz neues Leben gewesen, als er wieder aufgetaucht war und ihre Welt auf den Kopf gestellt hatte, wie nur Ryan es konnte.

Ihre Schluchzer verebbten zu einem Schluckauf, während ihr weiter bittere Tränen über die Wangen liefen.

»Susie?«

Sie unterdrückte ein Stöhnen. »Geh ins Bett, Ryan.«

Er kam herein und setzte sich vorsichtig auf die Bettkante. »Weinst du etwa?« Er strich ihr sanft mit der Hand über die Wange. »Baby, was ist los?«

Das Licht, das aus dem Flur hereinfiel, reichte, um zu erkennen, dass er nur Boxershorts anhatte. Das nasse Haar hatte er sich zurückgekämmt, und er war frisch rasiert. Immer noch war er der attraktivste Mann, den sie je getroffen hatte, und Gott mochte ihr helfen, aber sie begehrte ihn. »Nichts ist los«, sagte sie. »Geh ins Bett. Bitte.«

»Ich kann dich nicht traurig und allein hier zurücklassen.«

»Warum nicht? Damit hattest du früher doch auch kein Problem.«

Er zuckte zusammen.

Sie konnte seine Augen nicht sehen, stellte sich aber den Anflug von Schmerz und Wut vor, der darin aufflammte. Neue Tränen stiegen ihr in die Augen.

»Susannah … Du brichst mir das Herz.«

»Du hast meins gebrochen«, stieß sie zwischen zwei Schluchzern vor. »Mehr als einmal.«

»Es tut mir leid«, antwortete er beinahe flehentlich. »Du bist der letzte Mensch auf Erden, dem ich wehtun wollte. Das musst du doch wissen.« Er griff nach ihr und zog sie an sich. »Ich habe Fehler begangen«, gestand er, während er ihr über die Haare strich. »Das leugne ich nicht. Aber ich möchte das wiedergutmachen. Und du musst mir dabei helfen.«

»Ich muss gar nichts«, gab sie zurück. »Die Zeit dafür, es wiedergutzumachen, war, als ich dich angefleht habe, dich in unserer Ehe zu engagieren. Du bist es so gewohnt, zu kriegen, was du willst, dass du das Wort ›Nein‹ gar nicht kennst, oder?«

»Ich habe nicht alles bekommen, was ich mir gewünscht habe«, rief er ihr in Erinnerung.

Fassungslos zog sie sich von ihm zurück. »Nicht für die Cowboys spielen zu können zählt nicht.«

»Du hast nie verstanden, was das für mich bedeutet hat, also erwarte ich nicht, dass du es jetzt verstehst.«

Sie starrte ihn ungläubig an. »Du hast eine Karriere gehabt, für die die meisten Männer ihre Seele verkaufen würden, und doch kannst du es nicht vergessen, oder? Du bist so gesegnet, dass du überhaupt nicht siehst, wie albern das ist.«

»Ich weiß, dass ich gesegnet bin, und ich weiß jetzt, dass ich für die Mavs habe spielen sollen, auch wenn ich immer von einer Karriere bei den Cowboys geträumt habe. Wenn die mich unter Vertrag genommen hätten, hätte ich jetzt keine drei *Super-Bowl*-Siege. Das verstehe ich ... jetzt.«

Das hatte sie ihn noch nie sagen hören, und diese Erkenntnis war faszinierend. Er hatte sich wirklich verändert. »Ryan, ich meinte damit nicht ...«

Er schüttelte den Kopf, um sie zu unterbrechen. »Es hieß immer, ich sei der beste Highschool-Footballspieler der letzten zehn Jahre in Texas. Trotzdem durfte ich nicht für das Team spielen, als dessen Fan ich aufgewachsen bin. Ich weiß, du findest das angesichts all dessen, was ich mit den Mavs hatte, albern, doch es hat wehgetan. Ich erwarte nicht, dass du das verstehst. Warum solltest du? Immerhin musste ich dir erklären, dass der Quarterback der ist, der den Football wirft.«

Sie lachte leise, als sie sich erinnerte, wie schockiert er gewesen war, als er erfahren hatte, dass sie überhaupt nichts über Football wusste und nicht zu den zahllosen treuen Fans gehörte, die ihre

Samstage im Herbst im »The Swamp« genannten Footballstadion der Uni verbrachten und Ryan Sanderson verehrten. »Und niemand wirft den Ball besser als du«, erklärte sie leise und bedauerte, dass sie an diese alte Wunde gerührt hatte. »Es tut mir leid, dass ich mich nicht mehr bemüht habe, zu verstehen, wie sehr dich das verletzt hat.«

Er zuckte die Achseln. »Das ist Geschichte, und im Rückblick nehme ich an, dass es wirklich albern war. Ich konnte mich kaum beschweren, oder? Wie sind wir überhaupt auf dieses langweilige alte Thema gekommen?«

Sie lächelte. »Ich glaube, es hat damit angefangen, dass ich gesagt habe, du würdest immer alles kriegen, was du willst.«

»Ach ja.« Er erwiderte ihr Lächeln. »Und dass ich das Wort ›Nein‹ nicht verstehe, wenn ich mich recht erinnere.«

Aus Humor wurde Verlangen, als ihre Blicke sich in dem dämmrigen Licht trafen.

Er strich ihr mit den Fingern durch die Haare und zupfte leicht an einer Strähne, damit sie den Kopf hob. »Küss mich«, flüsterte er.

»Nein«, sagte sie, auch wenn sie für ihn brannte.

Ein langer, atemloser Moment verging, bevor er seine Hand zurückzog. Dann gab er Susannah einen Kuss auf die Stirn und meinte leise: »Siehst du? Ich weiß doch, was ›Nein‹ heißt.«

Danach lag Susannah noch lange wach und wünschte sich, er wäre geblieben. Und sie fragte sich besorgt, was sie wohl getan hätte, wenn er das Nein nicht verstanden hätte.

AM NÄCHSTEN MORGEN BRACHTE RYAN IHR DAS FRÜHSTÜCK ANS BETT: Kaffee, Toast, Rührei, Orangensaft und eine Vase mit einem kleinen Zweig Immergrün. »Ich habe keine Rose gefunden«, erklärte er und lächelte unsicher.

»Rosen mögen keinen Schnee.« Sie erwiderte sein Lächeln, war beeindruckt, wie viel Mühe er sich gemacht hatte. Während sie sich aufsetzte, strich sie sich mit den Fingern durch die Haare. Bestimmt sah sie aus wie ein Wrack.

Er stellte ihr das Tablett auf den Schoß und gab ihr einen Kuss auf die Wange. »Du bist morgens immer wunderschön. Auch wenn du mir das nie geglaubt hast.«

Dass er ihre Gedanken so leicht lesen konnte, war mehr als nur ein wenig verstörend. Und dass er sich so sehr von dem Ryan unterschied, den sie erwartet hatte, erschreckte sie. Sie hatte keine Ahnung, wie sie sich vor dieser aufmerksamen, sensiblen Version von ihm schützen sollte. Sie griff nach dem Kaffeebecher und trank einen großen Schluck in der Hoffnung, dass das Koffein ihre Verteidigung beleben würde, die im Moment noch im Tiefschlaf zu liegen schien.

»Meinst du, du könntest den abnehmen, solange wir hier sind?«, fragte er.

»Was soll ich abnehmen?«

Er nickte in Richtung ihres Verlobungsrings.

»Nein.«

Ryan setzte sich auf die Bettkante und strich mit dem Daumen über den Ring. »Was hast du mit den Ringen gemacht, die ich dir geschenkt habe?«

»Die liegen zu Hause im Safe.«

»Ich dachte, du hättest sie verkauft.«

»Warum? Ich brauche das Geld nicht. Dafür hast du gesorgt.«

Er zuckte mit den Schultern. »Ich dachte, sie seien vielleicht eine schlechte Erinnerung. So wie ich.«

»Du bist keine schlechte Erinnerung. Nun ja, nicht nur ...«

Sein Lachen hallte durch den Raum, aber es verklang, als Susannahs Handy klingelte. Er stand auf, holte ihr die Handtasche und ließ sie neben ihr aufs Bett fallen.

»Sorry.« Sie lächelte schwach. Eigentlich hatten sie eine Regel, was Handys in der Hütte anging. Eine Telefonleitung hatten sie nie installieren lassen, und früher hatten sie immer, sobald sie das Ortsschild von Breckenridge passiert hatten, ihre Handys ausgestellt. Susannah war gestern so genervt gewesen, dass sie es vergessen hatte.

»Hallo?«, sagte sie, während Ryan mit steifen Schritten das Zimmer verließ.

»Susannah«, begann ihre Schwester. »Was zum Teufel ist bei dir los?«

»Dir auch einen guten Morgen, Missy«, erwiderte sie seufzend.

»Ich habe gerade mit Henry telefoniert. Er steht kurz vorm Durchdrehen. Sag mir, dass du nicht wirklich mit Ryan in Breckenridge bist.«

»Ich wünschte, das könnte ich.«

»Oh, dieser verfluchte Hurensohn!« Mit Missys melodischem Akzent klang dieser Fluch beinahe komisch. Missy lebte in Savannah und war die klassische Südstaatenschönheit. »Hat er wirklich gedroht, die Scheidung zu stoppen, wenn du nicht mit ihm gehst?«

»Ja.«

»Das ist unmöglich! Hast du mit deinem Anwalt gesprochen? Das kann er nicht tun.«

»Er hat alle Trümpfe in der Hand, Missy. Immerhin ist nicht er mit jemand anderem verlobt.«

»Das tut er bloß, *weil* du mit Henry verlobt bist. Sein übergroßes Ego erträgt die Vorstellung nicht, dass du einen anderen Mann hast.«

»Ich weiß nicht, ob es nur das ist.« Susannah nahm einen Bissen von ihrem Frühstück. »Er ist irgendwie anders. Ich kann nicht genau sagen, wie, aber er hat sich verändert.«

»Ach bitte, Susannah. Du machst Witze. Ryan Sanderson wird sich niemals ändern. Das Universum dreht sich um ihn, und das hat es immer getan. Du kannst unmöglich vergessen haben, wie das Leben mit ihm war. Vor allem in den letzten paar Jahren.«

»Das habe ich nicht.« Erneut seufzte sie tief. »Er behauptet, er will sich aus dem aktiven Sport zurückziehen.«

Melissa lachte lang und laut. »Und das kaufst du ihm ab? Was zum Teufel passiert mit dir, wenn er in der Nähe ist? Es ist, als wärst du von Außerirdischen entführt worden.«

Nein, von meinem Ex-Mann. »Er scheint es ernst zu meinen«, erwiderte sie schwach und fragte sich, ob Ryan bloß mit ihr spielte. Es wäre nicht das erste Mal.

»Hör mir zu, Susannah. Hörst du mir zu?«

»Ja«, antwortete sie kleinlaut.

»Dieser Mann ist Gift. Dein ganzes Leben hat sich um ihn gedreht. Du warst ein Accessoire, nicht seine Frau. Ich kann nicht mit ansehen, wie du dich da wieder hineinziehen lässt. Du hast so hart daran gearbeitet, dich von ihm zu lösen. Wie kannst du das nach nur ein paar Tagen mit ihm vergessen? Und was ist mit Henry?«

»Ich weiß, ich weiß«, sagte Susannah.

»Der arme Mann hat sein gesamtes Erwachsenenleben lang darauf gewartet, dass du zu Verstand kommst und deine Obsession für Ryan hinter dir lässt.«

»Das ist keine Obsession, Missy. Ich liebe ihn. Und ich werde ihn immer lieben.«

»Und er wird dir immer wehtun, weil er nicht weiß, wie er einen anderen Menschen als Ryan Sanderson lieben soll.«

»Das stimmt nicht«, protestierte Susannah. »Er liebt mich auch.«

Missy schwieg, was niemals ein gutes Zeichen war.

»Sag doch etwas.«

»Du gehst zu ihm zurück, oder?«

»Nein! Das habe ich nicht gesagt.«

»Aber du denkst darüber nach.«

»Das habe ich auch nicht gesagt.«

»Es ist wegen dem, was er für Daddy getan hat, oder? Deshalb schickst du ihn nicht zum Teufel, wie es jeder normal denkende Mensch tun würde. Du fühlst dich ihm verpflichtet.«

»Nein, überhaupt nicht. Seine Hilfe war an keine Bedingungen geknüpft.«

Missy schnaubte. »Das denkst *du*.«

»Er hat Daddy davor bewahrt, ins Gefängnis zu müssen, und unsere Eltern davor, obdachlos zu werden«, rief Susannah ihrer Schwester in Erinnerung. »Du solltest dich ihm ebenfalls verpflichtet fühlen.«

»Es ist ja auch sehr heldenhaft, eine Situation mit Geld zu lösen, vor allem, wenn man Unmengen davon hat.«

»Er hätte es nicht tun müssen«, beharrte Susannah. »Er hat es getan, weil er mich liebt und ihm meine Familie am Herzen liegt.« Einen Moment lang fragte sie sich, warum sie diesen Drang verspürte, Ryan vor ihrer Schwester zu verteidigen. Es kam ihr einfach richtig vor.

»Er hat dir erneut den Kopf verdreht.« Missy seufzte. »Das ertrage ich nicht.«

»Du ziehst hier lauter voreilige Schlüsse, nur weil ich ein paar Tage mit ihm zusammen verbringe.«

»Ich bin nicht die Einzige, die voreilige Schlüsse zieht, Susannah. Hast du heute schon mit deinem Verlobten gesprochen? Erinnerst du dich noch an ihn? Er ist zu ein paar eigenen Schlüssen gelangt.«

Bei dem Gedanken an Henry verkrampfte sich Susannahs Magen.

»Also, ich muss jetzt los«, sagte Missy. »George und ich haben vor, mit Daddy und Mama zusammen zur Hochzeit zu kommen – falls es denn eine Hochzeit gibt.«

»Die gibt es«, beharrte Susannah.

»Wenn es das ist, was du willst, dann nimm einen Rat von deiner großen Schwester an: Beende das mit Ryan, was auch immer es ist, und fahr zu deinem Verlobten zurück. Hochzeiten verlaufen in der Regel besser, wenn die Braut nicht mit ihrem Ex-Mann schläft.«

»Oh, vielen Dank, Missy. Ich weiß nicht, was ich ohne diesen Rat getan hätte.«

»Etwas weniger Sarkasmus und mehr gesunder Menschenverstand wären in dieser Lage hilfreich.«

»Wage es ja nicht, die ganze Geschichte brühwarm Daddy und Mama zu erzählen.«

»Es würde mir im Traum nicht einfallen, sie aufzuregen, indem ich ihnen erzähle, dass du wieder mit *ihm* zusammen bist.«

»Ich bin nicht wieder mit ihm zusammen«, widersprach Susannah.

»Wen versuchst du zu überzeugen, Susannah? Mich oder dich? Ich muss jetzt auflegen. George und ich sind zum Golfen verabredet. Ruf mich in ein paar Tagen an, und sei bis dahin vorsichtig. Ich liebe dich. Ich will nicht, dass du noch mal verletzt wirst.«

»Ich liebe dich auch. Wir sprechen uns.«

Susannah legte auf, schaltete ihr Handy aus und warf es in ihre

Handtasche. Dann ließ sie sich rücklings in die Kissen fallen und atmete langsam aus. Was ihre Schwester gesagt hatte, stimmte, und das wusste sie. Doch niemand – weder ihre Eltern noch ihre Schwester oder gar Henry – hatte je die spezielle Verbindung verstanden, die sie mit Ryan hatte. Während andere Frauen sie um ihren attraktiven, erfolgreichen, berühmten Ehemann beneideten, hatten die Menschen, die ihr am nächsten standen, diese Verbindung von Anfang an voller Argwohn betrachtet.

Selbst als Ryan den besten Anwalt Floridas engagiert hatte, um ihren Vater vor dem Gefängnis zu bewahren, nachdem sein Geschäftspartner Geld ihrer Kunden unterschlagen hatte – selbst *da* hatte ihre Familie ihr den Segen für die Ehe mit dem Profisportler vorenthalten. Trotz seiner offensichtlichen Hingabe an Susannah waren sie überzeugt, dass er sie irgendwann betrügen würde. Sie waren immer höflich und freundlich zu ihm gewesen, hatten ihm aber nie das Gefühl gegeben, Teil der Familie zu sein. Doch genau danach hatte er sich als Einzelkind einer alleinerziehenden Mutter, die zwei Jobs gehabt hatte, um sie beide über die Runden zu bringen, so sehr gesehnt: zu einer großen Familie zu gehören.

Die Gedanken wirbelten Susannah nur so durch den Kopf, während sie duschte und sich anzog. Mit dem Frühstückstablett in der Hand ging sie ins Wohnzimmer, wo Ryan ausgestreckt auf dem Sofa lag und mit der Fernbedienung durch die Sender zappte.

»Danke noch mal für das Frühstück«, sagte Susannah.

Ohne den Blick vom Fernseher zu wenden, erwiderte er: »Gern geschehen.«

Sie hatte erwartet, in der Küche das reinste Chaos vorzufinden, aber wieder einmal war sie überrascht, wie aufgeräumt alles war. Der Ryan, mit dem sie zusammengewohnt hatte, hätte ihr vielleicht ebenfalls Frühstück gemacht, doch er hätte ihr ein Schlachtfeld hinterlassen.

Oft hatten sie sich über das Thema Haushaltshilfe gestritten. Da Susannah nicht gearbeitet hatte, hatte sie das Gefühl gehabt, sie müsse sich um das Haus kümmern. Ryan hatte das nicht zulassen wollen. Er meinte, ihre ehrenamtlichen Aufgaben würden einem

Vollzeitjob entsprechen und sie könnten sich problemlos jemanden leisten, der sich um den Haushalt kümmerte. In Wahrheit hatte Susannah einfach keine Fremde in ihrem Zuhause haben wollen. Ihr Leben war so öffentlich, dass sie einen Ort brauchten, an dem sie komplett allein waren.

Sie stellte das Geschirr in die Spülmaschine und wischte das Tablett mit einem feuchten Tuch ab. Der Zweig Immergrün fiel ihr ins Auge. Susannah nahm ihn in die Hand und atmete den würzigen Duft ein, der Erinnerungen an Weihnachtsbäume und gemütliche Winterferien in ihr weckte – einige von denen waren sogar genau hier, in dieser Hütte, entstanden. Als es in der Küche nichts mehr für sie zu tun gab, wappnete sie sich mit einem tiefen Atemzug dafür, sich zu Ryan zu setzen. Sie hatte keine Ahnung, wie sie weitere acht Tage allein mit ihm überstehen sollte.

Bevor sie ins Wohnzimmer zurückkehren konnte, kam Ryan in die Küche, um sich Kaffee nachzuschenken. »Was wollte der Loverboy, der keine Liebe machen darf?«

Sie warf ihm einen vernichtenden Blick zu. »Das war Missy.«

»Oh, noch einer meiner größten Fans. Wie geht es meiner Schwägerin denn?« Er lehnte sich gegen die Arbeitsplatte.

Susannah bemerkte, dass die Flecken in seinem Gesicht sich gelblich zu verfärben begonnen hatten und langsam ein wenig verblassten. »Sie ist nicht glücklich, dass ich mit dir hier bin.«

»Warum überrascht mich das nicht?«

Susannah zuckte die Achseln.

»Ich bin mir sicher, sie hat dir ordentlich die Meinung gegeigt.«

»O ja.«

Amüsiert zog er eine Augenbraue hoch. »Erinnerst du dich noch an das, was wir immer gesagt haben, wenn wir diese missbilligenden Schwingungen von deiner Familie empfangen haben?«

Susannah spürte, wie ihre Wangen vor Verlegenheit rot wurden. »Sprich es nicht aus.«

»Warum nicht?« Er grinste. »›Wenn sie uns im Bett sehen würden, würden sie sich nie mehr fragen, was uns eigentlich verbindet.‹«

Sie verdrehte die Augen. »Es braucht mehr als guten Sex, um eine Ehe aufrechtzuerhalten. Das haben wir auch herausgefunden, oder?«

Ryan stellte seinen Kaffeebecher auf die Arbeitsplatte, durchquerte die Küche und legte seine Hände auf Susannahs Schultern. »Wir hatten keinen *guten* Sex. Wir hatten *unfassbar außerordentlichen* Sex.« Er gab ihr einen Kuss auf die Wange und dann einen auf den Hals. »Soll ich deine Erinnerungen auffrischen?«

»Nein, danke.« Sie drückte sanft gegen seine Brust. »Aber ich weiß das Angebot zu schätzen.«

Er lachte leise, ohne seine Lippen von ihrem Hals zu lösen. »Willst du mal eine Weile raus?«

Die Frage brachte sie aus dem Konzept, genau wie das, was er da mit ihrem Hals anstellte. »Um was zu tun?«

»Wir könnten einen Ausflug mit dem Schneemobil machen.«

»Ich glaube nicht, dass das schon gut für dich wäre.«

»Mir geht es heute wesentlich besser, und wenn ich nicht an die frische Luft komme, dreh ich durch.«

Sie schob ihn ein wenig entschlossener von sich, während ihr die Warnung ihrer Schwester in den Ohren nachhallte. »Du warst schon immer ein schrecklicher Patient.«

»Das kann ich nicht abstreiten.«

»Okay, der frischen Luft stimme ich zu, aber nicht dem Schneemobil. Wie wäre es, wenn wir erst einmal mit einem Spaziergang anfangen?«

Er verzog das Gesicht.

»Ich weiß, ein Spaziergang wird dein Bedürfnis nach Geschwindigkeit nicht befriedigen, doch eine falsche Bewegung auf dem Schneemobil, und du landest wieder im Krankenhaus.«

»Warum musst du immer so erwachsen sein?« Er zog einen Schmollmund wie ein Zwölfjähriger. Die Frage hatte er während ihres gemeinsamen Lebens oft gestellt.

»Einer von uns muss das ja«, meinte sie, und die vertraute Antwort weckte in ihr Sehnsucht danach, wie es einst zwischen ihnen gewesen war. Seiner Miene nach zu urteilen, ging es ihm genauso.

»Susie«, flüsterte er und umfasste ihr Gesicht. »Küss mich, wie du es gestern Abend getan hast. Nur ein Mal.«

Dieses Mal sagte sie nicht Nein. Sie küsste ihn, weil sie es wollte. So einfach war das. Außerdem konnte sie mit dem Kloß in ihrer Kehle sowieso nichts anderes tun. Und so klammerte sie sich an ihm fest, während er seine Lippen auf ihre presste. Wie von allein legten sich ihre Arme um seinen Hals. Er zog sie näher zu sich, bis ihr Busen sich gegen seinen Brustkorb drückte. Die vertraute Hitze, die er immer in ihr ausgelöst hatte, durchströmte sie und gab ihr das Gefühl, schwach und mächtig zugleich zu sein.

Schließlich löste er sich von ihr, ließ sie jedoch nicht los. »Lass dich von mir lieben«, flüsterte er an ihrem Ohr, was ein Zittern durch ihren gesamten Körper sandte. »Ich habe die ganze Nacht wach gelegen und mich gefragt, was passiert wäre, wenn du nicht Nein gesagt hättest. Ich will dich so sehr, Susie.« Er drückte sie rückwärts gegen die Arbeitsplatte, damit sie spürte, *wie* sehr er sie wollte.

»Nein.« Sie befreite sich aus seiner Umarmung und brachte so viel Platz zwischen sich und ihn, wie die Küche zuließ. »Das kann ich Henry nicht antun.«

Ryan explodierte. »Ich will kein Wort mehr über ihn hören! Wie erträgst du es nur, mit diesem Siebzigjährigen im Körper eines Dreißigjährigen zusammen zu sein?«

»Ich liebe ihn«, erwiderte Susannah ebenso laut.

»Wenn du ihn lieben würdest, hättest du mich nicht so geküsst wie eben. Oder wie gestern Abend. Du liebst mich! Das hast du selbst gesagt!«

Susannah schossen Tränen in die Augen.

Ryan ging zu ihr und zog sie in seine Arme. »Du liebst mich«, wiederholte er sanfter, allerdings nicht weniger drängend. »Du willst ihn nicht. Deshalb schläfst du nicht mit ihm. Du willst mich.«

»Ich will dich aber nicht wollen«, schluchzte sie und trommelte mit den Fäusten gegen seine Brust.

Bevor sie eine seiner Rippen treffen konnte, zog er sie enger an sich.

»Ich kann das nicht noch mal durchmachen, Ryan. Ich habe es

beim ersten Mal kaum überlebt, und ich hätte es sicher nicht geschafft, wenn Henry nicht für mich da gewesen wäre.«

»Er ist *immer* für dich da gewesen«, stieß Ryan hervor. »Er war von Anfang an die dritte Person in unserer Ehe. Ich habe deine Freundschaft mit ihm toleriert, aber ich wusste immer, dass er in dich verliebt ist. Er konnte es gar nicht erwarten, dass wir beide uns trennen, damit er herbeieilen und dich retten konnte.«

»Das stimmt nicht.«

»Natürlich stimmt das! Er hat deine Gedanken seit Jahren gegen mich vergiftet.«

»Das hat er nicht«, protestierte Susannah, obwohl sie sich da plötzlich gar nicht mehr so sicher war. Sie konnte sich nicht erinnern, dass Henry jemals etwas Nettes über Ryan gesagt hätte. Sie hatte immer gedacht, das läge daran, dass sie ihn damals für Ryan verlassen hatte. Oder hatte Henry in Wahrheit versucht, ihre Ehe zu sabotieren?

»Er hasst mich, weil er weiß, dass du mich liebst«, erwiderte Ryan leise. »Er ist gewillt, eine Frau zu heiraten, die einen anderen Mann liebt. Wer tut so etwas, Susie?«

»Er liebt mich!«

»Ja, das tut er. Aber du liebst ihn nicht. Das weiß er. Das weiß ich. Und du weißt es auch.«

Geschockt von der Wahrheit und überwältigt von ihren Gefühlen für Ryan löste Susannah sich von ihm und verließ die Küche, bevor sie restlos die Fassung verlor. Auf diese Demütigung konnte sie gerne verzichten.

8

Ryan schaute ihr nach, dann trat er frustriert gegen einen der Küchenstühle. Bei dem Schmerz, der daraufhin durch seine Rippen schoss, krümmte er sich. »Verdammte Scheiße!«

Nichts verlief nach Plan. Er hatte nicht erwartet, dass es so lange dauern würde, sie umzustimmen.

Im letzten Jahr hatte er ausreichend Zeit gehabt, um darüber nachzudenken, was zwischen ihm und Susie falsch gelaufen war. Und die Verantwortung für seinen Anteil daran zu übernehmen, der der größere war, wenn er ehrlich sein wollte. Er versuchte, ihr zu zeigen, dass er sich verändert hatte, stellte aber fest, dass sie auch nicht mehr die Gleiche war. Sie war nicht länger das Mädchen mit den großen, unschuldigen Augen, das ihn bedingungslos geliebt hatte, das ihm bei allen Höhen und Tiefen seiner einzigartigen Karriere zur Seite gestanden hatte, das ihm selbst in den forderndsten Zeiten stets das Gefühl gegeben hatte, dass er ihr Held war. Dieses Mädchen war verschwunden, und an seine Stelle war eine ältere, weisere Frau getreten, die er nicht so einfach für sich einnehmen konnte.

Aufgeben kam nicht infrage. Vor allem nicht jetzt, da er wusste, dass sie ihn noch immer liebte. Sie brauchten mehr Zeit, bloß ausgerechnet die hatten sie nicht. In etwas über einer Woche mussten sie vor Gericht erscheinen, und wenn es ihm bis dahin nicht gelang, sie davon zu überzeugen, ihrer Ehe eine zweite Chance zu geben, würde er den Rest seines Lebens ohne sie verbringen müssen. Und das wollte er sich nicht einmal vorstellen.

Da sie für seinen Charme nicht mehr empfänglich war, würde er sich ein bisschen mehr anstrengen müssen. Aber wie? Er hatte keine Ahnung, trotzdem musste er sich etwas einfallen lassen – und zwar schnell.

Er machte sich im Haus auf die Suche nach ihr. Doch vergeblich. Im Flur fiel ihm auf, dass ihr Mantel verschwunden war. Schnell schnappte er sich seinen, zog ihn an und verließ das Haus.

»Susie?«, rief er, allerdings ohne eine Antwort zu erhalten. Dicke Sturmwolken ballten sich am Himmel, und die Luft war schwer vor Feuchtigkeit. *Wir werden noch deutlich mehr Schnee bekommen*, dachte er und musterte den Himmel einen Moment, bevor er den Blick senkte. Er fand ihre Fußspuren. »Susie!«, rief er erneut und verfiel in einen leichten Laufschritt, der ihm klar aufzeigte, wie geschwächt sein Zustand war. Er war noch nicht mal die Länge eines Football-felds gelaufen, als er schon anhalten musste, um zu Atem zu kommen.

Er fand sie auf einem Felsvorsprung sitzend, von dem aus man über die kleine Stadt schauen konnte. Hier hatten sie gemeinsam viele Stunden verbracht, aber nicht, wenn der Weg dorthin so vereist gewesen war wie jetzt. »Susie«, sagte er, erleichtert, dass er sie gefunden hatte. »Susie, komm da runter.«

Sie rührte sich nicht und verriet auch durch nichts, dass sie ihn gehört hatte.

»Ich kann dir nicht helfen, wenn du von dem verdammten Felsen stürzt!«, rief er und presste sich die Hände in die Seiten, während er weiter versuchte, Luft zu kriegen. »Also komm da runter. Sofort!«

»Lass mich in Ruhe, Ryan. Ich will verdammt noch mal einfach nur in Ruhe gelassen werden.«

Er hasste es, Tränen auf ihren vor Kälte geröteten Wangen zu sehen. Und noch mehr hasste er es, zu wissen, dass er der Grund dafür war.

»Wenn du nicht runterkommst, muss ich rauf.«

»Ich bin allein hier hochgestiegen, ich schaffe es auch allein wieder runter. Und jetzt verschwinde.«

Er ließ seinen Blick über den Aufstieg gleiten und stöhnte innerlich, als er überlegte, was es ihn in seinem derzeitigen Zustand kosten würde, dort hinaufzuklettern. Trotzdem griff er nach dem ersten Halt an dem Felsen und zog sich stöhnend hoch.

»Um Himmels willen!«, rief Susannah und kletterte behände von der Felsnase. Sie wischte sich die Hände an ihrer Jeans ab und funkelte ihn böse an. »Bist du jetzt glücklich?«

»Nein«, erwiderte er. »Ich bin im Moment überhaupt nicht glücklich.«

Sie versuchte, sich an ihm vorbeizudrängen, aber er hielt sie auf.

»Ich muss einfach mal ein Weilchen allein sein«, erklärte sie, und ihre blauen Augen sprühten Funken. »Kriegst du das hin? Ich kann nicht denken, wenn du den gesamten Raum um mich herum einnimmst.«

Er unterdrückte ein Lächeln. »Hier draußen?« Er zeigte auf die schneebedeckten Berge und Kiefern. »Oder hier drinnen.« Er legte einen Finger auf ihre Brust.

Sie schlug seine Hand fort. »O Mann! Du treibst mich in den Wahnsinn!«

»Du mich auch, Liebling. Du treibst mich in den Wahnsinn. Und du treibst mich an. Das versuche ich dir die ganze Zeit zu sagen.«

»Und *ich* versuche dir zu sagen, dass es für dich an der Zeit ist, dir einen neuen Antreiber zu suchen, aber du hörst ja immer nur das, was du hören willst.«

»Ich will keinen neuen Antreiber. Ich will dich.«

»Mich kannst du nicht haben! Was ist daran so schwer zu verstehen?«

»Äh, das?«

Sie stieß einen frustrierten Schrei aus. »Du kannst jede Frau in dem Ort da unten haben.« Sie zeigte auf das in der Ferne liegende

Breckenridge. »Verdammt, du könntest drei auf einmal haben, wenn du wolltest. Warum suchst du dir nicht eine, die dich will, und lässt mich in Ruhe?«

»Ja, vielleicht kann ich jede Frau haben.« Er bemühte sich, ihr nicht zu zeigen, wie sehr es ihn verletzte, dass sie ihm vorschlug, sich eine andere zu suchen. »Doch die einzige, die ich will, ist diejenige, die gerade vor mir steht.«

»Tja, es tut mir leid, dich enttäuschen zu müssen, aber ...«

»Ich weiß, du hoffst, dass mir das hier langweilig wird und ich aufgebe, weil ich genau das in der Vergangenheit getan hätte. Das wird allerdings nicht passieren.«

»Darf ich dich was fragen, Ryan?«

»Was immer du willst.«

»Was passiert – hypothetisch gesprochen –, wenn du mich ›kriegst‹?« Sie malte Gänsefüßchen in die Luft. »Was passiert danach?«

Er zuckte mit den Schultern. »Wir verbringen den Rest unseres Lebens zusammen.«

»Und wenn du diesen Kampf gewonnen hast, wirst du dann immer noch daran interessiert sein, was ich denke, was ich fühle und ob ich glücklich bin?«

»Natürlich«, antwortete er. »Natürlich werde ich das.«

Sie schnaubte. »Ja, klar. Sobald die Aufregung der Jagd vorbei ist, wird alles wieder so sein wie vorher – du bist der große, wundervolle Ryan Sanderson, und ich bin ein Möbelstück in deinem Leben. Du kannst mich nicht davon überzeugen, dass sich irgendetwas ändern würde.«

»Weißt du, was dein Problem ist?« Er ermahnte sich, den Mund zu halten, bevor er etwas sagen würde, das er nicht zurücknehmen konnte. Doch irgendwie kam diese Botschaft von seinem Gehirn nicht bei seinem Mund an.

»Oh, klär mich bitte auf.« Sie verschränkte die Arme vor der Brust.

»Du hast mir nie verziehen.«

»Was?«

Er trat mit der Schuhspitze gegen den Schnee. »Du weißt schon.«

Sie wurde leichenblass. »Nein, darüber reden wir jetzt nicht. Das Thema ist absolut tabu.« Sie wollte an ihm vorbei.

»Warum?« Er folgte ihr. »Warum ist das tabu? Du hast nie mit mir darüber gesprochen. Ich weiß, dass du mit anderen Leuten darüber geredet hast. Warum nicht mit mir? Warum nicht mit dem einzigen anderen Menschen auf der Welt, der genauso empfindet wie du?«

Sie blieb stehen und drehte sich mit ungläubiger Miene zu ihm um. »Du hast vielleicht Nerven, so etwas zu behaupten. Du empfindest nicht so wie ich.«

»Warum nicht?«, rief er aus. »Weil ich nicht derjenige war, der ihn ausgetragen hat? Das bedeutet nicht, dass ich ihn nicht wollte! Ich wollte ihn. Mehr, als ich jemals etwas gewollt habe.«

Susannah hielt sich die Ohren zu und schüttelte den Kopf. »Bitte hör auf.«

Er griff nach ihren Armen. »Nein, ich werde nicht aufhören.« Trotz der Schmerzen, die jeden Nerv in seinem Körper erfasst hatten, machte er weiter. »Diese Unterhaltung ist längst überfällig. Das ist der Grund, warum wir kurz vor der Scheidung stehen.«

»Das ist nicht der einzige Grund.«

»Aber ein wichtiger, und danach war nichts je wieder so wie zuvor. Sprich mit mir, Susie«, flehte er. »Ich wollte es mit dir teilen, doch du hast mich ausgeschlossen.«

»Du bist wieder zu deiner Arbeit zurückgekehrt!« Sie riss sich von ihm los. »Wenn du es mit mir hättest teilen wollen, hättest du zu Hause bleiben müssen.«

Er folgte ihr den Weg hinunter. »Ich hatte einen Job. Meine Mannschaft hat sich auf mich verlassen.«

»Deine *Frau* hat sich auch auf dich verlassen«, konterte sie über ihre Schulter hinweg.

»Meine *Frau* hat mich behandelt, als wäre alles meine Schuld. Wieder arbeiten zu gehen war eine Erleichterung.«

»Wie typisch. Natürlich hat sich wieder mal alles nur um dich gedreht.« Mit abgehackten Bewegungen öffnete sie die Tür zur Hütte und hängte ihren Mantel im Flur auf.

Er hängte seinen Mantel daneben und nahm all seine Kraft zusammen, um das Thema weiterzuverfolgen. Denn er wusste, wenn er es nicht täte, wäre alles andere sowieso sinnlos. »Es hat sich nicht nur um mich gedreht, Susie«, sagte er leise, während er sich bemühte, seine Gefühle unter Kontrolle zu bekommen. »Aber es ging auch nicht nur um dich. Ich war mit im Zimmer, als sie seinen Herzschlag nicht mehr finden konnten. Ich stand direkt neben dir. Und dann musste ich zusehen, wie meine Frau ein Baby auf die Welt brachte, von dem wir wussten, dass es tot war.« Seine Stimme brach. »Also erzähl mir nicht, dass es mir nicht auch passiert ist.« Er trat hinter sie und legte seine Hände auf ihre verspannten Schultern. »Es war das Schlimmste, was ich je erlebt habe, Susie«, flüsterte er. »Noch schlimmer, als meine Mutter zu verlieren.«

Schluchzer schüttelten ihren zierlichen Körper. »Es war meine Schuld.«

»Was?« Er drehte sie zu sich herum, damit er ihr ins Gesicht blicken konnte. »Warum sagst du das?«

»Ich muss irgendetwas falsch gemacht haben. Zweiunddreißig Wochen hat er in mir gelebt, sich bewegt, und dann war er einfach weg. Wie konnte das passieren?«

»Das weiß keiner, Baby. Aber es war nicht deine Schuld. Du hast alles richtig gemacht. Ich wollte dir helfen. Danach. Ich wollte für dich da sein, doch du wolltest mich nicht. Darüber bin ich fast verrückt geworden, Susie. Ich hatte das Gefühl, dich ebenfalls verloren zu haben. Deshalb bin ich wieder zur Arbeit gegangen. Ich weiß, das hätte ich nicht tun dürfen, aber ich habe es einfach nicht ertragen, noch eine Minute länger in dem Haus darauf zu warten, dass du dich mir zuwendest. Deine Mutter war da, deine Schwester auch, also wusste ich, dass du gut versorgt warst. Ich musste einfach zu etwas zurückkehren, das ich kontrollieren konnte.«

»Und wie ist das gelaufen?«

Er lächelte ironisch. »Das weißt du genau. Es war der größte Sieg in meiner Karriere.«

»Was zu lauter Presseberichten über unseren Verlust geführt hat.

Diese Geschichte gehörte *uns*, Ryan. Sie hätte niemals in die Zeitungen gelangen dürfen.«

Voll alter Wut biss er die Zähne zusammen. »Das weiß ich. Ich habe versucht, herauszufinden, wer es der Presse gesteckt hat, aber vergeblich. Ich war deswegen wochenlang auf dem Kriegspfad.«

Sie zuckte die Achseln. »Es hätte jeder sein können – eine Krankenschwester, einer der Trainer deiner Mannschaft. Wer weiß das schon? Es war egal. Sehr, sehr lange war alles egal.«

»Ich habe zwei Jahre lang jeden Tag an ihn gedacht«, gestand Ryan. »Ich habe mich gefragt, was er jetzt wohl tun würde, welche Wörter er schon sagen könnte, was ihn interessieren würde. Ich habe dieses Bild in meinem Kopf, wie er ausgesehen hätte – mit uns beiden als Eltern müsste er blond gewesen sein. Ich hatte gehofft, dass er deine schönen blauen Augen hat und vielleicht meine Grübchen. Die haben die Mädchen immer verrückt gemacht.«

Susannah schaute ihn überrascht an. In ihren Augen glitzerten Tränen. »Ich wusste nicht, dass du so an ihn gedacht hast.«

»Du hast ja auch nie zugelassen, dass ich es dir erzähle. Ich habe es nicht ertragen, so zu tun, als wäre nichts passiert, wo doch das Schlimmste auf der Welt passiert war. Nachdem Bernie und ich das Kinderzimmer ausgeräumt hatten, bevor du nach Hause gekommen bist, habe ich stundenlang geheult. Ich war ein totales Wrack, aber du hast nicht mal zugelassen, dass ich auch nur seinen Namen erwähne.«

Sie schüttelte den Kopf. »Nicht.«

»Justin«, flüsterte Ryan. »Sein Name war Justin, und er war unser Sohn, Susie. *Unserer.*« Er zog sie an sich, und sie brach an seiner Brust in Schluchzer aus. »Ich habe ihn genauso geliebt wie dich, und ich vermisse ihn. Ich vermisse ihn jeden Tag.« Er wischte ihr die Tränen von den Wagen. »Wir hätten es noch einmal versuchen sollen.«

»Ich konnte nicht«, antwortete sie. »Ich habe die Vorstellung nicht ertragen, dass es wieder passieren könnte.«

»Die Ärzte haben gesagt, dass zu der Sorge kein Anlass bestand. Es war einfach ein schrecklicher Unglücksfall, Baby. Und glaubst du nicht, dass wir unserem Sohn mehr schulden, als dass sein Tod unsere Ehe zerstört? Das hätte er nicht gewollt, Susie. Wir waren so lange so glücklich, und dann war es vorbei. Einfach so.«

»Es war nicht nur wegen dem, was mit ... ihm passiert ist ...«

»Sag es, Susie. Sag seinen Namen.«

»Justin«, flüsterte sie. »Es war nicht nur seinetwegen.«

Er setzte sich aufs Sofa und zog sie auf seinen Schoß. Dann legte er die Arme um sie. »Es hat nicht geholfen, dass wir unsere Trauer nicht miteinander geteilt haben. Dass wir uns beide anderen Menschen zugewandt haben, um den Verlust zu bewältigen.«

»Nein«, gab sie zu. »Das hat nicht geholfen. Es tut mir leid, wenn du das Gefühl hattest, ich hätte dir die Schuld gegeben. Das habe ich nicht. Ich hatte bloß das Gefühl, dich so grundlegend enttäuscht zu haben.«

»Mich enttäuscht zu haben?«, fragte er ungläubig. »Das hast du nicht. Das könntest du niemals tun.«

»Ich wusste, wie sehr du dir eine Familie gewünscht hast, und ich wollte sie dir geben.«

»Das hattest du doch bereits. An dem Tag, an dem du eingewilligt hast, mich zu heiraten, hatte ich meine Familie. Wenn ich nur dich gehabt hätte, hätte es mir gereicht. Justin und die anderen Kinder, die wir vielleicht bekommen hätten, wären lediglich das Sahnehäubchen gewesen.«

Susannah sah ihn an. Sein Geständnis schien sie zu überraschen.

»Also, was meinst du?«, wollte er wissen. »Glaubst du, du kannst mir verzeihen?«

»Was soll ich dir verzeihen?«

»Dass ich wieder arbeiten gegangen bin, als du mich gebraucht hast. Dass ich dich in dem Glauben gelassen habe, Football wäre mir wichtiger als du – was er niemals war.«

Skeptisch zog sie eine Augenbraue in die Höhe. »Niemals?«

Er schüttelte den Kopf. »Niemals.«

Sie streichelte seine Wange und musterte ihn lange. »Ich vergebe dir, Ryan. Du hast recht, ich habe dich danach von mir gestoßen. Ich wusste, was ich tat, und ich wusste, ich würde es bedauern.« Sie wirkte beinahe beschämt. »Ich glaube, ich habe dich auf gewisse Weise auf die Probe gestellt.«

»Ich schätze, dann habe ich jämmerlich versagt, indem ich zum Training zurückgekehrt bin«, erklärte er, und bei dieser Erkenntnis wurde ihm übel.

»Du hast getan, was ich von dir erwartet habe.«

»Ich wäre geblieben. Wenn du mir auch nur das kleinste Zeichen gegeben hättest, dass du mich bei dir haben wolltest, wäre ich geblieben. Der Rest der Saison wäre mir völlig egal gewesen, wenn ich geglaubt hätte, es würde dir etwas bedeuten.«

Sie lehnte ihren Kopf an seine Schulter. »Wir haben ein schreckliches Chaos angerichtet, oder?«

»Das ist nichts, was sich nicht richten lässt.«

»Ich heirate einen anderen«, rief sie ihm in Erinnerung.

Er hob ihr Kinn an und strich mit den Lippen über ihre. »Nein, das tust du nicht.«

»O doch.«

Lachend saugte er ihre Unterlippe zwischen seine Zähne. »Nur über meine Leiche.«

»Wenn das dafür nötig ist.« Ihre Augen funkelten amüsiert, was er wesentlich lieber sah als die Verzweiflung vor wenigen Minuten.

Er legte den Kopf in den Nacken und lachte laut auf, ehe er ihre Lippen an seinem Hals spürte. Er erstarrte. »Susie ...«, stöhnte er. »Was machst du da?«

»Mich erinnern.«

»Woran?«, fragte er, während sie sich seinem Ohr widmete und ihn heißes Verlangen durchströmte.

»Wie ich dich einst mit ein paar wenigen Küssen dazu bringen konnte, alles zu tun, was ich wollte.« Sie arbeitete sich an seinem Kiefer entlang.

»Ich glaube, was du jetzt gerade tust, hat dir damals ein Chippendale-Esszimmer eingebracht, in dem Grandma Sallys Porzellan angemessen zur Geltung kam«, erwiderte er trocken, doch sein Herz fühlte sich an, als würde es ihm gleich aus der Brust springen. Es tat weh, aber dieses Mal beruhten seine Schmerzen nicht auf seinen Verletzungen.

Sie unterbrach sich und sah ihn kurz an.

»Was hast du dir jetzt in den Kopf gesetzt?«, erkundigte er sich grinsend und ließ seine Hand unter ihren Pullover gleiten, um die weiche Haut an ihrem Rücken zu streicheln. Er hatte vergessen, wie seidig sie war. Sie fühlte sich an wie ein Traum, aus dem er nie mehr erwachen wollte.

Sie unterbrach ihre sanften Küsse auf seine verletzte Wange. »Ich bin mir nicht sicher.«

»Nur damit das klar ist, jetzt wäre ein guter Zeitpunkt dafür, alles von mir zu verlangen, was du willst.«

»Wie wäre es mit einer Scheidung?«, fragte sie mit einem neckischen Lächeln.

Tief getroffen hob er sie von seinem Schoß und stand auf.

»Ryan ...«

Er wandte ihr den Rücken zu. »Ich mache einen Spaziergang.«

Sie stand auf, stellte sich vor ihn und sagte: »Es tut mir leid. Das war nicht fair ...«

Er legte ihr einen Finger an die Lippen, um sie zum Schweigen zu bringen. »Ich bin mal eine Weile weg.«

»Soll ich mitkommen?«

»Du wolltest etwas Zeit für dich, und nun könnte ich gut eine Minute für mich gebrauchen.«

»Ry?«

Auf dem Weg zur Tür drehte er sich noch einmal zu ihr um.

»Es tut mir wirklich leid.«

Er nickte kurz und zog dann die Tür hinter sich zu.

Als er weg war, bemerkte Susannah, dass er seine Mütze vergessen hatte.

9

Er blieb lange fort. Susannah bereitete Suppe und gegrillte Käsesandwiches zum Mittagessen zu, aber er kehrte nicht zurück, und sie konnte nicht essen, solange er nicht da war. Während seiner Abwesenheit hatte es angefangen zu schneien. Erst ganz sanft, dann stetiger. Während sie ein paar Scheite im Kamin nachlegte, sorgte sie sich, dass er gestürzt sein und seine Rippen erneut verletzt haben könnte – oder Schlimmeres.

Die Dämmerung war hereingebrochen, und als Ryan endlich hereinkam, lief Susannah besorgt vor dem flackernden Feuer auf und ab. Seine Haare waren weiß vom Schnee und sein Gesicht vor Kälte gerötet. In der Hand hielt er eine durchnässte Zeitung.

Susannah stürzte sich quer durch den Raum in seine Arme.

Bei dem schmerzhaften Aufprall atmete er zischend aus, zog sie aber trotzdem an sich.

»Es tut mir leid. Ich war gemein, und ich hasse mich dafür, dir wehgetan zu haben.«

»Halt den Mund, Liebling, und küss mich, okay?«

Seine Lippen waren kalt und fordernd, aber der Kuss war so heiß, dass Susannah ganz warm wurde und sie nicht einmal bemerkte, dass der schmelzende Schnee auf sie heruntertropfte. Ohne den Kuss zu unterbrechen, drückte Ryan sie rückwärts in den Raum hinein.

Sie schob ihm den Mantel von den Schultern, der in einem nassen Haufen auf dem Boden landete. Susannah führte Ryan zum Kamin und drängte ihn, sich davor niederzulassen. »Du bist eiskalt. Warum bist du so lange draußen geblieben?«

»Ich bin in den Ort gegangen, um mir die Zeitung zu kaufen.«

Ihr blieb der Mund offen stehen. »Du bist vier Meilen gelaufen, nur um eine Zeitung zu kaufen? Bist du verrückt? Das hättest du nicht tun dürfen. Vor dem Haus steht ein voll funktionstüchtiges Auto.«

»Ich hab die Bewegung gebraucht. Von dem ganzen Herumgeliege werde ich schwach.«

Sie zog ihm die Stiefel aus und rieb seine Füße durch die Socken warm. »Wie geht es deinen Rippen? Tun sie weh?«

»Bis du dich auf mich gestürzt hast, war alles in Ordnung«, sagte er amüsiert und spielte mit ihren Haaren. »Diese besorgte Susie gefällt mir. Ich glaube, ich sollte öfter Dinge tun, die dir Sorgen bereiten.«

»Ich habe mir immer Sorgen um dich gemacht.«

Er nahm ihre Hände, damit sie aufhörte, seine Füße zu massieren. »Das hast du mir nie gesagt.«

Sie zuckte die Achseln. »Du hast immer irgendetwas erklettert, geflogen, deine Grenzen getestet. Es war schon schlimm genug, dass du deinen Lebensunterhalt damit verdient hast, dich von dreihundert Pfund schweren Muskelmännern umrennen zu lassen.« Sie erschauerte. »Doch das andere war unerträglich. Ich habe sehr viel Zeit damit verbracht, auf den Anruf zu warten, der mir mitteilt, dass du gelähmt oder tot bist.«

»Warum hast du mich nicht gebeten, damit aufzuhören?«

»Weil ich dich genauso gut hätte bitten können, mit dem Atmen aufzuhören. So bist du nun mal. Ich konnte dich nicht bitten, ein anderer zu werden.«

»Du bist ziemlich albern, weißt du das?«

Sie schnaubte. »Wieso macht mich das albern?«

»Weil du mir bloß hättest sagen müssen, dass es dich stört, und ich hätte es gelassen.« Er gab ihr einen Kuss auf den Handrücken. »Meine Mannschaft hat meine außerberuflichen Aktivitäten genauso gehasst wie du. Das hat mir öfter Ärger mit Chet eingebracht, als ich zählen kann«, erwiderte er und bezog sich auf den Besitzer des Clubs. »Er hat immer erklärt, dass die Versicherung nicht für Dummheit bezahlt.«

»Er hat recht, aber das weißt du natürlich.«

Er hob lässig die Schultern. »Man lebt nur einmal.«

Sie verdrehte die Augen. »Hast du Hunger? Vor einer Weile hab ich mir was gekocht, das ich dir aufwärmen könnte.«

»O ja, gern.«

Sie stand auf und ging in die Küche. Als das Essen fertig war, brachte sie es auf einem Tablett ins Wohnzimmer. Ryan hatte sich mit dem Rücken gegen das Sofa gelehnt und die Augen geschlossen. *Er hat es schon wieder übertrieben*, dachte sie und kniete sich neben ihn. Mit den Fingern kämmte sie ihm das nasse Haar zurück.

»Ry«, flüsterte sie und strich ihm mit dem Zeigefinger übers Kinn. Er rührte sich nicht, also beugte sie sich vor und küsste ihn.

Überrascht wachte er auf und schaute sie an. »Tu das noch mal.«

Sie sah ihn weiter an und erfüllte seine Bitte. Doch bevor der Kuss außer Kontrolle geraten konnte, zog sie sich zurück. »Du musst was essen.«

»Was gibt es denn Schönes?«

»Tomatensuppe und gegrillten Käse.«

»Hm, lecker, Hüttenessen.« Dankbar nahm er ihr die Schüssel mit der Suppe ab. »Wenn ich hier allein war, habe ich mich immer danach gesehnt.«

»Warum hast du es dir nicht einfach gemacht?«

»Ohne dich?«, fragte er entsetzt.

Sie lächelte. »Iss. Für dich wie üblich drei Sandwiches.«

»Mein Mädchen kennt mich eben.« Er aß die Suppe und die Sandwiches in der Zeit auf, in der Susannah gerade einmal eins schaffte.

»Wie du es hinbekommst, so viel zu essen und kein Pfund zuzunehmen, werde ich nie verstehen.«

Er grinste breit. »Guter Stoffwechsel, Baby.« Er griff nach einem Buch auf dem Couchtisch. »›Früchte des Zorns‹. Liest du das?«

»Jap.«

»Warum?«

Sie lachte. »Das ist ein Klassiker.«

»Ich habe es auf dem College gelesen.«

»Ich auch.«

Er sah sie überrascht an. »Du hast dein Studium wieder aufgenommen?«

»Mhm. Dieses Semester lasse ich wegen der Hochzeit ausfallen, doch am Ende des Jahres sollte ich fertig sein. ›Früchte des Zorns‹ steht auf der Lektüreliste fürs nächste Semester, also dachte ich, ich fang schon mal an.«

»Das ist super, Susie. Ich hatte wirklich ein schlechtes Gewissen, weil du das College aufgegeben hast, um mich zu heiraten.«

»Wir haben immer davon gesprochen, dass ich weiterstudiere, aber irgendwie ist es nicht so gelaufen wie geplant, oder?«

Er lächelte. »Nichts ist so gelaufen wie geplant.«

»In der Minute, in der du den Vertrag mit den Mavs unterschrieben hast, ist der Wahnsinn losgebrochen.«

»Trotzdem war es auch aufregend, oder?«

»Ja, in den Momenten, in denen ich nicht furchtbare Panik hatte.«

»Wovor hattest du Panik? Daran erinnere ich mich gar nicht.«

Sie zuckte mit den Schultern. »Wir hatten gerade geheiratet. Ich wollte uns ein Zuhause schaffen, doch wir hatten ständig irgendwelche Verpflichtungen – Veranstaltungen, Spendengalas, Fans, Geld. So viel Geld. Das war schwindelerregend. Ich hatte Angst, du könntest vergessen, dass du eine Frau hast. Oder dass du irgendwann nicht mehr zu mir nach Hause kommst.«

»Aber das habe ich nie getan, richtig?«

»Du hast nie vergessen, nach Hause zu kommen.«

»Ich habe auch nie vergessen, dass ich eine Frau habe«, erklärte er.

»Nie?«

»Nicht ein einziges Mal.«

Susannah musterte ihn. »Diese ganzen Frauen, die sich dir an den Hals geworfen haben, Ryan. Willst du mir etwa sagen, dass du niemals … du weißt schon?«

»Ich war dir immer treu. Ich bin nicht ein einziges Mal fremdgegangen. Ich habe nicht mal daran gedacht. Ich habe es bis zum heutigen Tag nicht getan.«

»Das ist nicht dein Ernst.« Sie schnaubte ungläubig. »Wir haben uns vor über einem Jahr getrennt. Und in der ganzen Zeit hast du nie …«

»Es hat nie eine andere gegeben.«

Sie schüttelte den Kopf. »Es fällt mir schwer, das zu glauben. Ich kenne dich. Ich weiß, was du … brauchst.«

»Es ist die Wahrheit.«

»Es gab sogar Gerüchte, als wir noch zusammen waren«, sagte sie leise.

Ein Sturm braute sich in seinen Augen zusammen. »Was auch immer du gehört hast, es hat nicht gestimmt.« Er nahm ihre Hände und hielt ihren Blick fest. »Du kannst entweder den Klatschmäulern glauben oder deinem Ehemann.«

Susannah war hin- und hergerissen. Sie wollte es so gern, aber der nagende Zweifel in ihr ließ es nicht zu. Ryan schien das zu spüren, denn er streckte die Arme nach ihr aus. In dem Moment, in dem sie ihm nahe war, hörte das Zweifeln auf.

Er gab ihr einen Kuss auf den Scheitel. »Ich habe etwas für dich.«

»Wirklich?« Sie legte den Kopf in den Nacken, um ihn anzusehen.

»Bleib, wo du bist. Ich bin gleich zurück.« Er stand auf und ging den Flur hinunter zum Schlafzimmer. Kurz darauf kehrte er mit einem kleinen, in rotes Papier eingewickelten Kästchen zurück.

Verwirrt fragte sie: »Wo hast du das her?«

»Das habe ich schon eine ganze Weile. Es ist mir in einem Schaufenster in Houston ins Auge gefallen, und ich hatte gehofft, ich würde die Gelegenheit bekommen, es dir zu geben.« Er reichte es ihr. »Mach es auf.«

Sie riss das Papier ab und fand darunter ein Schmuckkästchen. Darin lag ein mit Diamantsplittern verzierter Anhänger in Form der Zahl Zehn. »Ryan ...«

»Dieses Jahr hatten wir einen runden Hochzeitstag, und technisch gesehen sind wir immer noch verheiratet.« Er setzte sich neben sie ans Feuer und legte einen Arm um sie. »Ich habe viele wichtige Dinge vergessen, als wir zusammen waren. Unverzeihliche Dinge. Aber du sollst wissen, dass ich mich an unseren zehnten Hochzeitstag erinnert habe, auch wenn wir ihn nicht gemeinsam verbracht haben.«

Susannah legte den Kopf auf ihre Knie und weinte.

Ryan drückte sein Gesicht an ihren Hals und strich ihr über den Rücken.

»Ich habe keine Ahnung, was ich mit diesem neuen, verbesserten Ryan anfangen soll.«

»Ich hätte da ein paar Vorschläge ...«

Sie hob mit einem feuchten Lächeln den Kopf und berührte den Anhänger. »Ich bin an unserem Hochzeitstag allein zu Hause geblieben. Ich habe niemand sehen wollen und keine Anrufe angenommen. Und ich habe den ganzen Tag im Schlafanzug verbracht.«

»Ich bin hier raufgefahren und habe eine lange Wanderung gemacht. Ich wollte dich anrufen. Ich hätte es tun sollen. Doch zwischen uns herrschte eine so feindselige Atmosphäre. Ich wollte dir sagen, dass es mir leidtut, und dich um eine zweite Chance bitten, aber ich habe gedacht, dass das nicht der richtige Zeitpunkt dafür war.«

»Ich wollte dich ebenfalls anrufen«, gestand sie. »Du warst der Einzige, mit dem ich an diesem Tag reden wollte. Ich weiß nicht, was ich zu dir gesagt hätte. Es war nur ... Ich habe dich vermisst.«

Er zog sie in seine Arme.

Sie lehnte ihren Kopf gegen seine Brust. »Danke. Für das Geschenk. Und dafür, dass du daran gedacht hast.« Erneut bewunderte sie den Anhänger. »Der kommt sofort an mein Armband.«

»Ich wollte dir etwas Größeres, Bedeutungsvolleres kaufen ...«

»Nein. Er ist perfekt. Es gibt nichts, was ich lieber haben würde.«

Sie legte den Anhänger wieder in das Kästchen und stellte es auf den Couchtisch. »Er wird mich auch an zehn verrückte Tage im Februar erinnern.«

»Zehn Tage, die vielleicht der Anfang von etwas Neuem sein könnten?«

Sie hob den Blick und erwiderte: »Vielleicht.«

Er küsste sie mit einer Leidenschaft, die sie beide überraschte. Susannah merkte erschrocken, dass die Anziehung zwischen ihnen während der langen Zeit der Trennung sogar noch stärker geworden war. Als sie ihre Hand in den hinteren Bund seiner Jeans schob, stöhnte er auf und ließ sich mit ihr auf den Boden sinken.

Ohne den Kuss zu unterbrechen, umfasste er ihre Brüste und drängte sich zwischen ihre Schenkel. Dann riss er sich von ihr los und atmete ein paarmal tief durch. »Susie«, sagte er. »Mein Gott, ich will dich. Ich will dich mehr als jemals zuvor.«

Mit einem schüchternen Lächeln presste sie sich an ihn. »Ich weiß. Das merkt man.«

Sehr lange sah er ihr tief in die Augen, bevor er den Kopf senkte und ihren Mund erneut eroberte. Die verzweifelte Hektik wich purer Sinnlichkeit. Die Luft war wie elektrisch aufgeladen mit leisem Stöhnen, dem Knistern des Feuers und dem Heulen des Windes. Die Lampen flackerten einmal auf und erloschen.

Ryan hob den Kopf. »Na so was«, meinte er und grinste, sodass seine Grübchen zum Vorschein kamen. »Ist das nicht romantisch?«

Sie lachte und zog ihn wieder an sich. »Das hast du doch geplant.«

»Da hast du verdammt noch mal recht.« Er gab ihr Küsse auf die Wangen, die Nase, das Kinn.

Als er wieder bei ihren Lippen ankam, hielt Susannah es vor Sehnsucht kaum noch aus. Sie vergaß seine Verletzungen und presste sich fester an ihn. Er zuckte zusammen. »Oh, tut mir leid«, stieß sie aus.

»Es geht mir gut«, flüsterte er an ihren Lippen und zupfte an ihrem Pullover. »Zieh den aus.«

Sie setzte sich auf. Ihr war wohl bewusst, dass sie dabei war, eine

Grenze zu überschreiten. Aber in diesem Moment dachte sie nicht an Henry und ihre Verlobung. Alle ihre Gedanken und Gefühle galten einzig und allein Ryan. Mit Augen, in denen das Verlangen brannte, musterte er sie, während er atemlos darauf wartete, ob sie seiner Bitte nachkommen würde. Nervös befeuchtete er sich die Lippen. Schließlich war es mit seiner Geduld vorbei, und er streckte die Hände aus, um ihr den Pullover abzustreifen und ihn aufs Sofa zu werfen.

Susannah ließ ihre Fingerspitzen über seine Brust gleiten und öffnete dann die Knöpfe an seinem Hemd. »Ry«, flüsterte sie, als sie die Prellungen an seinen Rippen sah. »Ich habe Angst, dich zu berühren.«

»Ich geh schon nicht kaputt.«

Ganz vorsichtig liebkoste sie die straffe Haut mit den goldschimmernden Haaren. Selbst so zerschunden war er umwerfend. Seine Brustwarzen richteten sich auf, als sie mit ihrer Zunge darüberstrich.

Er legte sich auf den Boden und schloss die Augen. »Einmal wird nicht reichen«, sagte er. »Das weißt du, oder?«

»Hm?« Sie konzentrierte sich ganz auf seine Brust.

»Susie ...« Er legte eine Hand an ihre Wange, damit sie ihn ansah. »Wenn du jetzt mit mir schläfst und danach zu ihm zurückgehst, wird mich das umbringen.«

Seine Worte waren wie ein Schwall eiskalter Luft. Susannah setzte sich auf und strich sich mit den Fingern durch die Haare.

Er griff nach ihr. »Komm zurück.«

Sie legte sich neben ihn und bettete ihren Kopf auf seine Brust.

»Ist dir warm genug?«, fragte er.

»Ja.«

»Wenn der Strom nicht bald wieder angeht, wird es hier drinnen schnell kalt. Wir werden dann neben dem Kamin schlafen müssen.«

»Das haben wir schon öfter getan.«

»Ich werde eben den Generator für den Kühlschrank anschmeißen.« Er gab ihr einen Kuss auf die Wange. »Bin gleich zurück.«

»Brauchst du Hilfe?«

»Danke, ich schaff das schon.«

»Pass auf deine Rippen auf.«

»Ja, Mama«, antwortete er lächelnd, während er sich das Hemd zuknöpfte und die Stiefel anzog. Bevor er aufstand, gab er ihr einen Kuss. »Rühr dich nicht vom Fleck.«

»Ganz bestimmt nicht.«

Susannah rollte sich zusammen und starrte in die Flammen. *Wenn er mich nicht aufgehalten hätte, würden wir uns jetzt lieben.* Sie sah Ryan nur selten als jemanden an, der verletzlich war, doch mit dieser einen Aussage hatte er ihr mehr von sich enthüllt als mit den anderen, tiefgründigen Unterhaltungen, die sie an diesem außergewöhnlichen Tag geführt hatten.

Das Licht des Feuers ließ ihren Verlobungsring funkeln, und Susannah merkte erst jetzt, dass sie seit Stunden nicht mehr an Henry gedacht hatte. Um ehrlich zu sein, sie dachte bloß selten an ihn, wenn sie nicht mit ihm zusammen war. Sie liebte ihn, aber sie war nicht in ihn verliebt. Das konnte sie auch nicht sein, weil sie immer noch in Ryan verliebt war. Das hatte ihr die Zeit mit ihm allein gezeigt. Jetzt musste sie sich entscheiden, ob sie ihm eine zweite Chance geben wollte.

***

RYAN STAPFTE DURCH DEN SCHNEE ZU DEM SCHUPPEN, WO ER DAS Benzin für den Generator aufbewahrte. »Verdammter Idiot«, murmelte er. »Du könntest jetzt bei ihr da drinnen sein. Warum hast du sie aufgehalten?«

Sie hatte nie gewusst, was für eine Macht sie über ihn hatte. Oft hatte er vermutet, dass sie nur darauf wartete, dass er ihrer überdrüssig werden und zu einem der Groupies weiterziehen würde, die der Mannschaft von einer Stadt zur nächsten folgten. Doch er war ihrer nie überdrüssig geworden. Im Gegenteil, er war so abhängig von ihr gewesen, dass er, als sie ihn verlassen hatte, vollkommen verloren gewesen war.

Zu Beginn seiner zehntägigen Kampagne hatte er sich gesagt, dass er alles tun würde, um sie zurückzugewinnen. Heute hatte er allerdings entdeckt, dass auch er seine Grenzen hatte. Und jetzt hätte er sich in den Hintern treten können, weil er sie hatte sehen lassen, wie hilflos sie ihn machte. Irgendwann während der Unterhaltung über ihren Sohn, den sie verloren hatten, den verpassten Hochzeitstag und das gemeinsame Leben war der Wetteinsatz gestiegen. Jetzt war Ryan umso mehr davon überzeugt, dass er es nicht überstehen würde, wenn sie ihn für immer verließ.

10

Sie grillten Würstchen über dem Feuer und öffneten eine Flasche Rotwein. Nachdem er seinen dritten Hotdog verschlungen hatte, rückte Ryan das Sofa näher an den Kamin, denn keine zwei Meter vom Feuer entfernt war es in der Hütte eisig kalt. Susannah kuschelte sich unter eine dicke Decke und nahm ihr Buch zur Hand, um im Licht der Flammen zu lesen. Ryan griff nach seiner Gitarre und steckte die Füße auf der anderen Seite unter die Decke.

»Nimmst du auch Wünsche an?«, fragte sie lächelnd, nachdem sie ihm eine Weile zugehört hatte.

»Kommt drauf an, von wem.«

Sie lachte glucksend.

»Was möchtest du gerne hören?«

»Irgendetwas von den Eagles.«

Er spielte einen Song, den sie noch nie zuvor gehört hatte. »No More Cloudy Days«, der von zweiten Chancen und neuen Romanzen handelte.

»Das gefällt mir«, sagte Susannah leise.

»Du sollst eigentlich lesen.«

»Ich höre dir lieber zu. Du bist inzwischen wirklich gut.«

»Ich hatte viel Zeit zum Üben.« Er spielte »Peaceful Easy Feeling«, was, wie er wusste, ihr Lieblingslied von den Eagles war. Das Konzert ging weiter mit ein paar Strophen von »American Pie«, etwas von Toby Keith und endete mit einem harten Stück von Kiss, das ihr vor Lachen die Tränen in die Augen trieb.

»Hotdogs und Kiss«, meinte sie, als sie wieder atmen konnte. »Ein ganz normaler Abend mit meinem Mann, dem Millionär.«

Ohne den Blick von ihr zu nehmen, strich er weiter über die Saiten und sang ein selbst komponiertes Lied: »*Ihren Mann nennt sie mich, und so sage ich mir: Sie liebt mich genug und bleibt hier. Ihre Augen, so blau, sehn mich an, und ich spür, ich liebe sie immer nur mehr.*«

Er saß anderthalb Meter von ihr entfernt, und trotzdem spürte sie seine Gegenwart am ganzen Körper. »Vielleicht solltest du deinen Job doch nicht kündigen«, sagte sie trocken in dem Versuch, ihre wahren Gefühle zu verbergen.

»Willst du damit andeuten, dass mein Traum von einer zweiten Karriere als Singer-Songwriter zum Scheitern verurteilt ist?«, gab er sich beleidigt.

»Ja, ich glaube schon.«

»Komm, es hat dir gefallen.«

Sie zuckte gespielt gelangweilt mit den Schultern. »Es war ganz in Ordnung.«

Lachend legte er die Gitarre weg und krabbelte unter der Decke zu ihrer Seite des Sofas. Dort tauchte er wieder auf und legte seinen Kopf auf ihre Beine. »Lies mir was vor.«

»Du kennst das Buch doch schon.«

»Ich kann mich aber nicht mehr daran erinnern. Los. Lies für mich.«

»Okay. Wenn du darauf bestehst.«

Er drehte sich auf seine unverletzte Seite, und Susannah strich ihm gedankenverloren mit den Fingern durch die Haare. Gebannt von der Geschichte merkte sie es gar nicht, als er die unteren beiden Knöpfe ihres Jeanshemds öffnete. Doch als er seine Lippen auf ihre nackte Haut presste, kam sie ins Stottern.

»Lies weiter«, flüsterte er und öffnete zwei weitere Knöpfe, um ihre Brüste durch den BH zu küssen.

Susannah krallte ihre Finger in seine Haare. »Ry ... Was tust du da?«

»Ich habe dir zugehört, aber dann hast du aufgehört zu lesen.«

»Ich kann nicht lesen, wenn du das machst.«

»Wenn ich was mache?«

Obwohl sie von ihm überwältigt war, schob sie ihn sanft, aber entschlossen von sich. »Lass mich aufstehen. Ich will mich umziehen.«

Vorsichtig setzte er sich auf.

Susannah eilte den dunklen Flur hinunter ins Gästezimmer und streifte sich schnell ihr Flanellnachthemd und dicke Socken über. Als sie ins Badezimmer ging, um sich das Gesicht zu waschen und die Zähne zu putzen, zitterte sie bereits vor Kälte. Keine fünf Minuten später kehrte sie ins Wohnzimmer zurück und sah, dass Ryan das Luftbett aufgepumpt hatte, das sie für die seltenen Wochenenden gekauft hatten, an denen sie mal Freunde zu Besuch gehabt hatten.

»Komm, Miss Blaulippe«, sagte er und hob einladend die Decke an.

Sie schnappte sich ihr Buch und streckte sich aus.

Er breitete mehrere Decken über sie. »Gut so?«

Sie nickte. »Danke«, erwiderte sie mit klappernden Zähnen.

»Es sollte noch genügend Wasser für eine heiße Dusche da sein«, erklärte er, nachdem er Feuerholz nachgelegt hatte. »Wärm das Bett schon mal für mich an.«

Susannah hatte vorgehabt, zu lesen, aber ihr war zu kalt, als dass sie irgendetwas anderes hätte tun können, als sich tief unter die Decken zu kuscheln. Wieder und wieder ging ihr durch den Kopf, was er vorhin gesagt hatte: *Wenn du jetzt mit mir schläfst und danach zu ihm zurückgehst, wird mich das umbringen.* Da sie immer noch nicht wusste, ob sie bereit war, es ein weiteres Mal mit Ryan zu versuchen, hatte sie Angst, ihm zu nahe zu kommen. Während sie über dieses Problem nachgrübelte, schlummerte sie ein. Sie erwachte wieder, als Ryan nur in Jogginghose unter die Decke kroch. Da er normalerweise nackt schlief, war das ein großes Zugeständnis an die Kälte.

»Da draußen kommt ordentlich was runter«, flüsterte er und zog sie an sich. »Wir könnten hier wochenlang festsitzen.«

»Das ist alles Teil deines geheimen Plans.« Sie gähnte. Er fühlte sich so gut und warm an, dass sie ihre Arme um ihn schlang. Dabei bemerkte sie, dass der Tapeverband verschwunden war. »Du hast den Verband abgemacht? Ist das gut?«

»Es fing an zu jucken.«

»Tut es noch weh?«

»Jetzt ist es eher wie Zahnschmerzen und nicht mehr wie ein Herzinfarkt.«

»Waren die Schmerzen wirklich so schlimm?«

»Schlimmer als alles, was ich je erlebt habe – natürlich abgesehen davon, dich zu verlieren.«

»Wie süß.«

»Du glaubst, ich mache Witze?«

In dem bernsteinfarbenen Licht der Flammen schaute sie ihm in die Augen und erkannte, dass er nicht scherzte. »Ry«, seufzte sie.

Er zog sie näher zu sich und gab ihr einen Kuss.

»Lass das bitte«, protestierte sie. »Was du vorhin gesagt hast ... Ich habe mich noch nicht entschieden, und bis ich es tue ... Ich will dich nicht verletzen.«

»Ungefähr vier Sekunden nachdem ich das gesagt habe, habe ich beschlossen, dass ich gewillt bin, das Risiko einzugehen.«

»Aber was ...«, stammelte sie. »Was ist, wenn ...?«

»Was ist, wenn es nie mehr aufhört zu schneien und wir für immer hier festsitzen?« Er zog eine Spur aus zärtlichen Küssen über ihren Hals. »Wie wäre es, wenn wir nicht über das sprechen, was sein könnte, sondern über das, was *ist*?«

»Und was ist das?«

»Nun, mal sehen.« Er tupfte ihr Küsse auf das Gesicht, wobei er ihren Mund mit Absicht auszulassen schien. »Da bist du. Und ich. Und diese dunkle, kalte Hütte. Und dieses nette Feuer. Mir kommt es beinahe grausam vor, diese Atmosphäre zu verschwenden, findest du nicht?«

Während sie ihm zuhörte, strich sie sanft über die Muskeln an seinem Rücken. Seine Lippen schwebten über ihren, doch sie wandte den Kopf ab. »Warte, Ry.«

»Was ist, Baby?«

»Ich will nicht, dass du denkst, wenn wir das hier machen, bedeutet das …«

»Es bedeutet nur, dass ich dich lieben will. Du bist immer noch meine Frau, Susie.«

»Aber ich bin auch …«

»Sag es nicht.« Er blickte sie ernst an. »Sag es nicht.«

Sie streckte die Arme nach ihm aus.

Seine Lippen senkten sich auf ihre, und damit verschwanden die letzten Zweifel daran, dass sie genau da war, wo sie hingehörte. Alles an ihm war vertraut und gleichzeitig neu. Das hier war nicht der Mann, von dem sie sich scheiden lassen wollte. Nicht der Mann, von dem sie gedacht hatte, es wäre leichter, ohne ihn zu sein, als zu versuchen, mit ihm zu leben. Welchen Ryan würde sie bekommen, wenn sie einwilligte, bei ihm zu bleiben? Diese Unsicherheit nagte an ihr. Doch als er nach dem Saum ihres Nachthemds griff und es ihr über den Kopf zog, hörte sie auf, an irgendetwas anderes als an ihn zu denken.

»O Susie, ist das von dem EpiPen?«, fragte er und strich über den faustgroßen blauen Fleck an ihrem Oberschenkel.

Sie zitterte vor Kälte und von der Hitze in seinem Blick. »Ja.«

Er ersetzte seine Hand durch seine Lippen. »Ich hasse es, dass ich dir das antun musste.«

»Du hast mir das Leben gerettet. Ich glaube, da kann ich dir den kleinen blauen Fleck verzeihen.«

»Das ist ein großer blauer Fleck.«

»Aber nichts im Vergleich zu deinen Verletzungen.« Sie strich über seine Arme. »Ist diese Stellung für dich bequem?«

»Nein.« Er küsste sich an ihrem Oberschenkel entlang. »Sie ist sehr unbequem, und du bist die Einzige, die das richten kann.«

Ihr Kichern wurde zu einem Keuchen. »Ry …«

»Hm?«

»O Gott!«, stöhnte sie, als er ihr die Beine auseinanderschob. Sie hatte vergessen, wie es war, mit Ryan Liebe zu machen – diese alles verzehrende Leidenschaft, das endlose Vergnügen. Oder vielleicht hatte sie es nicht wirklich vergessen, sondern die Erinnerungen irgendwo tief in ihrem Inneren verstaut, wo sie nicht so leicht gefunden werden konnten, während sie sich ein Leben ohne ihn aufbaute.

Er verwöhnte sie mit seiner Zunge, zog erst eine sinnliche Spur über die Innenseite ihres einen Oberschenkels, dann über die des anderen.

Susannahs Beine zitterten, also legte er sie sich über seine breiten Schultern.

»Was willst du?«, flüsterte er an ihrem Schenkel.

Das Gefühl seiner weichen Lippen auf ihrer Haut trieb sie in den Wahnsinn. »Dich.«

»Wo?«

Sie hob ihm die Hüften entgegen. »Das weißt du.«

Er küsste sich näher. So nah ... »Nein, das weiß ich nicht. Du musst es mir sagen.«

Sie hatte auch vergessen, wie sehr er es liebte, mit ihr zu reden, während sie einander liebten, und wie viel Freude es ihm machte, sie dazu zu bringen, Dinge zu sagen, die sie sonst niemals laut aussprechen würde.

Während er sich ihrem Zentrum näherte, verkündete er: »Du bekommst es erst, wenn du mir sagst, dass du es willst.«

»Ich will deine Zunge«, flüsterte sie.

»Wo?«

Ihre Wangen brannten vor Verlegenheit, aber das Verlangen brannte heller. »In mir. Auf mir. Überall.«

»Dazu kommen wir noch.« Er strich mit den Fingern über sie. »Oh, du bist so feucht, Susie. So heiß.«

Susannah erschauerte, und das Keuchen, das sich an dem Kloß in ihrer Kehle vorbeidrängte, klang mehr wie ein Schluchzen. Als er zwei Finger in sie hineingleiten ließ, schrie sie auf. »Ryan!«

»Sag es mir.«

Sie fühlte sich, als würde sie sich von außen beobachten,

während sie ihre Beine auseinanderfallen ließ. »Beweg sie«, bat sie flüsternd.

Er hielt seine Finger quälend still. »Wie?«

In jedem anderen Moment wäre Susannah vor Verlegenheit gestorben, doch in diesem Augenblick interessierte sie nur das pochende Verlangen zwischen ihren Beinen. »Rein und raus.«

Er drehte die Finger ein wenig. »Langsam oder schnell?«

»Schnell«, antwortete sie keuchend und hob ihre Hüften an. »Schnell.«

»Als wir getrennt waren, habe ich hiervon geträumt«, flüsterte er an ihrem Schenkel, während er seine Finger in sie hinein- und wieder herausgleiten ließ. »Ich habe davon geträumt, wie feucht du immer für mich gewesen bist. Wie du gerochen hast.« Ohne mit der Bewegung aufzuhören, vergrub er seine Nase in den weichen blonden Haaren auf ihrem Venushügel und atmete tief ein. »Und wie du geschmeckt hast ... So süß.« Er ersetzte seine Finger mit seiner Zunge.

Sie kam mit einem Schrei, während sie sich ihm entgegendrängte. Als sie sich zurückziehen wollte, ließ er es nicht zu.

»Noch mal«, sagte er leise, und sein Atem strich heiß über ihre empfindliche Haut.

»Ich kann nicht«, wimmerte sie.

»O doch, du kannst.« Mit seinen großen Händen umfasste er ihren Po, um sie festzuhalten, dann machte er sich daran, es ihr zu beweisen.

»Ryan!«, schrie sie, als der zweite, noch heftigere Orgasmus sie ergriff. Zitternd und schwach sank sie in sich zusammen, während das Nachbeben durch ihren Körper rollte.

Sanft nahm er ihre Beine von seinen Schultern und drang mit einem geschmeidigen Stoß in sie ein.

Keuchend versuchte Susannah, sich an seine Länge und Dicke zu gewöhnen.

Für einen langen, atemlosen Moment hielt er ganz still. »Susie«, flüsterte er ihr ins Ohr. »Wie habe ich nur ein Jahr ohne dich, ohne das hier leben können?«

Sie legte die Hände an seine Wangen und sah ihn mit Tränen in den Augen an. Dann zog sie ihn für einen innigen Kuss an sich, während er begann, sich in ihr zu bewegen. Als sie spürte, dass seine Verletzungen ihm Schwierigkeiten bereiteten, drückte sie ihn sanft auf den Rücken und setzte sich auf ihn. Doch dann ließ sie ihn ein wenig zappeln.

Knurrend packte er sie an den Hüften und kam in sie. Sobald er wieder da war, wo er sein wollte, strich er ihr mit den Fingern durch die Haare. »Ich liebe dich, Susie. Ich liebe dich so sehr.«

»Ich liebe dich auch.«

»Wirklich?«

Sie nickte, dann warf sie den Kopf in den Nacken und ritt ihn mit all der Leidenschaft, die das Gefühl, von ihm ausgefüllt zu werden, in ihr weckte.

Er umfasste ihre Brüste und strich mit den Daumen über die Spitzen, was sie zu einem weiteren Orgasmus führte. »Ryan«, keuchte sie und sah ihn mit Augen an, von denen sie wusste, dass sie vor Lust und vielleicht auch Schock glasig waren. Schock darüber, dass es immer noch möglich war, so viel zu empfinden ... so viel ... mehr als je zuvor.

»Susie«, stöhnte er. »Mein Gott, hör nicht auf. Hör niemals auf.«

Sie lehnte sich zurück und nahm ihn noch tiefer in sich auf.

***

»Das erinnert mich an die erste Nacht, die wir je zusammen verbracht haben«, sagte Ryan später, als sie einander zugewandt unter der Decke lagen. »Weißt du noch?«

»Natürlich. Das war in diesem Rattenloch, das du neben dem Campus gemietet hattest.«

»Da gab es keine Ratten«, widersprach er entrüstet.

Sie lachte, als sie seine Miene sah. »Ich hatte etwas Tolles erwartet, immerhin warst du ja angeblich der große Star.«

»Ich *war* ein großer Star. Und die Wohnung war toll. Zumindest, bis wir eingezogen sind. Ich erinnere mich noch daran, wie ich die anderen Jungs rausgescheucht und schnell geputzt habe, bevor du gekommen bist. Monatelang habe ich versucht, dich ins Bett zu kriegen, und ich wollte es nicht vermasseln. Natürlich hatte ich nicht damit gerechnet, dass das Bett unter uns zusammenbricht ...«

Susannah lachte, bis ihr die Tränen kamen. »Wenn ich mich recht erinnere, hat uns das nicht aufgehalten.«

»Genauso wie die Kälte uns heute Abend nicht aufgehalten hat.«

Sie presste ihr Gesicht ins Kissen. »Hör auf.«

»Man könnte meinen, wir wollten unseren eigenen Rekord brechen.«

»Ryan ...«

Er lachte über ihr Unbehagen. »Geht das nur mir so, oder ist das, was immer großartig war, jetzt einzigartig?«

»Das geht nicht nur dir so«, gestand sie leise.

»Vielleicht liegt es daran, dass wir einander nach der langen Trennung mehr zu schätzen wissen.«

»Nein, das ist es nicht. Oder nicht nur.«

Er wickelte sich eine Locke von ihr um den Finger. »Was ist es dann?«

»Das, was vorher gefehlt hat. Ich habe vorhin versucht, es dir zu erklären. So, wie wir uns heute über Themen unterhalten haben, die wirklich wichtig sind ... Dadurch fühle ich mich dir hier verbunden.« Sie legte sich eine Hand aufs Herz.

»Ich verstehe das jetzt, Susie. Wirklich. Ich weiß, was ich hatte, was ich verloren habe, wie ich mich ohne das gefühlt habe.« Er führte ihre Hand an seine Lippen. »Weißt du, dass ich dich immer noch im Stadion suche, zu dem Platz hochblicke, auf dem du immer gesessen hast? Wann immer wir in dieser Saison einen Punkt gemacht haben, habe ich Ausschau nach dir gehalten, weil ich den Moment mit dir teilen wollte. Jedes Mal, wenn ich dich nicht gefunden habe, war es, als würde ich dich aufs Neue verlieren.«

Überwältigt von seinen Worten musste Susannah gegen die Tränen ankämpfen.

»Im letzten Jahr wollte ich dich so oft anrufen«, fuhr er fort. »Vor allem als ...«

Sie musterte sein mit einem Mal angespanntes Gesicht. »Was ist?«

Er seufzte. »Mein Vater hat sich bei mir gemeldet.«

»Wie bitte?« Sie riss die Augen auf. »Wann?«

»Vor ungefähr sechs Monaten.«

»Aber was ... Ich meine ... Was hat er gesagt?«

»Dass er meine Karriere mitverfolgt hat. Dass er mich treffen will.« Er zuckte die Achseln.

»Und dann? Hast du dich mit ihm getroffen?«

Ryan nickte. »Er ist zu einem Spiel gekommen, und danach sind wir zusammen zum Abendessen gegangen.«

»Woher wusstest du, dass er es wirklich ist?« Susannah hing an jedem seiner Worte.

»Ich sehe genauso aus wie er«, antwortete Ryan und lachte ironisch. »Das war wirklich surreal. Er ist eine ältere Version von mir.«

»Wow. Das muss komisch gewesen sein. Wie hast du dich gefühlt, als er dich einfach so aus heiterem Himmel angerufen hat?«

»Ich war überrascht«, gab er zu. »Ich wollte so gerne mit dir darüber reden. Ich wusste nicht, was ich tun sollte.«

»Ich wünschte, ich wäre da gewesen. Nach all den Jahren, in denen du dich gefragt hast, wo er ist ...«

»Ich wünschte auch, dass du bei mir gewesen wärst. Vor allem, als ich herausgefunden habe, was er wirklich wollte.«

»Ich traue mich beinahe nicht, zu fragen.«

»Natürlich Geld.«

»Ach Ry.« Ihre Augen füllten sich mit Tränen. »Was hast du getan?«

»Es ihm gegeben. Was hätte ich sonst tun sollen?«

Sie umklammerte seine Hand. »Das tut mir so leid.«

Er zuckte mit den Schultern, doch der Schmerz war ihm anzusehen. »Ich war dumm. Ich habe mir Hoffnungen gemacht. Seitdem meine Mutter gestorben ist und wir beide uns getrennt haben, hatte ich keine Familie mehr. Aber ich hätte wissen müssen, was ich von ihm erwarten kann.«

»Er ist kein Vater«, sagte Susannah heftig. »Er ist nur ein Samenspender.«

Ryan lächelte. »Ich schätze, ich habe mit dem gerechnet, was dann passiert ist. Deshalb ...«

Die Lampen gingen flackernd an und überraschten sie.

Als er aufstehen wollte, um sie auszuschalten, hielt Susannah ihn zurück. »Was wolltest du gerade sagen?«

»Nur, dass ich eine Ahnung hatte, wie es werden würde. Deshalb habe ich niemandem erzählt, dass er sich gemeldet hat. Nicht einmal Bernie.«

»Hast du herausgefunden, wo er all die Jahre gewesen ist?«

»In Kalifornien. Er hat wieder geheiratet und wusste nicht mal, dass meine Mutter gestorben ist.«

»Hat er weitere Kinder?«

Ryan nickte. »Drei.«

Susannah musterte ihn, während sie das alles in sich aufnahm. »Du hast also Geschwister.«

»Ja. Aber ich bin mir nicht sicher, was ich deswegen unternehmen soll. Ich bin hin- und hergerissen, ob ich mich bei ihnen melde oder nicht. Sie können genauso wenig etwas dafür, wer ihr Vater ist, wie ich.«

»Warum hat er dich um Geld gebeten?«

»Offensichtlich hat er ein Problem mit Spielsucht.«

»Wie viel hast du ihm gegeben?«

»Eine halbe Million.«

»O mein Gott! Ryan!«

»Ja, ich weiß, das ist ungeheuerlich.« Er wirkte zerknirscht. »Aber als er mir endlich gesagt hatte, wie viel er braucht, wollte ich ihn nur noch loswerden.«

Susannah streckte die Arme nach ihm aus.

Mit einem Seufzer der Erleichterung ließ er sich in die Umarmung sinken. »Er sah aus wie ein Erwachsener, Susie. Er hatte so gar keine Ähnlichkeit mit den alten Fotos, die ich von ihm habe. Aber trotzdem ist er der gleiche Kerl, der seine Frau und seinen zweijährigen Sohn ohne einen Blick zurück verlassen hat.«

»Wie gut, dass ich nicht da war.« Sie war wütend auf den Mann, den sie nie getroffen hatte. »Sonst hätte er nicht einen Cent aus dir rausbekommen.«

»Ich weiß.« Ryan lachte leise. »Damals habe ich das Gleiche gedacht. Nachdem ich ihm den Scheck gegeben hatte, bin ich zu unserem Haus gefahren. Eine Stunde lang habe ich davor im Auto gesessen und habe versucht, den Mut aufzubringen, um anzuklopfen. Ich wollte so unbedingt bei dir sein.«

Tränen rollten ihr über die Wangen. »Es tut mir leid«, flüsterte sie. »Es tut mir leid, dass er dich verletzt hat und ich nicht für dich da war. Ich hätte ihm ordentlich die Meinung gegeigt.«

Er lachte, doch in seinen Augen flackerte es. »Ich liebe es, wenn meine Debütantin wie eine Truckerbraut redet.«

»Ich meine es ernst. Ich hätte ihm wehgetan.«

»Daran zweifle ich nicht.« Er wischte ihr die Tränen vom Gesicht. »Danke.«

»Wofür?«

»Fürs Zuhören. Und dafür, dass du so wütend bist. Ich war danach eine Weile wie betäubt.«

»Und du warst ganz allein.«

Er zuckte mit den Schultern. »Jetzt, wo du davon weißt, fühle ich mich besser.« Er gab ihr einen Kuss auf die Wange. »Du musst müde sein, Baby.«

Sie schaute auf die Uhr über dem Kamin und stellte fest, dass es kurz nach drei war. »Nicht wirklich. Und du?«

»Ich habe Hunger.« Er gab ihr noch einen Kuss, dann stand er auf, um das Licht zu löschen.

»Warum überrascht mich das nicht?« Sie beobachtete, wie er sich nackt im Raum bewegte. Selbst mit den Prellungen auf seiner Brust und in seinem Gesicht war er so umwerfend, dass sie den Blick nicht abwenden konnte.

Er spürte es und grinste. »Siehst du etwas, das dir gefällt, Darling?«

»Mhm.«

Nachdem er die letzte Lampe ausgeschaltet hatte, kehrte er zu ihrem Nachtlager vor dem Kamin zurück.

Susannah schrie auf, als er auf ihr landete. »Pass auf deine Rippen auf!«

»Denen geht es gut.« Er eroberte ihren Mund mit einem leidenschaftlichen Kuss.

»Ich dachte, du hättest Hunger«, sagte sie, als er seine Aufmerksamkeit ihrem Hals zuwandte.

»Hab ich auch.«

Sie reckte ihm den Hals entgegen. »Soll ich dir was holen?«

»Du würdest für mich tatsächlich dieses kuschelig warme Bett verlassen?«

»Wenn es sein muss.«

Er zog sich zurück und sah sie an. »Du liebst mich wirklich.«

»Gott helfe mir«, witzelte sie.

»Was wirst du machen, Susie?«

»Ein Sandwich, wenn du von mir runtergehst.«

Er legte ihr eine Hand an die Wange, damit sie nicht wegschauen konnte. »Das habe ich nicht gemeint, und das weißt du auch.«

»Heute war ein wundervoller Tag, gefolgt von einer wundervollen Nacht.« Sie strich ihm über das Haar und dann über die Wange. »Ich will es einfach genießen, mit dir hier zu sein, ohne jeglichen Druck, etwas entscheiden zu müssen. Kriegen wir das hin?«

Er blickte sie sehr lange an, und es schien ihn Überwindung zu kosten, aber schließlich sagte er: »Okay.«

»Wie sieht es jetzt mit einem Sandwich aus?«

»Das musst du nicht machen.« Er zog seine Jogginghose an. »Ich kann das auch. Willst du eine Hälfte?«

»Nur ein ganz kleines Stück und etwas Wasser.«

»Kommt sofort.«

Ein paar Minuten später kehrte er mit einem riesigen Truthahnsandwich und einer Wasserflasche zurück.

»Ry?«

»Ja, Baby?«

»Ich habe mich gefragt ...«

»Was?«

Sie biss sich auf die Unterlippe.

Er nahm ihre Hand. »Es gibt nichts, was du mich nicht fragen kannst, Susie.«

»Wenn du mich so sehr liebst, warum hast du dann bis zur letzten Minute gewartet, um das hier zu tun? Also, zu mir zurückzukommen?«

Er schluckte den letzten Bissen des Sandwiches herunter und trank einen Schluck. »Ich hatte nicht vor, es so lange hinauszuzögern. Als der Richter uns aufgetragen hat, sechs Monate abzuwarten, bevor er die Scheidung genehmigt, hatte die Saison gerade angefangen. Ich wollte erst zu dir kommen, wenn ich Ruhe hätte und keine Ablenkungen, und du weißt, wie verrückt es während der Spielsaison zugeht.«

Sie nickte.

»Niemand hat geglaubt, dass wir dieses Jahr irgendetwas reißen. Es sollte ein ›Aufbaujahr‹ werden, aber alles ist irgendwie für uns gelaufen. Wir haben Mannschaften geschlagen, die wir niemals hätte schlagen dürfen. Meine Verzweiflung wuchs, weil ich wusste, dass die Zeit knapp wurde, und wir haben immer weiter gewonnen. In den Play-offs haben wir gegen Miami gespielt.«

»Das Spiel habe ich gesehen«, gestand sie.

»Dann weißt du, dass wir nicht hätten gewinnen sollen.«

»Ich bin wie verrückt herumgehüpft, als Willy den Touchdown gemacht hat.«

»Es war verrückt. Ich konnte nicht fassen, dass wir wieder im *Super Bowl* spielen. Es war eine unglaubliche Saison, die auf viele Arten wesentlich aufregender gewesen ist als alle davor. Dann bin ich verletzt worden, und sie haben mich ins Krankenhaus gesteckt. Ich stand kurz vorm Durchdrehen. Es waren nur noch zehn Tage bis zu dem Gerichtstermin, und sie meinten, ich müsse mindestens drei davon im Krankenhaus verbringen. Also habe ich mich gegen den Willen der Ärzte selbst entlassen.«

»Das hättest du nicht tun sollen.«

»Du warst verlobt.« Nervös knetete er die Decke zwischen seinen Fingern. »Ich war verzweifelt. Du hättest mich sehen sollen, als ich gehört habe, dass du den Kerl heiraten willst. Ich habe dich mir immer vorgestellt ... mit ihm ... und ich dachte, ich werde verrückt. Ich habe mich betrunken und sogar zum ersten Mal überhaupt ein Training verpasst.«

Susannah schluckte schwer. »Ich hatte vor, es dir persönlich zu sagen.«

Er drehte den Kopf zu ihr. »Warum hast du es nicht getan?«

»Henry hat es ein paar Leuten erzählt, und auf einmal hat es die Runde gemacht. Nachdem es in der Zeitung gestanden hatte, wusste ich, es hat keinen Sinn, dich anzurufen.«

»Du hättest dich trotzdem bei mir melden sollen, Susie. Das warst du mir schuldig.«

»Ja«, sagte sie leise. »Da hast du recht. Das war ich dir schuldig.«

Er musterte sie eindringlich. »Hattest du gehofft, mich damit zu verletzen?«, wollte er schließlich wissen.

»Nein.«

»Aber das hast du.«

»Ich weiß. Und es tut mir leid.«

»Der alte Henry hat keine Zeit verloren, oder? Wie lange hat er gebraucht, um nach unserer Trennung nach Denver zu ziehen?«

»Drei oder vier Monate.«

»Er hat seinen sicheren Job an der Wall Street aufgegeben, um die *First Mercantile Bank of Denver* zu leiten. Das ist ein ganz schöner Rückschritt, aber ich bin mir sicher, es war das Opfer wert, weil du endlich diesen dummen Sportler losgeworden bist.«

»So war das nicht«, widersprach sie.

»Doch, genau so war es.«

»Ryan, bitte ... Tu das nicht.« Sie legte ihre Arme um ihn und küsste seinen Rücken. »Bitte. Mach nicht alles kaputt.«

»Ich dachte, das hätte ich bereits. Hattest du nicht genau das gesagt, als du mich damals gebeten hast, zu gehen?«

Sie lehnte ihre Stirn gegen seinen Rücken. »Ry.« Das Wort war ein erstickter Schluchzer.

Er drehte sich um und zog sie in seine Arme.

»Ich habe dir nie wehtun wollen«, sagte sie. »Wir haben einander so viel Schmerz zugefügt. Das will ich nicht mehr.«

»Ich auch nicht.«

»Glaubst du wirklich, dass wir angesichts von allem, was passiert ist, auch nur den Hauch einer Chance haben, unsere Ehe noch zu retten?«

»Wenn ich das nicht glauben würde, wären wir nicht hier.« Er legte sich hin und zog sie mit sich. »Wir können es schaffen, Susie. Das weiß ich.«

»Wirst du dich wirklich aus dem aktiven Sport zurückziehen?«

»Ja.«

»Und was willst du dann machen?«

»Meine Firmen leiten. Und ich spiele mit der Idee, vielleicht Trainer zu werden.«

»In der NFL?«

»An einer Highschool.«

Sie sah zu ihm auf. »Wirklich?«

»Ich glaube, auf der Ebene könnte ich einen größeren Einfluss ausüben. Ich war ein verstörtes Kind ohne Vater und mit einer Mutter, die immer gearbeitet hat. Jimmy Stevens ist der Hauptgrund dafür, dass ich heute da bin, wo ich bin«, erklärte er in Bezug auf den Footballtrainer seiner Highschool. »Er hat mir gezeigt, was ich kann.«

»Aber in der Liga könntest du dich unsterblich machen.«

»Indem ich eine Gruppe überbezahlter Egomanen trainiere? Nein danke.«

»Woher du das wohl weißt?«, erwiderte sie lächelnd.

Er erwiderte ihr Lächeln mit seinem typischen selbstbewussten Grinsen. »Als ich heute in die Stadt gelaufen bin, habe ich Duke angerufen. Wenn sie übermorgen aus Washington zurück sind, werde ich mich mit ihnen treffen. Mir graut davor, es ihnen zu sagen. Sie werden bestimmt durchdrehen. Ich hätte gern, dass du bei dem Gespräch dabei bist.«

»Ich weiß nicht, Ry. Das hat nichts mit mir zu tun.«

»Natürlich hat es das«, behauptete er.

Sie gähnte. »Inwiefern?«

»Du bist müde, Baby.« Er gab ihr einen Kuss. »Wir reden morgen weiter.«

Ihr fielen die Augen zu. »Ich will aber jetzt darüber reden.«

»Die Heizung läuft wieder. Möchtest du in einem echten Bett schlafen oder hierbleiben?«

»Hier. Mit dir.«

Er zog die Jogginghose aus und schlüpfte zu Susannah unter die Decke. »Ich bin hier.«

Sie ergriff seine Hand und zog seinen Arm fest um sich.

»Susie?«

»Hm?«

»Ich liebe dich.« Er gab ihr einen Kuss auf die Schulter und einen auf die Wange. »Du hast mir so gefehlt.«

»Du mir auch.«

11

Ryan hielt sie die ganze Nacht in seinen Armen, während sie schlief, und war voller Hoffnung, dass sie den entscheidenden Schritt aufeinander zu getan hatten. Sie so warm und weich und nackt in seinen Armen zu haben war wie ein wahr gewordener Traum. Wie lange hatte er sich danach gesehnt, noch einmal so mit ihr zusammen zu sein? Sie hatten viel besprochen und einiges richtiggestellt, aber reichte das? Reichte es, um Susannah davon abzuhalten, ihn zu verlassen, sobald sie in den Alltag zurückkehrten? Er wusste nicht, was er sonst noch tun oder sagen konnte, um sie davon zu überzeugen, dass ihre Ehe dieses Mal anders laufen würde.

Vorhin hatte sie sich ihm vollkommen hingegeben, was ihn wie immer hilflos gemacht hatte. Er hatte nie verstanden, wie eine einzige Frau ihn so restlos in der Hand haben konnte. Susannah hatte recht gehabt, als sie behauptet hatte, dass er ständig von anderen Frauen umschwärmt wurde. Doch keine von denen hatte je so eine Wirkung auf ihn gehabt wie Susannah, von dem Moment an, als er sie im *Purple Porpoise* in Gainesville gesehen hatte. Danach hatte er zwei Tage und alle seine Kontakte auf dem Campus gebraucht, um sie aufzuspüren. Er konnte sich noch gut an ihre

Miene erinnern, als sie ins Studentenwohnheim gekommen war und ihn dort vorgefunden hatte.

Dass sie wirklich keine Ahnung gehabt hatte, wer er war oder welche Bedeutung er für die Universität hatte, hatte er unglaublich anziehend gefunden. Er hatte am Anfang seines Senior-Jahres gestanden und war den Rummel um seine Person leid gewesen. Susannah hatte eine erfrischende Art gehabt, ihn wieder zurück auf die Erde zu holen, indem sie sich weigerte, all das Bohei mitzumachen, das damit einherging, die Freundin des bekanntesten und wichtigsten Studenten auf dem Campus zu sein.

Sie erdete ihn. Das hatte sie damals getan und auch in den folgenden Jahren in der NFL. Ohne sie, die ihn daran erinnerte, dass er nicht mehr war als ein Normalsterblicher mit einem außergewöhnlichen Wurfarm, wäre er vollkommen unerträglich geworden anstatt nur irgendwie unerträglich. Er grinste, als er sich daran erinnerte, wie er nach dem ersten *Super-Bowl*-Sieg nach Hause gekommen war. Sie hatten die Haustür geöffnet und waren eingetreten, und Susannah hatte gesagt: »Igitt. Irgendetwas stinkt hier. Kannst du dem bitte auf den Grund gehen, Ryan?« Nein, sein großer Sieg hatte ihm nicht zu Kopf steigen können, solange sie bei ihm gewesen war und ihn daran erinnert hatte, dass er bloß ein normaler Mann war, in dessen Haus irgendetwas vor sich hin stank.

Er verlagerte das Gewicht, um seine schmerzenden Rippen zu entlasten, und hatte auf einmal eine volle, weiche Brust in der Hand, die in ihm das Verlangen hervorrief, Susannah ein weiteres Mal zu lieben. Doch statt sie zu wecken, presste er nur seine Lippen auf ihren Rücken. Dann schloss er die Augen und schlief endlich ein, wobei er seine Hand genau da ließ, wo sie war.

———

Als Susannah am nächsten Morgen um kurz nach zehn Uhr aufwachte, war ihr Körper fest an Ryans gepresst, und sie teilten sich ein Kopfkissen. Sie erinnerte sich daran, wie sie ihn oft damit aufgezogen hatte, dass sie zwar in einem Kingsize-Bett schliefen, sie sich aber das Kissen mit ihm teilen musste. »Ich fühle mich hier drüben ohne dich so einsam«, hatte er dann immer geantwortet. Sie legte eine Hand auf seine, die auf ihrer Brust ruhte, und genoss für einen Moment die Gefühle, die er in ihr weckte – Gefühle, die, wie sie wusste, in dem Jahr, das sie getrennt verbracht hatten, nur geschlafen hatten. Trotz allem, was sie sich einzureden versucht hatte, waren sie nie wirklich verschwunden.

Da sie wusste, dass sie nicht klar denken konnte, wenn sie nackt mit ihm im Bett lag, löste sie sich behutsam von ihm und stand auf. Sie griff nach ihrem Nachthemd und den dicken Socken und zog sich an. Das Feuer war erloschen, doch im Zimmer war es noch warm. Leise schlich sie in die Küche, um Kaffee aufzusetzen, bevor sie ins Badezimmer ging. Nachdem sie sich die Zähne geputzt und ein wenig Ordnung in ihre Haare gebracht hatte, musterte sie ihr Gesicht im Spiegel. »Du siehst aus, als hättest du wilden Sex gehabt«, flüsterte sie. Kichernd fügte sie hinzu: »Geht es mit Ryan überhaupt anders?« Er liebte genau so, wie er lebte – mit allem, was er hatte, weshalb sie heute an interessanten Stellen ihres Körpers ein leichtes Ziehen verspürte.

Auf dem Weg zurück in die Küche blieb sie kurz stehen und betrachtete ihn, wie er da ausgestreckt auf der Matratze auf dem Boden lag. Die Decke war bis zu seiner Taille heruntergerutscht, sodass sie seine verletzten Rippen sehen konnte. Als sie sich vorstellte, wie weh das getan haben musste, zuckte sie zusammen. *Ich hätte bei ihm sein sollen, auch wenn ein Teil von mir froh ist, dass ich es nicht war.* Mitzuerleben, wie er beim Footballspielen verletzt wurde, war mit das Schwierigste an ihrer ohnehin schwierigen Ehe gewesen.

Er ist wirklich attraktiv, dachte sie und seufzte. Wobei, sie hatte schon immer gefunden, dass das Wort »attraktiv« ihm nicht annähernd gerecht wurde. Sie staunte noch immer darüber, dass ausgerechnet sie von einem Mann, der jede Frau haben konnte, die er wollte, ausgewählt worden war. Im Laufe der Jahre hatte sie sich bemüht, ihm das nicht zu zeigen, denn dafür zu sorgen, dass er einigermaßen auf dem Boden blieb, war so schon schwer genug gewesen.

Sie schenkte sich einen Kaffee ein und trat mit dem Becher in der

Hand ans Fenster, um in den strahlenden weißen Morgen hinauszuschauen. Der Sturm hatte sich verzogen, und die Sonne war zurückgekehrt. Die Stadt wirkte wie vom Schnee eingefroren, und auf den Bergen wimmelte es nur so von kleinen Punkten – Skifahrer, die den frischen Pulverschnee ausnutzten. Wenn er nicht so angeschlagen wäre, würde Ryan sich vermutlich unter sie mischen. Vielleicht würde dieser neue Ryan aber auch bei ihr zu Hause bleiben und die kostbare Zeit allein mit ihr genießen.

Während sie dort stand und vor sich hin träumte, erinnerte sie sich an einen anderen Morgen hier. Justin hatte sich das erste Mal in ihrem Bauch bewegt. Die Erinnerung ließ Susannah unwillkürlich die Hand dorthin legen, wo ihr kleiner Junge einst gelebt hatte. Die Trauer und die Leere trafen sie zu den seltsamsten Zeiten. Es hatte sie getröstet, von Ryan zu hören, dass er ebenfalls noch oft daran dachte. Irgendwie fühlte sie sich jetzt mit ihrem Verlust nicht mehr ganz so allein.

Ryan erschreckte sie, als er hinter sie trat und ihr einen Kuss auf den Nacken gab. »Du warst eine Million Kilometer weit weg. Woran hast du gerade gedacht?«

»An Justin«, antwortete sie, ohne zu zögern.

Er schlang die Arme von hinten um sie und zog sie fest an sich. »Was hast du gedacht?«

»Als ich das erste Mal gespürt habe, wie er sich bewegt, habe ich genau hier gestanden. Erinnerst du dich?«

»Wie könnte ich das vergessen? Du hast geschrien und gerufen, dass ich kommen soll. Du hast mir eine Heidenangst eingejagt.«

Susannah lächelte, und mit einem Mal war es eine glückliche Erinnerung. Sie wandte sich zu Ryan um und war nicht überrascht, dass er vollkommen nackt und ein wenig erregt war. Sie hob den Blick und erklärte: »Vor dem gestrigen Tag hätte ich dir nicht gesagt, dass ich an ihn denke, sondern dass ich nichts denke, oder ich hätte mir irgendetwas ausgedacht. Jetzt eben war ich traurig, aber nachdem ich es mit dir geteilt habe, fühle ich mich besser. Das hätte ich schon die ganze Zeit tun sollen, und es tut mir leid, dass es nicht so war. Es tut mir leid, wenn ich dir das Gefühl gegeben habe, es wäre nicht auch dein Verlust gewesen.«

Er strich ihr über die Wange. »Das ist jetzt Vergangenheit. Wir haben nur noch Gutes vor uns.« Er wackelte mit den Augenbrauen. »Vielleicht haben wir gestern Nacht ein Baby gemacht.«

»Nach dem, was nötig war, um das erste Mal schwanger zu werden, bezweifle ich das.« Sie schüttelte den Kopf bei der Erinnerung an ständiges Temperaturmessen und unzählige Untersuchungen, die lediglich ergeben hatten, dass mit ihnen beiden alles in Ordnung war. »Der Blitz schlägt vielleicht nicht zweimal ein.«

»Meine Jungs waren sehr gut ausgeruht«, sagte er grinsend.

Bei dem Gedanken zog sich Susannahs Magen zusammen. »Mein Gott, mir ist nicht mal in den Sinn gekommen, zu verhüten, weil wir letztes Mal solche Probleme hatten. Und wäre das nicht ein echter Glückstreffer?«

Sein Lächeln verschwand. »Wäre es nicht?«

»Nimm es nicht persönlich. Ich meine bloß, dass der Zeitpunkt ziemlich unpassend wäre.«

»Du meinst, weil Mommy noch mit einem anderen Mann verlobt ist und so.«

Sie schlang ihm die Arme um den Hals und zog seinen Kopf für einen Kuss zu sich herunter. Anfangs leistete er Widerstand, aber dann gab er schließlich nach.

»Liebst du es eigentlich, zu wissen, dass du mich jederzeit haben kannst?«, fragte er mit einem Funkeln in seinen braunen Augen.

Erfüllt von einem mächtigen Gefühl, erwiderte sie den Blick. »Ja.« Dann ließ sie ihre Hände über seine Brust nach unten gleiten, um seine pochende Erektion zu umfassen. Sie streichelte ihn so, wie es ihm, wie sie wusste, gefiel: hart und schnell.

Ryan atmete zischend ein, schloss die Augen und legte den Kopf in den Nacken.

Sie behielt die schnelle Bewegung ihrer Hand bei, bis er steinhart war.

Schwer atmend drückte Ryan sie rückwärts gegen den Küchentisch. »Gleich hier?«

Susannah spürte, wie überrascht er war, als sie antwortete: »Warum nicht?«

Schnell schob er ihr das Nachthemd bis zur Taille hoch und berührte sie zwischen den Beinen. Zu spüren, wie feucht sie war, schien das Feuer in ihm noch mehr anzufachen. »Jetzt, Susie. Jetzt!«

»Ja«, flüsterte sie.

»Was ist mit Verhütung?«, fragte er im letztmöglichen Augenblick.

»Ich gehe das Risiko ein.«

All ihr Schmerz und ihre Sehnsucht waren vergessen, als er in sie eindrang. Sie hatte ihn an seine Grenze gebracht, doch anstatt sich vor seiner beinahe wütenden Besitzergreifung zu fürchten, war sie von ihr wie berauscht. Sie schlang ihm die Beine um die Hüften, um ihn tiefer in sich aufzunehmen.

Mit einem wilden Knurren zerrte er an der Vorderseite ihres Nachthemds. Die Knöpfe flogen ab, und er begann ihre Brustspitzen zu streicheln, während er sie weiter leidenschaftlich küsste. Diese Kombination löste einen derart heftigen Orgasmus in Susannah aus, dass ihr ganz schwindelig wurde.

Er schrie einen Moment nach ihr auf. Schwer atmend sank er auf sie und vergrub sein Gesicht in ihrer Halsbeuge. »Es tut mir leid«, sagte er, als er wieder sprechen konnte.

Sie schob ihre Finger in sein Haar und küsste ihn. »Was tut dir leid?«

»Dass ich mich wie ein Wilder benommen habe.« Sein Atem ging weiter schwer.

Als er sich von ihr lösen wollte, hielt sie ihn mit ihren Beinen fest. »Warum? Mir hat es gefallen.«

Er hob den Kopf und sah sie an. »Ich habe dich noch nie so behandelt.«

»Aber du hättest es tun können. Ich bin nicht zerbrechlich.«

»Nach all den Jahren kannst du mich immer noch überraschen …«

»Genau wie du mich.«

Sehr lange schauten sie einander in die Augen, bevor Ryan den Kopf senkte und sanft mit seinen Lippen über ihre strich. Dieser

Kuss enthielt all die Zärtlichkeit, die dem vorherigen gefehlt hatte. Er huldigte jedem Zentimeter ihres Mundes, wobei er wieder hart wurde. »Susie«, hauchte er und begann, seine Hüften langsam zu bewegen. »Du bringst mich um.«

Er hob sie hoch und zog ihr das Nachthemd über den Kopf, damit er ihre Brüste küssen konnte. »Bei dir fühle ich mich schwach und stark zugleich.«

Er schaffte es, all das in Worte zu kleiden, was sie für ihn empfand. »Ry«, keuchte sie, als er eine ihrer Brustspitzen zwischen die Zähne nahm. Sie presste seinen Kopf an ihre Brust und wollte ihn so sehr, als wäre es das erste Mal. Vielleicht war es das auch. Vielleicht wurde das, was sie für gescheitert erklärt hatte, in diesem Moment wiedergeboren. Aber auch nur vielleicht. Wenn sie das Hämmern ihres Herzens und die steigende Spannung in ihrem Unterleib richtig interpretierte, war diese Beziehung sehr lebendig.

»Komm für mich, Susie«, flüsterte er. »Ich will dir dabei zuschauen.«

Da sie bereits kurz davor stand, sandten seine Worte sie in den Strudel aus Empfindungen. Und ihr zuzusehen war alles, was er brauchte, um selbst erneut den Höhepunkt zu erreichen.

Als er wieder normal atmen konnte, küsste er sie sanft. »Ich habe dich nie mehr geliebt als in diesem Moment.«

»Und ich habe mich nie mehr von dir geliebt gefühlt. Ich könnte sehr gut in dieser Liebe ertrinken.«

»Ich würde dich retten«, verkündete er nach einem weiteren zarten Kuss.

»Ich werde diesen Tisch nie mehr mit den gleichen Augen betrachten«, witzelte sie.

Er lächelte. »Warum haben wir das nicht schon vorher gemacht?«

»Ich weiß es nicht.« Sie ließ sich von ihm aufhelfen. »Vielleicht, weil es etwas herrlich Verderbtes hat, es auf dem Küchentisch zu treiben?«

»Wenn das verderbt war, muss ich sagen, dass mir ›verderbt‹ gefällt.« Er hielt sie auf, als sie nach ihrem Nachthemd griff. »Lass uns duschen gehen.«

Sie folgte ihm in das große Schlafzimmer und blieb an der Tür stehen, als sie sah, dass er den Raum umdekoriert hatte.

»Gefällt es dir?«, fragte er.

»Es ist anders.«

»Ich musste ein paar Dinge verändern, weil ich nicht wusste, wie es ist, ohne dich hier zu sein. An vielen Tagen habe ich mir gewünscht, ich hätte dir die Hütte einfach überlassen oder sie verkauft.«

»Es ist hübsch.« Was er gesagt hatte, berührte sie, und ihre Gefühle für ihn wuchsen mit jeder Sekunde, die verging. Bald würde sie vermutlich den Punkt erreichen, an dem es kein Zurück mehr gab – wenn es dafür nicht schon zu spät war. Den Punkt, an dem jeder weitere Gedanke an ein Leben ohne ihn sinnlos wäre.

Er hielt ihr die Hand hin und führte sie in das große Badezimmer mit dem Oberlicht, in dem all ihre Sachen noch genau dort waren, wo sie sie zurückgelassen hatte. Gemeinsam traten sie unter die heiße Dusche. Als sie ihre Arme von hinten um ihn schlang, zuckte er zusammen.

»Was ist los?«

»Der Herzinfarkt scheint zurück zu sein.« Er verzog das Gesicht, als er mit der Hand über seine verletzte Seite strich.

»Also keinen wilden Sex mehr für dich. Du bist noch angeschlagen.«

»Wenn das die Antwort ist, erschieß mich lieber gleich, und erlöse mich von meinem Elend.« Das Grinsen, das er ihr über die Schulter zuwarf, war zwar lasziv, aber seine Augen verrieten, welche Schmerzen er litt. »Ich muss einfach dich die Arbeit machen lassen, bis ich mich vollständig erholt habe.«

»Ich glaube, das lässt sich arrangieren«, antwortete sie und seifte ihm den Rücken ein, bevor sie ihm die Schultern massierte.

Mit einer Hand stützte er sich an der Wand ab, dann ließ er seinen Kopf auf die Brust sinken. »Das fühlt sich so gut an.«

»Die blauen Flecken sehen jeden Tag schlimmer aus anstatt besser.«

»Zumindest sieht mein attraktives Gesicht heute besser aus.«

»Ja, das stimmt.«

Er drehte sich zu ihr um. »Was ist los? Kein Stich gegen mein Ego? Du enttäuschst mich.«

»Es stimmt ja.« Sie streckte die Hand aus und streichelte ihn. »Ich glaube, es ist das attraktivste Gesicht, das mir je untergekommen ist.«

»Jetzt machst du mir Angst, Liebling.«

Er wirkte so ernsthaft besorgt, dass Susannah in lautes Lachen ausbrach. »Bin ich sonst wirklich so gemein?«

»Normalerweise schon«, erwiderte er, ohne zu zögern. »Aber das ist in Ordnung. Ich komme damit klar. Ich weiß ja, dass du mich liebst.«

»Habe ich dir, als wir zusammen waren, eigentlich je gesagt, was ich wirklich über dich denke?«

»Ab und zu, allerdings nicht mit Worten. Manchmal war es ein Blick, eine Berührung oder ein Seufzen in genau dem richtigen Moment. Mach dir keine Gedanken. Ich habe es gewusst.«

»Ich habe dich oft angeschaut, wenn du geschlafen hast – so wie heute Morgen auch –, und ich habe mich gefragt, was genau ich an mir habe, dass ein so umwerfender, sexy, verstörend attraktiver Mann mich allen anderen Frauen vorzieht.«

Das selbstbewusste Grinsen war zurück, als er wiederholte: »Verstörend attraktiv, hm?«

Sie versetzte ihm einen Stoß gegen die Schulter. »Lass dir das nicht zu Kopf steigen.«

»Zu spät.« Er beugte sich für einen Kuss vor. »Willst du wirklich wissen, was es war?«

Sie nickte.

»Ich bin froh, dass du mich fragst, denn ich erzähle es dir nur zu gern.« Während er weitersprach, zog er eine Spur aus kleinen Küssen über ihren Hals. »Zunächst einmal sind da deine unglaublichen blauen Augen. Als du mich das erste Mal angesehen hast, war das wie ein Faustschlag in den Magen. Du hast da so hübsch und brav inmitten deiner Freundinnen gesessen.«

»Brav?«, fragte sie und zog eine Augenbraue hoch.

Er nickte und begann, ihr die Haare zu shampoonieren.

»Nachdem ich mich von diesem Schlag erholt und dich aufgespürt hatte, hat mich als Nächstes fasziniert, dass du keine Ahnung hattest, wer ich bin. Und als du es erfahren hast, hat es dich nicht wirklich interessiert. Ob du es glaubst oder nicht, das hat mir gefallen. Ich war es so leid, von den Mädchen angeschmachtet zu werden, bloß weil ich Football gespielt habe.«

»Ohhh, du Armer«, zog sie ihn auf.

»Puh. Du bist wieder da. Gut. Vor nicht mal einer Minute war hier diese andere Susie, und die war echt nett zu mir. Das hat mir eine Heidenangst eingejagt.«

Sie lachte. »Ich habe sie wieder in die Irrenanstalt zurückgeschickt.«

»Gut, denn für mich gibt es nur eine Susie – die, die mir nichts durchgehen lässt und bei der ich mit meinem Mist nicht weiterkomme. Das ist die Susie, die ich brauche. Das ist die Susie, die ich im letzten Jahr so vermisst habe.« Er küsste sie. »Und das ist die Susie, die ein klaffendes Loch in meinem Herzen und meinem Leben hinterlassen wird, wenn sie mir nicht eine weitere Chance gibt.«

»Ry.« Seufzend strich sie ihm mit ihren seifigen Händen über die Brust.

Er hob ihr Kinn an, sodass er ihr Gesicht sehen konnte. »Was sagst du, Susie? Können wir es noch mal versuchen? Wenn du willst, dass ich dich anflehe, tu ich das. Was immer nötig ist, um dir zu zeigen, dass ich mich verändert habe. Ich bin nicht mehr der gleiche Mann, der ich vor einem Jahr war.«

»Ich weiß. Das habe ich gemerkt.«

Er strahlte sie an. »Ist das ein Ja?«

»Ich möchte so gerne glauben, dass es besser sein könnte.«

»Es *wird* besser. Das verspreche ich dir.«

»Ich brauche einfach noch ein wenig Zeit. Es gibt einiges zu bedenken.«

»Du meinst Henry«, sagte er, und kurz blitzte Ärger in seinen Augen auf, als er das Wasser abstellte.

»Unter anderem.«

Er trat aus der Dusche, wickelte sich ein Handtuch um die

Hüften und reichte Susannah ein weiteres. »Nimm dir so viel Zeit, wie du brauchst, aber denk dran: In sechs Tagen müssen wir vor Gericht erscheinen. Also denk schnell.« Er drehte sich auf dem Absatz um, verließ das Badezimmer und verschwand in dem großen begehbaren Kleiderschrank, wo er die Tür hinter sich zuzog.

Mit einem tiefen Seufzer, weil sie ihm schon wieder wehgetan hatte, begab sich Susannah ins Gästezimmer und schlüpfte in ihre Klamotten. Als sie in ihre Handtasche griff, um ihre Bürste herauszuholen, erwischte sie aus Versehen ihr Handy. Mit einem schuldbewussten Blick über ihre Schulter schaltete sie es an, und sofort piepte es wie wild von eingegangenen Nachrichten.

Sie rief ihre Mailbox an und hörte, dass sie sechs neue Nachrichten hatte. Die ersten vier waren von Henry. »Susannah, es tut mir leid, wie es bei unserem letzten Treffen gelaufen ist. Ich weiß, dass das alles nicht deine Schuld ist. Ruf mich an, wenn du kannst. Ich liebe dich.« Schnell löschte sie die Nachricht und spielte die nächste ab. »Ich dachte, inzwischen hätte ich mal von dir gehört. Ruf mich an.« Die dritte lautete: »Versuchst du, mich zu bestrafen? Wenn ja, dann Glückwunsch, es funktioniert.« Die letzte Nachricht verursachte ihr Magenschmerzen. »Schlaf nicht mit ihm, Susannah«, flehte er. »Bitte, schlaf nicht mit ihm. Ich glaube, ich könnte dir alles vergeben, nur das nicht.«

Die nächste Sprachnachricht war von ihrer Schwester. »Du musst Henry anrufen, Susannah. Was du da machst, ist so unfair. Schläfst du mit dem Mann? Sei nicht so schwach, hörst du? Erinnere dich, wozu er in der Lage ist. Erinnere dich, wie er dich nach dem Verlust des Babys im Stich gelassen hat, um wieder Football zu spielen. Halte dir das immer vor Augen, Susannah.«

Der letzte Anruf war von Diane, ihrer Scheidungsanwältin. »Ich habe ein interessantes Gerücht über dich und deinen baldigen Ex-Mann gehört. Du musst mich sofort anrufen. Es könnte hier ein Problem geben. Ein großes Problem.«

Susannah legte auf und wählte Dianes Nummer. Sie wurde sofort durchgestellt.

»Susannah, Gott sei Dank, dass du anrufst. Stimmen die Gerüchte? Bist du wieder mit ihm zusammen?«

»Technisch gesehen nicht. Aber wie hast du überhaupt davon gehört?«

»Es stand in der Zeitung.«

»Ah, stimmt. Nachdem wir im Krankenhaus waren, hat es einen kleinen Artikel gegeben.«

»In den letzten Tagen ist in den Medien wild über euch spekuliert worden.«

»O mein Gott«, flüsterte sie. *Henry. Guter Gott.* Die Nachricht, dass seine Verlobte wieder mit ihrem Ex-Mann zusammen war, verbreitete sich in der ganzen Stadt.

»Bist du gerade bei ihm?«

»Wir sind für ein paar Tage in Breckenridge. Warum?«

Diane schwieg.

»Diane? Was ist?«

»Hast du die Anordnung des Richters gelesen, so wie ich es dir aufgetragen habe?«

»Das Ding ist dicker als die Bibel. Ich habe sie durchgeblättert. Warum?«

»Er hat ein paar wichtige Klauseln eingefügt – ganz am Ende. Bist du so weit gekommen?«

Susannahs Magen zog sich zusammen. »Was für Klauseln?«

»Ach, zum Beispiel eine, die besagt, wenn du auch nur eine einzige Nacht unter dem gleichen Dach wie dein Ehemann verbringst, fängt die sechsmonatige Wartezeit wieder von vorne an.«

»Was?« Susannah keuchte auf. »Wo steht das? Das habe ich überhaupt nicht gesehen!«

»Direkt vor dem Absatz, in dem darauf verwiesen wird, dass die Scheidung, solltet ihr die Ehe erneut vollziehen, null und nichtig ist.«

»Das steht da nicht!« Susannah setzte sich auf die Bettkante, als aller Sauerstoff ihren Körper auf einen Schlag zu verlassen schien.

»Du wolltest nicht so lange bleiben, bis die Anhörung vorbei war. Ich habe dir *gesagt*, dass du es lesen musst«, erinnerte Diane sie. »Der Richter ist aus irgendeinem Grund darauf aus, euch beide zusammenzuhalten. Er hat sich geweigert, uns Anwälten seine Anordnungen zu erklären, aber er hat alles mögliche wilde Zeug mit reingeschrieben, das keinem von uns je zuvor untergekommen ist.« Sie hielt kurz inne. »Du hast doch nicht mit Ryan geschlafen, oder, Susannah?«

»Ich muss los.« Susannah klappte ihr Handy zu und stürmte in die Küche, wo Ryan bei Toast und Kaffee an dem gleichen Tisch saß, auf dem sie sich vor einer knappen halben Stunde – zweimal – geliebt hatten.

Er las die Zeitung, die er sich im Ort geholt hatte, und schaute auf, als Susannah eintrat. »Ich habe dir Toast gemacht«, sagte er in einem Tonfall, der verriet, dass er wegen ihrer Unterhaltung im Bad immer noch verärgert war.

Sie funkelte ihn an.

»Was ist los?«

»Du widerlicher Mistkerl.«

12

»Was ist los?«, wiederholte er verwirrt.

Tränen rollten ihr über die Wangen, während sie die Küche durchquerte und mit ihren Fäusten auf Ryan einhämmerte. »Du verdammter Mistkerl. Du hast es gewusst und mich ausgetrickst!«

Er wehrte ihre Attacke ab und versuchte, ihre Handgelenke zu packen. »Was zum Teufel ist mit dir los? Pass auf meine Rippen auf. Hast du vor, mich umzubringen?«

»Ja!«, schrie sie. »Offensichtlich ist das die einzige Art, dich loszuwerden.«

Er stand so schnell auf, dass sein Stuhl umfiel, und packte ihre fliegenden Fäuste, bevor sie ihn erneut treffen konnte.

Sie versuchte, sich aus seinem Griff zu befreien, doch sie hatte keine Chance. Schwer atmend und immer noch weinend fauchte sie: »Lass mich los. Sofort!«

Seine Miene war angespannt. »Nicht, bis du mir nicht sagst, was zum Teufel hier los ist.«

»Du hast mich ausgetrickst!«

»Ich weiß überhaupt nicht, wovon du redest.«

Sie rammte ihm die Schulter in die Brust.

Er keuchte auf und ließ ihre Hände los.

Sie ließ ihn vornübergebeugt und nach Luft schnappend zurück und ging ins Gästezimmer. Wütend wischte sie sich die Tränen ab, während sie ihre Klamotten in eine Tasche warf. »Du bist so eine Idiotin«, murmelte sie vor sich hin. »Das bist du von Anfang an gewesen. Alle haben versucht, dich zu warnen, aber du wolltest es ja nicht hören. Tja, nun weißt du es wenigstens.«

»Was glaubst du zu wissen?«, fragte er von der Tür her.

»Dass du ein widerlicher Mistkerl bist.«

»Ich wünschte, du würdest mir sagen, was ich deiner Meinung nach getan habe.«

»Ich will wieder in die Stadt zurück.«

»Wie willst du dort hinkommen?«

Sie schaute ihn an und musste sich bemühen, sich nicht zu sorgen, weil sein Gesicht wegen der Schmerzen, die sie ihm zugefügt hatte, blass und verkniffen war. »Ich nehme den Wagen.«

»Den Teufel wirst du tun. Du fährst nirgendwohin, bevor du mir nicht verraten hast, was dich so wütend gemacht hat.«

Sie verschränkte die Arme vor der Brust. »Na schön. Du willst es wirklich wissen? Dann hör gut zu: Dein hinterlistiger kleiner Plan ist aufgeflogen. Ich weiß genau, worum es bei diesem ›Versöhnungstrip‹ wirklich geht.«

Er atmete tief ein und blickte dann hoch zur Decke, als suche er dort nach Führung oder Geduld. »Du hast mir immer noch nicht gesagt, was ich deiner Meinung nach getan habe.«

»Wieder einmal bekommst du genau das, was du willst – du hast mein Leben vermasselt, genau, wie du es geplant hast. Herzlichen Glückwunsch. Und jetzt tu mir einen Gefallen, und fall tot um, damit ich Henry wie geplant heiraten kann. Das ist das Mindeste, was du mir schuldig bist.«

»Du willst ihn nicht mehr heiraten«, erklärte Ryan leise.

»O doch! Das will ich! Sag mir nicht, was ich will.«

»Wenn du ihn wirklich heiraten wolltest, hättest du es nicht vor nicht einmal zwei Stunden auf dem Küchentisch mit mir getrieben.«

Susannah hielt sich die Ohren zu. »Sei still! Sei einfach still! Ich bin den Klang deiner Stimme so leid, dass ich mich übergeben könnte.«

»Was ist hier los, Susie?«, fragte er und kam einen Schritt näher.

Sie hob eine Hand, um ihn aufzuhalten. »Nenn mich nicht so. Und wage es ja nicht, mich anzufassen. Ich bin fertig mit dir, hörst du? Fertig! Es ist *vorbei*.«

Er machte einen weiteren Schritt auf sie zu. »Es ist nicht vorbei.«

»Brauchst du noch einen Schlag gegen die Rippen, um die Botschaft zu verstehen?«

»Nein.«

»Dann gib mir die Autoschlüssel.«

»Bevor du mir nicht erzählt hast, was los ist, fährst du nirgendwohin. Was hast du damit gemeint, dass ich dich ausgetrickst habe?«

Entschlossen, sich von seiner Besorgnis nicht einlullen zu lassen, hielt sie die Arme weiter vor der Brust verschränkt.

»Als du dich das letzte Mal so aufgeregt hast, sind wir vor dem Scheidungsrichter gelandet, und ich bin mir immer noch nicht sicher, warum.« Seine Stimme klang ruhig und geduldig, doch seine Augen glänzten hart. »Dieses Mal wirst du mich nicht so einfach los. Ich kann den ganzen Tag warten, aber du wirst nicht gehen, bis du mir erzählt hast, was zwischen dem Duschen und dem Frühstück passiert ist.«

»Ich habe mit meiner Anwältin telefoniert. Das ist passiert.«

»Und was hat sie gesagt, das dich glauben lässt, ich hätte dich ausgetrickst?«

»Sie hat mir von den Klauseln in unserer Scheidungsvereinbarung erzählt – von beiden.«

»Ich kann dir immer noch nicht folgen.«

»Verdammt noch mal, lüg mich nicht an. Du weißt genau, wovon ich rede.«

»Susannah, du strapazierst gerade ernsthaft meine Geduld. Was für Klauseln meinst du? Das Ding war drei Zentimeter dick, da kannst du nicht von mir erwarten, dass ich es auswendig kenne.«

»Du kennst aber die beiden Absätze, die wichtig sind.«

»Der einzige Absatz, der mich interessiert hat, war der, in dem stand, dass du nicht länger meine Frau bist. Danach habe ich nicht mehr groß weitergelesen.«

»Dann hat dein Anwalt dir den Rest nicht erzählt?«

»Ich habe ihm gesagt, dass ich nicht darüber sprechen will. Ich musste mich am nächsten Morgen im Trainingslager melden und war in Gedanken überall, nur nicht bei meinem Job. Ich habe mich bloß dafür interessiert, dass der Richter uns sechs Monate dafür gegeben hat, uns zu beruhigen und alles noch mal zu überdenken. Ich war so froh, als wir das Gericht als Eheleute verlassen haben, obwohl ich damit gerechnet hatte, geschieden zu sein.«

»Ich soll dir also glauben, dass du nichts von der Klausel am Ende weißt, in der steht, dass die sechsmonatige Wartezeit von vorne beginnt, sollten wir auch nur eine Nacht unter demselben Dach verbringen?«

Er war ehrlich überrascht. »Nein«, stieß er rau hervor, als ihm die Erkenntnis dämmerte. »Du hast gedacht ... O Susie, nein.« Er griff nach ihr.

Sie wich ihm aus. »Was ist mit der Sex-Klausel?«

Er schluckte sichtbar. »Es gibt eine Sex-Klausel?«

»Als ob du das nicht wüsstest. Wenn wir während der sechs Monate Sex haben, ist die Scheidung abgesagt.«

Ryan schüttelte den Kopf und ergriff Susannahs Arme. »Ich habe das Ding nicht gelesen, Susie. Das schwöre ich dir.«

»Ich glaube dir nicht.« Sie riss sich von ihm los. »Du hast das absichtlich gemacht. Gestern ging es den ganzen Tag nur darum, mich ins Bett zu kriegen, damit du eine Scheidung verhindern kannst, die du sowieso nie gewollt hast. Du hast alles gesagt, wovon du wusstest, dass ich es hören musste, und ich bin darauf reingefallen wie die Idiotin, die ich, was dich betrifft, schon immer gewesen bin. Es war eine gute Vorstellung, das muss ich dir lassen, und sie hat hervorragend funktioniert, oder?«

»Das denkst du also?«, fragte er ungläubig. »Wie kannst du so etwas annehmen?«

»Weil es die Wahrheit ist.«

»Wir haben über unseren Sohn gesprochen. Den Sohn, den wir

geliebt und verloren haben. Du wirfst mir wirklich vor, ihn benutzt zu haben, um dich ins Bett zu kriegen?«

Einen Moment lang musterte sie seine gequälte Miene, dann antwortete sie: »Nein. Aber den Rest, ja.«

»Alles, was gestern zwischen uns passiert ist, war echt. Ich schwöre bei meinem Leben, dass ich von den Klauseln nichts gewusst habe. Das musst du mir glauben.«

»Nein, muss ich nicht. Du hast mich erpresst, damit ich mit dir herkomme, also warum sollte ich glauben, dass du nicht auch schmutzig spielst, um das zu kriegen, was du willst, egal, was es mich kostet?«

»Das Einzige, was ich will, bist *du*! Mehr habe ich nie gewollt.«

»Ich habe das eben ernst gemeint. Das mit uns ist vorbei. Ich kann so nicht weiterleben.«

»Ich habe das, was du mir vorwirfst, nicht getan. Du kannst gern Terry anrufen und es dir von ihm bestätigen lassen.« Damit meinte er seinen Anwalt. »Er wird dir bestätigen, dass ich so froh war, eine Aufschiebung der Hinrichtung erhalten zu haben, dass ich die Anordnung des Richters kaum eines Blickes gewürdigt habe. Am nächsten Tag bin ich ins Trainingscamp gefahren. Ich schwöre bei Gott, Susie, dass ich es nicht wusste.«

Die Hände in die Hüften gestemmt, musterte sie ihn. Sie wollte nicht zugeben, dass sie langsam anfing, ihm zu glauben. »Okay, nehmen wir mal an, du hast es wirklich nicht gewusst ...«

»Das habe ich nicht«, beharrte er.

»Wenn das stimmt, dann wirst du dem Richter erzählen, dass du bei mir geblieben bist, weil du verletzt warst und nirgendwo sonst hinkonntest, richtig?«

»Das wird er uns nicht abkaufen. Er weiß, dass ich unzählige Leute habe, dich ich hätte anrufen können.«

»Aber keine weitere Familie.«

»Damit ich das richtig verstehe: Du schlägst vor, dass ich dem Richter erzähle, ich hätte mich in meiner Stunde der Not an die Frau gewandt, die mich aus meinem eigenen Haus geworfen hat und versucht, sich von mir scheiden zu lassen?« Er schnaubte. »Sorry,

Darling, das glaube ja nicht einmal *ich*. Warum also sollte er es glauben?«

Susannah knabberte an ihrem Daumennagel, während ihre Gedanken rasten. »Tja, du hast uns diesen Schlamassel eingebrockt, indem du mich erpresst hast, damit ich Zeit mit dir verbringe. Also lässt du dir besser irgendetwas einfallen, das er uns abnimmt.«

»Warum?«

Sie sah ihn fassungslos an. »Damit wir mit der sechsmonatigen Wartezeit nicht noch mal von vorn anfangen müssen. Und damit die Scheidung nicht abgesagt wird.«

»Ich hatte das Gefühl, dass es vielleicht keine Scheidung mehr geben würde.«

»Wie kommst du darauf?«

»Ach, ich weiß nicht. Vielleicht waren es die fünf Mal, die du es in den letzten zwölf Stunden mit mir getrieben hast.«

»Ich habe dir vorher gesagt, dass das nichts zu bedeuten hat«, rief sie ihm in Erinnerung. »Das war nur Sex.«

»Vielleicht beim ersten Mal. Aber ab dem dritten Mal hat es angefangen, etwas zu bedeuten.«

»Hat es nicht.« Sie reckte trotzig das Kinn.

Er musterte sie eine volle Minute lang, bevor er erklärte: »Weißt du, langsam fange ich an, mich zu fragen, warum ich dich eigentlich so unbedingt zurückhaben wollte.« Damit drehte er sich um und verließ den Raum.

Susannah setzte ihm nach, blieb dann aber stehen. »Zum Teufel mit ihm«, murmelte sie und ließ sich neben ihrer halb gepackten Tasche aufs Bett fallen. »Ich will ihn auch nicht zurück.« Doch wenn das stimmte, wieso fühlte es sich dann so an, als hätte sie gerade ihren besten Freund verloren? Warum bedauerte sie, ihm das Gefühl gegeben zu haben, ihre Liebesspiele wären für sie bedeutungslos? Und warum war sie so entschlossen, ihn von sich zu schieben, obwohl sie ihn noch immer so sehr liebte wie zuvor – wenn nicht sogar mehr? Wenn sie ihn weiter so von sich stieß, wäre er eines Tages weg. Und so, wie sie Ryan kannte, würde er nicht ein weiteres Mal zurückkommen.

Sehr lange saß sie da und grübelte über das alles nach, bevor sie aufstand, sich mit den Fingern durch die immer noch feuchten Haare strich und sich die Tränen von den Wangen wischte. Im Wohnzimmer sah sie, dass er ihr Bett am Feuer weggeräumt und das Sofa wieder an den alten Platz geschoben hatte. Nichts erinnerte mehr an ihre magische gemeinsame Nacht.

Ryan saß mit gebeugten Schultern vor dem Kaminfeuer, das er frisch entzündet hatte. Er wirkte so einsam, dass Susannah spürte, wie ihr Herz anschwoll und die letzten Funken ihres Ärgers dahinschmolzen. »Es hat etwas bedeutet«, sagte sie sanft.

Er schaute nicht auf, als er antwortete: »Das weiß ich, Liebling. Ich war dabei, erinnerst du dich?«

Sie kniete sich neben ihn auf den Teppich vor dem Kamin.

»Es tut mir weh, dass du im Zweifel gegen den Angeklagten entscheidest, Susannah. Ich war manchmal ein echt schlechter Ehemann, das leugne ich nicht. Doch ich habe dich nie angelogen. Warum sollte ich also jetzt damit anfangen, wo so viel auf dem Spiel steht?«

Weil sie keine gute Antwort darauf hatte, schwieg sie.

Er griff nach ihrer Hand. »Es war nicht richtig von mir, einfach so aufzutauchen und dir diese ganzen Probleme mit Henry zu verursachen. Das weiß ich. Aber ich wusste nichts von den Klauseln. Ich habe nicht versucht, dich auszutricksen.«

»Okay.«

Er sah sie mit hochgezogenen Augenbrauen an. »Du glaubst mir?«

»Das möchte ich gerne.«

»Tja, ich denke, das ist ein Anfang.« Er wickelte sich eine ihrer Locken um den Finger. »Du hast bestimmt Hunger.«

Sie schüttelte den Kopf. Ihr Magen war so verknotet, dass ihr allein vom Gedanken an Essen übel wurde.

»Willst du immer noch in die Stadt zurück? Dann fahre ich dich.«

Überrascht sah sie ihn an. Beim Anblick der Hoffnung und Angst und Liebe in seiner Miene zog sich ihr Herz zusammen. All diese

Gefühle auf einmal. Und alle ihretwegen. »Wann triffst du dich mit Chet und Duke?«

»Morgen Nachmittag um fünf.«

»Ich schätze, das ist früh genug, um wieder nach Hause zu fahren.«

Erleichterung breitete sich auf seinem Gesicht aus. »Gut«, sagte er. »Das ist gut.«

»Wirst du mich leid sein und gehen, bevor ich entscheide, was ich tun werde?«

»Das wäre vermutlich besser«, meinte er und lachte bitter.

»Aber du tust es nicht?«

Er ließ die Haarsträhne los, mit der er gespielt hatte, und streichelte Susannah die Wange. »Nein, Baby. Das werde ich nicht tun.«

Sie kämpfte eine von vornherein verlorene Schlacht gegen die Tränen, die mit einem Mal wieder in ihren Augen brannten.

Er zog sie in seine Arme und hielt sie ganz fest, während sie sich ausweinte.

»Ich bin so verwirrt, Ry«, gestand sie nach einigen Minuten.

»Sprich dich aus.«

»Ich will glauben, dass es zwischen uns anders sein kann, doch dann haben wir einen riesigen Streit, der all die Erinnerungen an das, was zwischen uns schiefgelaufen ist, wieder hochbringt.« Sie wischte sich die letzten Tränen ab. »Ich bin jedes Mal innerlich ein kleines bisschen gestorben, wenn wir einen unserer schrecklichen Streite hatten.«

Er vergrub seine Nase an ihrem Hals. »Ja. Aber erinnerst du dich an die Versöhnungen?«

»Hör auf. Ich versuche, ernst zu sein.«

»Ich auch. Unsere Beziehung ist leidenschaftlich – sowohl im Schlafzimmer als auch außerhalb. Das ist einfach so, wenn wir zusammen sind.«

»Ich will endlich ein wenig Frieden, Ry. Das ist es, was ich mit Henry habe. Es ist friedlich. Wir streiten uns nicht.«

»Ihr habt allerdings auch keinen Sex«, rief er ihr in Erinnerung.

»Aber das werden wir, sobald wir verheiratet sind.«

»Du fängst langsam echt an, mir auf die Nerven zu gehen mit deinem Beharren darauf, diesen Kerl zu heiraten.«

»Ich bin mit ihm verlobt.«

»Hör auf, mich daran zu erinnern! Er ist nicht der Richtige für dich.«

»Aber du?«

Er nahm ihre Hände und hielt sie fest. »Wenn er nicht wäre, müsstest du dann immer noch eine Entscheidung treffen?«

»Ja«, sagte sie, doch sie spürte, dass er ihr nicht glaubte. »Das eine hat mit dem anderen nichts zu tun.«

»Ich möchte, dass du mir etwas versprichst.«

Sie warf ihm einen misstrauischen Blick zu.

»Es ist wichtig, Susannah.«

Das war es üblicherweise immer, wenn er ihren vollen Namen benutzte. »Was denn?«

»Ich möchte, dass du mir versprichst, dass du ihn nicht heiratest, auch wenn du nicht mit mir zusammenbleibst.«

Sie versuchte, ihre Hände aus seinem Griff zu lösen, aber er hielt sie fest. »Das kannst du nicht von mir verlangen.«

»Du würdest mit ihm nicht glücklich werden.«

»Mit dir war ich es auch nicht!«

»Stimmt. Nicht immer. Nachdem wir Justin verloren hatten, hatten wir eine schlimme Zeit. Aber vorher warst du nicht unglücklich. Nicht so, wie du mit ihm sein würdest. Du würdest so viel von deiner Persönlichkeit opfern, wenn du einen Mann heiratest, den du nicht liebst, nur um nicht allein zu sein.«

»Das ist nicht fair. Ich war den Großteil des letzten Jahres über allein, und es ging mir gut.«

»Versprich mir, dass du ihn nicht heiratest«, flehte er.

»Das kann ich dir nicht versprechen.«

»Du kannst nicht, oder du willst nicht?«

»Beides.«

Er seufzte tief. »Mit ihm bekommst du vielleicht deinen Frieden, doch du wirst einen schrecklichen Preis dafür bezahlen.« Er beugte sich vor und gab ihr einen Kuss auf die Wange. »Ich mache jetzt einen Spaziergang. Ich brauche ein wenig frische Luft.«

»Du gehst nicht wieder hinunter in den Ort, oder?«

»Nein.« Er stand langsam auf und zuckte zusammen, als seine Rippen protestierten. »Ich glaube nicht, dass ich das heute schaffen würde. Mein Heilungsprozess hat einen Rückschlag erlitten.«

»Das tut mir leid.« Mitfühlend streckte sie eine Hand nach ihm aus. »Ich kann nicht glauben, dass ich das getan habe. Aber es ist auch deine Schuld. Du treibst mich in den Wahnsinn.«

Lächelnd drückte er ihre Hand. »Ich weiß. Manchmal ist das gut, und manchmal nicht.«

»Was wollen wir wegen des Richters unternehmen?«

»Wie ich schon gesagt habe: Wir verbringen diese zehn Tage zusammen, und wenn du danach immer noch die Scheidung willst, werde ich mich dem nicht in den Weg stellen. Wenn du es wirklich willst, tu ich alles, was in meiner Macht steht, damit du sie bekommst.«

»Meinst du das ernst?«

Er seufzte. »Ja, Susannah. Das meine ich ernst. Ich will keine Scheidung, aber ich werde dich nicht in einer Ehe als Geisel halten, in der du unglücklich bist.«

»Danke.« Traurig beobachtete sie, wie er Stiefel, Mantel, Mütze und Handschuhe anzog. Er wirkte so resigniert. »Pass auf dich auf«, bat sie, als er die Tür öffnete.

Sein Lächeln war nicht mehr ganz so selbstbewusst. »Du willst doch nicht, dass ich glaube, dir würde etwas an mir liegen, oder, Liebling?«

Er war zur Tür hinaus, bevor sie ihm versichern konnte, dass ihr sogar sehr viel an ihm lag.

Susannah blieb beim Feuer sitzen und versuchte, die Stille zu genießen, nach der sie sich so gesehnt hatte. Nur herrschte dafür zu viel Aufruhr in ihrem Kopf und in ihrem Herzen. Ryan hatte sie mit dem, was er über die Scheidung gesagt hatte, überrascht. Dass er gewillt war, sein eigenes Glück zu opfern, um ihr zu geben, was sie wollte, verriet ihr viel über ihn. Aber es trug auch zu ihrer Verwirrung bei.

Ein schweres Gewicht schien auf ihren Schultern zu lasten, als sie aufstand und ins Schlafzimmer ging, um ihr Handy zu holen. Sie wollte Ryans Abwesenheit nutzen, um Henry anzurufen.

Er nahm so schnell ab, als hätte er vor dem Telefon gesessen und versucht, es per Gedankenkraft zum Klingeln zu bringen. »Susannah.«

»Hi.«

»Ich habe mir solche Sorgen gemacht. Geht es dir gut?«

»Ja, alles in Ordnung«, sagte sie, ohne wirklich davon überzeugt zu sein.

»Du klingst aber nicht so. Behandelt er dich ordentlich?«

»Ja.«

»Wann kommst du zurück?«

»Morgen.«

»Oh, gut.« Er seufzte erleichtert. »Ich sterbe hier bei der Vorstellung, dass du mit ihm in einer einsamen Hütte bist, Liebste.«

»Es tut mir leid.« Doch in Gedanken war sie bei Ryan, der sie anflehte, diesen Mann nicht zu heiraten. »Ich weiß, für dich muss das Ganze sehr schwierig sein.«

»Schwierig. Ja, das kann man wohl sagen. Die Frau, die ich Ende des Monats heiraten werde, ist allein im Wald mit dem Mann, den das *People*-Magazin kürzlich zum attraktivsten Sportler der Welt gekürt hat. Ja, Susannah, das ist schwierig.«

»Es tut mir leid«, wiederholte sie flüsternd. »Ich weiß nicht, was ich darauf erwidern soll.«

»Du klingst seltsam. Bist du sicher, dass alles in Ordnung ist? Er bedrängt dich doch nicht, Sex mit ihm zu haben, oder? Ich meine, ich würde ihm das durchaus zutrauen.«

Sie zuckte zusammen. »Nein, das tut er nicht.«

»Das erleichtert mich. Meine Fantasie war in den letzten Tagen etwas überaktiv, um es milde auszudrücken.«

Susannah wechselte schnell das Thema. »Du solltest wissen, dass es in den nächsten Tagen Neuigkeiten gibt, was Ryan und seine Mannschaft angeht.«

»Was für Neuigkeiten?«

»Das kann ich im Moment noch nicht sagen, aber du sollst es wissen, weil es … Gerede geben könnte. Über ihn und mich.«

»Was für ein Gerede?«

»Nichts, worüber du dir den Kopf zerbrechen musst. Nach ein oder zwei Tagen hat sich das bestimmt wieder gelegt. Okay, ich muss jetzt Schluss machen. Ich rufe dich morgen an, wenn ich in der Stadt bin.«

»Ich kann es nicht erwarten, dich zu sehen. Ich vermisse dich, Liebste. Ich liebe dich.«

Tränen stiegen ihr in die Augen, und ihre Kehle schnürte sich zusammen. »Ja«, brachte sie heraus. »Ich dich auch. Bye.«

Sie schaltete ihr Handy aus und rollte sich auf dem Bett zusammen. »O Gott, was soll ich nur tun?«, flüsterte sie in den leeren Raum.

13

Ryan stapfte durch den neuen Pulverschnee auf einem seiner Lieblingswege. Der Sturm hatte sich verzogen und einen Colorado-Tag hinterlassen, wie er ihn am liebsten mochte: Sonnenschein, kalte, klare Luft und ein endloser blauer Himmel. Als ihm von dem blendend grellen Weiß des Schnees die Augen zu tränen begannen, zog er seine Sonnenbrille aus der Jackentasche. Nur der stechende Schmerz von seinen gebrochenen Rippen hielt ihn davon ab, diesen perfekten Tag uneingeschränkt zu genießen. Unter Susies wohlplatziertem Schlag wäre er beinahe ohnmächtig geworden. Im Rückblick verstand er, warum sie glaubte, er hätte ihn verdient. Aber verdammt, es hatte wehgetan! Doch in seinen Schmerz mischte sich widerstrebender Respekt. Es gefiel ihm, dass seine kleine Debütantin sich wehren konnte, wenn es nötig war.

In der kalten Luft nahm er einen so tiefen Atemzug, wie seine Rippen es zuließen, und betrachtete die majestätischen Rocky Mountains. Als Junge aus Texas hatte er sich nie vorstellen können, dass er einen Ort außerhalb seines Heimatstaats einmal so sehr lieben könnte wie diesen hier. Nach den letzten Tagen mit Susie wusste er allerdings, dass er ohne sie nie wieder herkommen würde. Wenn es ihnen nicht gelänge, ihre Ehe zu retten, würde er die Hütte verkaufen.

Die Dinge veränderten sich. In gerade einmal vierundzwanzig Stunden wäre seine professionelle Karriere als Footballspieler vorbei, und ein paar Tage später vielleicht auch seine Ehe. Das waren verdammt große Dinge dafür, sie innerhalb von ein paar Tagen zu verlieren. Seine Entscheidung, sich aus dem aktiven Sport zurückzuziehen, fühlte sich immer noch richtig an, aber je näher der Zeitpunkt rückte, desto mehr Gedanken, Erinnerungen und Gefühle kamen in ihm hoch. Und in dieses ganze Durcheinander waren die Sorgen um seine Ehe gewoben.

Seine Gedanken wanderten zu den Klauseln ihrer Scheidungsvereinbarung. *Dieser Richter ist wirklich ein gerissener alter Hund*, überlegte er und erinnerte sich an Susannahs Gesicht, als der Richter ihnen die sechsmonatige Wartezeit aufgedrückt hatte. Er hatte gesagt, er glaube nicht für eine Minute, dass sie wirklich eine Scheidung wollten. Was auf Ryan definitiv zutraf. Susie hatte entrüstet widersprochen, doch der Richter hatte ihre Argumente mit einer Handbewegung beiseitegeschoben. Nachdem sie den Gerichtssaal verlassen hatten, hatte sie Ryan vorgeworfen, den Richter bestochen zu haben. Das hatte er natürlich nicht. Andererseits hätte er auch nie erwartet, dass er in dem alten Mann einen so guten Verbündeten finden würde.

Ryan hoffte immer noch, dass sie nicht erneut vor Gericht mussten, aber wenn Susannah darauf bestand, die Scheidung durchzuziehen, würden sie sich überlegen müssen, wie sie darum herumkamen, dem Richter zu erzählen, dass sie nicht nur mehrere Nächte unter einem Dach verbracht, sondern auch verdammt guten Sex gehabt hatten. Allein der Gedanke daran weckte in Ryan die Lust auf mehr. Er drehte sich um, um zur Hütte zurückzukehren, als ein stechender Schmerz in seiner Brust ihm den Atem raubte.

Er lehnte sich gegen einen Baum und versuchte, durch den Schmerz hindurchzuatmen. Nach Luft ringend fragte er sich, ob er gerade einen Herzinfarkt bekam, während seine Beine schon unter ihm nachgaben und er in den Schnee glitt.

»Ryan!«, schrie Susannah, während sie auf ihn zurannte und neben ihm in die Hocke ging. »O mein Gott, Ryan! Was ist los?«

»Mir geht es gut«, flüsterte er. »Tut nur weh.«

Sie nahm sein Gesicht in ihre Hände. »Du bist ganz klamm und blass. Wie lange sitzt du schon hier?«

»Vielleicht eine Stunde?«

Sie keuchte auf. »Glaubst du, du kannst aufstehen?«

»Ich weiß es nicht.«

»Komm, ich helfe dir.« Sie legte sich seinen Arm über die Schultern. »Bereit?«

Er stöhnte.

Susannah unternahm einen vergeblichen Versuch, ihn auf die Beine zu ziehen, aber er schrie vor Schmerz auf.

»Was machen wir denn jetzt? Wir müssen dich hier wegbringen. Du bist ganz nass und kalt.«

»Gib mir eine Sekunde. Es wird schon besser.« Mit geschlossenen Augen lehnte er den Kopf gegen den Baum und atmete flach ein und aus. »Okay«, sagte er nach ein paar Minuten. »Versuchen wir es noch einmal.«

Dieses Mal hatten sie Erfolg. Schwer auf sie gestützt, begann er den langsamen Rückweg zur Hütte. »Du hast gesagt, dass du nicht lange weg sein willst, also wusste ich nicht, was ich tun sollte, als du nicht zurückgekommen bist. Ich bin deinen Fußspuren durch den Schnee gefolgt.«

»Und darüber bin ich froh. Mir wurde langsam kalt.«

»Was ist passiert?«

»Ich bin mir nicht sicher. Ich glaube, es war ein schlimmer Krampf. Der scheint jetzt vorbei zu sein, aber ich habe Angst, mich zu schnell zu bewegen. Ich will nicht, dass er wiederkommt.«

»Das liegt nur daran, dass ich dich geschlagen habe«, stieß Susannah aus.

»Nein, Baby. Ich habe es vermutlich einfach mal wieder übertrieben.«

»Du willst bloß nett sein.«

Er drückte ihre Schulter.

Zwanzig Minuten später erreichten sie die Hütte. Susannah half ihm hinein und nahm ihm seinen nassen Mantel ab.

»Wir sollten dich zum Arzt bringen.«

Er schüttelte den Kopf, obwohl er unkontrolliert zitterte. »Ich brauche keinen Arzt.«

»Ryan ...«

»Weißt du, was mir helfen würde?«

Sie schüttelte den Kopf. »Was?«

»Der Whirlpool.«

»Okay. Aber ich finde immer noch, dass du einen Arzt brauchst. Ich mache eben den Whirlpool auf. Kommst du solange klar?«

Er nickte, und sie eilte durch die Küche auf die hintere Veranda.

Als sie wiederkam, hatte er sich schon bis auf die Boxershorts ausgezogen.

Sie nahm seine Hand und führte ihn nach draußen.

Mit vorsichtigen Bewegungen streifte er dort auch die Boxershorts ab und ließ sich langsam in das blubbernde Wasser sinken.

»Fühlt sich das gut an?«, fragte sie.

»Ja.« Er schloss die Augen und lehnte den Kopf zurück. »Komm mit rein.«

»Ich kümmere mich um deine nassen Sachen.«

»Ich will dich hier bei mir haben.«

Sie zögerte, dann sagte sie: »Ich bin gleich zurück.«

»Beeil dich.«

Nachdem sie im Haus verschwunden war, entspannte sich Ryan in dem warmen Wasser und ließ sich von den Düsen die schmerzenden Muskeln massieren. Seine Haut kribbelte nach der Kälte, und er fragte sich, was er wohl getan hätte, wenn Susannah nicht gekommen wäre. Der Schmerz war da zwar schon verebbt gewesen, hatte ihn aber auch geschwächt zurückgelassen.

Die Schiebetür öffnete sich, und Susie kam heraus. Sie hatte die Haare zu einem Pferdeschwanz hochgebunden und trug einen kleinen roten Bikini, der einen ganz anderen Schmerz in ihm auslöste.

Als sie zu ihm in den Whirlpool stieg, streckte er die Hände nach ihr aus.

Sie ergriff sie und rutschte näher an ihn heran. »Wie geht es dir?«

»Sehr viel besser. Bis auf diesen neuen Schmerz.«

»Wo?«, fragte sie alarmiert.

Er führte ihre Hand zu seiner Erektion. »Genau hier.«

»Ryan! Hör auf damit.«

»Warum?«

Sie nahm ihre Hand weg. »Du bist verletzt und musst dich schonen.«

»Ich gehe es ganz ruhig an. Komm her.« Er zog sie auf seinen Schoß, sodass sie ihn anschaute. Als sie sich gegen seine Erektion presste, seufzte er. »Susie. Du weißt, wie sehr ich diesen Bikini liebe.«

Sie massierte ihm die verspannten Schultern. »Das war der einzige, den ich hier finden konnte.«

»Du bist so sexy«, flüsterte er. »Allein an dich zu denken macht mich hart, und dann kommst du in diesem Bikini hier raus. Das ist nicht fair.«

Sie lächelte. »Das bringst auch nur du: Erst kannst du dich kaum rühren, und eine halbe Stunde später denkst du schon wieder an Sex.«

»Ich bin eben sehr widerstandsfähig.« Er umfasste ihre Brüste und begann sie zu kneten.

»Ry«, sagte sie, als ihr Bikinioberteil davonschwamm. »Der Krampf könnte zurückkommen. Hör auf ...«

Er ließ seine Zunge über ihre Brust gleiten. »Fühlt sich das nicht unglaublich gut an?« Er nahm seine warmen Hände von ihren Brüsten und sah zu, wie sich die Spitzen in der kalten Luft aufrichteten. »Oh, schau mal ...«

»Ryan ...«

Mit den Daumen malte er kleine Kreise um ihre Brüste. »Was denn?«

»Das tut weh«, stöhnte sie.

»Oh, das können wir nicht zulassen.« Er senkte den Kopf und nahm eine der kleinen harten Knospen zwischen seine warmen Lippen.

Ohne zu ahnen, welchen Effekt das auf ihn hatte, rieb sie sich an ihm. Er verstärkte seine Liebkosung, und Susannah grub ihre Finger in sein Haar, als er das Gleiche mit ihrer anderen Brust wiederholte.

»Ry«, keuchte sie. »Ich brauche ...«

Er spürte, wie ihr die Kontrolle entglitt. »Was, Baby? Was brauchst du?«

»Mehr.«

Er zupfte an den Schleifen ihrer Bikinihose, die daraufhin ebenfalls davonschwamm. Mit nur einem Finger brachte er Susannah zu einem schnellen, harten Höhepunkt.

Als sie sich davon erholt hatte, schlang sie Arme und Beine um ihn und lehnte ihren Kopf gegen seine Schultern. Das blubbernde Wasser hüllte sie mit Wärme und Dampf ein. »Was ist mit dir?«

Er zog sie eng gegen seine pochende Erektion. »Ich spare es mir auf, bis ich dich im Bett habe.«

»Das sollten wir nicht tun.«

»Warum zum Teufel nicht?«

»Du sollst dich ausruhen und nicht wilden Sex haben und lange Spaziergänge in der Kälte unternehmen.«

»Die Spaziergänge würde ich aufgeben, wenn ich dafür den wilden Sex behalten darf.«

Sie lachte, und sein Herz war so von ihr erfüllt, dass es ihn atemlos machte. Und das hatte nichts damit zu tun, dass sie nackt auf ihm saß.

»Gehen wir rein«, sagte er nach ein paar Minuten des Schweigens.

Sie lösten sich voneinander, und Susannah griff nach ihrem Bikini und den Handtüchern. Sobald sie drinnen waren, stieg Ryan ein köstlicher Duft in die Nase, der aus der Küche kam. Ihm lief das Wasser im Mund zusammen. »Was hast du gekocht?«

»Einen Eintopf.«

»Ich liebe Winteressen.« Mit den Händen an ihren Hüften führte er sie ins Schlafzimmer.

»Wo willst du hin?«

»Kuscheln.« Er löste ihr Handtuch und ließ auch das fallen, das er sich um die Hüften gebunden hatte.

»Du kuschelst nicht«, erinnerte sie ihn.

Er schlüpfte unter die Decke und lud Susannah ein, sich zu ihm zu gesellen. »Jetzt schon.«

»Wer sind Sie, und was haben Sie mit Ryan Sanderson gemacht?«, fragte sie, als sie ins Bett kroch.

»Wie bitte? Ist das nicht genau das, was du gewollt hast?«

»Ja. Das stimmt.«

Er schlang seine Arme um sie. »Warum bist du dann auf einmal so ernst?«

Sie zuckte die Achseln.

»Was ist los, Baby? Erzähl es mir.«

»Wo war das alles vorher? Als ich dich darum gebeten habe? Es ist beinahe, als wärst du in einem Trainingslager gewesen, wo du gelernt hast, der Ehemann zu sein, den ich mir immer gewünscht habe.«

»Du hast mich weggeschickt«, rief er ihr in Erinnerung. »Und ich habe erkannt, dass das einzige Leben, das ich will, das ist, das ich hatte.«

»Ich habe immer noch Probleme damit, zu glauben, dass diese Veränderungen von Dauer sind.«

»Es gibt nur einen Weg, das herauszufinden.«

Sie hob den Kopf, um ihn anzusehen. Nachdenklich kaute sie auf ihrer Unterlippe. »Wie findest du das Kuscheln so?«

Er lachte leise. »Da ist mir bisher definitiv etwas entgangen.«

Sie presste ihre Lippen auf seine Brust und küsste sich an seiner unverletzten Seite zu seinem Bauch hinunter.

»Susie«, keuchte er. »Was tust du da?«

»Kuscheln«, antwortete sie mit einem kleinen Lächeln.

ALS SIE MIT IHM FERTIG WAR, WAR RYAN SCHWEISSGEBADET UND ATMETE schwer. »Mein Gott«, stieß er aus. »Wo hast du das denn gelernt?«

»Aus der *Cosmopolitan*.«

Er lachte. »Die liest du doch gar nicht.«

»Das war im Wartezimmer vom Zahnarzt.«

»Das muss ja ein Wahnsinnstrip zum Zahnarzt gewesen sein.«

Sie kicherte, und ihre Wangen färbten sich rosig. »Ich dachte, es könnte dir gefallen.«

»Kann ich dich etwas fragen?« Er strich ihr mit den Fingern durch die Haare.

»Klar.«

»Als du davon gelesen hast, hast du dir da vorgestellt, es an Henry oder an mir auszuprobieren?«

Ihr Lächeln verschwand. »Das weiß ich nicht mehr.«

»Sei ehrlich, Susie.«

Ihre Augen waren ganz ernst, als sie ihn ansah. »An dir«, gestand sie leise.

Er zog sie in seine Arme und hielt sie ganz fest. Es machte ihn glücklich, dass sie in der langen Zeit der Trennung an ihn gedacht, ihn gewollt und sich vorgestellt hatte, so einen intimen Akt der Liebe an ihm zu vollziehen. Kein Geschenk von ihr würde ihm jemals mehr bedeuten.

»Wenn wir morgen in die Stadt fahren, werde ich Henry sagen, dass es vorbei ist.«

Kurz setzte Ryans Herz aus. Okay, dieses Geschenk bedeutete noch mehr. »Wirklich?«

»Ja.« Sie seufzte. »Du hast recht damit, dass ich ihn nicht heiraten sollte. Das hat mir die Zeit hier gezeigt. Aber allein der Gedanke daran, es ihm zu sagen, verursacht mir Übelkeit.«

»Ich weiß, dass das schwer für dich wird.«

»Es wird unmöglich. Er hat sein ganzes Leben lang auf mich gewartet, und ich habe ihn immer bloß enttäuscht.«

»Susannah, hör mir gut zu.« Er legte eine Hand an ihr Kinn und zwang sie, ihn anzusehen. »Während er auf dich gewartet hat, hat er gleichzeitig darauf gehofft, dass unsere Ehe scheitert. Wenn er dich wirklich so lieben würde, wie du glaubst, warum sollte er dann wollen, dass du mit dem Mann unglücklich wirst, für den du dich entschieden hast? Das macht ihn nicht gerade zu einem guten Freund, oder?«

»Vermutlich nicht.«

»Du tust das Richtige, Baby. Du würdest mit ihm nie glücklich werden.«

»Das bedeutet trotzdem nicht, dass wir beide wieder zusammen sind. Ich will nicht, dass du irgendwelche voreiligen Schlüsse ziehst.«

»Warum sollte ich? Nur weil du nackt bist und unglaubliche Dinge mit mir anstellst?« Als sie ihn in den Po kniff, zuckte er zusammen und lachte dann leise. »Und ganz eindeutig kannst du die Finger nicht von mir lassen. Aber nein, wir sind nicht wieder zusammen oder so.«

»Ach, halt den Mund.«

»Warum hilfst du mir nicht dabei? Ich bin sicher, dir fällt etwas dazu ein, wie du mich ...« Sie schnitt ihm das Wort ab, indem sie ihn küsste. Er vergrub die Hände in ihren Haaren und erwiderte den Kuss mit der gleichen Innigkeit. Als sie sich von ihm zurückziehen wollte, hielt er sie fest. Hoffnung erfüllte ihn, seitdem er gehört hatte, dass sie mit Henry Schluss machen wollte. Sie würde zu ihm zurückkommen – einen kleinen Schritt nach dem nächsten. Selbst wenn sie das jetzt noch nicht wusste. Mit einer geschmeidigen Bewegung rollte er sich auf sie und ignorierte den Aufschrei seiner Rippen.

»Ich soll doch die ganze Arbeit machen«, rief sie ihm in Erinnerung.

»Halt den Mund«, flüsterte er und küsste sich zu ihrem Busen hinunter. Während er mit den Daumen über die Spitzen strich, beobachtete er, wie ihre Augen ganz weich wurden und ihre Lippen seinen Namen formten. Er senkte den Mund auf ihre Brust, und sie bog sich ihm entgegen. »Ich könnte den ganzen Tag genau hier verbringen«, erklärte er, bevor er sie mit seiner Zunge verwöhnte.

»Bitte ...«

Er schaute auf und las die Leidenschaft in ihren Augen. Zu wissen, dass sie ihn so sehr wollte, erregte ihn mehr als alles andere.

Aber er dachte nicht an seine eigenen Bedürfnisse, sondern konzentrierte sich ganz auf sie. Mit der Hand schob er ihr die Beine auseinander und streichelte sie, während er sich über ihren Bauch immer weiter nach unten küsste.

»Ry«, keuchte sie und krallte die Finger in seine Haare. »O mein Gott, was tust du da?«

»Ich habe auch die *Cosmo* gelesen.«

Diese Aussage war so absurd, dass Susannah auflachte, doch schnell wurde daraus ein Stöhnen, dem kurz darauf ein ekstatischer Schrei folgte.

14

———

Susannah bestand darauf, sie am nächsten Tag in die Stadt zurückzufahren. Schweigend verließen sie die Hütte und fragten sich, ob sie je wieder gemeinsam herkommen würden. Und was sie nun wohl in der kalten Realität erwartete. Auf dem Weg den Hügel hinunter nach Breckenridge schaute Susannah zu Ryan und sah, dass er aus dem Fenster starrte. Die Straße war nach dem Schneesturm noch nicht geräumt worden, sodass Susannah extra langsam fuhr.

»Ich liebe den Geruch von Neuwagen«, sagte sie.

»Mhm.«

»Was hast du mit dem anderen Auto gemacht?«

»Das habe ich dem *Boys Club* gespendet.«

Diese Geste beeindruckte sie. Der *Boys and Girls Club of Metro Denver* würde vermutlich mehr als hunderttausend Dollar für den Wagen bekommen, den Ryan als bester Spieler des *Super Bowl* vor zwei Jahren erhalten hatte. »Da sind sie dir sicher sehr dankbar.«

Er zuckte mit den Schultern. »Ja, vermutlich. Mein Büro hat sich darum gekümmert.«

»Dieses hat eine wesentlich bessere Ausstattung als das alte, oder?« Sie zeigte auf das ausgefeilte Navigations- und Soundsystem.

»Mhm.«

»Was geht dir durch den Kopf, Ryan? Du bist in Gedanken eine Million Meilen weit weg.«

»Ach, so einiges.«

»Willst du darüber reden?«

»Ich denke einfach an die nächsten Tage und an alles, was passieren wird.«

»Du weißt, dass du das nicht jetzt tun musst, oder?«

»Ehrlich gesagt doch. Mein Vertrag läuft am Sonntag aus. Ich habe den neuen noch nicht unterzeichnet, deshalb sind alle ein wenig nervös. Ich kann das nicht länger hinauszögern. Das wäre nicht fair. Die Saison ist vorbei, und sie müssen anfangen, Pläne für das neue Jahr zu machen.«

»Ich meine, wenn du noch nicht bereit bist, dich zurückzuziehen, kannst du es auch ein Jahr aufschieben.«

»Nein. Ich bin bereit. Ich habe viel darüber nachgedacht, und es fühlt sich richtig an.«

»Wie wird das laufen? Ich meine, die nächsten paar Tage.«

»Wenn wir zu Hause sind, werde ich Aaron anrufen.« Das war sein Agent. »Ich bin es ihm schuldig, ihn vorab zu informieren, bevor ich mich mit der Mannschaft treffe. Er hat viel Zeit damit zugebracht, den neuen Vertrag aufzusetzen, also werden ihm meine Neuigkeiten nicht unbedingt gefallen.«

»Es ist nicht sein Leben«, erwiderte Susannah hitzig, womit sie ihre langjährige Abneigung gegen »den Hai« verriet, der Ryans Karriere managte.

»Außerdem müssen wir über meine Werbeverträge nachdenken. Ich bin mir nicht sicher, welchen Einfluss mein Rücktritt auf sie haben wird. Darüber muss ich mit Chuck reden.« Chuck war einer seiner Anwälte.

»Was wird sonst noch passieren?«

»Nach dem Treffen mit Chet und Duke heute Nachmittag würde ich gerne die Mannschaft zu uns einladen, damit ich es so vielen von ihnen wie möglich persönlich sagen kann. Stört dich das?«

»Nein«, antwortete sie, auch wenn sie befürchtete, dass seine

Freunde den Eindruck gewinnen könnten, sie wären wieder zusammen, obwohl bisher nichts entschieden war.

Er spürte ihr Zögern. »Bist du dir sicher?«

»Ja. Das ist okay. Ich rufe nachher Carol an und bestelle was zu essen.«

Er griff nach ihrer Hand und führte sie an seine Lippen. »Danke, Baby.« Dann legte er ihre miteinander verschränkten Hände in seinen Schoß. »Irgendwann morgen wird es vermutlich eine Pressekonferenz geben. Vielleicht kannst du mir helfen, eine kleine Ansprache zu formulieren. Du bist in so was immer gut.«

»Äh, okay. Wenn du meinst.« Mit einem Mal fühlte sie sich wieder verdächtig wie seine Frau.

Er drehte sich auf seinem Sitz, sodass er sie ansehen konnte. »Die nächsten ein, zwei Tage werden ein wenig verrückt werden, doch du sollst wissen, dass das im Moment nicht das Wichtigste in meinem Leben ist.« Er drückte ihre Hand. »Priorität hat für mich, das mit dir wieder zu kitten. Und der einzige Grund, warum ich den anderen Kram gerade zulasse, ist, dass mein Vertrag ungefähr zur gleichen Zeit ausläuft wie der sechsmonatige Aufschub für unsere Scheidung.«

»Was für ein ironischer Zufall.«

»Ja. ›Ironisch‹ ist das richtige Wort. In fünf Tagen habe ich entweder alles oder nichts.«

Sie warf ihm einen Blick zu. »Aber bloß keinen Druck …«

Er lächelte leicht. »Überhaupt nicht.« Mit dem Daumen strich er sanft über ihren Handrücken. »Was macht mein Gesicht?« Er reckte das Kinn dramatisch vor.

Sie verdrehte die Augen. »Sehr viel besser.«

»Also werde ich auf den Fotos, die auf den Titelseiten der Zeitungen im ganzen Land prangen werden, nicht mehr den Grottenolm geben?«

Sie lachte auf. »Ah, das gute alte Sanderson-Ego in voller Blüte.«

»Was für ein Ego? Das war eine ernsthafte Frage.« Er klappte die Sonnenblende herunter und musterte sich im Spiegel. »Du siehst gut aus, Mann.«

»Ach bitte ... Hör dir doch mal selbst zu: ›Du siehst gut aus, Mann‹«, zog sie ihn auf.

»Ich liebe es, wenn du meinen Ballon zum Platzen bringst«, sagte er lachend.

»Du bietest mir ja auch ausreichend Gelegenheit dazu.«

»Ich will eben nicht, dass du deinen Biss verlierst.«

»Und meine wichtigste Aufgabe als deine Frau war es immer, dafür zu sorgen, dass du nicht die Bodenhaftung verlierst.«

»Das ist immer noch deine wichtigste Aufgabe.«

»Sie war es.«

»Sie ist es.«

»Sie war es.«

»Sie ist es.«

»Ach, halt den Mund.«

»Halt du ihn mir.«

»Ich fahre gerade.«

»Na und?« Seine Hand glitt über ihren Oberschenkel.

Als sie ihr Ziel erreichte, atmete Susannah scharf ein und hielt ihn auf.

Ungerührt küsste er ihren Hals und flüsterte an ihrem Ohr: »Sie *ist* es.«

»Ruhe jetzt.«

Lachend lehnte er sich zurück, behielt aber ihre Hand in seiner.

***

Sie waren keine zwanzig Minuten zurück in ihrem Haus, da sehnte Susannah sich schon nach der Ruhe und dem Frieden der Hütte. Ryan war im Wohnzimmer am Telefon und führte eine hitzige Unterhaltung mit »dem Hai«, der offenbar nicht allzu erfreut war über die Neuigkeiten seines Klienten.

Susannah trat an die Tür, um zu lauschen.

Ryan hielt das Telefon auf Abstand zu seinem Ohr, während Aaron ihn anbrüllte.

Sie verzog entnervt das Gesicht und signalisierte Ryan, dass er einfach auflegen sollte.

Er lächelte ihr zu, bevor er ins Telefon schnauzte: »Das reicht, Aaron. Es tut mir leid, dass dich das so aufregt, aber es ist mein Leben und meine Entscheidung. Ich war so höflich, dich vorab zu informieren. Doch wage es ja nicht, vor der morgigen Pressekonferenz ein Wort davon verlauten zu lassen. Habe ich mich klar ausgedrückt?« Er hörte kurz zu. »Gut. Wir sprechen uns dann.« Er knallte den Hörer auf die Gabel und schaute Susannah an. »Er ist echt angepisst.«

»Das habe ich mir gedacht. Du warst wirklich gut. Sehr energisch.«

Er wackelte mit den Augenbrauen, und die Spannung der letzten Minuten war vergessen, als er hinter dem Schreibtisch aufstand und zu ihr kam. »Und, macht das meine kleine Debütantin an?«

Sie streckte die Hand aus, um den Kragen an seinem Hemd zu richten. »Vielleicht.«

»Ganz sicher«, entgegnete er mit einem Grinsen. Dann nahm er sie in seine Arme und gab ihr einen leichten Kuss auf die Lippen. »Das muss ich mir merken. Sie mag es energisch. Vielleicht sollte ich das mal ausprobieren und gucken, ob es funktioniert: Küss mich!«

»Nein.«

»Oh, sie ist eine kleine Kratzbürste. Das gefällt mir.« Das Telefon klingelte, aber er ging nicht ran. »Ich habe gesagt: Küss mich!«

»Und ich sage, geh ans Telefon.«

»Nicht, bevor du mich nicht geküsst hast.«

»Na gut.« Sie gab ihm einen Schmatzer auf die Wange, schlüpfte aus seiner Umarmung und rannte lachend aus dem Zimmer, während er ihr nachsetzte.

In der Küche fing er sie ein und drückte sie gegen die Kochinsel. »Ich habe gesagt, du sollst mich küssen.«

Wieder klingelte das Telefon.

»Und ich habe Nein gesagt.«

Sein Lächeln war träge und sexy. »Ich sehe schon, ich muss es mit einer anderen Taktik probieren.« Er presste seine Erektion gegen sie. »Kannst du mich bitte, bitte küssen?«

Sie schlang ihm die Arme um den Nacken. »Nur fürs Protokoll: Ein ›bitte‹ hätte gereicht.« Sie zog ihn für einen innigen Kuss an sich, der schnell außer Kontrolle geriet. Irgendwie endete sie flach auf dem Rücken auf der Kochinsel, während sie ihre Hände in seine Jeans schob und seinen Hintern packte.

Sie keuchte auf, als er ihren Busen unter dem Pullover drückte. Durch den Stoff ihres BHs strich er über ihre Brustspitzen, während er mit der Zunge jeden Winkel ihres Mundes erkundete.

»Was zum Teufel geht hier vor?«, ertönte plötzlich Henrys wütende Stimme von der Küchentür her.

Während Ryan sie weiter küsste, als wäre nichts passiert, hätte Susannah schwören können, dass er seinen Hintern anspannte, damit sie ihre Hände nicht wegziehen konnte.

»Weg von ihr, du Wüstling.« Henry zerrte an Ryan. »Und behalt deine Finger bei dir.«

Susannah nahm die Hände von Ryans Po. Ihre Wangen brannten vor Verlegenheit.

Endlich hob Ryan den Kopf und schaute Susannah für einen Moment in die Augen. »Hast du angeklopft?«, fragte er dann Henry, ohne den Blick von Susannah zu lösen.

»Das muss ich nicht. Ich habe einen Schlüssel. Und jetzt runter von ihr. Sofort.«

»Henry, bitte«, antwortete Susannah, immer noch atemlos von dem Kuss und dem Schock, erwischt worden zu sein. »Warte im Wohnzimmer auf mich. Ich komme gleich.«

»Ich werde dich nicht mit ihm allein lassen. Es reicht, Susannah. Hier reinzukommen und dich ... *so* mit ihm vorzufinden ... Was soll ich dazu sagen?«

»Vielleicht solltest du gar nichts sagen, sondern einfach verschwinden.« Ryan drückte sich von Susannah hoch und half ihr auf. »Das hier ist unser Haus, und du hast kein Recht, hier einfach hereinzuplatzen.«

»Meine Verlobte hat mich eingeladen, zu kommen und zu gehen, wie es mir gefällt«, entgegnete Henry und griff nach Susannahs Hand. »Du bist derjenige, der nicht hierhergehört.«

»Ach, das glaubst du also, hm?«, fragte Ryan, und seine Augen waren hart wie Stahl.

Susannah ignorierte Henrys ausgestreckte Hand und strich sich mit den Fingern durch die Haare, in dem Versuch, ihr rasendes Herz zu beruhigen. In einer leidenschaftlichen Umarmung mit ihrem Ex-Mann erwischt zu werden – noch dazu am helllichten Tag auf der Center – entsprach nicht ganz ihrem Plan, Henry schonend beizubringen, dass sie ihre Verlobung lösen wollte.

Ryan legte die Hände an ihre Hüften, während er sie von der Center hob. Als sie wieder auf dem Boden stand, strich er mit dem Daumen über ihre geschwollenen Lippen.

Es fiel ihr schwer, den Blick von ihm zu wenden, bis Henry sie an der Hand packte und aus der Küche zog.

»Hey!«, rief Ryan. »Wage es ja nicht, sie so herumzuzerren. Susie, wenn du jetzt nicht mit ihm reden willst, musst du nur was sagen, und ich bringe ihn zur Tür.«

»Hört euch den großen Mann an«, schnaubte Henry. »Er bringt mich zur Tür.«

Ryan trat so schnell vor ihn, dass Henry keine Zeit hatte, zu reagieren. »Du bettelst förmlich darum, dass ich dir in den Hintern trete.«

Henry schluckte schwer, hielt dem Blick jedoch stand. »Du bist wirklich ein wandelndes Klischee, Sanderson.«

Ryans Augen blitzten wütend.

»Das reicht.« Susannah legte Ryan eine Hand auf die Brust. »Gib uns bitte ein paar Minuten.«

Ryan ließ Henry nicht aus den Augen, trat aber einen Schritt zurück. »Sei nett zu ihr, sonst muss ich grob werden. Verstanden?«

Susannah zog Henry schnell mit sich, bevor er noch mehr Öl ins Feuer gießen konnte.

Sobald sie im Wohnzimmer allein waren, schloss Henry sie in seine Arme. »Geht es dir gut, Liebes? Hat er dir wehgetan?«

Sie schob ihn von sich. »Mir wehgetan? Wovon zum Teufel redest du?«

»Er hat dich angegriffen. Eben, in der Küche. Ich habe es mit eigenen Augen gesehen. Das ist die einzige Erklärung für das, was gerade passiert ist.«

»Um Himmels willen, Henry. Vielleicht ist dir nicht aufgefallen, dass ich meine Arme um ihn geschlungen hatte. Er hat mich nicht angegriffen. Ich wurde verführt.«

Henry wurde blass. »Willst du mir etwa sagen, du hast zugelassen, dass er dich belästigt?«

»Er hat mich nicht belästigt. Eher im Gegenteil.«

»Du enttäuschst mich tief, Susannah.«

Müde fuhr sie sich mit der Hand durch die zerzausten Haare. »Ja, ich weiß. Ich dachte, du hättest dich inzwischen daran gewöhnt.«

»Was soll das denn heißen?«

»Wir müssen reden, Henry.« Sie seufzte schwer.

Er schüttelte den Kopf. »Nicht, solange du mit ihm zusammenwohnst. Ich werde nicht mit dir ›reden‹, während er im Nebenzimmer ist und vermutlich jedes unserer Worte belauscht.«

»Aber ...«

»Sonntag gehen wir auf den Ball. Montag hast du deinen Termin vor Gericht, um dich scheiden zu lassen. Und in fünfundzwanzig Tagen werden wir heiraten.«

»Äh, was die Scheidung betrifft ...«

»Fünf Tage. Dann bist du *endlich* geschieden.«

»In der Scheidungsvereinbarung gab es ein paar Klauseln ...«

»Die sind mir egal. Mir ist alles egal, außer dir und unserer Hochzeit. Wenn es sich bei dem, worüber du reden willst, um etwas anderes handelt, habe ich nichts zu sagen, bis er weg ist.«

»Ich habe seinen Kuss erwidert.«

»Du bist schwach, wenn es um ihn geht. Glaubst du, das wüsste ich nicht, nach all den Jahren, in denen ich zugesehen habe, wie du seinen Mist schluckst?«

Seine Worte waren wie eine Ohrfeige. Susannah trat einen Schritt zurück. »Ich möchte, dass du gehst.« Er war zu stolz, sie die Verlobung beenden zu lassen, während Ryan nebenan war. Das verstand sie. Aber sie wusste auch, dass sämtliche Gefühle, die sie einmal für diesen Mann gehabt hatte, weg waren. Ihre Liebe hatte sich gerade in Verachtung verwandelt.

»Liebes, sei nicht beleidigt«, bat er mit sanfterer Stimme, während er mit den Händen über ihre Arme strich. »Du weißt, dass du einen blinden Fleck hast, was ihn angeht. Wie sonst hättest du so lange mit ihm zusammenbleiben können?«

»Ja, Henry, du hast recht.« Sie entzog ihm ihre Arme. »Ich bin schwach und rückgratlos. Es ist gut, dass du mich bei jeder Gelegenheit daran erinnert hast, als ich noch mit ihm zusammen war.«

Er gab ihr einen Kuss auf die Wange und schien ungerührt, als sie ihren Kopf wegdrehte. »Ich habe nie gesagt, dass du schwach oder rückgratlos bist. Wirklich, Susannah. Nach Montag wird alles gut werden, du wirst schon sehen. Sobald du ihn los bist, wirst du wieder klar denken können. Ich hole dich Sonntag um sieben zum Ball ab.« Nach einem schnellen Kuss auf ihre Stirn verschwand er.

Susannah zitterte und schlang sich die Arme um den Oberkörper, als Schutz gegen die plötzliche Kälte, die sie erfasste.

Ryan kam ins Wohnzimmer und führte sie zum Sofa. Dort zog er sie auf seinen Schoß und hielt sie fest, bis das Zittern nachließ.

15

»Ich bin nicht schwach«, sagte Susannah.

»Natürlich nicht. Du bist der stärkste Mensch, den ich kenne.«

Sie lehnte ihren Kopf an Ryans Schulter. »Er glaubt, ich wäre rückgratlos, was dich angeht.«

Er lachte leise und küsste sie auf die Stirn. »Aber wir wissen es besser, oder?«

»Ja. Warum war es für ihn und alle anderen in meinem Leben so schwer, zu glauben, dass wir uns aufrichtig lieben?«

»Ich weiß es nicht, doch sie haben ihr Bestes dabei gegeben, genügend Zweifel in dir zu säen, um die Titanic zu versenken.«

»Ich war schwach, weil ich es zugelassen habe. Ich hätte dich und unsere Beziehung besser verteidigen müssen.«

»Man lebt, um zu lernen, Baby. Beim nächsten Mal werden wir eine schützende Mauer um uns herum errichten, damit der ganze Mist gar nicht bis zu uns dringt.«

Amüsiert zog sie die Augenbrauen hoch. »Du bist dir ja verdammt sicher, dass es ein nächstes Mal geben wird.«

Er gab ihr einen Kuss auf die Wange. »Ich glaube, das gibt es bereits.«

»Ich hatte keine Gelegenheit, Henry zu sagen, dass die Verlobung gelöst ist. Er hat es nicht zugelassen.«

»Das habe ich mitbekommen.«

»Dann hast du uns tatsächlich belauscht?«

»Verdammt, ja. Ich traue dem Typen nicht und würde nicht ausschließen wollen, dass er dir gegenüber handgreiflich wird, wenn du ihm sagst, dass es vorbei ist.«

Sie schnaubte. »Das würde Henry niemals tun.«

»Da wäre ich mir nicht so sicher, Susie. Er ist von dir besessen. Das war er schon immer, und jetzt sieht er, dass ihm all das, worauf er so lange gewartet hat, durch die Finger zu rinnen droht. Er ist verzweifelt. Ich kann mir gut vorstellen, dass er alles tun wird, was nötig ist, um dich zu behalten.«

»Du übertreibst, Ryan. Er ist harmlos.«

»Nein, das ist er nicht. Er ist manipulativ und rachsüchtig.«

»Und du bist echt sexy, wenn du eifersüchtig bist«, zog sie ihn lächelnd auf.

Er ergriff ihre Hand. »Ich meine das ernst, Susannah. Ich will, dass du vorsichtig bist.«

»Natürlich.« Sie berührte ihn am Handgelenk. »Du musst dir keine Sorgen machen.«

»Das tue ich aber.« Er gab ihr einen zärtlichen Kuss, der eine verstörend erschütternde Wirkung auf sie hatte. »Ich mache mir jede Menge Sorgen, und alle davon drehen sich um dich.«

Sie drückte ihn an sich, weil sie mehr von diesen Küssen wollte. Die Leidenschaft explodierte in ihnen, und als er sich schließlich von ihr löste, wirkte er verblüfft.

»Das ist auch eine Art, das Thema zu wechseln.«

»Hat es funktioniert?«

Er schüttelte den Kopf. »Versprich mir, dass du vorsichtig bist, Susie. Wenn dir je etwas zustoßen sollte …«

Das Telefon klingelte erneut, doch keiner von ihnen rührte sich.

»Hey.« Sie versuchte, seine Befürchtungen zu zerstreuen. »Mir wird nichts passieren. Ich kann gut auf mich aufpassen, wie du dich vielleicht erinnerst.«

»Wie könnte ich das vergessen? Ich spüre noch immer deine Schulter in meinen Rippen.« Er wickelte sich eine ihrer Locken um den Zeigefinger und fügte hinzu: »Du hast es mir noch nicht versprochen.«

»Ich verspreche es. Ich passe auf. Aber es besteht kein Grund zur Beunruhigung.«

»Ich will nicht, dass du noch mal mit ihm allein bist.« Als sie widersprechen wollte, brachte er sie mit einem sanften Kuss zum Schweigen. »Das hat nichts damit zu tun, dass ich eifersüchtig bin, Susie, das schwöre ich dir. Ich habe nur das Gefühl, dass es Ärger gibt, wenn er herausfindet, dass du ihn nicht mehr heiraten willst.«

Die Sorge in seinen braunen Augen berührte sie, und Susannah lehnte ihre Stirn gegen seine. »Ich werde nicht mehr mit ihm allein sein. Fühlst du dich jetzt besser?«

»Ja«, sagte er und zog sie fest in seine Arme. »Ja, jetzt fühle ich mich besser.«

Wieder klingelte das Telefon, und dieses Mal stand Susannah auf, um ranzugehen. »Hi, Bernie. Ja, er ist da. Einen Moment.« Sie reichte Ryan den Hörer und verließ den Raum, damit er in Ruhe telefonieren konnte.

In der Küche drückte sie auf den Knopf am Anrufbeantworter, um die Nachrichten abzuhören. Einige waren von den Mitgliedern ihres Komitees und betrafen Probleme in letzter Minute mit dem Schwarz-Weiß-Ball. Zwei waren von Henrys Mutter, die Fragen bezüglich der Hochzeitseinladungen und der Sitzordnung hatte. Susannah lehnte sich gegen die Arbeitsplatte und ließ den Kopf hängen, während sie den aufgeregten Nachrichten von Henrietta lauschte. Sie war so sicher gewesen, das Richtige zu tun, indem sie Henry heiratete. Dass sie sich so geirrt hatte, erschütterte sie zutiefst. Sie löschte die Nachrichten und griff nach ihrem Handy, um die Komitee-Mitglieder zurückzurufen und für später etwas zu essen zu bestellen.

Ryan kam in die Küche, das Telefon gegen die Brust gepresst. »Mit Frauen und Kindern?«, flüsterte er und hob fragend eine Augenbraue.

»Natürlich.« Sie überschlug die Gästezahl für den Catering-Service. »Warum nicht?«

Grinsend kehrte er ins Wohnzimmer zurück und setzte die Unterhaltung mit Bernie fort.

Susannah war erleichtert, dass er so guter Laune war an dem Tag, an dem er die Karriere beenden wollte, die für sie beide – aber vor allem für ihn – eine wahrhaft außergewöhnliche Reise gewesen war.

Den Großteil des Tages verbrachte er am Telefon, um seine Mannschaftskollegen einzuladen, während Susannah sich mit den Vorbereitungen für die Party beschäftigte und Anrufe von den anderen Komitee-Mitgliedern beantwortete, die erleichtert waren, dass sie wieder in der Stadt war und die Leitung übernahm.

Kurz nach vier Uhr am Nachmittag begab sich Susannah nach oben, um sich für den Termin mit Chet und Duke umzuziehen.

Ryan gesellte sich ein paar Minuten später zu ihr.

»Wie geht es dir?«, fragte sie. »Fühlst du dich gut?«

»Ja. Ein wenig traurig, aber ich schätze, das ist normal.«

»Ich hatte befürchtet, dass du traurig sein würdest.«

»Ich fühle mich besser, weil ich weiß, dass du bei mir bist.« Er nahm ihre Hand und verschränkte seine Finger mit ihren. »Danke, dass du mir hilfst.«

»Klar. Kein Problem.«

Er gab ihr einen Kuss, dann ließ er sie los, damit sie sich anziehen konnte.

Sie entschied sich für ein dunkles Kostüm, High Heels und die zweikarätigen Diamantohrringe, die Ryan ihr zur Hochzeit geschenkt hatte.

Er kam in einer dunkelblauen Anzughose, einem gestärkten weißen Hemd und einem Tweed-Jackett aus dem begehbaren Kleiderschrank. »Ich bin froh, dass ich hier noch ein paar Klamotten habe. Das hat mir einen Trip in die Stadt erspart.«

»Da du nie gekommen bist, um sie abzuholen, hatte ich schon darüber nachgedacht, sie der Heilsarmee zu spenden.«

Er lächelte. »Nicht so voreilig, Liebling.« Er kam zu ihr und umarmte sie von hinten. »Du siehst wie immer wunderschön aus.«

»Danke.« Sie drehte sich um, während sie den zweiten Ohrring befestigte. »Du auch – ebenfalls wie immer.«

Er spielte mit ihrem Ohrring. »Ich bin froh, dass du sie noch trägst.«

»Ich liebe sie, und das weißt du.«

»Und ich liebe *dich*. Ich glaube, das habe ich heute bisher nicht gesagt.«

Sie schenkte ihm ein neckisches Grinsen. »Stimmt, das hast du nicht. Bin ich für dich schon selbstverständlich geworden?«

Seine Miene wurde ernst. »Nie wieder.«

»Ich habe nur einen Witz gemacht, Ryan.«

»Ich weiß.«

»Hör mal, bevor es hier gleich verrückt wird, möchte ich dir noch was sagen.«

»Was denn, Baby?«

»Es ist nichts Schlimmes«, beeilte sie sich hinzuzufügen, während sie mit den Fingern über sein Hemd strich. »Du sollst nur wissen, auch wenn ich es während unserer Ehe nicht oft gesagt habe – wegen deines Egos und allem ...«

»O Gott, worauf willst du hinaus?«, stöhnte er.

Über seine gequälte Miene musste sie lachen. »Ich will bloß, dass du weißt, ich bin immer stolz auf dich gewesen und auf alles, was du in deiner Karriere erreicht hast. Ich bin stolz darauf, mit welcher Klasse du dich in jeder Situation verhalten hast – selbst in denen, die es nicht verdient hatten. Du hast immer den richtigen Weg genommen.« Sie strich ihm eine Strähne aus der Stirn. »Und ich bin stolz, dass trotz allem, was mit dir passiert ist – trotz all des Ruhms und der Aufmerksamkeit –, die entscheidenden Bereiche von dir immer noch genauso sind wie damals, als ich dich kennengelernt habe.«

»Susannah«, flüsterte er mit erstickter Stimme, während er sie in die Arme zog. »Danke. Das zu hören freut mich mehr, als du dir vorstellen kannst. Vielleicht habe ich all die Sachen getan, die du eben genannt hast, doch ich habe das Einzige vermasselt, was mir wirklich wichtig war. Glaube nicht, dass mir das nicht bewusst wäre.«

»Ich weiß.«

Er beugte sich vor und gab ihr einen Kuss. »Komm, fahren wir, damit wir schnell wieder zurück sind und das hier tun können.« Er presste seine Lippen auf ihre.

»Stopp!«, rief sie lachend. »Davon hattest du für eine Weile genug.«

»O nein, hatte ich nicht. Du schuldest mir ein ganzes Jahr. Aber ich bin gewillt, es dich abarbeiten zu lassen.«

Sie verdrehte die Augen. »Zu großzügig.«

»Stimmt.«

Auf dem kurzen Weg zum Mavericks-Stadion im Süden der Stadt sprach Ryan nicht viel, und Susannah beschloss, ihn mit seinen Gedanken allein zu lassen. Sie parkten auf dem Parkplatz für die Spieler. »Wir haben noch zwanzig Minuten«, sagte er. »Lass uns einen kleinen Spaziergang machen.«

Zu seinem langen braunen Ledermantel trug er seinen Stetson. Nachdem er ihr aus dem Wagen geholfen hatte, schlenderten sie Hand in Hand durch die Gänge unter dem Stadion, die zu der großen Umkleidekabine führten. Außer ihnen war weit und breit keine Menschenseele. Die Umkleide war blitzend sauber und beinahe so steril wie ein OP-Saal. Der violette Fußboden und die gelben Wände waren mit dem Mavericks-Logo verziert. Auf der langen Reihe von Spinden lagen die violetten Helme der Spieler.

Ein älterer Mann kam durch eine der vielen Türen, die in die Umkleidekabine führten.

»Sandy! Du siehst super aus. Wie geht es dir?«

»Hi, Tony. Schon viel besser, danke. Erinnerst du dich noch an meine Frau Susannah?«

Tony schaute Ryan kurz an, bevor er Susannah die Hand hinstreckte. »Natürlich. Schön, Sie wiederzusehen, Mrs Sanderson. Ist schon eine Weile her.«

»Hallo, Tony.« Sie war sich nicht sicher, wie sie es fand, als Ryans Frau bezeichnet zu werden – als wenn nicht die ganze Welt wüsste, dass sie kurz vor der Scheidung standen. »Wie schön, dass man sich mal wiederbegegnet.«

»Was machst du hier?«, wollte Tony von Ryan wissen. »Ich dachte, du bist zu Hause und erholst dich.«

»Ich habe ein Meeting mit Chet und Duke und wollte vorher ein paar Sachen aus meinem Spind holen, wenn das für dich in Ordnung ist.« An Susannah gewandt fügte er hinzu: »Wir wissen, dass wir besser nichts anrühren, ohne vorher den Chef zu fragen.«

Tony lachte leise. »Meinst du, es ist ein einfacher Job, der Chef vom Amok-Camp zu sein?« Er zeigte auf Ryans Spind. »Bedien dich.«

Ryan schüttelte den Kopf. »Danke, Tony. Für alles.«

»Immer gerne, Sandy«, erwiderte Tony und wirkte leicht verwirrt. »Pass gut auf dich auf.«

»Und du auf dich.«

Tony nickte Susannah zu, ehe er sie allein ließ.

Ryan trat an die Tür mit der Nummer achtzehn und strich mit der Hand über den Helm, der darauf lag. »Der muss neu sein. Ich habe gehört, dass sie den, den ich beim *Super Bowl* getragen habe, in der Notaufnahme mit einer Säge aufgeschnitten haben.«

»Du erinnerst dich nicht daran?«

Er schüttelte den Kopf. »An nichts nach dem Moment, in dem Rodney Johnson mich erwischt hat, bis circa acht Stunden später.«

Susannah zuckte zusammen.

»Tut mir leid, Baby.« Er gab ihr einen Kuss auf die Stirn. »Ich weiß, du redest nicht gern über diese Dinge.« Er öffnete die gelbe Tür und suchte im Spind herum.

Susannah trat näher, um sich die Fotos anzusehen, die er an die Innenseite der Tür geklebt hatte: ihr Verlobungsfoto, die Hochzeit, Ryan und seine Mutter bei seinem Schulabschluss in Florida und einige Gruppenbilder mit aktuellen und ehemaligen Mannschaftskollegen. Mitten in der Collage hing ein Ultraschallbild. »Oh«, sagte sie, als sie die verblichenen Ecken der Schwarz-Weiß-Aufnahme berührte. »Das hast du behalten?«

»Das ist das einzige Foto, das wir von ihm haben.«

Gemeinsam betrachteten sie das unscharfe Bild von winzigen Fingern und Zehen, die gebogene Wirbelsäule, das kleine Herz.

»Ich war so stolz auf das Foto«, erklärte Ryan rau. »Ich habe es allen gezeigt.«

»Ich erinnere mich.« Sie sah ihn an. »Ich bin froh, dass du es behalten hast.«

»Willst du es haben?«

»Ich habe meins auch noch.«

Sie lächelten beide traurig.

»Weißt du«, sagte er und atmete tief durch, »ich hole meine Sachen ein anderes Mal.« Er schlug die Tür zu und nahm Susannahs Hand. »Lass uns rausgehen.« Auf dem Weg aus der Umkleidekabine schnappte er sich einen Football aus einem Drahtkorb, der mit Bällen gefüllt war.

Sie folgten dem dunklen Tunnel, der auf das Spielfeld führte, und kamen an der Vierzig-Yard-Linie der Marvericks heraus. Als wäre es für ihn das erste Mal, betrat Ryan das Spielfeld und drehte sich langsam einmal im Kreis, während er die unzähligen Reihen aus violetten und gelben Sitzen, die Meisterbanner und die VIP-Boxen betrachtete.

Susannah blieb an der Seitenlinie stehen und beobachtete ihn.

Er warf den Ball von einer Hand in die andere. »Weißt du, was ich an diesem Spiel am meisten geliebt habe?«

»Da fallen mir mehrere Dinge ein.«

Er fixierte den Torpfosten am anderen Ende des Spielfelds. »Am meisten habe ich geliebt, immer zu wissen, was ich tue. Es war für mich so natürlich, wie zu atmen.« Er warf den Ball hoch in die Luft und fing ihn auf, ohne den Blick vom Torpfosten zu lösen. »Außerhalb dieses Platzes war das meiste für mich ein Mysterium. Aber hier ... hier habe ich es verstanden, weißt du?« Er sah sie an. »Das klingt dumm, oder?«

»Nein.« Sie ging zu ihm. »Das klingt überhaupt nicht dumm.«

»Sie haben von meinem Talent geredet, von meiner Gabe, und haben mit großen Worten um sich geworfen, die mir – ab und zu – zu Kopf gestiegen sind, das will ich nicht leugnen.«

Susannah lachte leise.

»Aber den Großteil meines Erfolgs auf diesem Feld hatte ich gottgegebenem Talent und dem guten alten Glück zu verdanken – dem richtigen Team, den richtigen Trainern, den richtigen Spielen, dem richtigen Receiver am richtigen Ort zur richtigen Zeit. Glück gehört genauso dazu wie harte Arbeit und Disziplin. Letztlich habe ich einfach nur Glück gehabt.«

»Das solltest du morgen auf der Pressekonferenz sagen.«

»Findest du?«

»Ja.«

Er brachte seinen Wurfarm in Position und fragte: »Willst du für mich laufen, Liebling?«

Sie hob amüsiert eine Augenbraue. »In High Heels?«

»Ja, vermutlich nicht.«

»Ich war sowieso nie ein guter Receiver.«

»Sprechen wir immer noch über Football?«, fragte er grinsend.

»Ryan!«

Er lachte und hielt sich mit der freien Hand die Rippen. Dann warf er den Ball, und trotz seiner Verletzungen flog das Ei über fünfzig Yards weit.

»Nicht schlecht für einen alten Rentner«, sagte Susannah.

»Ja, das finde ich auch.« Grinsend legte er ihr einen Arm um die Schultern. »Komm, ziehen wir es durch.«

Sie hielt ihn auf, als er nach drinnen gehen wollte. »Wirst du wirklich ohne die eine Sache leben können, die für dich Sinn ergibt?«

Er schaute sich noch einmal um. »Ich hoffe, dass du mir zur Seite stehen wirst, aber ja, ich komme klar. Vielleicht finde ich irgendwann etwas, das genauso viel Sinn ergibt.«

»Du stellst dein Licht unter den Scheffel, wenn du glaubst, dass es nur eine Sache gibt, in der du gut sein kannst. Wenn ich mich recht erinnere, steht auf diesem Stück Papier, das du in Florida erhalten hast, irgendetwas von ›magna cum laude‹. Ich meine, ich habe keinen Collegeabschluss – zumindest *noch* nicht –, doch ich glaube, diese Auszeichnung verleihen sie nicht an Dummköpfe.«

»Also wirst du nicht zulassen, dass ich nur in Unterhosen zu Hause rumhänge und fett werde?«

Sie rümpfte die Nase. »Denk nicht mal daran.«

»Du wirst mich sehr genau im Auge behalten müssen, wenn du sicher sein möchtest, dass das nicht passiert.« Er führte sie hinein. »Das könnte ein Job für die nächsten vierzig oder fünfzig Jahre sein.«

»Ich werde darüber nachdenken und mich bei dir melden.«

»Bitte tu das, Liebling.« Er drückte den Knopf für den Fahrstuhl, der sie zu den Büros hinaufbringen würde. »In der Zwischenzeit warte ich in meiner Unterhose.«

Lachend folgte sie ihm in die violette Fahrstuhlkabine.

16

Chets Assistentin nahm ihnen die Mäntel ab und führte sie in das riesige Büro mit Blick aufs Spielfeld. An den hellgelben Wänden hingen unzählige gerahmte Fotos, die den Besitzer der Mavericks mit allen möglichen Promis – von Präsidenten über Schauspieler bis hin zu Sportlern aus aller Welt – zeigten.

»Da ist er ja!«, dröhnte Chet und erhob sich hinter seinem massiven Schreibtisch.

Ryan war erleichtert, nur einen enthusiastischen Handschlag zu erhalten und nicht Chets übliche Schraubstockumarmung.

»Du schaust super aus, Sandy«, sagte er und richtete seine Aufmerksamkeit dann auf Susannah. »Und es ist so schön, dich zu sehen, Susie. Martha und ich waren so glücklich, als wir gehört haben, dass ihr beide wieder zusammen seid.«

»Wir arbeiten daran«, warf Ryan schnell ein, bevor Susannah protestieren konnte.

»Wie geht's dir, Sandy?«, fragte Duke und begrüßte Susannah mit einem Kuss auf die Wange. Dann rückte er ihr einen Stuhl an Chets Konferenztisch zurecht, auf dem die *Lombardi Trophy* ausgestellt war.

»Sehr viel besser, aber die Rippen bereiten mir noch Probleme.«

»Das braucht seine Zeit«, meinte Duke.

»Wem sagst du das?«

»Der Präsident sendet Grüße.« Chet kaute auf einer nicht angezündeten Zigarre, während er eine Flasche Champagner entkorkte und vier Gläser einschenkte. Nach einem kleinen Schreck wegen seiner Gesundheit hatte er das Rauchen vor drei Jahren aufgegeben. »Es hat ihm leidgetan, dass du nicht mit nach Washington kommen konntest, und er will, dass du ihn anrufst, wenn du mal in der Nähe bist.«

Ryan grinste. »Ja, klar. Wir gehen mal auf ein paar Bier aus.«

»Ich wette, das fände er super«, erwiderte Duke.

Chet griff in seine Tasche und holte einen Zettel heraus, den er Ryan reichte. »Er meinte, du sollst diese Nummer anrufen, wenn du ihn treffen willst. Er ist ein großer Fan von dir, doch das weißt du ja.«

Ryan wechselte einen überraschten Blick mit Susannah und musste ein Lachen unterdrücken. Selbst nach so vielen Jahren als Profisportler gab es noch Sachen, die ihn überraschten.

Chet hob sein Glas für einen Toast auf Ryan. »Auf ein weiteres erfolgreiches Jahr und auf den besten Quarterback, den dieses Spiel je gesehen hat.«

»Darauf trinke ich«, sagte Duke.

Ryan war richtig gerührt. »Danke«, sagte er, trank einen Schluck und ließ sich auf dem Stuhl neben Susannah nieder.

»Es ist wirklich schön, dass es dir so viel besser geht, Sandy.« Chet lehnte sich in seinem Stuhl zurück und musterte Ryan aus seinen weisen alten Augen. »Du hast uns da einen gehörigen Schrecken eingejagt.«

»O ja«, bestätigte Duke und schüttelte sich. »Es hat mich fünf Jahre meines Lebens gekostet, als du dich da auf dem Rasen eine Ewigkeit nicht gerührt hast.«

Unter dem Tisch griff Ryan nach Susannahs Hand, denn er wusste, sie hatte es extra vermieden, sich die Szene im Fernsehen anzuschauen oder in der Zeitung darüber zu lesen. »Nun ja, jetzt ist ja alles wieder gut.«

»Und du bist hoffentlich bereit, den neuen fetten Vertrag zu unterschreiben, den der Hai für dich ausgehandelt hat«, erklärte Chet.

Ryan warf Susannah einen Blick zu, und sie drückte seine Hand.

»Äh, was das betrifft ...« Er zögerte, bevor er den Schritt ins Ungewisse tat.

»Gibt es ein Problem?«, wollte Chet wissen. »Ich war mir nach dem letzten Meeting ziemlich sicher, dass wir einen Deal haben.«

»Ihr seid extrem großzügig«, bestätigte Ryan. »Und ihr wisst, wie sehr ich dieses Gerede über Geld und so hasse.«

»Du bist jeden Cent wert.« Chets faltiges Gesicht verzog sich um seine Zigarre zu einem breiten Grinsen. »Aber erzählt Aaron nicht, dass ich das gesagt habe.«

Ryan lachte leise, dann atmete er tief ein und verkündete: »Ich werde mich zur Ruhe setzen.«

Die beiden Männer starrten ihn an, als spräche er Chinesisch.

Chet schüttelte den Kopf, als hätte er Ryan nicht richtig verstanden. »Willst du das noch mal wiederholen?«

»Ich trete mit sofortiger Wirkung in den Ruhestand.«

»Das kannst du nicht ernst meinen, Sandy«, sagte Duke. »Du hast in New Orleans einen schweren Schlag abbekommen, aber deswegen gleich aufzuhören ...«

»Ich habe diese Entscheidung schon Wochen vor dem *Super Bowl* getroffen.«

»Ich verstehe das nicht ...«, stammelte Chet.

Ryan beugte sich vor. »Es tut mir leid, dass das so ein Schock für dich ist, Chet. Wirklich. Du warst immer so viel mehr als nur mein Boss. Du bist mir und Susie in den letzten zehn Jahren ein guter Freund gewesen. Wir hätten uns nicht mehr wünschen können als das, was wir bei den Mavs hatten. Doch ich will raus, solange ich an der Spitze bin, anstatt zu bleiben, bis keiner mich mehr will.«

»In dieser Mannschaft – oder jeder anderen – wirst du immer willkommen sein.« Chet schlug mit der flachen Hand auf den Tisch. »Du bist verdammt noch mal Ryan Sanderson, um Himmels willen.« An Susannah gewandt fügte er hinzu: »Entschuldige meine Ausdrucksweise, Honey.«

Susannah winkte ab, um ihn wissen zu lassen, dass sie ihn verstand.

»Wir hatten einen echt guten Lauf.« Ryan hatte Mühe, seine Gefühle im Zaum zu halten. »Ich hatte hier in Denver die Zeit meines Lebens, aber ich bin bereit für eine Veränderung.«

Chet musterte Ryan sehr lang, wie um abzuschätzen, ob er zu Verhandlungen bereit war. »Was sagst du dazu, Duke?«, fragte er dann seinen Cheftrainer.

»Ich bin nicht wirklich überrascht«, gab der zu.

Die anderen schauten ihn verblüfft an.

»Mir ist aufgefallen, dass du in den letzten Monaten mehr mit Toad gearbeitet hast – beinahe, als wolltest du ihn auf etwas vorbereiten.«

Ryan zuckte die Achseln. »Er hat sich angestrengt und die Gelegenheit verdient, dir zu zeigen, was er draufhat.«

Duke faltete seine Hände auf dem Tisch. »Ich werde dir jetzt etwas sagen, und ich will, dass du mir gut zuhörst, okay?«

Mit einem Blick zu Susannah nickte Ryan.

»Chet hatte recht damit, dass du der beste Quarterback bist, den dieses Spiel je gesehen hat. Nach dem letzten *Super Bowl* gibt es daran keinen Zweifel mehr. Ich habe nie zuvor einen Spieler erlebt, der über mehr natürliches Talent verfügt als du. Du hast noch *Jahre* in dir, Sandy. *Jahre.*« Duke unterstrich diesen Punkt, indem er mit dem Zeigefinger auf den Tisch klopfte. »Du hast die Gelegenheit, jeden Rekord zu brechen. Dafür brauchst du allerdings ein paar Spielzeiten mehr. Also, wenn es irgendetwas gibt, das wir tun können, damit du es dir noch mal überlegst – und ich weiß, ich spreche da auch für Chet –, musst du es uns nur sagen.«

Chet nickte zustimmend.

Ryans Kiefer spannte sich an. »Ich kann nicht in Worte fassen, wie viel mir das bedeutet, Trainer. Es war mir eine Ehre, für dich zu spielen, mit dir zu arbeiten, dich meinen Freund zu nennen. Ich hoffe, du hast keine Zweifel daran, was du mir persönlich bedeutest. Aber ich bin mit dem Football fertig.« Den Blick auf Susannah gerichtet, fuhr er fort: »Ich habe gelernt, dass es andere Dinge im

Leben gibt, die wichtiger sind, als meinen Namen hinter einem Rekord stehen zu haben.«

Susannahs Lächeln war voller Liebe, und das erfüllte ihn mit Zuversicht.

»Du hast verdammt hart gearbeitet, und du bist *so* nah dran«, sagte Duke mit flehendem Unterton.

»Ich habe mein letztes Spiel gespielt«, erklärte Ryan entschlossen. »Ich wäre gerne etwas eleganter abgetreten, aber hey, was will man machen?«

»Was sagst du dazu, Honey?«, fragte Chet an Susannah gewandt.

Susannah schaute Ryan an. »Ich glaube, Ryan hat das Gefühl, alles erreicht zu haben, was er in diesem Sport erreichen wollte, und er will sehen, was es da draußen anderes gibt, bevor er zu zerschunden dafür ist.«

Ryan nickte zustimmend, während Duke und Chet resignierte Blicke wechselten. Nach einer langen Pause stand Chet auf, ging zu seinem Schreibtisch und drückte einen Knopf am Telefon. »Jenny, kannst du Bob bitten, in mein Büro zu kommen?«

Bob war Leiter der PR-Abteilung der Mannschaft und würde Ryan durch die Pressekonferenz und den Medienansturm geleiten, der auf diese Neuigkeit folgen würde.

»Danke«, sagte Ryan, als Chet zum Tisch zurückkehrte.

»Du wirst bis zu meinem letzten Atemzug immer einen Platz in diesem Verein haben«, erwiderte Chet grimmig. »Das weißt du hoffentlich.«

Ryan musste schlucken. »Ja, Sir.«

»Das gilt auch für mich«, warf Duke ein.

Der Kloß in seiner Kehle machte es Ryan unmöglich, mehr zu tun, als zu nicken.

DIE PRESSEKONFERENZ WURDE FÜR DEN MITTAG DES NÄCHSTEN TAGES anberaumt. Bob hatte sein Bestes gegeben, um Ryan und Susannah auf den Medienzirkus vorzubereiten, der sie erwartete.

»Geht es dir gut?«, fragte Susannah Ryan auf dem Weg nach Hause.

»Ja. Ich fühle mich jetzt besser, wo sie es wissen, aber ich hasse es, sie enttäuscht zu haben. Sie waren immer so gut zu mir.«

»Und du zu ihnen«, rief Susannah ihm in Erinnerung. »Du hast Chet eine Menge Geld eingebracht, und dank dir gehört Duke jetzt zur Elite der Trainer. Das darfst du nicht vergessen.«

Er gab ihr einen Kuss auf den Handrücken. »Ich versuche es.«

»Fühlt es sich komisch an, es offiziell zu machen?«

»Irgendwie schon«, gab er zu. »Ich glaube, es wird mir erst wirklich bewusst werden, wenn die Jungs zum Trainingscamp abreisen und ich nicht mitfahre.«

»Bis dahin wirst du so viele andere Dinge um die Ohren haben, dass es dir kaum auffällt.«

Er grinste skeptisch. »Morgen wird der totale Wahnsinn. Bist du darauf vorbereitet?«

»Ich komme damit klar.«

»Ich hasse es, dass ich das ausgerechnet jetzt tun muss. Doch die Presse wartet auf die Meldung, dass ich den neuen Vertrag unterschrieben habe, also kann ich die Pressekonferenz nicht verschieben, bis wir die Sache zwischen uns geklärt haben.«

»Wo du das gerade erwähnst: Darüber möchte ich gerne mit dir sprechen, wenn wir wieder zu Hause sind.«

Er warf ihr einen kurzen Blick zu. »Was genau willst du besprechen?«

»Darauf wirst du warten müssen, bis wir daheim sind.«

Er drückte das Gaspedal durch. »Na dann, auf nach Hause.«

»Ryan! Sei vorsichtig!«

Er schoss zwischen zwei Wagen auf der Interstate 25 hindurch. »Erst, wenn du anfängst zu reden.«

»Hör auf, wie ein Irrer zu rasen, oder ich werde zu Hause kein Wort sagen.«

»Du verdirbst mir den ganzen Spaß«, beschwerte er sich und verlangsamte das Tempo ein wenig.

»Das ist mein Job.«

Nach einer zügigen Fahrt bog er in ihre Auffahrt ein und lief mit Susannah ins Haus. »Okay, was ist los?«

»Kann ich wenigstens vorher meinen Mantel ausziehen?«

Er nahm ihr den Mantel ab und warf ihn über das Treppengeländer. Einen Moment später landete seiner darauf. »Rede.«

»In einer Minute.« Sie ging die Treppe hoch.

Ryan folgte ihr und zwang sich, still zu bleiben, während sie ihren Blazer aufhängte. »Du quälst mich absichtlich, oder?«

Sie ließ ein schelmisches Grinsen aufblitzen. »Das macht irgendwie Spaß. Du bist wie ein Fünfjähriger, der sein Eis will.«

»Ich gebe dir gleich ein Eis«, knurrte er und kam zu ihr. Dann legte er die Arme um sie und drückte sie rücklings aufs Bett. »Jetzt spuck's schon aus.«

Sie schob die Hände unter sein Jackett. »Du bist vielleicht ein großer Kerl, aber du kannst mich nicht zum Reden zwingen.«

»Ach nein?« Er strich ihr mit den Fingern über die Seiten, und sie schrie lachend auf. »Wirklich nicht?«

Sie drängte ihre Hüften gegen seine Erektion. »Wirklich nicht«, sagte sie kichernd.

»Susannah, komm schon. Ich leide!«

»Ich weiß. Und ich genieße es.«

Mit einem frustrierten Seufzer legte er seinen Kopf auf ihre Schulter.

Während sie ihm mit den Fingern durchs Haar fuhr, gab sie ihm einen Kuss auf die Wange. »Ich liebe dich.«

Ryan hätte beinahe aufgehört zu atmen, als er den Kopf hob und sie anschaute. »Ich liebe dich auch.«

»Das mit Chet und Duke heute hast du gut gemacht.«

»Ich bin froh, dass du das denkst. Ich war total nervös.«

»Das hat man dir nicht angemerkt.«

»Danke, dass du dabei warst.«

»Natürlich war ich dabei. Ich bin deine Frau, oder etwa nicht?«

»Ja, das bist du«, flüsterte er, und sein Herz klopfte hoffnungsvoll. »Was wolltest du mir sagen, Susie?«

»Ich will es noch mal versuchen.«

Sehr lange konnte Ryan sie nur anstarren.

»Sag doch was.«

Er neigte den Kopf und fand ihre Lippen für einen innigen, elektrisierenden Kuss, der ihr verriet, was er in diesem Moment empfand.

»Ich nehme an, du bist glücklich darüber?«, fragte sie atemlos, nachdem der Kuss geendet hatte.

Er nickte und küsste sie noch einmal. Dann knöpfte er ihr die Bluse auf und strich mit der Zunge über jedes Stückchen Haut, das er freilegte.

»Ry«, keuchte sie. »Unsere Gäste kommen gleich.«

Mit einem Blick auf die Nachttischuhr sagte er: »Erst in anderthalb Stunden.«

»Aber Carol ...«

»Hat selbst einen Schlüssel.«

»Aber ...«

»Pst.« Er öffnete ihren BH und schob ihn beiseite. »Ich will meine Frau lieben. Und zwar sofort.«

»Ich habe noch nie mit einem Rentner geschlafen«, witzelte sie.

»Hmm«, brummte er, während er mit den Lippen über ihre Brüste strich. »Dann sollte ich besser dafür sorgen, dass es unvergesslich wird.«

Susannah schwebte auf einer Wolke der Glückseligkeit und der Lust. In all ihren gemeinsamen Jahren hatte Ryan sie nie so zärtlich geliebt wie jetzt. Es war, als wäre sie das zerbrechlichste Objekt der Welt. Sie wurde gerade von ihrem dritten Orgasmus erschüttert, als die Glocke an der Tür leise bimmelte und Carol rief, ob jemand zu Hause wäre. Daraufhin brachen sie in hilfloses Gelächter aus, das zu weiterer Leidenschaft führte.

Erschöpft von ihrem Liebesspiel und dem emotionalen Treffen mit Chet und Duke, schlief Ryan neben ihr ein. Da ihm eine weitere schwere Runde mit seinen Mannschaftskameraden bevorstand, wollte Susannah, dass er sich so lange wie möglich ausruhte. Sie löste sich aus seiner Umarmung, setzte sich auf und betrachtete ihn.

Sie war nicht sicher, wann genau sie beschlossen hatte, ihm eine zweite Chance zu geben, aber von ihm zu hören, dass das Footballfeld der einzige Ort der Welt war, der für ihn einen Sinn ergab, hatte sie mit einer überwältigenden Trauer erfüllt. Die Vorstellung, wie er ohne sie und ohne seinen geliebten Sport allein durch die Welt trieb, war mehr, als sie ertrug.

Sie glaubte ihm, dass er sich verändert hatte und bereit war, ihr zu geben, was sie brauchte. Im Gegenzug würde sie ihm durch diese große Veränderung in seinem Leben helfen. Sie strich ihm eine blonde Strähne aus der Stirn, gab ihm einen Kuss auf die Wange und ging ins Bad, um zu duschen.

Sie bürstete sich gerade vor dem Spiegel die nassen Haare, als das Licht sich in ihrem Verlobungsring fing und sie daran erinnerte, dass sie noch immer ein sehr großes Problem hatte. Nachdem sie die Bürste auf dem Waschbecken abgelegt hatte, drehte sie den Ring an ihrem Finger hin und her und nahm ihn schließlich ab. Morgen würde sie ihn Henry zurückgeben. Bei dem Gedanken daran, was er dazu sagen würde, dass sie wieder mit Ryan zusammen war, zog sich ihr Magen zusammen. Und dann waren da noch ihre Eltern und ihre Schwester ...

»Es ist mir egal, was sie sagen«, flüsterte sie ihrem Spiegelbild zu. »Ich muss dafür sorgen, dass sie uns nicht wieder so beeinflussen wie vorher. Dieses Mal muss alles anders werden. Ryan hat sich verändert, und ich muss das ebenfalls tun, sonst wird das niemals klappen.« Der Gedanke ließ sie kurz innehalten, als sie erkannte, was für einen großen Sprung ins Ungewisse sie wagte.

Nachdem sie sich die Haare geföhnt hatte, ging sie ins Schlafzimmer, legte den Ring in ihr Schmuckkästchen und stellte sich vor ihren Kleiderschrank. Als Zeichen ihrer Unterstützung entschied sie sich für ein Trikot von Ryans Mannschaft. *Warum zum Teufel nicht?* Sie zog die Vorhänge im Schlafzimmer zu und die Decke über Ryan zurecht. Sie hoffte, dass er noch eine halbe Stunde schlafen würde.

Unten sah sie, dass Carols Mitarbeiter das Wohnzimmer, das Fernsehzimmer und das Esszimmer zur Partyzentrale gemacht hatten. In Wohn- und Fernsehzimmer waren Bars aufgebaut, und auf dem Esstisch standen schon die Thermobehälter für das Essen.

»Carol, du bist eine Zauberin!«, rief Susannah, als sie die Küche betrat.

»Für dich doch immer, Schatz«, sagte Carol und hob den Kopf, um Susannahs Wangenkuss entgegenzunehmen. Carol war ein hispanischer Wirbelwind Mitte fünfzig.

»Ich danke dir so sehr. Und sorry, dass es so kurzfristig ist.«

»Kein Problem. Für eine Notfallparty bin ich immer bereit.«

Susannah lachte, weil sie wusste, dass das stimmte.

»Soll ich fragen, wo du warst, als ich gekommen bin?«

Susannah zuckte unschuldig mit den Schultern. »Unter der Dusche.«

»Aha. Klar. In der Auffahrt ist mir ein nagelneuer Cadillac mit Mavericks-Nummernschild und der verräterischen Nummer achtzehn aufgefallen, die du, wie ich sehe, heute Abend stolz trägst. Willst du mir verraten, was los ist?«

»Noch nicht.« Susannah wusste, dass sie nichts über ihre Beziehung zu Ryan sagen durfte, bevor sie mit Henry gesprochen hatte. »Aber ich hoffe, bald.«

Carol nahm ihre Hand. »Und *ich* hoffe, dass du und dein umwerfender Ehemann wieder zusammen seid, wie es sich gehört. Ich habe nie verstanden, was zwischen euch so schieflaufen konnte. Zwischen zwei Menschen, die offensichtlich so verrückt nacheinander sind.«

»Danke.« Die Unterstützung ihrer Freundin berührte Susannah. »Das bedeutet mir mehr, als du ahnst.«

»Ich habe nie geglaubt, was die Leute über ihn und Betsy James gesagt haben. Ich weiß, du hattest so deinen Verdacht ...«

»Allein den Namen dieser Frau zu hören weckt in mir den Wunsch, auf irgendetwas einzuschlagen«, sagte Susannah erschaudernd. »Aber er schwört, dass er mir nie untreu war. Ich habe es noch nicht über mich gebracht, ihn direkt danach zu fragen, weil die ganze Sache mich echt krank macht.«

»Du solltest ihm glauben. Sie kann dir nicht das Wasser reichen, und das weiß Ryan. Wenn er dich betrogen hätte, dann bestimmt nicht mit dieser Zicke, Susannah.«

Susannah lachte. »Sag doch einfach, was du denkst.«

»Sie ist es nicht wert. Also, wo ist dein göttlicher Ehemann?«, wollte Carol wissen.

»Der schläft«, antwortete Susannah und spürte, wie ihr die Röte in die Wangen stieg.

Carol lachte. »Du hast ihn völlig entkräftet, hm?«

»Er hat sich selbst entkräftet, wenn du verstehst, was ich meine.«

»Oh ... Ich brauche sofort einen Drink und eine Zigarette.«

Susannah kicherte, wurde dann allerdings ernst. »Erzähl bitte niemandem davon, okay? Ich muss erst noch mit Henry reden.«

»Ich verstehe, meine Süße.« Carol legte ihr eine Hand auf den Unterarm. »Ich verspreche dir, ich werde kein Wort verraten. Aber ich schätze, der letzte Samstag im Februar ist in meinem Kalender jetzt auf einmal wieder frei?«

»Ja.« Bei dem Gedanken, die Hochzeit abzublasen und Henry zu verletzen, wurde Susannah ein wenig übel. »Tut mir leid.«

»Das muss es nicht. Ich bin ehrlich gesagt ein bisschen erleichtert.«

»Erleichtert? Wieso das denn?«

»Ich arbeite mit vielen Bräuten zusammen, und ich habe noch nie eine gesehen, die weniger enthusiastisch war als du. Er ist nicht der Richtige für dich, Susannah.«

»Warum bin ich die Letzte, der das klar wird?«

»Das ist ganz normal. Wichtig ist nur, *dass* du es gemerkt hast – und zwar rechtzeitig. Du weißt, wo ich bin, wenn du eine Freundin brauchst, oder?«

»Ja. Danke.«

Während Carol weiter in der Küche herumwuselte, sprachen sie die letzten Details für den Schwarz-Weiß-Ball durch, für dessen Catering Carol ebenfalls zuständig war. Bevor Susannah nach oben ging, um Ryan zu wecken, bat sie Carol um einen letzten Gefallen.

»Hör mal, wenn die Mannschaft hier ist, könntest du dann deine Leute abziehen? Ryan möchte etwas mit den anderen besprechen, was eher privater Natur ist.«

»Auf jeden Fall. Wir richten alles her und verschwinden dann.«

»Dich habe ich nicht gemeint. Du kannst gerne bleiben.«

»Keine Sorge. Ich muss sowieso zurück ins Büro.«

»Danke noch mal, Carol.«

»Ist mir ein Vergnügen. Und jetzt weck deinen Adonis. Ich brauche was für die Augen, bevor ich gehe.«

Lachend drehte Susannah sich um und eilte die Treppe hinauf.

17

Susannah legte sich neben Ryan, der immer noch tief und fest schlief. Sie wollte ihn nicht wecken, doch seine Freunde würden bald eintreffen.

»Ry«, flüsterte sie und gab ihm einen Kuss auf die Wange, dann einen auf die Lippen. »Wach auf.«

»Mmmm.« Mit geschlossenen Augen zog er sie an sich. »Ich hatte gerade den wunderbarsten Traum.«

»Ach ja?«

»Meine Frau hat mir gesagt, dass sie mir eine zweite Chance gibt. Also, wer immer du auch bist, mit uns ist es vorbei.«

Sie lachte und schlug ihm im Spaß gegen die Schulter. »Sehr lustig. Los, raus aus dem Bett. Deine Gäste sind gleich da.« Als sie versuchte aufzustehen, zog er sie wieder an sich und rollte sich auf sie.

»Ry! Hör auf!« Nervös lachend stemmte sie ihre Hände gegen seine Brust. »Was tust du da?«

»Deinen Hals küssen. Was glaubst du denn?«

»Dass du etwas anfängst, was du nicht beenden kannst.«

»Oh, ich kann es beenden.« Er schob ihr eine Hand unter das Trikot und umfasste ihre Brust. »Ah, du trägst mein Trikot. Du weißt, wie sehr mich das anmacht.«

»Spar dir das für später auf. Und jetzt hoch mit dir.«

»Unter einer Bedingung.«

»Welcher?«

»Dass du nachher nur das Trikot trägst und sonst nichts.«

»Abgemacht. Und jetzt steh auf.«

Er küsste sie lang und innig. »Versprich es mir. Ich brauche etwas, worauf ich mich freuen kann.«

»Ja! Und jetzt runter von mir!«

Lachend rollte er sich zur Seite und streckte sich, bevor er aufstand und unter die Dusche ging. »Hör auf, meinen Hintern anzustarren!«, rief er ihr über die Schulter zu.

Peinlich berührt, weil er sie dabei ertappt hatte, vergrub Susannah ihr Gesicht in den Kissen, die immer noch nach dem holzigen Aftershave rochen, das sie überall wiedererkennen würde.

Zehn Minuten später kam Ryan in einer abgetragenen Jeans und einem schwarzen Polohemd aus seinem begehbaren Kleiderschrank. Er setzte sich auf die Bettkante, um sich die Turnschuhe zuzubinden. »Danke noch mal, dass du das heute mitmachst. Ich werde dafür sorgen, dass sie das Haus nicht allzu sehr verwüsten.«

»Halt sie einfach von Grandma Sallys Porzellan fern, dann bin ich schon glücklich.«

»Verstanden.« Er hob ihre Hand an seine Lippen und hielt inne. »O Baby ... Du hast den Ring abgenommen.«

Sie nickte.

Er zog sie in seine Arme.

Susannah erwiderte die Umarmung.

»Ich wünschte mir, wir hätten heute Abend keine Gesellschaft«, flüsterte er.

»Sie werden nicht ewig bleiben.«

»Das würde ich ihnen auch raten.«

»Tust du mir einen Gefallen?«

»Alles, was du willst. Du hast mich zum glücklichsten Mann der Welt gemacht.«

Sanft streichelte sie seine Wange. »Sagst du keinem, dass wir wieder zusammen sind, bis ich Gelegenheit hatte, mit Henry zu reden?«

Er musterte sie, während er über ihre Bitte nachdachte. »Ich schätze, das kriege ich hin, aber warte nicht zu lange. Ich werde dieses Geheimnis nicht ewig für mich behalten können.«

»Ich gehe morgen früh vor der Pressekonferenz zu ihm ins Büro.«

»Ich fahr dich hin.«

»Das ist nicht nötig.«

»Du hast mir versprochen, dich nicht allein mit ihm zu treffen.«

»In seinem Büro sind wir nicht allein«, widersprach sie.

»Ich fahr dich.« Er setzte eine entschlossene Miene auf, die ihr verriet, dass er keinen Widerspruch dulden würde.

»Ry?«

»Was, Baby?«

»Ich will nicht, dass deine Kollegen denken, du würdest meinetwegen aufhören. Sie kriegen bestimmt mit, dass wir irgendwie wieder zusammen sind, und ...«

»Es ist mir egal, was sie denken. Wir beide wissen, warum ich es tue, und das ist alles, was für mich zählt.«

Als es unten klingelte, half er ihr auf. An der Tür zum Flur hielt er sie für einen letzten Kuss zurück und strich mit den Händen über das weiche Trikot. »Vergiss dein anderes Versprechen nicht. Ich werde an nichts anderes denken können als an dich in diesem Trikot.«

Sie versetzte ihm einen kleinen Schubs. »Los jetzt. Carol wartet auf dich.«

»Oh, sie ist verrückt nach mir«, erklärte er grinsend.

»Und im Moment kann sie dich gerne haben.«

Er lachte. »Ach Baby, ich weiß, dass du das nicht so meinst.«

Er legte ihr einen Arm um die Schultern, und gemeinsam stiegen sie die Treppe zum Eingangsbereich hinunter, wo Carol gerade Bernie und seine Familie begrüßte. Ryan hatte ihn gebeten, früher zu kommen, damit er die Neuigkeiten zuerst mit seinem besten Freund teilen konnte.

Als Bernies Frau Mary Jane aufschaute und sie zusammen

erblickte, weiteten sich ihre Augen erfreut. Sie ging auf Susannah zu und nahm sie in den Arm. »Ich freue mich so, dich zu sehen«, flüsterte sie.

»Danke, gleichfalls.« Susannah war überrascht, dass ihr die Augen feucht wurden. Bis zu diesem Moment war ihr nicht bewusst gewesen, wie sehr sie Mary Jane, Bernie und deren Söhne vermisst hatte, die seit ihrem letzten Zusammentreffen gefühlt einen halben Meter gewachsen waren. »Du kannst unmöglich Cole sein«, sagte sie.

Der Zwölfjährige lief knallrot an.

Ryan nahm ihn in den Schwitzkasten.

»Wehr dich nicht«, warnte Bernie seinen Sohn. »Onkel Ryan ist verletzt und sollte nichts anfangen, was er nicht beenden kann.«

»Lustig«, sagte Susannah. »Wir hatten gerade eine ganz ähnliche Unterhaltung.«

»Irgendwie habe ich das Gefühl, ihr redet nicht über das Gleiche«, warf Carol lachend ein.

Ryan streckte ihr die Zunge heraus, und sie warf ihm einen herausfordernden Blick zu, der alle zum Lachen brachte.

»Bring mich nicht in Versuchung, Großer!«, rief sie ihm über die Schulter zu, während sie sich in die Küche begab.

»Kommt rein, Leute.« Ryan ließ Cole los und zog seinen jüngeren Bruder Hayden an sich.

»Können wir nach unten gehen und spielen?«, fragte Hayden.

»Klar, Kumpel«, antwortete Ryan. »Ich hatte sogar gehofft, dass ihr euch um die anderen Kinder kümmert. Ihr erinnert euch noch an meine Regel bezüglich des Billardtischs, oder?«

»Jap«, sagte Cole.

Bernie knuffte ihn gegen die Schulter.

»Ich meine, ja, Sir, Onkel Ryan. Wir halten uns von ihm fern.«

»Sind die Videospiele noch da, wo sie immer waren?«, wollte Hayden wissen.

Ryan schaute Susannah fragend an.

»Natürlich sind sie das, Großer«, erwiderte sie. »Spielt, was immer ihr wollt.«

»Aber passt auf, dass die anderen Kinder es nicht zu wild treiben«, ermahnte Bernie seine Jungs.

»Carol hat euch ein paar Getränke und Snacks hingestellt«, erklärte Susannah.

»Cool!«, riefen die Jungs und stürmten die Treppe hinunter.

»Ich kann nicht fassen, wie groß sie geworden sind.« Susannah hakte sich bei Mary Jane unter, und sie folgten ihren Männern ins Fernsehzimmer.

»Ja, im letzten Jahr sind sie beide ziemlich in die Höhe geschossen«, bestätigte Mary Jane.

Ryan spielte den Barkeeper und holte zwei Flaschen Bier für sich und Bernie und eine Flasche Weißwein für die Frauen, die sich aufs Sofa gesetzt hatten.

»Ich war überrascht, dass ihr eine Party gebt«, flüsterte Bernie Ryan zu. »Als ich euch das letzte Mal gesehen habe, habt ihr kaum miteinander gesprochen.«

»Wir haben seitdem einige Fortschritte gemacht.«

Bernie schaute zum Sofa, wo Susannah in eine angeregte Unterhaltung mit seiner Frau vertieft war. »Ja, das merke ich.«

»Du klingst überrascht.«

»Ein wenig«, gab Bernie zu.

Ryan grinste. »Hast du gegen mich gewettet?«

»So würde ich es nicht ausdrücken. Ich war einfach nicht ganz so optimistisch wie du.«

»Wir sind wieder zusammen«, flüsterte Ryan.

Bernies blaue Augen weiteten sich überrascht. »Was ist mit ihrem Verlobten?«

»Der weiß es noch nicht. Deshalb flüstere ich. Ich darf es niemandem sagen, bis sie mit ihm geredet hat.«

»Wow.« Bernie rieb sich übers Kinn. »Ich freue mich für dich, Mann. Wirklich. Ich hoffe nur ... du weißt schon.«

»Dass ich es nicht wieder vermassle?«

»Ganz so hätte ich es nicht ausgedrückt.«

Sie lachten und brachten ihren Frauen den Wein.

»Hört zu«, sagte Ryan. »Ich hab es so arrangiert, dass ihr früher kommt, weil es einen Grund für die Party heute gibt.«

»Was ist los?«, wollte Bernie wissen.

Susannah griff nach Ryans Hand.

»Ich habe mich heute mit Chet und Duke getroffen.«

»Hast du den neuen Vertrag unterschrieben?«, fragte Bernie.

»Nein.«

»Warum nicht? Ich habe gehört, dass er ungeheuerlich ist.«

»Weil ich beschlossen habe, mich aus dem aktiven Sport zurückzuziehen.«

Bernie lachte laut auf. »Sehr lustig. Nein, mal ehrlich, warum hast du ihn nicht unterschrieben?«

»Ich meine es ernst, Bernie.«

Bernie sah Susannah an, die nickte.

»Aber warum? Ich verstehe das nicht.«

Ryan erklärte ihm seine Gründe.

»Ich ... ich weiß nicht, was ich darauf erwidern soll. Ich kann mir die Mavs ohne dich nicht vorstellen.«

»Ach, ihr Jungs werdet schon klarkommen. Vermutlich werdet ihr keinen *Super Bowl* mehr gewinnen, doch ansonsten wird es gut laufen.«

Susannah sah Mary Jane an und verdrehte die Augen.

»Deshalb hast du so viel Zeit mit Toad verbracht, oder?«, fragte Bernie. »Weil du gewusst hast, dass du aufhörst.«

»Ja. Und weil Toad ein verdammt guter Quarterback ist. Er hat eine große Zukunft vor sich.«

»Aber er ist nicht du.«

»Bern ...«

Bernie stand auf und ging zum Kamin, wo er sich hinhockte und ein Scheit nachlegte.

Ryan folgte ihm.

»Warum hast du es mir nicht gesagt?«, fragte Bernie.

»Ich wollte warten, bis die Saison vorbei ist.«

Bernie blickte ihn an. »Was zum Teufel wirst du ohne den Sport machen?«

»Ich denke darüber nach, Trainer zu werden.«

»Profiliga?«

»Highschool.«

Bernie wirkte überrascht, doch bevor Ryan das weiter ausführen konnte, steckte Carol den Kopf zur Tür herein. »Wir sind dann weg. Das Buffet ist aufgebaut, der Rest des Essens steht im Ofen. Habt einen schönen Abend!«

Ryan und Susannah traten zu ihr, um sie zu umarmen.

»Tausend Dank, Carol«, sagte Susannah.

»Ja, von mir auch.« Ryan versüßte Carol den Tag, indem er sie auf die Wange küsste.

Es klingelte an der Tür, und wenige Minuten später wimmelte es im Haus nur so von Gästen.

Mit der Unterstützung von Mary Jane und Darlings Frau Cindy sorgte Susannah dafür, dass alle ausreichend zu essen und zu trinken hatten. Toads Freundin Nancy balancierte ihre einjährige Tochter Kara auf ihrer Hüfte und tat, was sie konnte, um den anderen Frauen zu helfen.

»Ich kann es nicht glauben, wie schnell Ryan sich von seinen Verletzungen erholt hat«, sagte Cindy und erschauerte. »Ich bin fast ausgeflippt, als er sich eine gefühlte Ewigkeit nicht gerührt hat.«

Mit einem Blick zu Susannah meinte Mary Jane: »Das ist uns allen so gegangen.«

»Es ist gut, dass du nicht da warst, Susie«, stellte Nancy fest, die Kara gerade einen Cracker hinhielt. »Es war schrecklich.«

»Das habe ich gehört.« Susannah streckte die Arme nach dem Baby aus, um das Thema zu wechseln. »Läuft sie schon?«

»Es kann jetzt jeden Tag so weit sein«, antwortete Nancy.

Susannahs Herz zog sich zusammen, als sich die kleinen Finger des Mädchens um ihren schlossen.

»Bist du wieder mit Ryan zusammen?«, fragte Nancy flüsternd, und alle Augen richteten sich auf Susannah.

»Wir arbeiten daran.«

»Das ist gut.« Cindy nickte. »Ihr beide gehört zusammen. Ohne dich war es diese Saison nicht das Gleiche, Susie.«

Die Erinnerung daran, dass sie Ryans letzte NFL-Saison verpasst hatte, machte Susannah traurig.

Mit einem lauten Pfiff rief Ryan alle im Fernsehzimmer zusammen.

»Der Meister ruft«, sagte Susannah. Ihr Magen zog sich zusammen, als sie sich die Reaktion seiner Teamkollegen auf die Neuigkeiten vorstellte.

Der große Raum wirkte schnell klein, als die Spieler, ihre Frauen und Freundinnen sich darin versammelten. Ryan streckte eine Hand zu Susannah aus. Unter dem anderen Arm hatte er einen Football.

Sie suchte sich einen Weg durch die Gruppe, bis sie an seiner Seite stand.

Den Arm um sie gelegt, erklärte Ryan: »Susie und ich danken euch, dass ihr alle so kurzfristig hergekommen seid. Aber bevor ich euch verrate, warum ich euch heute Abend hergebeten habe, möchte ich, dass ihr wisst, wie stolz ich auf dieses Team bin. Und auf das, was wir diese Saison erreicht haben. Man hatte uns gesagt, wir würden die Mannschaft langsam wieder aufbauen, und die Erwartungen waren gering, doch wir haben es ihnen gezeigt, oder?«

Alle brachen in Pfiffe und Jubel aus und klatschten einander ab.

»Die Saison war der Wahnsinn, und ich werde keine Minute davon je vergessen.« Ryan räusperte sich und schaute Susannah an.

Sie nickte ermutigend.

»Das bringt mich zu dem Grund für diese kleine Versammlung heute. Ich habe mich vorhin mit Duke und Chet getroffen.«

»Und den Fünfzig-Millionen-Dollar-Vertrag unterschrieben?«, fragte Darling und stieß einen Pfiff aus.

»Er pokert um mehr!«, rief Toad aus der hinteren Ecke.

»Nein, nein.« Ryan hob eine Hand. »Sie meinten, wenn ich unterschreibe, bliebe nicht genügend übrig, um dich zu bezahlen, Toad.«

Der junge Mann wirkte bestürzt, und alle lachten.

»Ernsthaft«, fuhr Ryan fort, nachdem das Lachen verebbt war. »Ich habe den Vertrag nicht unterschrieben, weil ich beschlossen habe, aufzuhören.«

Schweigen senkte sich über den Raum.

»Ich kann mir keinen besseren Zeitpunkt dafür vorstellen als das Ende dieser unglaublichen Saison.« Er hob den Arm und warf den Football Toad zu. »Jetzt bist du dran. Du bist bereit, du hast hart gearbeitet, und ich bitte euch alle, euch hinter ihn zu stellen und ihn zu unterstützen, so wie ihr es bei mir gemacht habt.«

Toad sah aus wie ein Reh im Scheinwerferlicht, als er den Ball fing. Seine Freundin Nancy fing leise an zu weinen.

Ryans Kollegen hatten Hunderte Fragen – und Argumente gegen seine Entscheidung. Während der nächsten halben Stunde beantwortete er alles mit unerschütterlicher Geduld. Als es nichts mehr zu sagen oder zu fragen gab, stand Darling auf und hob seine Bierflasche zum Toast. »Es gibt keinen Mann, dessen Hände ich lieber an meinem Hintern spüren würde als deine«, verkündete der Center der Mannschaft mit einer so ernsten Miene, dass die anderen sich vor Lachen krümmten.

»Danke, Darling«, erwiderte Ryan grinsend. »Ich bin zutiefst gerührt.«

»Wir werden dich vermissen«, fuhr Darling fort. Dann sagte er, an die anderen gewandt: »Während dieser Zeiten, die die Seele eines Mannes auf die Probe stellen, ist das Beste, was man tun kann, zu trinken. Und zwar richtig.«

Seine Worte wurden mit lauten Jubelrufen aufgenommen.

Bierflaschen wurden herumgereicht, gefolgt von einer Runde Jack Daniel's.

Mitten in all dem Chaos streckte Ryan die Arme nach Susannah aus und zog sie an sich. »Das lief doch ganz gut, oder?«

»Das lief super«, bestätigte sie. »Einfach perfekt.«

Kurz darauf wurde er für eine weitere Runde Kurze von seinen Kollegen entführt.

Susannah nutzte die Gelegenheit, um in die Küche zu flüchten, wo sie die immer noch in Tränen aufgelöste Nancy vorfand.

»Was ist denn los, Liebes?«, fragte sie die junge Frau.

»Ich weiß einfach nicht, ob ich für all das schon bereit bin«, gestand Nancy mit ihrem weichen Südstaaten-Akzent. »Toad war zufrieden damit, hinter Ryan zu spielen. Er dachte, er hätte noch einige Jahre, bevor er auf seine Position aufrückt. Nun werden sich der ganze Druck und die Aufmerksamkeit auf ihn verlagern ...«

Susannah legte Nancy die Hände auf die Schultern. »Das Einzige, was du tun musst, ist, ihm in all dem Wahnsinn einen warmen, weichen Platz zum Landen zu geben. Das ist deine Aufgabe.«

»Hast du das auch gemacht?« Nancy wischte sich die Tränen ab.

Susannah dachte darüber nach. »Nicht immer – nicht so oft, wie ich es hätte tun sollen«, gestand sie, selbst überrascht von dieser Erkenntnis. »Du gibst einfach dein Bestes. Mehr kann man nicht verlangen. Und während du das tust, genieß die Vorteile, und nutz den Einfluss, den du als seine Freundin gewinnst – oder vielleicht sogar eines Tages als seine Frau –, um der Gemeinschaft etwas zurückzugeben.«

»Er will heiraten.«

»Und du nicht?«

Nancy zuckte mit den Schultern. »Ich weiß nicht, ob dieses Leben was für mich ist, Susie. Ich bin nicht wie du. Du bist immer so ruhig und cool. Ich wünschte, ich könnte das auch.«

Susannah lachte laut auf. »Innerlich bin ich genauso unsicher und durcheinander wie jeder andere auch. Ich verrate dir ein Geheimnis: Als ich Ryan kennengelernt habe, hatte ich keine Ahnung, was ein Quarterback ist.«

»Ernsthaft!«, rief Nancy entsetzt. »Wie konntest du das nicht wissen?«

»Ich bin umgeben von Frauen und mit einem Vater aufgewachsen, dessen hauptsächliches Interesse im Sport Pferderennen galt. Ich war überhaupt nicht auf dieses Leben vorbereitet. Du wirst das alles nach und nach herausfinden, Nancy. So wie ich. Vergiss nie: Es geht nicht darum, ob dieses Leben etwas für dich ist, es geht darum, ob dieser *Mann* der richtige für dich ist.«

Der betreffende Mann wählte diesen Moment, um in die Küche zu kommen. Kara saß auf seinen Schultern. »Da bist du ja, Süße.« Er legte einen Arm um Nancy. »Alles okay?«

Mit einem dankbaren Blick zu Susannah sagte sie: »Klar, wird schon wieder.«

18

Kurz nach Mitternacht drehte Susannah eine letzte Runde durchs Erdgeschoss und sammelte Flaschen und Dosen ein.

Ryan kam zu ihr, nachdem er Darling und Cindy zu ihrem Auto begleitet hatte. »Was für eine tolle Party.« Seine Augen strahlten von der Aufregung und dem Alkohol. »Danke noch mal, dass du das so schnell auf die Beine gestellt hast, Baby.«

»Du solltest dir überlegen, wie du Carol danken kannst. Sie ist diejenige, die das alles arrangiert hat.«

»Hmm.« Er kratzte sich am Kinn. »Ich bin mir sicher, mir fällt etwas ein, womit ich ihr danken kann.«

»Sie nimmt, was immer du geben kannst.« Susannah band den Müllsack zu und stellte ihn an die Hintertür, um ihn morgen rauszubringen.

Ryan legte von hinten die Arme um sie. »Was ist mit dir? Nimmst du auch alles, was ich geben kann?« Als sie nicht antwortete, drehte er sie zu sich herum. »Hey, was ist los?«

Susannah schlang ihm die Arme um die Taille und lehnte ihre Stirn gegen seine Brust.

»Susie? Was ist? Du hast doch in den letzten paar Stunden nicht deine Meinung geändert, oder? Ich kann immer noch nicht glauben, dass ich das Haus mit Footballspielern bevölkert habe, keine zehn Minuten nachdem du zugestimmt hast, mir eine zweite Chance zu geben. Sehr geschickt, Sanderson.«

»Das war in Ordnung. Sie haben sich anständig benommen.«

»Was ist dann los?«

»Mir ist vorhin etwas bewusst geworden, als ich mit Nancy darüber gesprochen habe, was sie als Partnerin des neuen Star-Quarterbacks zu erwarten hat.«

»Und das wäre?«

»Ich habe dich den Großteil der Schuld für das, was zwischen uns passiert ist, übernehmen lassen ...«

»Den hatte ich ja schließlich auch.«

»Aber nicht alles. Ich habe dich und deine Karriere nicht so unterstützt, wie ich es hätte tun sollen.«

Er sah sie verwirrt an. »Wovon redest du da? Du bist zu jedem meiner Spiele gekommen, du hast die Wohltätigkeitsarbeit der Mannschaft mit dem Kinderkrankenhaus geleitet – und das sogar nach unserer Trennung weitergeführt. Wie kannst du da sagen, du hättest mich nicht unterstützt?«

»Ich habe *dich* nicht unterstützt. Das, was ich über Football weiß, habe ich am Rande aufgeschnappt. Doch es hat mich nie so interessiert, wie es mich hätte interessieren sollen. Ich wollte, dass du gut spielst und dich nicht verletzt, aber ich hätte mehr Interesse zeigen müssen.«

»Das hätte ich nicht gewollt, Susie. Wenn ich zu dir nach Hause gekommen bin, war das Letzte, woran ich denken oder worüber ich reden wollte, Football. Ich habe dir vor Kurzem erzählt, wie sehr es mir gefallen hat, dass du kein Football-Groupie warst. Du hast mein Leben im Gleichgewicht gehalten. Ich kann mir gar nicht vorstellen, wie die letzten zehn Jahre ohne das – und ohne dich – gewesen wären. Vermutlich wäre ich einer dieser überbezahlten Sportler geworden, von denen man in den Polizeiberichten liest.«

»Auf keinen Fall. Dazu bist du zu klug und zu ehrgeizig.«

»Ich weiß nicht.« Er hielt den Arm weiter um sie gelegt, während er die Lichter ausschaltete und Susannah zur Treppe führte. »Ich hätte einer dieser berühmten bösen Jungs des Footballs werden können – viel Alkohol und jede Nacht eine andere Frau ... Du kennst den Typ.«

»Das bezweifle ich sehr.«

»Aber wir werden es nie wissen, oder? Denn ich hatte meine wunderschöne Frau an meiner Seite, die mich auf der Spur gehalten hat.« Er hauchte sanfte Küsse auf ihren Hals, unter denen sie erbebte. »Und du, meine Liebe, hast noch ein großes Versprechen zu erfüllen, bevor du schlafen kannst.«

»Was genau meinen Sie, Mister?«, fragte sie mit einem gespielt schüchternen Lächeln.

»Das weißt du ganz genau.« Er setzte sich aufs Bett und zog sich die Schuhe aus. »Ich warte.«

»Dann wirst du noch ein wenig länger warten müssen.« Sie verschwand im Bad.

Mit einem schweren Seufzer ließ er sich rücklings aufs Bett fallen. »Beeil dich!«

Und das tat Susannah. Nachdem sie sich die Zähne geputzt und ihr Gesicht eingecremt hatte, zog sie alles bis auf das Trikot aus. Das seidige Material auf ihrer Haut sorgte dafür, dass sie sich gleichzeitig sexy und wie eine nervöse Braut in der Hochzeitsnacht fühlte. Auf gewisse Weise war es ja auch wie eine Hochzeitsnacht. Alles war neu, und sie war entschlossen, dass es dieses Mal funktionieren würde.

Voller Vorfreude und Aufregung über all das, was vor ihnen lag – heute Nacht und in der Zukunft –, kam sie aus dem Bad und sah Ryan mit dem Rücken zu ihr auf dem Bett liegen. Sie schaltete die Lampe auf seinem Nachttisch aus und ging auf ihre Seite. Lächelnd bemerkte sie, dass seine Augen geschlossen waren und er gleichmäßig atmete. So viel zu seinen großen Plänen.

Sie ließ ihre Nachttischlampe an, als sie ins Bett kroch und sich auf die Seite drehte, um ihn zu mustern. *Wie habe ich nur denken können, dass ich den Rest meines Lebens ohne ihn verbringen kann? Ich weiß es nicht. Na gut, ich weiß es, aber es hat keinen Sinn mehr, darüber nachzudenken. Das liegt alles in der Vergangenheit.* Sie rutschte näher an ihn heran und streckte die Hand aus, um über seine Brust zu streicheln.

Er packte sie.

Susannah schrie auf.

»Du hast gedacht, ich schlafe, oder?« Er grinste belustigt.

Eine Hand aufs Herz gepresst, sagte sie: »Du hast mir einen Heidenschreck eingejagt.«

»Hast du ernsthaft geglaubt, ich könnte einschlafen, obwohl ich genau weiß, dass du nur mit meinem Trikot bekleidet zu mir kommst?« Er hob den Saum des Trikots an, um sicherzugehen, dass sie seinen Anweisungen Folge geleistet hatte. Dann wurden seine Augen dunkel vor Lust.

»Du hast mir vorgespielt, dass du schläfst!«

»Jap.«

»Und ich habe gedacht: Der Mann schwingt bloß große Reden.«

»Das ist nicht nett«, beschwerte er sich.

Sie hatte vergessen, wie viel Spaß sie immer mit ihm hatte. Nichts war je einfach oder langweilig oder Routine. Nicht mit Ryan Sanderson. »Du hast mir gefehlt, Ry«, gestand sie. »Ich habe dich jede Nacht vermisst. Ich habe es gehasst, nach so vielen Jahren mit dir allein schlafen zu gehen.«

Er zog sie an sich. »Ich habe dich so vermisst, dass es mich fast krank gemacht hat. Vor allem, wenn ich mir vorgestellt habe, dass du mit Henry schläfst. Das war unerträglich.«

Sie presste ihre Lippen auf seine Brust und strich mit den Fingern über seinen Rücken.

»Warum hast du nie mit ihm geschlafen, Susie?«

»Ich weiß es nicht. Glaub mir, es lag nicht daran, dass er es nicht versucht hat.«

»Bitte erspar mir die Einzelheiten.«

»Ich habe es einfach nicht über mich gebracht.«

»Und warum hast du eingewilligt, ihn zu heiraten? Das verstehe ich auch nicht.«

»Er war sehr aufmerksam und romantisch. Er hat all die Sachen gesagt und getan, von denen ich geglaubt habe, dass ich sie brauche.

Und er war für mich da. Dann sind wir für ein Wochenende nach Chicago gefahren, und er hat mir einen Antrag gemacht. Ich war total überrumpelt.«

»Du hattest keine Ahnung, dass er das vorhatte?«

»Nein, absolut nicht.«

»Warum hast du Ja gesagt?«

»Ich war wie betäubt und so verloren. Und ich hatte Angst. Er hat Sicherheit und Frieden bedeutet. Es ist schwer, zu erklären, was damals mit mir los war. Ich hatte Justin verloren, ich hatte dich verloren ... Nichts war mehr wichtig.«

»Er wusste, dass du verletzlich warst, und das hat er ausgenutzt.«

»Ich glaube nicht, dass er finstere Absichten hatte, Ry. So war das nicht.«

»Er hat die Situation ausgenutzt, um zu kriegen, was er wollte. Du wirst mich nie von etwas anderem überzeugen können.«

»Dann werde ich es gar nicht erst versuchen.«

»Übrigens, du hast mich nie verloren. Wir sind ein wenig vom Weg abgekommen, aber du hast mich nie verloren.«

»Wir hätten uns beinahe scheiden lassen«, rief sie ihm in Erinnerung. »Bei jedem anderen Richter wären wir jetzt schon geschieden, ich wäre vermutlich mit einem anderen verheiratet und würde dich immer noch in jeder Minute eines jeden Tages vermissen.«

»Dann danken wir Gott für den richtigen Richter.« Er küsste sie und streichelte ihre Brüste durch den dünnen Stoff. »Mmm, das ist so heiß ...«

Susannah drückte ihn sanft auf den Rücken und legte sich vorsichtig auf ihn. »Tut das weh?«

»Nicht an den Rippen, wenn du das meinst.«

»Ja«, sagte sie kichernd. »Das meinte ich.«

»Danke.« Er griff unter das Trikot, um ihren Po zu umfassen. »Wofür?«

»Dass du mir eine zweite Chance gibst. Ich werde dafür sorgen, dass du es nicht bereust.«

»Das werde ich nicht.«

»Du klingst ziemlich überzeugt.«

»Ich habe Vertrauen zu dir.« Sie küsste ihn und seufzte, als er die Arme fester um sie schlang. »Ry?«

»Ja?«

»Ich möchte, dass wir noch mal versuchen, ein Baby zu bekommen.«

»Wirklich?«

Sie nickte. »Ich bin es so leid, ständig Angst zu haben. Die Ärzte haben gesagt, es sei ein schrecklicher Unglücksfall gewesen, und das will ich einfach glauben. Es wird nicht ein weiteres Mal passieren.«

»Das stimmt. Und ich bin bereit, meinen Teil zu tun.«

Sie lachte leise. »Das merke ich.«

Er drehte sie um, sodass er auf ihr lag, und fuhr durch den Stoff des Trikots mit der Zunge über ihre Brustspitzen, während er langsam in sie eindrang.

Stöhnend klammerte sie sich an ihn.

»Wir werden dieses Haus mit Kindern füllen, wenn du das willst«, flüsterte er.

»Im Moment will ich nur dich.«

———

Susannah war nicht überrascht, Ryan neben sich zu finden, als sie am nächsten Morgen aufwachte. Während sie dem Knurren ihres Magens lauschte, blieb sie ganz still liegen und fragte sich, ob sie wohl schon schwanger war. An den letzten beiden Tagen war sie morgens mit einem Bärenhunger aufgewacht, und ihre Brüste waren überempfindlich, wie sie es mit Justin von Anfang an gewesen waren. Natürlich konnte das auch von der Aufmerksamkeit kommen, die sie in letzter Zeit von Ryan erhalten hatten. Aber morgens so einen Hunger zu haben war ungewöhnlich für sie, und es war schon damals ein frühes Anzeichen gewesen.

Nachdem sie sich beim ersten Mal so sehr hatten bemühen müssen, war sie extrem auf ihren Körper eingestimmt gewesen und hatte beinahe sofort gewusst, dass sie schwanger gewesen war. Sie hatte es einfach gefühlt. Dieses Gefühl hatte sie jetzt nicht, nur einige

Anzeichen, die schwer zu ignorieren waren. *Wäre das nicht was? Wenn es nach all den Schwierigkeiten beim letzten Mal jetzt so leicht wäre? Freu dich nicht zu früh. Denk am besten gar nicht daran, damit du nicht enttäuscht bist, wenn es doch nicht so ist. Ja, klar, einfach nicht dran denken* ... Sie beschloss, sich einen Termin bei ihrer Ärztin zu besorgen.

Susannah stand auf, um zu duschen und sich anzuziehen. Sie überlegte, was sie zu Ryans Pressekonferenz tragen sollte, und entschied sich für ein schlichtes schwarzes Kleid, das auch für den Besuch bei Henry angemessen wäre. Henrys Verlobungsring verstaute sie in dem kleinen Reißverschlussfach in ihrer Handtasche, dann weckte sie Ryan.

Während er duschte, ging sie nach unten, um Frühstück und einen Termin bei ihrer Ärztin für den folgenden Nachmittag zu machen, denn für einen Schwangerschaftstest aus der Apotheke war es vermutlich noch zu früh.

Ryan kam in einem dunkelblauen Nadelstreifenanzug und mit einer Mavericks-Krawatte nach unten. »Ist das okay?«

»Du siehst toll aus.« Sie richtete ihm die Krawatte und strich mit den Händen über die Aufschläge seines Anzugs, den er sich vor Jahren in der Savile Row in London hatte anfertigen lassen. »Wie ein Mann, der auf dem Höhepunkt steht.«

Er legte die Arme um sie. »Gestern Abend war ich ein paarmal auf dem Höhepunkt, wenn ich mich recht erinnere.«

Sie stöhnte. »Du musst immer darüber reden, oder?«

»Wo bleibt denn sonst der Spaß, wenn ich nicht darüber reden kann?«

»Komm, lass uns essen, damit wir loskönnen.«

Auf dem Weg in die Stadt hörten sie einen Sportsender im Radio. Die Moderatoren bekamen sich vor Spekulationen über Ryans Pressekonferenz gar nicht mehr ein. Hauptsächlich sprachen sie über den Fünfzig-Millionen-Vertrag, den die Mavericks ihm für drei weitere Jahre angeboten hatten. Alle gingen davon aus, dass Ryan auf der Pressekonferenz verkünden würde, er habe den Vertrag unterschrieben.

»Wenn du Chet Logler wärst, würdest du Ryan Sanderson dann

nicht auch alles geben, was er will?«, fragte der eine Moderator den anderen.

»Ich glaube schon«, erwiderte der.

Susannah warf Ryan einen Blick zu. Seine ganze Aufmerksamkeit galt der Straße, und er wirkte, als würde er kein Wort von dem hören, was im Radio geredet wurde. »Woran denkst du?«

»Ich will diese Sache mit Henry erledigt haben.«

»Das ist sie ja auch bald.«

»Ich will mit reinkommen.«

»Nein, Ry. Das geht nicht. Ich brauche nur ein paar Minuten mit ihm. Du musst dir keine Sorgen machen.« Sie streckte die Hand aus, um seine Wange zu streicheln. »Alles wird gut. Du solltest dich ganz auf die Pressekonferenz konzentrieren.«

»Ich kann an nichts anderes denken als daran, dass du mit diesem Kerl allein in einem Raum bist, wenn du ihm sagst, dass es vorbei ist.«

Mit einem tiefen Seufzer lehnte sie ihren Kopf an seine Schulter.

Kurz darauf hielten sie vor der *First Mercantile Bank of Denver* in der California Street an.

Ryan hielt Susannah zurück, als sie die Tür öffnen wollte. »Wenn du länger als fünfzehn Minuten da drin bleibst, komme ich dich holen.«

»So lange wird es nicht dauern.« Sie beugte sich zu ihm, um ihm einen Kuss zu geben, dann stieg sie aus. In der Bank fuhr sie mit dem Fahrstuhl in den zweiten Stock, wo Henrys Büro lag. Seine Assistentin begrüßte sie mit einem Lächeln.

»Hallo, Ms Sanderson. Mr Merrill ist in einem Meeting. Wusste er, dass Sie kommen?«

»Nein, das wusste er nicht.« Susannah wünschte, sie hätte einen Termin mit ihm vereinbart.

»Ich sage ihm, dass Sie hier sind. Ich bin mir sicher, er will Sie sehen.«

»Danke.« Normalerweise hätte Susannah nicht gewollt, dass er aus einem Meeting herausgeholt wurde, doch heute war es ihr nur recht.

Henrys Assistentin bedeutete ihr, Platz zu nehmen, während sie wartete.

Susannah nutzte die Zeit, um den Ring aus dem Innenfach ihrer Handtasche zu holen. Sie ballte die Hand darum, die mit einem Mal vor Anspannung ganz feucht war.

Fünf der ihr zugestandenen fünfzehn Minuten waren bereits um, als Henry mit einer Gruppe Kollegen aus seinem Büro kam. Seine Miene erhellte sich, als er sie entdeckte.

»Susannah.« Er führte sie in sein Büro, während die anderen zum Fahrstuhl gingen. Heute trug er eine burgunderrote Fliege zu einem anthrazitfarbenen Anzug. »Was für eine schöne Überraschung.« Er gab ihr einen Kuss auf die Wange und setzte sich neben sie auf das Sofa, von dem aus man die Straße überblicken konnte. Wenn Susannah sich ein kleines bisschen streckte, würde sie Ryan im Auto auf sie warten sehen.

»Tut mir leid, dass ich dein Meeting gestört habe.«

»Kein Problem. Wir waren sowieso fertig. Was bringt dich so früh in die Stadt?«

Sie atmete tief durch. »Wir müssen reden.«

Sein Lächeln schwand. »Das klingt nicht gut.«

Susannah griff nach seiner Hand. »Es tut mir so leid, Henry, aber ich habe beschlossen, meiner Ehe noch eine Chance zu geben.«

Er lächelte, jedoch ohne jegliche Wärme. »Das hast nicht *du* beschlossen. *Er* hat es für dich entschieden.«

»Das stimmt nicht.« Susannah zog ihre Hand zurück und ermahnte sich, ruhig zu bleiben. »Ich treffe meine eigenen Entscheidungen, und ich will es so.«

»Du musst verrückt sein, wenn du glaubst, du könntest mit ihm jemals glücklich werden.«

»Ich *bin* schon glücklich mit ihm. Und ich war es eine für sehr lange Zeit.«

Er stand auf. »Warst du glücklich, als er wieder Football spielen gegangen ist, nachdem du das Baby verloren hattest? Warst du glücklich, als die ganze Stadt darüber geredet hat, dass er eine Affäre mit Betsy James hatte? Warst du da glücklich, Susannah?«

»Nein«, sagte sie ruhig. »Während dieser schmerzhaften Zeiten, an die du mich gerne bei jeder sich bietenden Gelegenheit erinnerst, war ich nicht glücklich.« Sie stand auf und sah ihn an. »Nicht, dass es dich was angeht, aber Ryan ist nach dem Verlust von Justin zum Training zurückgekehrt, weil ich ihn von mir gestoßen habe. Ich habe mich geweigert, meine Trauer mit ihm zu teilen. Und er hatte *keine* Affäre, weder mit Betsy James noch mit irgendeiner anderen.«

»Er hat dich echt eingewickelt, oder?«

»Es tut mir leid, wenn meine Entscheidung dir oder deinen Eltern Unannehmlichkeiten bereitet. Ich werde für alle Kosten aufkommen, die durch die Absage der Hochzeit entstehen.«

»Du meinst, *er* wird dafür aufkommen, oder?«

»Ist das wirklich wichtig?«

»Ich kann nicht fassen, dass du mir das antust, Susannah! Nachdem ich meinen Job in New York aufgegeben habe und hierhergezogen bin, um mit dir zusammen zu sein ...«

»Darum habe ich dich nie gebeten!«

»Du hast mich gebraucht, und ich war für dich da! Ich war *immer* für dich da.«

»Ja, das warst du. Du warst da, um mir zu sagen, was für ein Nichtsnutz mein Ehemann ist, während du vorgegeben hast, mein Freund zu sein.«

»Hat er dir das erzählt? Und du kaufst es ihm ab? Wir waren Freunde, seitdem wir fünfzehn waren! Darfst du keine männlichen Freunde haben?«

»Natürlich darf ich das. Ich habe sogar viele männliche Freunde. Doch keiner von ihnen hat die letzten zehn Jahre lang immer wieder versucht, mich dazu zu bringen, meinen Ehemann zu verlassen, damit er mich für sich haben kann. Das ist keine Liebe, Henry.« Sie legte den Ring auf den Couchtisch. »Das ist etwas ganz anderes.«

»Susannah!«, rief er, als sie sich zur Tür wandte. »Warte.« Er legte eine Hand an die Tür, um sie aufzuhalten. »Bitte, Süße, tu das nicht. Ich liebe dich so sehr. Es gibt nichts, was ich nicht für dich tun würde.«

»Es tut mir leid, aber meine Entscheidung steht. Ich würde jetzt gerne gehen, bitte.«

»Sag mir, dass wir Freunde bleiben können«, flehte er und packte sie am Arm, um sie an sich zu ziehen.

Schmerz schoss durch ihren Unterarm, als er ihr Handgelenk verdrehte, um sie davon abzuhalten, sich aus der engen Umarmung zu lösen. »Henry! Du tust mir weh! Lass mich sofort los!«

»Ich kann dich nicht verlieren, Susannah. Bitte. Sag mir, dass wir noch Freunde sind.«

»Wir sind keine Freunde.« Der Schmerz trieb ihr die Tränen in die Augen. »Meine Freunde wollen, was für mich das Beste ist. Du willst, was für *dich* das Beste ist. Und jetzt mach die Tür auf, bevor ich schreie.«

»Weißt du, was?«, fragte er, als er sie abrupt losließ und den Türknauf drehte. Seine braunen Augen waren eisig. »Ihr beide habt einander verdient. Er hat mir einen großen Gefallen getan, als er zurückgekommen ist. Richte ihm meinen aufrichtigen Dank aus.«

»Das werd ich tun.« Mit schnellen, selbstbewussten Schritten verließ sie das Büro, doch sobald sie im Fahrstuhl war, drohten ihre Beine unter ihr nachzugeben, und ihre Hände zitterten.

Als die Fahrstuhltüren sich schlossen, drehte Henry sich um und sah, dass seine Assistentin ihn mit offenem Mund anstarrte. »Kümmern Sie sich um Ihre eigenen Angelegenheiten«, sagte er barsch und schlug die Bürotür hinter sich zu.

Er trat ans Fenster und schaute auf die Straße hinunter, wo Ryan Sanderson in dem langen Ledermantel und mit dem verdammten Stetson, ohne den er nie das Haus verließ, an einem schwarzen Escalade lehnte. Plötzlich hob er den Kopf, und die Blicke der Männer trafen sich.

Sanderson wandte sich als Erster ab, als Susannah aus der Bank kam und sich ihm in die Arme warf. Er hielt sie sehr lange fest, während Henry sie von oben beobachtete. Nachdem Sanderson ihr ins Auto geholfen hatte, sah er noch einmal hoch, und dieses Mal zeichnete sich auf seinem Gesicht ein selbstgefälliges Grinsen ab.

Er ist schadenfroh! Dieser verdammte Mistkerl verhöhnt mich! Sie fuhren los, aber Henry blieb noch lange am Fenster stehen und betrachtete die belebte Straße, bevor er zu seinem Schreibtisch ging und sich das Telefon schnappte.

»Betsy? Ich bin's, Henry Merrill. Ich habe mich gefragt, ob du heute wohl Zeit für ein gemeinsames Mittagessen hast.«

19

Nach einem Tag voller Emotionen und endloser Interviews mit den regionalen und überregionalen Medien kehrten Ryan und Susannah um kurz nach neun Uhr abends nach Cherry Hills zurück. Leichter Schneefall hatte eingesetzt, als sie auf das im Dunkeln liegende Haus zugingen. Drinnen hängte Ryan ihre Mäntel in den Garderobenschrank und wandte sich zu Susannah um.

»Wie wäre es mit einem Feuer im Kamin?«

»Wunderbar«, seufzte sie und zuckte zusammen, als er ihre Hände mit seinen rieb, um sie zu wärmen.

»Was ist los?«

»Nichts.«

Er neigte den Kopf und musterte sie. »Doch, irgendetwas ist mit dir.«

»Ich habe mir vorhin am Arm wehgetan. Ist keine große Sache.«

»Wie hast du dir wehgetan?« Er führte sie in die Küche, damit er sich das genauer ansehen konnte. »Und warum hast du mir nichts davon erzählt?«

»Ich habe mich gestoßen, und ich hatte keine Gelegenheit, es dir zu erzählen.«

Er drückte sie auf einen Hocker an der Kücheninsel und rollte den Ärmel auf. Darunter kam ein blau verfärbtes und leicht geschwollenes Handgelenk zum Vorschein. »Susannah! Baby, warum hast du mir nicht gesagt, dass du verletzt bist?«

Sie zuckte mit den Schultern. »Du hattest genug mit der Presse zu tun. Ich wollte dich nicht damit belasten.«

»Mich belasten? Du musst den ganzen Tag über Schmerzen gehabt haben. Wir müssen dich sofort zu einem Arzt bringen.«

»Ich habe morgen einen Termin für eine Routineuntersuchung. Da kann Pam sich das mal ansehen.«

Sanft drehte er ihren Arm um, sodass er die andere Seite ihres Handgelenks begutachten konnte, wo vier kleinere blaue Flecken prangten. »Das sind Fingerabdrücke.« Seine Augen verengten sich vor Wut. »Das war Henry, oder?«

»Er wollte es nicht. Ehrlich. Er war aufgebracht, weil ich ihn verlassen habe, und hat versucht, mich aufzuhalten. Er hat mir nicht absichtlich wehgetan.«

Ryan stieß den angehaltenen Atem aus und versuchte, seinen Zorn zu zügeln. »Ich bringe den Kerl um.«

»Nein, das tust du nicht.« Sie legte ihm ihre unverletzte Hand auf die Brust. »Wie wäre es, wenn du mir etwas Eis besorgst, damit ich es kühlen kann?«

Die Lippen zu einer grimmigen Linie zusammengepresst, schaute er die blauen Flecken noch einen Moment lang an, bevor er zum Kühlschrank ging, um ein Kühlpack herauszuholen.

Sie nahm es entgegen und lächelte beschwichtigend. »Du hast doch was von einem Feuer im Kamin gesagt. Und warum ziehst du dich nicht erst um?«

»Bist du sicher, dass du nicht zum Arzt willst?«

»Ja. Das Eis fühlt sich gut an. Geh nur, Ry.«

Er gab ihr einen Kuss auf die Wange und lief nach oben, aber eigentlich wollte er Henry Merrill finden und ihm die Seele aus dem Leib prügeln. Allein der Gedanke daran, dass er Hand an Susie gelegt hatte ... Morgen würde er dem Wurm einen Besuch abstatten und ihm einen Vorgeschmack darauf geben, was passieren würde, sollte er sie je wieder anfassen. Ryan hängte seinen Anzug auf und zog sich

Jeans und ein langärmliges T-Shirt an. Dann stützte er die Hände auf das Waschbecken und ließ den Kopf hängen, um sich zu sammeln.

Susannah kam ins Bad und seufzte, als sie ihn dort mit seinen Gefühlen kämpfen sah. Sie legte die Arme um ihn und lehnte ihre Stirn an seinen Rücken. »Reg dich nicht auf, Ry. Es ist nichts.«

»Ich wusste, dass ich dich nicht allein zu ihm hätte lassen dürfen.« Frustriert schlug er mit der flachen Hand auf das Waschbecken. »Ich *wusste* es! Das ist genau das, wovor ich dich gestern gewarnt habe.«

Sie drehte ihn zu sich herum, damit sie ihn anschauen konnte. »Baby, mir geht es gut. Das ist keine große Sache. Bitte, ruiniere nicht diesen für dich so wichtigen Tag.«

Er legte seine Arme um sie und zog sie fest an sich.

»Ich will einfach nur am Kamin sitzen und dir beim Gitarrespielen zuhören. Kannst du das für mich tun?«

Er küsste sie auf die Stirn. »Alles, was du willst. Aber ich will ihn immer noch umbringen. Ich schwöre bei Gott, wenn er sich dir noch einmal nähert, kann ich keine Verantwortung mehr für das übernehmen, was ich tue.«

»Hör auf, so zu reden. Er wird uns nicht mehr stören. Ich habe dir doch erzählt, dass ich ihm klipp und klar gesagt habe, dass es zwischen uns aus ist. Und zwar endgültig.«

»Das glaube ich erst, wenn ich es sehe.«

»Mach schon mal das Feuer im Kamin an, während ich mich umziehe.«

»Brauchst du Hilfe?«

»Nein, das schaff ich schon. Aber danke.«

»Okay. Ich warte unten auf dich.«

»Ich beeil mich.«

In dem Moment, wo sie allein war, griff Susannah nach der Schachtel Schmerztabletten in ihrem Arzneischrank. Ihr Handgelenk schmerzte wesentlich mehr, als sie Ryan gegenüber zugegeben hatte, und sie vermutete, dass es mindestens gequetscht, wenn nicht schlimmer verletzt war. Sie erschauerte, als sie sich Ryans Reaktion vorstellte, sollte ihr Handgelenk gebrochen sein. Sie hatte Henry nur verteidigt, weil sie fürchtete, dass Ryan sich wirklich vergessen würde, sollte er erfahren, dass Henry ihr absichtlich wehgetan hatte. Kurz hatte sie Angst vor der Heftigkeit von Henrys Reaktion gehabt. Sie kannte ihn ihr halbes Leben lang und hatte ihn noch nie so die Kontrolle verlieren sehen wie heute.

Schaudernd schob sie die unangenehme Erinnerung beiseite und zog sich ein blassrosafarbenes Seidennachthemd mit passendem Morgenmantel an. Diese einfache Aufgabe zu bewältigen dauerte mit dem schmerzenden Handgelenk wesentlich länger als sonst. Als sie sich schließlich im Fernsehzimmer zu Ryan gesellte, hatte er schon ein Feuer entzündet und saß gedankenverloren davor.

»Hey«, sagte er, als sie sich hinter ihm auf das Sofa setzte. »Ich dachte schon, du hättest mich vergessen.«

»Niemals. Woran hast du gerade gedacht?«

Er richtete sich auf die Knie auf und drehte sich zu ihr um. »An dich.«

»Was ist mit mir?«, fragte sie lächelnd.

Mit einer Hand strich er über die Seide über ihren Oberschenkeln. »Ehrlich gesagt habe ich an die Unterhaltung gedacht, die ich mit deinem Vater hatte, bevor ich dich gebeten habe, mich zu heiraten.«

Sie riss überrascht die Augen auf. »Du hast erst mit Daddy gesprochen?«

»Natürlich. An dem Wochenende, bevor ich dir den Antrag gemacht habe, bin ich zu deinen Eltern gefahren. Dein Dad war auf dem See angeln. Er hat mir ein Bier aus seiner Kühltasche angeboten und mir einen Köder an einem Haken befestigt. Und dann hat er ganz lange geschwiegen.«

Susannah lachte leise, als sie sich die Szene vorstellte.

»Ich hab schon angefangen zu schwitzen, als er endlich sagte: ›Du bist zu mir gekommen, um mir mitzuteilen, dass du mir meine Susannah wegnehmen willst, oder?‹« Er ahmte die tiefe Stimme ihres Vaters mit dem Südstaaten-Akzent perfekt nach.

»Warum hast du mir das nie erzählt?«, fragte sie mit Tränen in den Augen.

Er zuckte mit den Schultern. »Das war eine Sache zwischen ihm und mir, weißt du?«

Sie nickte. »Und, was hast du geantwortet?«

»›Ich bin hier, um um ihre Hand anzuhalten, Sir. Ich liebe sie und werde mich immer um sie kümmern.‹ Daraufhin hat er erwidert: ›Du bist ein guter Junge, Ryan, aber ich mache mir Sorgen wegen des Lebens, das du gewählt hast, und darüber, wie mein kleines Mädchen dort hineinpassen soll.‹ Er meinte, er hätte sich immer vorgestellt, dass du einen netten Südstaatengentleman heiratest – vielleicht einen Arzt oder Anwalt. Jemanden, der mehr ist wie Henry. Er hat ihn sogar als Beispiel genannt.«

Susannah wischte sich die Tränen ab, die ihr über die Wangen liefen, und ihr Herz schwoll vor Liebe an, als sie sich vorstellte, wie Ryan sich mutig an ihren Vater gewandt hatte, einen Mann, der diese altmodische Höflichkeit zu schätzen wusste. Ryan hatte es getan, obwohl dieser Vater sich nicht zurückgehalten hatte, als es darum gegangen war, sein Missfallen über die Karriere zu äußern, die Ryan nach dem Highschoolabschluss gewählt hatte.

»Wir haben uns sehr lange unterhalten. Ich habe versucht, ihn davon zu überzeugen, dass ich dir, obwohl Profi-Footballspieler kein so nobler Beruf ist wie Arzt oder Anwalt, trotzdem ein bequemes Leben würde bieten können und du niemals arbeiten müsstest, außer du wolltest es. Wie du dir vorstellen kannst, hat ihn diese Auflistung von Vorteilen einer Ehe mit einem Profisportler nicht direkt umgehauen. Nachgegeben hat er erst, als ich ihm ganz schlicht gesagt habe, dass du bei mir sicher wärst. Dagegen konnte er wohl kaum etwas einwenden, schätze ich.«

»Ich kann nicht glauben, dass keiner von euch beiden je ein Wort darüber verloren hat.«

»Um ehrlich zu sein, ich habe seit Jahren nicht mehr daran gedacht. Bis heute, als es diesen kurzen Moment gab, in dem du nicht sicher warst.« Er berührte ihr verletztes Handgelenk zärtlich mit den Lippen. »Jetzt kann ich nur noch daran denken, dass ich deinem Dad versprochen habe, dich immer zu beschützen. Doch heute habe ich das nicht getan. Ich hab mein Bauchgefühl ignoriert, sodass Henry dir wehtun konnte.«

Susannah legte die Arme um ihn und zog seinen Kopf an ihre Brust. »Ich liebe dich so sehr.«

Sein Seufzen klang gleichzeitig zufrieden und verwirrt.

»Weißt du, dieser Südstaatengentleman, von dem mein Vater gehofft hatte, dass ich ihn finde ...«

Er nickte.

»Ich habe ihn geheiratet. Ich habe den besten Mann geheiratet, den ich kenne, und wenn ich alles noch mal machen könnte, würde ich es trotz allem, was passiert ist, sofort wieder tun.«

Er schaute zu ihr auf. »Wirklich?« In seiner Hand hielt er den Verlobungs- und den Ehering, die er ihr vor mehr als zehn Jahren gegeben hatte. »Willst du mich noch einmal heiraten?«

»Ja.« Sie umfasste sein Gesicht. »Ja, ich will.«

Er griff nach ihrer linken Hand und steckte ihr die Ringe an. »Ich will, dass wir unsere Gelübde erneuern, damit wir diese kurze Phase des Wahnsinns hinter uns lassen und noch mal neu anfangen können.«

»Das würde mir gefallen.« Sie betrachtete die vertrauten Ringe und empfand intensive Erleichterung, weil sie wieder da waren, wo sie hingehörten. »Ich nehme an, das bedeutet, du hast die Kombination für den Safe nicht vergessen.«

»Ich war froh, dass du sie nicht geändert hast, aber das hier sind nur Platzhalter, bis ich dir neue Ringe kaufen kann.«

»Ich will keine neuen Ringe. Ich liebe die hier. Als ich endlich den Nerv aufgebracht hatte, sie nach deinem Auszug abzunehmen, habe ich den ganzen Tag geweint.«

Er wischte ihr über die feuchten Wangen. »Keine Tränen mehr. Diese Tage sind vorbei. Wir haben das Beste noch vor uns.«

Sie küsste ihn und zog ihn zu sich aufs Sofa.

Er schloss sie in die Arme und legte sich ausgestreckt neben ihr hin. »Ich dachte, du wolltest, dass ich für dich Gitarre spiele.«

»Noch lieber ist es mir, wenn du mich in den Armen hältst.«

»Den Wunsch erfülle ich dir gerne, Liebling.«

»Bist du überhaupt nicht neugierig, was sie heute über dich im Fernsehen sagen?«

»Nicht im Geringsten. Ich bin sicher, es wird der Aufmacher im morgigen Sportteil der Zeitungen sein. Wir finden das noch früh genug heraus. Wie geht es deinem Handgelenk?«

»Ganz okay. Ich habe eine Schmerztablette genommen.«

Ryan atmete tief ein. »Ich wünschte wirklich, du würdest mich ihn umbringen lassen. Das wäre mir so ein Vergnügen ...«

»Was nützt du mir, wenn du im Gefängnis sitzt?«, zog sie ihn lächelnd auf.

»Stimmt«, gab er zu. »Wir haben heute einige große Entscheidungen getroffen, oder?«

»O ja. Es fühlt sich gut an, dass uns nun nichts mehr im Wege steht. Wir können tun, was immer wir wollen.«

Er drehte sich auf seine unverletzte Seite, um Susannah zu betrachten. »Ich wünschte nur, wir wüssten, was wir mit dieser neu gewonnenen Freiheit anfangen sollen.«

Sie tat, als dächte sie darüber nach. »Wir könnten ein Spiel spielen.«

»Oder einen Film gucken«, schlug er vor, während er über ihren seidenen Morgenmantel strich.

»Hm.« Sie keuchte auf, als seine Hand ihre Brust umfing. »Ich hoffe, uns wird im Ruhestand nicht langweilig. Könnte sein, dass wir mit Bridge oder Boccia anfangen müssen, um unsere langen Tage zu füllen.«

Er lachte laut auf. »Von Football zu Boccia. Kannst du dir die Schlagzeilen vorstellen?«

Sie kicherte, doch schnell wurde daraus ein Stöhnen, als er mit der Zunge über ihre Unterlippe strich. »Ry«, seufzte sie und vergrub ihre Finger in seinen Haaren, um ihn näher zu sich zu ziehen.

Statt ihrem Drängen nachzugeben, widmete er sich nun ausschließlich ihrer Oberlippe.

Ihr Herz flatterte, als sie aufschaute und sah, dass der Blick seiner braunen Augen vor Zärtlichkeit ganz weich wurde. »Ich will dich«, flüsterte sie.

»Du hast mich. Ich gehöre ganz dir.«

Sie legte die Hände an seine Wangen und zog ihn für einen Kuss zu sich heran.

Der Kuss fing zart an, wurde dann allerdings intensiver, als Ryan ihr die Zunge zwischen die Lippen schob und ihren Mund auf eine Weise eroberte, die sie nach mehr verlangen ließ.

Susannah musste sich ermahnen, das Atmen nicht zu vergessen, während sie sich ganz auf den Kuss konzentrierte. Seine Hände blieben still, während er sie küsste wie ein Mann, der alle Zeit der Welt dafür hatte, sie zu lieben.

***

»Lass mich kurz aufstehen und die Zeitung holen«, erklärte sie am nächsten Morgen, als die Sonne ins Schlafzimmer schien. In ihrer Eile hatten sie in der Nacht zuvor vergessen, die Vorhänge zuzumachen. »Ich sterbe vor Neugierde, was sie über meinen Mann sagen.«

»In einer Minute«, antwortete er und strich träge mit den Lippen über ihren Nacken.

Susannah wand sich, als er eine Hand erst über ihren Bauch gleiten ließ und sie ihr dann zwischen die Beine schob. »Ry!«

Er presste seine Erektion gegen ihren Rücken.

»Das geht nicht.«

»Warum nicht?«

»Das ist verrückt«, sagte sie, atemlos von dem, was er mit ihr anstellte. *Wie kann es sein, dass ich ihn schon wieder will?*

Er drehte sie auf den Bauch und hob ihr die Arme über den Kopf.

Sie sah ihn über die Schulter an. »Ry? Was tust du da?«

»Deinen Rücken küssen.«

Erneut wand sie sich unter ihm. »Das ist kein Küssen, das ist Beißen!«

»Haarspalterei, Baby.« Mit Lippen, Zähnen und Zunge arbeitete er sich an ihrer Wirbelsäule hinab. Dann packte er seufzend ihren Po. »Ich liebe deinen Hintern, habe ich dir das je gesagt?«

»Äh, nein.« Er machte sie nervös. »Also, nicht mit Worten.«

»Zu schade.« Er knabberte erst an der einen Pobacke, dann an der anderen. »Ich hätte es dir sagen sollen, weil ich es so oft gedacht habe.« Er schob einen Finger zwischen ihre Beine und spürte, dass das den gewünschten Effekt hatte.

Susannah wäre beinahe aus dem Bett gesprungen.

»Ganz ruhig, Baby.«

»Wie soll ich ruhig bleiben, wenn du *das* machst?«

Er ließ einen Finger in sie hineingleiten und erregte sie mit kleinen, kreisenden Bewegungen. »Wenn ich was mache?«

»Das!« Sie stieß die Hüften zurück. »O mein Gott. Ryan ...«

»Spreiz deine Beine ein wenig.«

»Nein! Stopp. Hör auf.«

Mit dem Knie drängte er ihr die Beine auseinander und hob dann mit den Händen ihre Hüften an. Von hinten drang er in sie ein und gab ihr einen Moment, um sich daran zu gewöhnen, bevor er sich beinahe vollständig wieder zurückzog.

»Ryan!«

»Willst du mehr?«

»Ja«, stöhnte sie. »Bitte.«

Er küsste sie auf den Nacken und flüsterte ihr ins Ohr: »Ich liebe es, wenn meine kleine Debütantin im Bett höflich ist.«

»Verdammt! Tu es endlich.«

»O mein Gott, das liebe ich noch mehr«, sagte er stöhnend und füllte sie erneut aus.

Sorgsam darauf achtend, ihr verletztes Handgelenk zu schonen, hielt er sie auf Ellbogen und Knien und trieb sie mit seinen gezielten Stößen immer weiter in den Wahnsinn. Als er nach ihren Brüsten griff, gaben ihre Beine nach, und sie landete mit dem Gesicht nach unten in den Kissen – und er auf ihr.

»Erdrück ich dich?«

»Nein«, keuchte sie und drängte sich ihm entgegen. »Hör nicht auf.«

Erneut vergrub er sich in ihr, und sein Schweiß vermischte sich mit ihrem. Er bedeckte sie, umfing sie, besaß sie. Und als er ihr ins

Ohr flüsterte, dass er sie liebte, antwortete sie darauf mit einem Schrei der Erlösung, der ihn mit in den Abgrund riss.

»O Gott«, stöhnte sie unter ihm.

Ryan küsste ihren Rücken, ihre Schultern, ihren Nacken und schließlich ihre Wange. »Guten Morgen.«

»Das ist verrückt«, wiederholte sie.

»Was ist verrückt?«

»Das hier«, flüsterte sie, so erschöpft, dass sie kaum glauben konnte, dass sie eben erst aufgewacht war.

Er drückte ihre Brust, um sie daran zu erinnern, dass seine Hand immer noch da war. »Warum?«

»Wir können es nicht ständig tun.«

»Warum nicht?«

Sie lachte. »Hör auf, ständig mit Gegenfragen zu antworten.«

»Ich warte darauf, dass du mir einen guten Grund nennst.«

»Ich versuche gerade, mir einen zu überlegen.«

Sein Lachen hallte in ihr nach.

Als sie die Augen schloss und ihre inneren Muskeln anspannte, stöhnte er. »Susie …«

»Wir müssen uns etwas anderes ausdenken, um uns die Zeit zu vertreiben.«

»Warum?«

Sie hob die Hand und kniff ihn in die Schulter. »Kann ich jetzt endlich die Zeitung holen?«

»Wenn es sein muss.« Er zog sich zurück und drehte sich auf die Seite. »Wie geht es deinem Handgelenk?«

»Steif, aber nicht mehr so schlimm wie gestern.« Sie spürte seinen Blick, als sie nach ihrem Morgenmantel griff.

»So kannst du nicht raus. Das sorgt für einen Aufruhr unter den Nachbarn.«

»Warum? Ich bin doch bedeckt.«

»Das Ding schmiegt sich an jede deiner köstlichen Kurven, Liebling. Glaub mir. Du wirst einen Aufruhr verursachen.«

»Also wirklich!«, schnaubte sie.

Kurz darauf kehrte sie in ihrem schwarzen Jogginganzug aus dem

Bad zurück. Ihr Magen knurrte, als sie den Reißverschluss des Sweatshirts über ihren Brüsten zuzog. »Besser?«

»Ja, aber ich hätte nie gedacht, dass ich mal auf einen Reißverschluss eifersüchtig sein würde.«

Sie verdrehte die Augen. »Bin gleich zurück.«

»Ich warte hier.«

Sie ging nach unten, setzte Kaffee auf und steckte zwei Scheiben Weißbrot in den Toaster. Sie hoffte, dass das ihren Magen beruhigen würde. Während der Toaster sein Ding machte, schlüpfte sie in ihre Stiefel und lief nach draußen, wo sie die Zeitung in einer blauen Plastikhülle fand. Sie holte das Bündel herein, streifte die Hülle ab und schlug die Zeitung auf.

»Oh. Wow«, flüsterte sie.

20

Ryan lag auf dem Bauch und wartete darauf, dass Susie zurückkam. Er hatte damit gerechnet, sich am Tag nach der Verkündung seines Rückzugs seltsam zu fühlen, aber es war alles wie immer. Er nahm an, dass er niedergeschlagen wäre, hätte Susie ihn nicht auf andere Gedanken gebracht. Okay, wenn er ehrlich war, konnte er in letzter Zeit an nichts anderes mehr denken. Er lachte leise vor sich hin. Ihre sexuelle Beziehung war schon immer intensiv gewesen, doch die letzten Tage waren selbst für sie extrem gewesen.

Das dumpfe Pochen in seinen Rippen verriet ihm, dass er es körperlich mal wieder übertrieben hatte, aber sie war jeden Schmerz wert. Sie war zurück bei ihm, und nichts würde sich je wieder zwischen sie stellen. Er dachte an die Unterhaltung, die er später mit Henry führen wollte, und wieder einmal geriet sein Blut in Wallung, als er sich daran erinnerte, was dieser Kerl mit Susies Arm angestellt hatte. Vielleicht würde er ihm das Gleiche antun – das war das Mindeste, was dieser Mistkerl verdient hatte.

Susannah kehrte mit zwei Bechern Kaffee in den Händen und der Zeitung unterm Arm zurück. »Aufwachen, Schlafmütze.«

Er drehte sich um und setzte sich auf, um den Becher in Empfang zu nehmen, den sie ihm reichte. »Und, wie sieht's aus? Haben wir es auf die Titelseite des Sportteils geschafft?«

»Nicht ganz.« Sie hielt die Titelseite der *Denver Post* hoch. Die Schlagzeile lautete: »Sanderson macht Schluss«. Darunter ein Foto von ihm, wie er sich auf der Pressekonferenz eine Träne abwischte.

»Heilige Scheiße«, sagte er und atmete langsam aus. Der Großteil der Titelseite war ihm gewidmet. »Wie es scheint, ist in der Welt nicht viel los.«

»Ich denke eher, es ist die Story des Jahres für diese Stadt.«

Er stellte den Kaffeebecher auf den Nachttisch und drückte sich ein Kissen aufs Gesicht. »Lies es mir vor. Ich ertrage es nicht, das zu sehen.«

Lachend streckte sie sich neben ihm aus. »Bereit?«

Er gab einen unverbindlichen Laut von sich.

»Eine der buntesten Karrieren der NFL endete gestern mit der überraschenden Ankündigung, dass sich der Star-Quarterback der Denver Mavericks, Ryan Sanderson, in den Ruhestand zurückzieht«, las sie vor. »Noch gezeichnet von den Verletzungen, die er sich beim letzten *Super Bowl* zugezogen hat, hielt Sanderson (32) eine Pressekonferenz im Mavericks-Stadion ab, bei der er seine *Hall-of-Fame*-würdige Karriere als ›eine Mischung aus Glück und guten Genen‹ beschrieb. Mit seiner Frau Susannah, dem Mavericks-Trainer Duke Simmons und dem Teambesitzer Chet Logler an seiner Seite zollte der oft den Tränen nahe Sanderson seinen vielen Mannschaftskollegen, Trainern und Konkurrenten Tribut, die seine zehn Jahre in der NFL zu einem ›großartigen Abenteuer‹ gemacht haben.« Susannah warf ihm einen Blick zu. »Das hat mir übrigens gefallen.«

»Ich klinge wie ein totaler Idiot«, erklärte er mit vom Kissen gedämpfter Stimme.

Sie lachte. »Überhaupt nicht! Halt den Mund, und hör zu. ›Ich möchte außerdem den Einwohnern von Denver und den überragenden Mavericks-Fans danken‹, sagte Sanderson. ›Ihr habt meine Frau und mich mit offenen Armen aufgenommen, und ihr habt dafür gesorgt, dass meine Zeit hier eine so wertvolle Erfahrung war, wie ich sie mir nie hätte träumen lassen. Ich bin von einem unglaublichen

Trainerteam unterstützt worden – angeführt von meinem guten Freund Duke Simmons – und bin unendlich dankbar, für den besten Clubbesitzer in der Liga gespielt zu haben.‹

Sandersons aktueller Vertrag läuft am Sonntag aus, und vorherige Berichte besagen, dass die Mavericks ihm 50 Millionen Dollar für weitere drei Jahre angeboten hatten.

Der einstige AFC-Offensive-Neuling des Jahres hat die Mavericks zu drei *Super-Bowl*-Siegen in den letzten fünf Jahren geführt – die einzigen *Super-Bowl*-Siege in der sechsunddreißigjährigen Geschichte des Clubs –, und er wurde dieses Jahr zum zweiten Mal zum besten Spieler des *Super Bowl* gekürt. Er hat fünfmal im All-Star-Team mitgespielt und war auch dieses Jahr wieder nominiert, konnte jedoch aufgrund einer Gehirnerschütterung und dreier gebrochener Rippen, die er sich in den letzten Minuten des *Super-Bowl*-Finales gegen die San Francisco 49ers zugezogen hatte, nicht mitspielen.

Als Gewinner der *Heisman Trophy*, der die Gators der University of Florida in seinem Senior-Jahr zur nationalen Meisterschaft geführt hat, ist Sanderson in sechs seiner zehn Jahre in der Liga zum wertvollsten Spieler der AFC ernannt worden und hat während seiner Karriere 39.620 Yards geworfen. Als Quarterback, der auf dem Spielfeld nie Probleme hatte, sich wenn nötig auch körperlich durchzusetzen, hat er mehr als 3.500 Yards Raumgewinn und 23 Touchdowns erzielt.

Sanderson gab an, es sei der richtige Zeitpunkt und der richtige Ort, um seine Karriere zu beenden, und erklärte, dass er diese Entscheidung bereits vor seiner Verletzung beim *Super Bowl* getroffen habe. ›Fürs Protokoll möchte ich festhalten, dass der spektakuläre Tackle meines Freundes Rodney Johnson nichts mit meiner Entscheidung zu tun hat, mich aus dem aktiven Sport zurückzuziehen‹, sagte Sanderson unter dem Gelächter der versammelten Presse und seiner Mannschaftskollegen, die in Trikots mit Sandersons Nummer 18 vollzählig versammelt waren. Ebenfalls im Trikot gekommen war seine Frau, die vor vierzehn Monaten die Scheidung eingereicht hatte. Auf der Pressekonferenz verkündete Sanderson außerdem, dass das Paar, das vor mehr als zwei Jahren einen Sohn bei der Geburt verloren hat, sich kürzlich wieder versöhnt hat.«

Ryan nahm das Kissen weg und verzog das Gesicht. »Das mussten sie ja mit reinbringen, oder?«

»Ich war auch nicht darauf vorbereitet, das gedruckt zu sehen.«

»Es tut mir leid, Baby.«

Sie beugte sich vor, um ihn zu küssen. »Das ist nicht deine Schuld. Hör dir noch den Rest an: ›Zusätzlich zu allen ehemaligen und aktiven Mitgliedern der Mavericks-Organisation möchte ich drei Menschen besonders danken‹, sagte Sanderson. ›Zuerst einmal meiner verstorbenen Mutter Theresa Sanderson, die trotz zweier Jobs nie eins meiner Spiele verpasst hat. Sie war meine größte Cheerleaderin, und ich vermisse sie. Der zweite ist der Trainer meiner Highschool-Mannschaft, Jimmy Stevens, der als Erster der Meinung war, ich hätte das, was man braucht, um in der NFL zu spielen. Er hat mich ermutigt, mir hohe Ziele zu stecken und groß zu denken. Seinetwegen bin ich heute hier. Und zum Schluss möchte ich meiner Frau danken, die mich während dieses großartigen Abenteuers ertragen und an meiner Seite gestanden hat – während sie ihr Bestes gegeben hat, um dafür zu sorgen, dass ich nicht die Bodenhaftung verliere. Ich liebe dich, Susie.‹« Sie schaute ihn an. »Das war sehr süß«, sagte sie.

»Es stimmt.«

»Deine Mutter wäre gestern so stolz auf dich gewesen.«

»Das hoffe ich.«

Susannah fuhr fort: »Sanderson, der einen BWL-Abschluss mit Auszeichnung von der University of Florida hat, blieb vage, was seine Pläne für die Zukunft anging. Er sagte, er freue sich darauf, mehr Zeit mit seiner Frau zu verbringen und sich auf die Unternehmen zu konzentrieren, die ihm gemeinsam mit lukrativen Werbeeinnahmen geholfen haben, ein geschätztes Vermögen von fünfundvierzig Millionen Dollar anzuhäufen.«

»Ehrlich gesagt sind es sechsundvierzig«, kommentierte er trocken.

Susannah lachte leise. »Zu seinen Unternehmen gehören

mehrere Restaurants, ein Autohaus, ein Fernsehsender und Immobilien. Er und seine Frau sind in der Stadt außerdem für ihr gemeinnütziges Engagement bekannt, vor allem für den *Boys and Girls Club of Metro Denver* und das Kinderkrankenhaus.«

»Ist das alles?«, fragte er.

»Das ist die Titelgeschichte. Es gibt noch ein paar Kolumnen und Kommentare. Der von Paul Dimbroski gefällt mir.«

»Ja, Paul ist immer freundlich mit mir umgegangen.«

»Hör dir das an: ›Sanderson beendete seine Karriere auf die gleiche Weise, wie er seine Spiele spielte – mit Klasse und Gefühl. Auch wenn der Zeitpunkt ein Schock war, so kurz nach dem dritten Sieg im *Super Bowl*, verrät Sandersons Entscheidung, zurückzutreten, mehr über seinen Charakter, als ich hier je darstellen könnte. Während viele Spieler ihre Karriere bis zum letzten Tropfen melken und ihre Clubs dazu zwingen, schwere Entscheidungen zu einst dominanten Spielern zu treffen, hat Sanderson uns gestern einmal mehr gezeigt, dass das Spiel an sich für ihn immer Priorität hatte.‹«

»Das gefällt mir«, sagte Ryan.

»Ja, das dachte ich mir.«

»Also, wo sind die schlechten Nachrichten?«

»Es gab keine.«

»Komm schon. Es muss doch *irgendetwas* Negatives geben.«

Sie blätterte um, schaute sich alle Seiten an. »Nun, Bobby Temple musste seinen Senf dazugeben, aber das ist ja nichts Neues.«

Ryan lachte. »Ich liebe es, wenn du so redest. Was hat mein Freund Bobby zu sagen?«

»Das ist es nicht wert, wiederholt zu werden«, schnaubte sie.

»Gönn mir den Spaß.«

»Okay, du hast es so gewollt: ›Es muss schön sein, Ryan Sanderson zu sein, der es sich einfach leisten kann, fünfzig Millionen Dollar auszuschlagen.‹ Das fasst es so ungefähr zusammen.«

»Bobby wird niemals glauben, dass nicht alle von uns aufs Geld aus sind.«

»Er geht mir auf die Nerven.«

»Ich weiß. Mir auch.«

Sie griff nach ihrem Kaffee. »Aus dem Grund macht er das ja.«

»Genug von ihm. Wann hast du deinen Termin?«

»Um zwei.«

»Ich fahre dich hin.«

»Nein, tust du nicht«, widersprach sie. »Ich kann allein fahren.«

»Du hast ein verletztes Handgelenk.«

»Das ist meine linke Hand. Ich rufe dich an, sobald ich aus der Praxis raus bin.«

»Ich will aber mitkommen.«

Sie drehte sich zu ihm und musterte ihn. »Was ist hier wirklich los? Es geht doch nicht nur um mein Handgelenk.«

Er richtete seinen Blick auf ihr Dekolleté, das über dem Reißverschluss ihres Sweatshirts zu sehen war. »Zwei Sachen: Zum einen habe ich die Sorge, dass Henry dich belästigen könnte.«

»Er hat keine Ahnung, wo ich heute bin. Also, was ist Grund Nummer zwei?«

Die Muskeln in seinem Kiefer spannten sich an. »Wird Pam glauben, dass ich dir die Verletzung zugefügt habe?«

»O Baby, nein! Ich werde ihr erklären, dass du nichts damit zu tun hast.«

»Ja, klar.« Er schnaubte ungläubig. »Als wenn sie dir das abkauft.«

»Ich werde ihr die Wahrheit sagen.«

»Und wird sie dir glauben?«

»Dafür sorge ich.«

Das Telefon klingelte, und Ryan griff nach dem Hörer. »Ja, ist sie«, antwortete er. »Eine Sekunde.« Er reichte Susannah das Telefon, gab ihr einen Kuss auf die Wange und stieg aus dem Bett. »Ich geh duschen.«

»Okay.« Sie schaute ihm nach, bevor sie sich dem Anruf widmete. »Hallo?«

»Hi, Susannah, ich bin's, Diane«, sagte ihre Scheidungsanwältin.

»Oh, hi, Diane. Ich schätze, du hast die Pressekonferenz gesehen.«

»Das habe ich. Ich rufe an, weil der Richter sie ebenfalls gesehen hat und euch am Montag trotzdem gern wie geplant um elf treffen würde.«

»Können wir den Antrag nicht einfach zurückziehen?«, fragte Susannah.

»Mit diesem Richter ist nichts einfach. Das solltest du inzwischen wissen.«

»Okay. Wir werden da sein.«

»Ich auch. Nur für den Fall, dass ich gebraucht werde. Bist du glücklich, Susannah? Willst du das wirklich? Du warst so entschlossen, die Scheidung durchzuziehen.«

»Ich bin überglücklich. Wir haben alles besprochen und geklärt. Danke für deine Hilfe und Unterstützung. Du warst mein Fels in der Brandung.«

»Ich freue mich für dich. Und für mich. Ich darf nicht oft ein Happy End miterleben.«

»Das hier wird definitiv eins. Wir sehen uns Montag.«

»Nein, schon vorher auf dem Ball.«

»Super. Ich freu mich darauf. Danke noch mal für alles, was du für mich getan hast, Diane.«

»Gern geschehen.«

Susannah traf fünf Minuten vor ihrem Termin in der Praxis ein. Sie hatte es geschafft, Ryan davon zu überzeugen, dass sie ein paar Stunden allein klarkam, und war selbst in die Stadt gefahren. Während sie auf die Ärztin wartete, klopfte ihr Herz vor Aufregung, Anspannung und – trotz ihres Geredes vom Vortag – Angst schneller. Wie sollte sie es ertragen, neununddreißig Wochen darauf zu warten, herauszufinden, ob sie ein Baby bis zum Ende austragen konnte? Und was würde sie tun, wenn es noch einmal passierte?

Bevor sie Zeit hatte, sich in völlige Hysterie hineinzusteigern, wurde sie ins Untersuchungszimmer gerufen, wo man ihr einen Kittel reichte. Sie zog sich schnell um und setzte sich auf die Liege. Mit einem Mal war ihr fürchterlich kalt. Es war schwer, zu entscheiden, wovor sie mehr Angst hatte – davor, zu hören, dass sie schwanger war, oder davor, zu hören, dass sie es nicht war. Vielleicht war es sowieso noch zu früh, um es festzustellen. Während sie an ihrem Daumennagel knabberte, versuchte Susannah, die Tür per Gedankenkraft dazu zu bringen, sich zu öffnen, damit sie die Sache endlich hinter sich bringen konnte.

Pam Dennis rauschte zehn Minuten später in den Raum und entschuldigte sich wortreich dafür, dass sie Susannah hatte warten lassen. Sie begrüßte ihre Patientin mit einer liebevollen Umarmung. Neben ihrer Beziehung als Ärztin und Patientin hatten sie in verschiedenen Komitees zusammengearbeitet und waren im Laufe der Jahre Freundinnen geworden. »Es ist so schön, dich zu sehen, Susannah. Und ich war vor Freude außer mir, als ich gehört habe, dass du wieder mit Ryan zusammen bist.«

»Ja. Es war eine ziemlich verrückte Woche.«

Pam setzte sich und schlug die Beine übereinander. »Wie hat Henry die Nachricht aufgenommen?«

»Nicht so gut. Ehrlich gesagt ist das hier passiert, als ich die Verlobung gelöst habe.« Sie hob ihre verletzte Hand. »Ich glaube nicht, dass er mir absichtlich wehtun wollte ...«

Pam stand auf, setzte ihre Brille auf und schaltete eine helle Lampe an, um sich die Sache näher anzuschauen. »Sind das Fingerabdrücke?«

»Ich fürchte ja.« Susannah zuckte zusammen, als Pam den Knochen betastete. »Das ist doch nicht gebrochen, oder?«

»Das kann ich ohne Ultraschall nicht sagen.«

»Aber du glaubst es nicht?«

»Ich weiß es wirklich nicht. Es sieht allerdings aus, als täte es weh.«

»Das tut es.«

»Ich kann mir gar nicht vorstellen, dass Henry so was gemacht hat.«

»Das konnte ich mir vor gestern auch nicht vorstellen.«

»Weißt du«, Pam schien ihre Worte sorgfältig zu wählen, »das gilt technisch gesehen als Körperverletzung. Wenn du Anzeige erstatten willst ...«

»Nein.« Susannah schüttelte den Kopf. »Ich will einfach nur mein

Leben mit Ryan beginnen und vergessen, was gestern passiert ist. Der eigentliche Grund, warum ich hier bin, ist sowieso ein anderer. Ich frage mich nämlich, ob ich schwanger bin.«

Pams warme braune Augen weiteten sich erfreut. »Wirklich? Wie geht es dir?«

»Ich habe ständig Hunger. Und irgendwie fühle ich mich voll, und mir ist kribbelig«, sagte sie und legte eine Hand an ihre Brust. »Genau wie damals, mit Justin.« Sie ließ die Hand in den Schoß fallen.

Pam legte ihre darauf. »Und du bereitest dich schon darauf vor, ein Baby zu verlieren, von dem du noch nicht mal sicher bist, dass es in dir heranwächst, richtig?«

»So in der Art.«

»Warum machen wir nicht einen Schritt nach dem anderen? Ein schneller Urintest wird uns verraten, was wir wissen wollen. Und während wir auf das Ergebnis warten, untersuche ich dich. Außerdem möchte ich gerne dein Handgelenk mit Ultraschall untersuchen, um mich zu vergewissern, dass es nicht gebrochen ist. Einverstanden?«

Susannah nickte. »Wenn ich schwanger bin, dann höchstens seit einer Woche oder so. Es ist vielleicht zu früh ...«

Pam drückte ihre Hand. »Dann machen wir auch einen Bluttest, um sicherzugehen. Alles wird gut, Susannah.«

»Ich gebe mir Mühe, dir zu glauben.«

21

Ryan parkte beinahe genau an der gleichen Stelle vor der Bank wie gestern. Einige Minuten blieb er im Auto sitzen und rief sich in Erinnerung, dass Susie ihm verboten hatte, Henry umzubringen. Als er das Gefühl hatte, bereit zu sein, den anderen Mann zur Rede zu stellen, ohne ihn zu verletzen, stieg er aus dem Auto und betrat die Bank. Er war so auf seine Mission konzentriert, dass er die Blicke nicht bemerkte, die ihm einige der Kunden zuwarfen.

Den Stetson in der Hand, trat er im zweiten Stock aus dem Fahrstuhl und ging zu Henrys Vorzimmer.

Der Assistentin blieb der Mund offen stehen, als sie Ryan erkannte. »Äh, guten Morgen, Mr Sanderson. Kann ich Ihnen helfen?«

»Ich möchte gerne zu Mr Merrill.«

»Einen Moment, ich schaue eben nach, ob er Zeit hat. Wollen Sie sich solange setzen?«

»Ich bleibe lieber stehen. Aber danke.«

Sie eilte in Henrys Büro. Mehrere Minuten verstrichen, bevor sie zurückkam. »Mr Merrill kann Sie jetzt empfangen.«

»Danke.«

Ryan betrat das großzügig geschnittene Büro und schloss die Tür hinter sich.

»Was willst du?«, fragte Henry.

»Bevor ich etwas sage, solltest du wissen, dass der einzige Grund, warum ich dich nicht umbringe, der ist, dass Susannah mich gebeten hat, es nicht zu tun.«

»Das ist ja eine große Erleichterung. Danke, dass wir das geklärt haben.«

Mit einer schnellen Bewegung warf Ryan seinen Hut auf einen Tisch, durchquerte den Raum und zerrte den anderen aus seinem ledernen Schreibtischstuhl. Das Gesicht bloß wenige Zentimeter von Henrys entfernt, knurrte er: »Ich werde das nur ein Mal sagen, also hör besser gut zu. Wenn du *jemals wieder* Hand an sie legst, werde ich dich umbringen. Und ich werde dafür sorgen, dass es ein langsamer, qualvoller Tod wird. Haben wir uns verstanden?«

Henrys Gesicht war rot vor Wut und von dem festen Griff, mit dem Ryan ihn am Kragen gepackt hatte. »Wovon redest du da? Ich habe sie nicht angerührt!«

»Den Teufel hast du getan! Sie ist im Moment beim Arzt, um herauszufinden, ob ihr Handgelenk, an dem du sie brutal gepackt hast, gebrochen ist.«

»Ich wollte ihr nicht wehtun«, verteidigte sich Henry, doch die Kälte in seinen braunen Augen erzählte eine andere Geschichte.

»Ich glaube dir nicht, und sie auch nicht. Also werde ich das ganz einfach machen: Halt dich verdammt noch mal von ihr fern, oder du bekommst es mit mir zu tun, und beim nächsten Mal werde ich nicht annähernd so freundlich sein wie heute. Verstanden?« Als Henry nicht gleich darauf antwortete, verstärkte Ryan seinen Griff.

»Ja«, krächzte Henry.

Ryan ließ ihn los, und Henry sackte auf seinem Stuhl zusammen und zupfte am Kragen seines Hemds. »Den Macho hast du echt perfekt drauf, oder?«

»Ich bin lieber ein Macho als ein passiv-aggressives Arschloch, was ja das ist, was du bevorzugst. Meine Art ist wenigstens ehrlich.«

Henry verengte die Augen zu schmalen Schlitzen. »Was soll das denn heißen?«

»Ach komm, hör auf. Du weißt genau, was ich meine. Dein Lebensziel war es, in ihr Zweifel zu wecken, was mich angeht, und unserer Ehe das Wasser abzugraben. Ironisch, nicht wahr, dass derjenige, vor dem sie sich eigentlich in Acht hätte nehmen müssen, du warst.«

»Ich war ihr immer nur ein guter Freund.«

»Das ist der größte Unsinn, den ich je gehört habe.«

»Diese Runde hast du vielleicht gewonnen, aber es ist noch nicht vorbei, Sanderson.«

»O doch, das ist es. Es endet gleich hier und jetzt. Du bist nicht mehr Teil ihres Lebens – *unseres* Lebens –, und zwar für immer.«

»Du machst dir selbst was vor, wenn du glaubst, dass sie nicht zu Verstand kommt und erkennt, was für einen großen Fehler sie begeht.«

»Sie *ist* zu Verstand gekommen. Und der Fehler, den sie begangen hat, war, zu glauben, sie könnte dir vertrauen.«

»Sie spielt weit außerhalb deiner Liga, und das war von Anfang an so. Aber das weißt du natürlich.«

Dieser Kommentar war dazu gedacht, Ryan in seiner tiefsten Unsicherheit zu treffen – dass er trotz seines Erfolgs nach oben geheiratet hatte. »Na klar weiß ich das«, sagte er mit einem Selbstbewusstsein, das er eigentlich gar nicht empfand. »Sie scheint sich allerdings nicht zu beschweren. Was stand heute in der Zeitung, wie viel ich wert bin? Waren es vierzig Millionen?« Er kratzte sich am Kinn. »Oder fünfundvierzig? Ich kann mich nicht mehr erinnern.«

Henrys selbstgefälliges Grinsen schwand. »Zu schade, dass dir dieses ganze Geld keinen Stammbaum kaufen kann. Und ganz sicher keine Klasse. Zwei Dinge, die dir wirklich fehlen. Sie wird die Wahrheit erkennen. Das hat sie schon mal getan, und das wird sie wieder tun. Und wenn sie es tut, ist der gute alte Henry da, um sie aufzufangen, wie er es schon einmal getan hat.«

Ryan musste sich arg zusammenreißen, um den Kerl nicht

windelweich zu prügeln. »Halt dich von ihr fern. Das meine ich ernst. Du willst dich nicht mit mir anlegen.«

»Das hast du deutlich gemacht. Ich glaube, du findest allein raus.«

Ryan nahm seinen Hut, doch bevor er ging, drehte er sich noch mal zu Henry um. »Warum gehst du nicht zurück nach New York, wo du hergekommen bist? Hier gibt es für dich nichts mehr zu holen.«

»Oh, das sehe ich ganz anders. Ich gebe euch einen Monat, maximal zwei. Dann wirst du es wieder vermasseln. So wie immer. Und wenn du das tust, werde ich hier sein, um dein Chaos aufzuräumen. Darin bin ich am besten.«

Ryan funkelte ihn an. »Lass uns in Ruhe, oder es wird dir noch leidtun.«

»*Du* bist derjenige, dem es leidtun wird.«

Ryan beschloss, ihm das letzte Wort zu überlassen. Er hatte alles gesagt, was er sagen wollte, und er war stolz darauf, dass er den kleinen Wurm am Leben gelassen hatte. Er ging besser, bevor er vergaß, dass er Susie versprochen hatte, den Mistkerl nicht umzubringen. Aber verdammt, er wollte es!

Sein Herz klopfte wie verrückt, als er mit dem Fahrstuhl ins Erdgeschoss fuhr. Der kleine Wurm hatte ein paar gute Treffer gelandet, doch Ryan glaubte, die Schlacht und den Krieg gewonnen zu haben. Ein Blick auf seine Uhr verriet ihm, dass es schon halb drei war. *Warum hat Susie mich noch nicht angerufen?* Im Auto versuchte er, sie zu erreichen, und als sie nicht abnahm, wurde er von irrationaler Furcht erfüllt. Einige von Henrys Sprüchen hatten zu genau ins Ziel getroffen, und Ryan brauchte dringend die Versicherung, dass alles in Ordnung war. Ihre Stimme auf ihrer Mailbox zu hören sorgte dafür, dass es ihm gleich besser ging. Er legte auf, ohne eine Nachricht zu hinterlassen, denn er war sicher, dass sie ihn anrufen würde, sobald sie die Arztpraxis verließ.

»Glaubt er wirklich, ich wüsste nicht, dass sie weit über mir steht?«, fragte er laut, während er sich in den Verkehr einfädelte. Um drei Uhr hatte er einen Termin mit seinen Anwälten, um zu besprechen, wie sein Rücktritt sich auf seine Werbeverträge auswirken würde. »Ihm steht ein raues Erwachen bevor, wenn er glaubt, er bekommt noch mal eine Chance bei ihr«, murmelte er. »Nur über meine Leiche.«

Susannah rief an, als er gerade auf den Parkplatz vor der Kanzlei abbog. »Hey, Baby, was haben sie gesagt? Ist das Handgelenk gebrochen?«

»Nein, es ist bloß eine schwere Quetschung.«

»Oh, gut«, erwiderte er erleichtert.

»Sie will, dass ich eine oder zwei Wochen eine Schiene trage, bis es besser ist.«

»Ich weiß genau, was du brauchst. Ich besorge es nachher.«

»Das wäre super. Danke.«

»Ist sonst alles in Ordnung?«

»Alles fein. Wo bist du?«

»Ich habe jetzt einen Termin mit meinen Anwälten, aber den kann ich auch verschieben, wenn du mich brauchst.«

»Nein, mach nur. Ich muss noch ein paar Erledigungen machen. Wollen wir uns nach deinem Termin im *Brown Palace* treffen?« Damit meinte sie eines der luxuriösesten Hotels der Stadt.

»Was ist denn da?«, fragte er verwirrt.

»Das wirst du dann sehen.«

»Du bist sehr geheimnisvoll.«

»Kommst du?«

»Eine Herde wilder Pferde könnte mich nicht davon abhalten.«

Sie lachte leise. »Frag an der Rezeption. Die wissen, wo ich bin.«

»Mach ich. Susie?«

»Ja?«

»Ich liebe dich. Das weißt du, oder?«

»Natürlich weiß ich das. Warum fragst du?«

»Ich wollte nur sichergehen.«

»Ich liebe dich auch. Wir sehen uns gleich.«

»O ja, auf jeden Fall.«

Der Portier in seiner grünen Livree begrüßte Ryan, als er um kurz nach halb sechs am *Brown Palace* ankam.

»Guten Abend, Mr Sanderson.« Es war für den begeisterten Fan offensichtlich eine Herausforderung, professionell zu bleiben. »Es ist uns eine Ehre, Sie im *Brown Palace* willkommen zu heißen. Darf ich mich für Sie um Ihren Wagen kümmern?«

Mit einem Blick auf das Namensschild des jungen Mannes sagte Ryan: »Danke, sehr gern, Tom.« Er schnappte sich eine Plastiktüte vom Beifahrersitz und reichte Tom seine Schlüssel und einen Zwanzig-Dollar-Schein. »Kümmern Sie sich gut darum. Er ist ganz neu.«

»Ja, Sir.« Er pfiff nach einem Fahrer und gab strikte Anweisungen, dem Auto die VIP-Behandlung zuteilwerden zu lassen.

Ryan lachte leise, als er Toms aufgeregtes Flüstern hörte. »Das ist Ryan Sanderson!«

»Was führt Sie heute zu uns, Mr Sanderson?«

»Ich bin mit meiner Frau verabredet. Können Sie mir helfen, sie aufzuspüren?«

»Hier entlang, bitte.«

Ryan folgte ihm nach drinnen, wo in der Lobby gerade der Fünf-Uhr-Tee serviert wurde.

»Geben Sie mir eine Minute«, sagte Tom und deutete auf einen Sessel.

Während er wartete, fielen Ryan die Blicke der Mitarbeiter und Gäste auf. Er nickte freundlich, aber auf eine Weise, die alle davon abhielt, ihn anzusprechen. Es war eine Routine, die er im Laufe der Jahre perfektioniert hatte und die es ihm erlaubte, sich in der Öffentlichkeit zu bewegen, ohne überall belästigt zu werden. Susannah machte sich gerne darüber lustig, dass er in Denver nur »das Nicken« brauchte, weil er hier eine örtliche Berühmtheit war. Während ihrer Trennung hingegen hatte er Bodyguards benötigt, um durch den LaGuardia Airport zu kommen. Das musste er ihr irgendwann die Tage noch erzählen.

Tom kehrte mit einem Schlüssel für Ryan zurück. »Ihre Frau erwartet Sie in einer der *Top-of-the-Brown*-Suiten im neunten Stock.«

Verblüfft fragte Ryan: »Wirklich?« Er hatte damit gerechnet, sie hier in der Bar oder einem der Restaurants zu treffen.

Tom ratterte die Zimmernummer runter und zeigte dabei auf mehrere Fahrstühle neben der Eingangstür.

»Interessant. Vielen Dank für Ihre Hilfe.«

»Es war mir ein Vergnügen. Genießen Sie Ihren Aufenthalt.«

»Ich glaube, das werde ich«, sagte Ryan grinsend und winkte zum Abschied. Mit Hut und Mantel in der Hand fuhr er mit dem Fahrstuhl nach oben. Seine Neugierde wuchs sekündlich. *Was hat sie nun schon wieder vor?*

Ryan öffnete die Tür mit dem Schlüssel und betrat das elegante Wohnzimmer, das in Kerzenlicht gebadet war. Sanfte Musik erfüllte die Luft, und auf einem für zwei Personen gedeckten Tisch stand eine Flasche Champagner in einem Eiskübel. Gerade war sein Blick auf ein paar wunderschön verpackte Geschenke gefallen, als Susannah in der Tür zum Schlafzimmer erschien.

»Ich dachte schon, du würdest gar nicht mehr kommen.«

Er riss den Blick von dem Tisch los, um sie anzuschauen, und hätte sich beinahe verschluckt. Sie war von Kopf bis Fuß in Schwarz gekleidet: ein Spitzen-Teddy, der nichts der Fantasie überließ, halterlose Netzstrümpfe, High Heels und eine fließende Robe aus Seide, die offen über ihren Schultern hing.

Sie hatte ihn wirklich sprachlos gemacht.

22

Sie kam zu ihm herübergeschlendert und nahm ihm Hut und Mantel ab. Nachdem sie beides auf einen Sessel gelegt hatte, schlang sie Ryan die Arme um den Nacken. »Hat es dir die Sprache verschlagen, Baby?«, fragte sie und hob amüsiert eine Augenbraue.

»Das kann man so sagen.« Er zog sie an sich und beugte den Kopf, um ihr einen innigen, sinnlichen Kuss zu geben. Das Atmen fiel ihm schwer, als ihre Zunge seine in einer Explosion der Leidenschaft umspielte, als hätte sie ihn seit Tagen und nicht nur seit Stunden nicht gesehen. Er packte sie an den Hüften und drängte sich gegen sie. Ihre feuchten Lippen glitten zärtlich über seine.

Als er den Kuss unterbrach, um Luft zu holen, stieß er hervor: »Welchem Umstand verdanke ich diese umwerfende Überraschung?«

»Wir haben etwas zu feiern.«

Er wollte sie überall fühlen, sie schmecken und dann ... Er zwang sich, ihr wieder in die Augen zu schauen. »Was feiern wir denn?«

»Na, deinen Ruhestand. Was sonst?«

»Ich dachte, wir treffen uns nur auf einen Drink oder so.«

»Das tun wir ja auch.« Sie nahm ihn an der Hand und zog ihn zu dem Tisch mit dem Champagner. »Magst du das übernehmen?«

»Klar.« Er reichte ihr die Plastiktüte. »Ich habe dir das hier mitgebracht, aber ich sehe schon, ich hätte mir zu meinem Geschenk mehr Gedanken machen sollen.«

Leise lachend öffnete sie die Tüte und fand darin die Schiene, die er ihr versprochen hatte. »Danke. Ich werde sie immer in Ehren halten, doch du hast sicherlich Verständnis, dass ich sie nicht gleich anlege. Das würde mein Outfit ruinieren.«

Er löste den Draht vom Champagnerkorken. »Nur damit ich sicher bin, dass sie mir den richtigen Schlüssel gegeben haben: Du bist das gleiche Mädchen, das mir heute Morgen erklärt hat, dass wir etwas anderes als Sex finden müssen, um unsere Zeit auszufüllen?«

Mit unschuldigem Blick fragte sie: »Wer hat denn was von Sex gesagt?«

Er legte den Kopf in den Nacken und lachte laut auf. Einen Moment später flog der Korken durch den Raum.

Susannah stand schon mit zwei Sektkelchen bereit. Einen reichte sie ihm. »Auf meinen Ehemann, den Rentner, der nicht nur auf dem Höhepunkt Schluss gemacht hat, sondern auch noch mit sehr viel Stil. Ich bin unglaublich stolz auf dich und kann nicht erwarten, was als Nächstes kommt.«

Er stieß mit ihr an und hätte am liebsten gerufen: »Nimm das, Henry«, aber stattdessen sagte er: »Danke, Baby. Ich bin überwältigt. Ich kann nicht glauben, dass du das alles arrangiert hast.«

»Ich hatte heute Nachmittag ein wenig Zeit totzuschlagen.«

»Ich will lieber gar nicht erst sehen, was du anstellst, wenn du *viel* Zeit totzuschlagen hast.«

»Da wir ab sofort sehr viel Zeit haben, zeige ich es dir vielleicht.«

Amüsiert und erstaunt konnte er sie nur anstarren. »Du bist so unglaublich schön. Ich hätte eben beinahe meine Zunge verschluckt, als ich dich in diesem Aufzug gesehen habe.«

»Mach das nicht! Die brauche ich später vielleicht noch.«

»Susie ...« Er griff nach ihr, doch sie wich einen Schritt zurück.

»Nicht so schnell. Es gibt einen Plan.«

»Ach ja?«

Sie rückte ihm den Stuhl am Tisch zurecht. »Setz dich.«

»Muss ich?«

Ihr strenger Blick war Antwort genug.

»Okay, wenn du darauf bestehst.«

Sie servierte ihm Kaviar, Pastete und Cracker.

»Wo hast du das alles her?«, fragte er.

»Ich musste bei Nordstrom mein Kleid für den Ball abholen. Also bin ich noch schnell bei der Gourmetmeile vorbeigelaufen – und bei der Dessousabteilung –, wo ich schon mal da war.«

Er musste sich ermahnen, zu kauen und zu schlucken. Dann nahm er einen großen Zug aus dem Champagnerkelch. Er war steinhart, und sie erwartete, dass er hier saß, Cracker aß und Small Talk machte? »Was steht als Nächstes auf dem Plan?«, fragte er und verlagerte das Gewicht, um sich ein wenig Erleichterung zu verschaffen.

»Sei nicht so ungeduldig.« Sie gab etwas von dem schwarzen Kaviar auf einen zarten Cracker und reichte ihn Ryan. »Erinnerst du dich, als du das erste Mal Kaviar hattest?«

»In Paris. Nach meiner ersten Saison mit den Mavs«, erwiderte er. »Du hast mich dazu überredet, ihn zu probieren, bevor du mir gesagt hast, was es ist.«

Bei der Erinnerung musste sie grinsen. »Ich wünschte, ich hätte ein Foto von deiner Miene, nachdem ich es dir verraten hatte. Das war unbezahlbar.«

»Ich habe gelernt, ihn zu mögen, solange ich nicht allzu sehr darüber nachdenke, was ich da gerade esse.«

»Du hast viele Dinge zu mögen gelernt, die du vorher nie probiert hattest. Weinbergschnecken, Pastete, Paella …«

Er drehte den Stil seines Champagnerglases zwischen den Fingern.

»Woran denkst du?«, wollte sie wissen und trank einen Schluck.

»Hast du je das Gefühl gehabt, unterhalb deiner Klasse geheiratet zu haben?«

Sie verengte verwirrt die Augen. »Was meinst du damit?«

»Du bist in einer Familie mit Geld aufgewachsen. Du warst sogar Debütantin. Ich war nur ein armes Kind aus Dallas, das den Ball etwas weiter werfen konnte als alle anderen. Ich wusste ja nicht mal, was eine Debütantin ist, bis ich für diesen Ball dein Date war.« Er lachte. »Verdammt, ich weiß nicht mal, wie man das nennt.«

Sie starrte ihn ungläubig an. »Meinst du das ernst? Du hast mehr Geld als jeder andere, den ich kenne.«

»Das ist nicht das Gleiche, wie mit Geld aufzuwachsen.«

»Wo kommt das alles auf einmal her?«

»Ich habe nur nachgedacht.« Er beschloss, sie nicht zu verärgern, indem er ihr von seinem Besuch bei Henry erzählte. »Vergiss es. Ich wollte die Stimmung nicht ruinieren.«

Sie stand auf, kam um den Tisch herum und setzte sich auf seinen Schoß. »Ich weiß nicht, wo du diese dummen Ideen herhast, aber ich werde sie dir jetzt mal austreiben.«

Er nutzte die günstige Gelegenheit aus, um ihr die Hände unter den Morgenmantel zu schieben und auf ihren festen Po zu legen.

»Du musst mir nur versprechen, dass du dir das nicht zu Kopf steigen lässt ...«

Das Lachen erstarb ihm auf den Lippen, als sie mit der Zunge über seinen Hals leckte.

»Ich werde von allen Frauen beneidet. Das weiß ich. Ich habe mir nicht nur einen reichen, erfolgreichen Footballspieler als Ehemann geangelt, sondern er ist auch der aktuelle ›sexiest Sportler alive‹ des *People*-Magazins.«

Er zuckte zusammen. »Das hast du wohl gesehen, was?«

»O ja. Allerdings. Es tut mir leid, dass ich nicht da war, um dich auf die Erde zurückzuholen ...«

»Wie nur du es kannst.«

»Ganz genau, wie nur ich es kann.« Sie wandte sich seinem Ohr zu. »Also will ich nichts mehr davon hören, dass ich unter meinem Stand geheiratet hab oder irgend so einen Unsinn.«

»Wie wäre es, wenn wir überhaupt nicht mehr reden?«, fragte er und lächelte sie hoffnungsvoll an.

Sie bewegte sich provozierend auf seinem Schoß, was ihm ein gequältes Stöhnen entlockte. »Auch wenn ich die Vorzüge dieses Vorschlags erkenne – und fühle –, stehen auf unserem Plan als Nächstes die Geschenke.«

Seine Miene erhellte sich. »Kann ich mir aussuchen, welches Geschenk ich will?«

»Leider nein.« Sie stand auf und ging zu der Tischseite, wo sie ein sehr großes und ein sehr kleines Geschenk hingelegt hatte. »Schauen wir mal ... welches kommt zuerst?« Sie nahm das größere in die Hand und brachte es ihm. »Das hier.«

»Das wäre *nicht* meine erste Wahl gewesen. Ich möchte, dass das ins Protokoll aufgenommen wird.«

Ihr kehliges Lachen verstärkte sein Unbehagen. »Ist notiert.«

Das in goldenes Papier eingewickelte Paket war einen knappen Meter lang und gut achtzig Zentimeter breit. Er hatte keine Ahnung, was es sein könnte. Da Susannah vor Aufregung beinahe platzte, beschloss er, es ihr ein wenig heimzuzahlen. Er schüttelte das Päckchen leicht.

»Mach es einfach auf, okay?«

»Ich bin dabei. Es ist *mein* Geschenk. Da sollte ich es so auswickeln dürfen, wie ich will.«

Sie seufzte frustriert. »Du bekommst die anderen nicht, wenn du dich nicht beeilst.«

Er riss das Papier ab und fand die Titelseite der heutigen Zeitung in einem matten Bilderrahmen in den Farben der Mavericks. »Susie! Das ist super! Wie hast du das so schnell hinbekommen?«

»Ich habe auch ein paar Kontakte in der Stadt.«

»Das merke ich.«

»Ich dachte, du hättest es gerne für deine Sammlung.«

Er nickte. »Ich liebe es. Danke.«

»Wo ist dein ganzer Footballkram überhaupt? Ich dachte, du hättest das alles in die Hütte gebracht.«

»Die Sachen sind in meiner Wohnung hier in der Stadt.«

»Ich habe nach deinem Auszug alles so gelassen, wie es war. Du kannst die Sachen also einfach wieder nach Hause bringen«, sagte sie und lächelte schüchtern. »Ich meine, wenn du willst.«

»Ich will.« Er streckte die Hand nach ihr aus. »Ich will das sogar sehr. Danke für das Geschenk. Du hättest mir nichts Schöneres geben können.«

»Ach, das wollen wir doch erst mal sehen.«

Er drehte ihre Hand um und presste seine Lippen auf ihre Handfläche. »Meine Frau ist nicht nur schön und unglaublich sexy, sondern heute Abend auch sehr geheimnisvoll. Sie hat mich so scharf gemacht, dass ich meinen eigenen Namen nicht mehr weiß, und trotzdem quält sie mich weiter.«

Sie senkte den Blick auf seinen Schoß, was seine Not nur verschlimmerte. »Das sieht unbequem aus.«

»Meinst du wirklich?«, fragte er gepresst.

»Ich weiche nur ungern von der Agenda ab, aber ich möchte, dass du dich entspannst und deine Feier genießt.« Sie zog ihn auf die Füße. »Warum kümmern wir uns nicht erst einmal um dein kleines Problem, damit wir danach wie geplant weitermachen können?«

Er zog eine Augenbraue in die Höhe. »*Kleines* Problem?«

»Ich meinte natürlich, dein *großes* Problem«, kicherte sie. »Dein *riesiges* Problem.«

»Schon besser.«

Sie streckte die Hände aus und fing an, ihm das hellblaue Hemd aufzuknöpfen, das er mit einer Khakikose zu dem Treffen mit seinen Anwälten angezogen hatte. »Du bist für diese Party sowieso vollkommen overdressed.« Sie schob ihm das Hemd von den Schultern und verteilte heiße Küsse auf seinem Schlüsselbein und seiner Brust.

Er stöhnte. »Und das soll helfen? Tja, es funktioniert nicht. Mein Problem scheint jede Sekunde größer zu werden.«

Als sie sich an dem Knopf seiner Hose zu schaffen machte, musste er die Zähne zusammenbeißen, um nicht auf der Stelle zu explodieren. Er packte ihre Hand. »Gib mir eine Sekunde, Baby«, sagte er und atmete tief durch.

Sie schaute ihn an mit Augen, die so blau waren, dass er darin hätte ertrinken können. »Du siehst aus, als hättest du Schmerzen. Ich möchte, dass du das heute genießt.«

»Vertrau mir, das tu ich.« Er hielt sie ganz fest. »Ich kann mich nicht erinnern, je eine Feier mehr genossen zu haben.«

»Und wir haben gerade erst angefangen.«

»Werde ich hier noch auf eigenen Beinen rausgehen können, wenn du mit mir fertig bist?«

Darüber musste sie lachen. »Ich schätze, das werden wir dann erfahren. Wie läuft es da unten?«

»Die Krise ist abgewendet. Fühl dich frei, deine Bemühungen fortzusetzen.«

Schnell zog sie ihm die Hose aus und drückte ihn in einen Sessel.

»Lass uns ins Bett gehen«, flehte er.

»Noch nicht«, flüsterte sie und kniete sich vor ihn.

Beinahe wäre er aus dem Sessel gesprungen, als sie mit der Zunge über die Innenseite seines Oberschenkels strich. »Susie ...«, keuchte er. »Was machst du da?«

»Während ich heute bei Pam gewartet habe, habe ich die neuste Ausgabe der *Cosmopolitan* gelesen.«

»Gütiger Gott«, stöhnte er. »Was hast du dieses Mal rausgefunden?«

Sie streichelte ihn durch seine Boxershorts.

Er schloss die Augen und ließ den Kopf gegen die Sessellehne sinken. Dann atmete er tief ein und aus.

»Wusstest du«, fragte sie, während sie seine Erektion befreite, »dass Männer hier am empfindlichsten sind?« Sie berührte die Stelle mit der Zunge, um es ihm zu zeigen.

»Susannah«, zischte er.

»Ich hatte davon keine Ahnung. Ich hätte gedacht, der empfindlichste Punkt wäre der hier.«

Ryan brach der Schweiß aus, und sein Herz hämmerte wie wild in seiner Brust. »Susie, bitte ...«

»Willst du das hier?« Während sie ihn mit der Hand weiterstreichelte, nahm sie ihn in den Mund.

Er krallte seine Finger in ihr Haar, in dem vergeblichen Versuch, die vollkommen aus dem Ruder gelaufene Situation wieder unter Kontrolle zu bringen. Beinahe wäre er auf der Stelle gekommen, als sie anfing, ihre Zunge mit ins Spiel zu bringen.

Er biss sich hart auf die Unterlippe, um sich von dem Gefühl abzulenken, das sich in seinem Unterleib aufbaute. »Susie, das reicht

... *Susie!*« Der Orgasmus riss ihn mit sich, und eine Welle nach der anderen brandete durch ihn hindurch, bis er so erschöpft war, dass er kaum noch atmen konnte.

Sie küsste sich über seinen Bauch zu seiner Brust hinauf. »Ist es jetzt besser?«

»Ja«, keuchte er, die Augen geschlossen und die Finger weiter in ihren Haaren vergraben. »Ich muss öfter in Rente gehen. So was hast du noch nie gemacht ... Also das Ganze ...«

Ihre Wangen nahmen einen dunklen Rosaton an, der einen scharfen Kontrast zu ihrem Sexgöttinnen-Outfit bildete. »Hat es dir gefallen?«

»Nein, ich habe es gehasst. Hast du das nicht gemerkt?«

Leise lachend fragte sie: »Können wir jetzt zu meinem Plan zurückkehren?«

»Du hast mich erledigt. Ich glaube, ich brauche erst ein Nickerchen.«

»Wirklich?«

Sie klang so enttäuscht, dass er sich zwang, sich zusammenzureißen. »Nein. Bleib einfach noch eine Minute hier bei mir. Da ich keine Ahnung habe, wie lange es dauern wird, bis ich dich gemäß deinem verdammten Plan wieder in die Arme schließen kann, habe ich Angst, dich loszulassen.«

»Wir haben nur noch ein paar Themen, bevor wir zum Geschäftlichen kommen.«

»Ist das der Teil, wo ich mir das, was du unter diesem Morgenmantel anhast, näher angucken darf?«

»Wenn du brav bist.«

»Du hast deine Berufung als Domina verfehlt.«

Ihre Miene erhellte sich. »Meinst du wirklich?«

»Ich fürchte mich davor, diese Frage zu beantworten.«

Sie lachte leise und stand auf, um das andere Geschenk zu holen. Als sie wiederkam, setzte sie sich Ryan auf den Schoß und kuschelte sich an ihn.

»Was hast du da?«

»Nur etwas, das ich heute in der *16th Street Mall* gefunden habe.«

»Du bist heute Nachmittag ganz schön herumgekommen, oder?«
Sie wurde ernst. »Mach es auf, Ry.«

Er riss das Papier ab und fand darunter das wohl winzigste Ryan-Sanderson-Trikot von ganz Colorado. »Sehr süß, aber ich glaube nicht, dass es mir passt.«

»Das ist nicht für dich.«

»Für wen denn dann ...« Er hielt inne und sah sie an. »Susie?«
Sie nickte.

»Wirklich?« Seine Augen füllten sich mit Tränen. »Jetzt schon?«

»Es ist vermutlich beim ersten Mal in der Hütte passiert.«

Tränen liefen ihm über die Wangen, als er Susannah an sich zog. »Ich habe dir doch gesagt, dass meine Jungs gut ausgeruht sind.«

Sie lachte durch ihre eigenen Tränen hindurch. »Jetzt kennen wir das Geheimnis: Ein Jahr keinen Sex und – rums. Schwanger.«

Ehrfürchtig legte er ihr eine Hand auf den Bauch. »Wenn das dazu nötig ist, hoffe ich, dass es dem Kleinen nichts ausmacht, Einzelkind zu bleiben, denn auf keinen Fall werde ich noch mal ein Jahr ohne leben.« Er hielt sie fest, während er versuchte, die Neuigkeiten zu verarbeiten. »Warst du deshalb heute beim Arzt?«

»Ja. Ich bin jeden Morgen mit einem Mordshunger aufgewacht und habe auch ein paar andere Anzeichen gespürt, die mich an die Zeit erinnert haben, als ich mit ... Justin schwanger war.« Als sie seinen Namen sagte, war ihre Stimme nur noch ein Flüstern. »Genau wie damals habe ich es beinahe sofort gewusst.«

Er strich ihr die Haare aus dem Gesicht und fragte: »Hast du Angst, Baby?«

Ihr Kinn zitterte. »Panik«, antwortete sie mit einem tapferen Lächeln, in ihren Augen glitzerten allerdings Tränen.

»Ich auch«, gestand er.

»Pam hat gesagt, dass alles in Ordnung ist und wir daran glauben sollen, dass es so bleibt.«

»Da hat sie natürlich recht.«

»Das werden *lange* neununddreißig Wochen.« Susannah seufzte.

»Quälend lang.«

»Aber am Ende haben wir vielleicht ein Baby.«

»Wir werden definitiv ein Baby haben.«

»Ja.« Sie spielte mit dem winzigen Trikot. »Doch bis dahin möchte ich, dass das hier das Einzige ist, was wir kaufen, okay?«

Er erinnerte sich nur zu gut daran, wie schmerzhaft es gewesen war, Justins Zimmer auszuräumen, deshalb verstand er ganz genau, worum sie ihn bat. »Was immer du willst.«

»Außerdem will ich es erst erzählen, wenn man was sieht. So müssen wir es niemandem sagen, sollte ... Nun, ich will es einfach noch für uns behalten.«

»Ja. Es bleibt unser Geheimnis, bis wir beschließen, es zu teilen.«

»Danke, dass du das verstehst.« Er erkannte, dass sie sich arg zusammenreißen musste, damit ihre Angst diesen besonderen Abend nicht ruinierte. »Als Nächstes steht mehr Champagner auf dem Programm.«

»Äh, verzeih, dass ich das frage, aber solltest du den trinken?«

»Der ist alkoholfrei«, sagte sie lächelnd und stand auf, um ihre Gläser nachzufüllen. »Ich hatte gehofft, dass es dir nicht auffällt.«

»Sehr clever.« Er nahm ihr sein Glas ab und zog sie wieder auf seinen Schoß. »Was kommt jetzt?«

»Das Geschäftliche.«

»Endlich«, seufzte er und legte ihr eine Hand in den Nacken, um sie für einen Kuss an sich zu ziehen. Der Kuss war sanft, besitzergreifend und sehr, sehr innig.

23

Ryan lag, das Ohr an Susannahs Bauch gepresst, im Bett. »Hallo da drinnen. Ich bin's, dein Daddy. Tut mir leid, dass wir dich gestört haben, doch daran wirst du dich gewöhnen müssen. Ich scheine in letzter Zeit Probleme damit zu haben, die Finger von Mommy zu lassen. Irgendwann wirst du das verstehen.«

Susannah lachte leise, während sie ihm über die Haare strich.

»Tu uns einen Gefallen«, fuhr Ryan fort, »und lass es uns wissen, wenn wir irgendetwas tun können, um dir deinen Aufenthalt angenehmer zu gestalten.« Er gab ihr einen Kuss auf den Bauchnabel. »Check nicht aus, ohne es uns zu sagen.«

»Ry ...«

Er küsste sich zu ihren Lippen hinauf. »Sorry.«

Sie hielt ihn fest und betrachtete die flackernden Flammen der Kerzen, die er ins Schlafzimmer gebracht hatte.

Nachdem sie eine Weile in zufriedenem Schweigen verbracht hatten, sagte er: »Ich habe mich gefragt ...«

»Was?«

»Glaubst du, Justin hat geahnt, dass wir noch nicht bereit waren?«

»Was meinst du damit?« Seine Frage überraschte sie.

»Nun, es hat so lange gedauert, ihn zu empfangen.«

Sie nickte. »Jahre.«

»Aber dieser Kerl hier ...« Er strich ihr mit der Hand über den Bauch.

»Oder dieses Mädchen ...«

»Oder dieses Mädchen. Er oder sie war nicht so zögerlich dabei, unserer Familie beizutreten. Vielleicht liegt es daran, dass wir für ihn – oder sie – bereit sind, was wir vorher nicht waren. Mommy und Daddy mussten noch ein paar Dinge klären.« Er schaute sie an, und sie sah die Liebe in seinen Augen. »Ist das dumm?«

»Nein«, flüsterte sie. »Das ist gar nicht dumm.«

»Dann müssen wir uns um nichts Sorgen machen. Dieser kleine Mensch hat zu uns kommen sollen, und Justin hat uns ein paar Dinge beibringen sollen.«

Susannah versuchte vergebens, die Flut von Tränen einzudämmen.

Alarmiert setzte Ryan sich auf und zog sie in seine Arme. »Was ist, Baby? Ich wollte dich nicht zum Weinen bringen.«

»Das hast du nicht«, stieß sie zwischen zwei Schluchzern hervor.

»Was ist dann los?«

»Du hast nur ...«

»Was, Susie? Sag es mir. Was habe ich getan?«

»Was du gerade gesagt hast ... Es verleiht seinem Leben eine Bedeutung. Er ist in unser Leben getreten, um uns zu zeigen, was wirklich wichtig ist.«

Ryan wischte ihr die Tränen fort. »Ja. Das habe ich gemeint. Es hat eine Weile gedauert, bis wir die Botschaft verstanden haben, doch ich glaube, er wäre jetzt stolz auf uns.«

»Das glaube ich auch.«

»Tut mir leid, dass ich dich traurig gemacht habe.«

»Das sind keine traurigen Tränen.«

»Nicht?«

Sie schüttelte den Kopf. »Danke«, flüsterte sie und umfasste seine Hand. »Danke, dass du mir geholfen hast, es auf diese Weise zu sehen.«

Er lehnte seine Stirn gegen ihre.

»Erinnerst du dich noch, wie wir ihn im Kreißsaal halten mussten?«

»Ja«, flüsterte er.

»Ich wollte es nicht, aber jetzt bin ich froh, dass ich es getan habe.«

»Ich auch. Sie meinten, es würde eine Zeit lang dauern, bis wir verstehen, warum das so wichtig ist.«

»Es hat nur zwei Jahre gebraucht.«

»Geht es dir gut?«

»Ja. Und dir?«

»Es ging mir nie besser.«

»Du wirst dich an die Tränen gewöhnen müssen. Erinnerst du dich noch ans letzte Mal?«

Er stöhnte und ließ sich in die Kissen fallen, wobei er sie mit sich zog. »Das hatte ich ganz vergessen.«

»Und das Sodbrennen und die Heißhungerattacken.«

»Darf ich deinen Bauch wieder mit Kakaobutter einreiben? Das hat mir gefallen.«

»Mir auch.« Träge strich sie mit den Fingern über seine Brust. »Weißt du noch, worauf ich am meisten Appetit hatte?«

Er lächelte. »O ja. Zum Glück bin ich jetzt im Ruhestand und stehe jederzeit zur Verfügung, um all deine Gelüste zu befriedigen.«

»Jederzeit, hm?«

»Jap.« Gähnend reckte er sich. »Hast du Hunger?«

»Nein.«

»Bist du müde?«

»Nein.«

Er sah sie an und schien von ihrem Gesichtsausdruck überrascht. »Was ist?«

Sie lockte ihn mit dem Finger zu sich.

Als er den Kopf zu ihr beugte, flüsterte sie ihm etwas ins Ohr.

Geschockt fragte er: »Jetzt?«

Sie nickte.

Er starrte sie an.

»Du hast gesagt, jederzeit.«

»Was ist das nur mit diesem Outfit ...«

Sie lachte. »Offensichtlich hat es Einfluss auf meine Einstellung.«

»Können wir es behalten?«

»Das Outfit oder die Einstellung?«

»Beides.«

»Ich habe es gekauft, und jetzt gehört es mir. Also hör auf zu reden, und mach dich ran. Ich werde hier nicht jünger.«

»Ja, Ma'am.«

»Oh. Das gefällt mir«, keuchte sie einen Moment später. »Und das auch.«

»Wir haben das *Brown Palace* in ein Stundenhotel verwandelt«, stellte Ryan am nächsten Morgen fest, als sie aufbrechen wollten.

»Wieso sagst du das?«

Er nahm den gerahmten Zeitungsartikel in die Hand. »Wir haben kein Gepäck dabei und verlassen es in den gleichen Klamotten, die wir gestern anhatten ... Das ist alles ziemlich zwielichtig.«

»Ich habe mein Gepäck.« Sie wirbelte die Nordstrom-Tüte an ihrem Finger herum. »Also bist du der Einzige, der zwielichtig ist.«

»Ich bin unter Vorspiegelung falscher Tatsachen hergelockt worden.«

»Und es hat dir gefallen.«

Er stellte den Rahmen auf den Sessel, auf dem sein Hut und sein Mantel lagen, und schloss sie in seine Arme. »Da hast du vollkommen recht. Ich habe jede sündige Minute genossen. Vielen Dank für diese unvergessliche Nacht.«

Sie stellte sich auf die Zehenspitzen, um ihn zu küssen. »Es war mir ein aufrichtiges Vergnügen.«

»Müssen wir noch auschecken?«

»Nein, ich habe stundenweise bezahlt«, witzelte sie und wurde mit dem Grübchen-Grinsen belohnt, das sie so liebte.

»Hast du alles?«, fragte er.

»Ich glaube schon.«

»Keine Netzstrümpfe unter dem Bett oder sonst irgendetwas, das in der Zeitung auftauchen könnte?« Er machte zwar Witze, hatte aber im Laufe seiner Karriere gelernt, vorsichtig zu sein.

»Keine Sorge, ich habe überall nachgeguckt.«

»Dann los.« Er hielt ihr die Tür auf. »Wenn sie nur wüssten, was sich in deiner Tüte befindet ...«

»Versuch, dich zu benehmen, bis wir hier raus sind, okay?«

Im Fahrstuhl drückte er sie gegen die Wand und küsste sie, als hätte er nicht gerade eine ganze Nacht damit zugebracht, genau das zu tun.

Kichernd stemmte sie sich gegen seine Brust. »Stopp.«

»Wir bekommen ein Baby«, flüsterte er.

»Ja, das stimmt.«

»Ich kann es kaum erwarten.«

Leise lachend stupste sie ihn gegen das Kinn. »Mach dich lieber mal auf die Suche nach ein bisschen Geduld, denn wir haben noch einen langen Weg vor uns.«

Ein Klingeln zeigte an, dass sie die Lobby erreicht hatten, wo sie dem Portier über den Weg liefen, mit dem Ryan schon am Vorabend zu tun gehabt hatte. »Guten Morgen, Tom.«

Toms Miene erhellte sich vor Freude darüber, dass Ryan sich an ihn erinnerte. »Guten Morgen, Mr Sanderson. Ma'am.«

»Das ist meine Frau Susannah.«

»Sehr erfreut, Sie kennenzulernen.«

»Gleichfalls«, sagte Susannah.

»Ich habe mich gefragt, ob Sie mir wohl einen Gefallen tun können, Tom«, fuhr Ryan fort.

»Natürlich. Was auch immer Sie brauchen.«

Ryan drückte dem erstaunten jungen Mann den Parkschein und eine Hundert-Dollar-Note in die Hand. »Können Sie meinen Escalade nach der Arbeit zu meinem Haus in Cherry Hills bringen?«

»Ernsthaft?«

Ryan lachte. »Ja, ernsthaft.« Er nannte ihm die Adresse. »Dafür wäre ich Ihnen sehr dankbar.«

»Nur zu gerne«, stammelte Tom.

»Kann Sie jemand von da abholen?«

»Kein Problem.«

Ryan schüttelte ihm die Hand. »Super. Wenn wir nicht zu Hause sind, werfen Sie die Schlüssel einfach in den Briefkasten.«

»Okay.«

»Danke noch mal.« Ryan legte einen Arm um Susannah und führte sie zur Tür hinaus.

»Was war das denn?«, fragte sie.

»Ich wollte dich nach Hause fahren.«

»Um Himmels willen, Ryan! Ich kann selbst fahren. Was ist, wenn der Junge dein Auto klaut?«

»Das wird er nicht tun.«

»Woher willst du das wissen?«

»Er und ich sind alte Freunde.«

Sie lachte und reichte dem Hotelmitarbeiter, der vor dem Eingang stand, ihr Parkticket. »Das werden sehr, sehr lange neununddreißig Wochen, wenn du so weitermachst.«

»Mit was weitermache? Meine Frau nach Hause zu fahren?«

Sie warf ihm einen vernichtenden Blick zu. »Sie zu beglucken.«

»Sie zu lieben«, korrigierte er.

»Ersticken.«

»Anbeten.«

»Ihr die Luft abschnüren.«

»Beschützen.«

Sie unterbrachen ihre Debatte, als der Angestellte mit ihrem silbernen Mercedes vorfuhr.

Ryan hielt Susannah die Beifahrertür auf, legte danach den Bilderrahmen in den Kofferraum und stieg auf der Fahrerseite ein. »Danke sehr«, sagte er und gab dem Angestellten einen Zwanziger. Dann rutschte er mit dem Sitz so weit zurück, wie es nur ging, was immer noch nicht wirklich reichte.

»Du musst das mit den Trinkgeldern ein wenig zurückfahren«, bemerkte Susannah, als sie in die Seventeenth Street eingebogen waren. »Ich erinnere dich nicht gerne daran, aber du bist arbeitslos.«

»Es wird dich freuen, zu hören, dass wir uns so schnell nicht in der Schlange vor der Suppenküche anstellen müssen. Ich habe gestern erfahren, dass meine Werbeverträge trotz meines Rücktritts sicher sind.«

»Oh, danach habe ich dich schon die ganze Zeit fragen wollen.«

»Offensichtlich ist mein Q-Wert weiter intakt«, sagte er und bezog sich dabei auf die Formel, die benutzt wurde, um den Wert eines Menschen oder seines Images festzustellen.

Susannah nickte. »Sie wären ja auch verrückt, dich fallen zu lassen, vor allem jetzt, wo du noch eine ganze Weile *das* Thema in den Medien sein wirst. Es würde mich überraschen, wenn dein Q-Wert je fallen würde.«

»Ich hätte dich zu dem Meeting mitnehmen sollen. Dein Marketing-Studium wäre da hilfreich gewesen.«

»Ich hoffe, ich schaffe es, bevor das Baby kommt.«

»Bis dahin hast du noch ausreichend Zeit, oder?«

»Mal sehen, wie es mir geht. Beim letzten Mal war ich so müde. Wenn es wieder so schlimm ist, muss das Studium vielleicht warten.«

»Ich will, dass du deinen Abschluss machst, also werde ich dir helfen.«

»Deine Hilfe kann ich mir nur zu gut vorstellen.«

»Magna cum laude, Baby. Du hast Glück, mich zu haben, und da du es bist, werde ich einen sehr moderaten Stundensatz aufrufen.«

»Irgendwie habe ich den Eindruck, dass wir hier nicht über Geld reden.«

»Ich denke, ein wenig mehr von dem, was du gestern Abend gemacht hast, sollte reichen.«

»Augen auf die Straße, Ryan.«

Zwanzig Minuten später erreichten sie ihr Haus und sahen, dass Henrys Toyota in der Einfahrt parkte.

»Was zum Teufel macht der denn hier?«, schäumte Ryan. Er sprang aus dem Auto, blieb aber abrupt stehen, als Henrys Mutter ausstieg. »Oh ...«

Susannah stieg ebenfalls aus. »Mrs Merrill?«

Mit einem nervösen Blick zu Ryan sagte Henrietta: »Hast du vielleicht eine Minute für mich, Susannah?«

»Natürlich. Kommen Sie bitte rein.«

Ryan schloss die Haustür auf und schaltete die Alarmanlage aus. Dann nahm er Susannah den Mantel ab und bot an, auch Henrietta ihren abzunehmen.

»Ich behalte ihn an, vielen Dank«, erwiderte sie und schien sich sehr zu bemühen, ihn nicht anzusehen.

»Kann ich Ihnen etwas zu trinken anbieten?«, fragte Ryan.

»Nein, danke.«

»Kommen Sie doch mit durch«, sagte Susannah und warf Ryan einen kurzen Blick zu.

Er drückte ihr die Hand und schenkte ihr ein aufmunterndes Lächeln.

Susannah begab sich mit Henrietta ins Fernsehzimmer. »Sind Sie sicher, dass ich Ihnen nichts anbieten kann?«

»Du kannst aufhören, die gute Gastgeberin zu spielen, Susannah. Diesen Punkt haben wir hinter uns gelassen, findest du nicht?«

Verwundert sagte Susannah: »Ja, vermutlich haben Sie recht. Es tut mir leid, dass Sie enttäuscht sind. Ich habe nicht gewollt, dass das passiert.«

»Was genau hast du nicht gewollt? Als du den Antrag meines Sohnes angenommen hast, hattest du da jemals vor, ihn wirklich zu heiraten?«

»Ja«, antwortete Susannah leise. »Ich hatte definitiv vor, ihn zu heiraten.«

»Du hast ihm das Herz gebrochen – wieder einmal. Jahrelang habe ich zugesehen, wie du ihn als Rettungsanker benutzt hast. Aber nie hätte ich mir vorstellen können, dass du zu so etwas fähig bist.« Sie zeigte in Richtung des anderen Zimmers, in dem Ryan verschwunden war.

»Es tut mir leid, dass Henry verletzt ist, doch es gibt Dinge in unserer Beziehung, von denen Sie nichts wissen.«

»Und es gibt Dinge, die *du* nicht weißt. Wie zum Beispiel, dass er das College für ein Semester verlassen hat, nachdem du das erste Mal mit ihm Schluss gemacht hast. Hast du das gewusst?«

»Nein«, sagte Susannah überrascht. »Das wusste ich nicht. Er hat mir erzählt, er hätte ein Praktikum ...«

»Er hat sein Zimmer drei Monate lang kaum verlassen. Sein Vater und ich waren verzweifelt, weil er sich so vom Leben zurückgezogen hat. Irgendwann hat er sich wieder zusammengerissen, aber er ist nie über das hinweggekommen, was du ihm angetan hast. Zumindest bis vor Kurzem. Ich habe ihn nie so glücklich gesehen wie in der Zeit, als ihr beide verlobt wart. Er hat seit einer Ewigkeit auf dich gewartet, Susannah.«

»Verstehen Sie das nicht?«, rief Susannah. »Während er auf mich gewartet hat, hat er gehofft, dass meine Ehe scheitert! Ich war neunzehn Jahre alt. Man sollte mich nicht beschuldigen, sein Leben zerstört zu haben, nur weil ich nicht bereit war, mich lebenslang an meinen Highschoolfreund zu binden.«

»Und was ist jetzt? Bist du dieses Mal verantwortlich, Susannah?«

»Ich bedauere zutiefst, dass ich Henry – und Ihnen – Schmerz verursacht habe. Das war nie meine Absicht.«

»Was war denn deine Absicht, als du deinen *Ehemann* losgeschickt hast, um meinen Sohn an seinem Arbeitsplatz einzuschüchtern?«

Susannah keuchte auf. »Wovon reden Sie da? Ich habe Ryan nie gebeten ...«

Henriettas rundes Gesicht verzog sich zu einem kühlen Lächeln, als sie aufstand, um zu gehen. »Ich wünsche dir viel Glück, Susannah. Offensichtlich kannst du es gebrauchen. Ich finde selbst raus.«

Nachdem sie die Haustür ins Schloss fallen gehört hatte, saß Susannah lange Zeit ganz still da.

Ryan kam mit einem Sandwich in der Hand herein. »Ist sie weg?«, fragte er. »Verdammt, das war unangenehm, oder?«

»Bist du gestern zu Henry ins Büro gefahren und hast ihn belästigt?«

Ohne mit der Wimper zu zucken, erwiderte er: »Darauf kannst du Gift nehmen.«

24

»**W**arum?«, rief Susannah und stand auf. »Ich habe dich gebeten, es nicht zu tun.«

»Nein, du hast gesagt, ich darf ihn nicht umbringen. Ich war sehr stolz auf mich, weil ich ihn am Leben gelassen habe.«

»Warum hast du mir nichts davon erzählt?«

»Weil ich ihn gestern Abend auf keinen Fall dabeihaben wollte. Nicht, nachdem du dir so viel Mühe gegeben hast, um mich zu überraschen.« Er steckte sich den letzten Bissen des Sandwiches in den Mund. »Und ich wollte dich nicht aufregen.«

»Du hast es mir nicht gesagt, weil du wusstest, dass ich dich gebeten hätte, ihn nicht zu belästigen.«

»Vielleicht.«

»Warum konntest du das Thema nicht einfach auf sich beruhen lassen?«

Sein Blick wurde hart. »Er hat dich verletzt, Susannah. Hast du wirklich erwartet, dass ich ihm das einfach durchgehen lasse? Falls ja, kennst du mich schlecht.«

»Ich erwarte nicht, dass du meine Schlachten für mich schlägst. Du kannst nicht einfach herumlaufen und Leute einschüchtern. Das ist unzivilisiert.«

»Unzivilisiert?« Er brauchte einen Moment, um das zu verdauen. »Okay. Und wie würdest du das nennen, was er dir angetan hat? Zivilisiert?«

»Dreh mir nicht die Worte im Mund herum. Du hättest es nicht tun sollen.«

»Hab ich aber, und ich weigere mich, mich dafür zu entschuldigen. Ich würde es jederzeit wieder so machen.«

»Ich habe beinahe Angst, zu fragen, aber *was genau* hast du getan?«

»Ich habe ihn nur wissen lassen, was passiert, wenn er sich dir je wieder nähert.«

»Möchtest du das noch etwas ausführen?«

Er zuckte mit den Schultern. »Nicht wirklich.«

»Ist das Wort ›umbringen‹ gefallen?«

»Vielleicht.«

»Ryan! Du kannst nicht damit drohen, Leute umzubringen.«

»Das war keine Drohung.«

Frustriert warf sie die Hände in die Luft und stürmte aus dem Zimmer.

Ryan folgte ihr in die Küche. »Sei nicht sauer, Susie. Das ist es nicht wert. *Er* ist es nicht wert.«

»Da hast du recht, das ist er nicht. Er ist es nicht wert, dass du dich auf das Niveau eines Kleinkriminellen begibst. Denn das ist genau das, was er von dir erwartet.«

»Dann bin ich froh, dass ich ihn nicht enttäuscht habe. Er hat meine Frau verletzt, und zwar mit Absicht. Er hat Glück, dass ich ihn nicht ins Gefängnis bringe.« Er legte ihr seine Hände auf die Schultern und zwang sie, ihn anzusehen. »Ich musste mich darum kümmern, Susie. Kannst du bitte versuchen, das zu verstehen?«

Sie musterte sein ernstes Gesicht. »Ich will nicht, dass du solche Sachen tust. Das ist unter deinem Niveau.«

»Nein, eigentlich nicht.«

Sie keuchte auf. »O mein Gott.« Sie schlug sich die Hand vor den Mund. »Das, was du gestern Abend gesagt hast. Dass ich unter

meinem Stand geheiratet habe ... Henry hat dir diese Idee einge-
pflanzt, oder?«

»Das ist egal.«

»Dieser Mistkerl!«

Ryan lachte. »Baby, du weißt, es macht mich an, wenn du so
redest.«

»Ich kann nicht fassen, dass er so etwas gesagt hat – vor allem zu
einem Mann, der ihn tausendmal kaufen kann.«

»Nun ja, ich habe vielleicht ein paar Dinge angemerkt, die ihn
dazu getrieben haben«, gestand Ryan.

»Was hat er noch gesagt?«

»Nichts, was es wert wäre, wiederholt zu werden.«

»Erzähl es mir.«

»Susie ...«

»Ich will es wissen, Ryan.«

Er seufzte. »Irgendetwas darüber, dass alles Geld der Welt einem
keine Klasse kaufen kann und dass er uns einen Monat, vielleicht
zwei gibt, bevor ich es wieder vermassle. Offensichtlich hat er vor, in
Denver zu bleiben, damit er dich auffangen kann, wie immer.«

Aufgebracht sah sie ihn an. »Es tut mir leid, dass du dir solche
hässlichen Sachen anhören musstest.«

»Nun, ich habe angefangen, also hatte ich es wohl verdient.« Er
zog sie an sich. »Können wir das jetzt bitte vergessen und die Uhr zu
dem Zeitpunkt zurückdrehen, zu dem wir einen guten Tag hatten?«

Sie lehnte ihren Kopf an seine Brust. »Es hat mir nicht gefallen,
von jemand anderem davon zu erfahren.«

»Dafür entschuldige ich mich, aber nicht für den Rest.«

»Ich will nicht, dass wir Geheimnisse voreinander haben. Dafür
sind wir zu weit gekommen.«

»Ich werde dir nie absichtlich etwas verschweigen, außer ich
denke, dass es dich traurig machen könnte.«

»Du musst mich nicht vor dem Leben beschützen, Ryan. Ich bin
nicht aus Glas.«

»Das stimmt, doch du trägst mein Kind in dir, und euch beide zu beschützen ist das Einzige, was mich interessiert. Also bitte mich nicht darum, anders zu sein, als ich bin.«

Sie schlug leicht mit den Fäusten gegen seine Brust. »Ich will einen Partner, keinen Beschützer.«

»Kann ich nicht beides sein?«

»Du bist manchmal echt anstrengend, weißt du das?«

Er grinste. »Aber du liebst mich trotzdem.«

»Treib's nicht zu weit, Ryan, und hör auf, dich wie ein Schulhofschläger zu benehmen. Da Henry vorhat, hierzubleiben, werden wir ihm ab und zu über den Weg laufen. Du musst dir also eine neue Taktik überlegen. Ihn zu ignorieren wird wesentlich effektiver sein, als ihm bei jeder Gelegenheit zu zeigen, dass du ihn am liebsten verprügeln würdest. Unser Glück wird die beste Rache sein. Er kann uns nichts anhaben, wenn wir es nicht zulassen.«

Darüber dachte er einen Moment nach. »Ich gebe es nur ungern zu, doch du hast recht.«

Sie grinste breit. »Ausgezeichnet. Und nun habe ich einen Termin beim Friseur, und nein, du kannst nicht mitkommen.«

»Aber ...«

»Ryan, ich schwöre bei Gott, dass du mich noch in den Wahnsinn treibst, wenn du nicht aufhörst. Such dir ein Hobby, ruf Bernie an, spiel Golf, mach *irgendetwas*!«

»Wann bist du wieder zurück?«, fragte er missmutig.

»Später.« Er sah so unzufrieden aus, dass sie sich mit einem Kuss von ihm verabschiedete, an den er während ihrer Abwesenheit denken konnte.

»Das war nicht nett«, knurrte er, als sie ging. »Ehrlich gesagt war das vollkommen *unzivilisiert*.«

Sie lachte. »Du wirst es überleben.«

Er schmollte immer noch in der Küche, als sie ihm auf dem Weg zur Tür hinaus ein »Ich liebe dich« zurief. »Ich dich auch«, erwiderte er, während er darüber nachdachte, ihr zu folgen. Dann erinnerte er sich daran, dass er kein Auto hatte. »Mist!« Sein Motorrad stand in der Garage, doch im Winter fuhr er nie damit, und mit seinen langsam verheilenden Rippen würde er jetzt garantiert nicht damit anfangen. *Verdammt.*

»Okay«, sagte er zu dem leeren Raum. »Du bist offiziell dabei, den Verstand zu verlieren. Sie ist bloß ein paar Stunden weg, und im Friseursalon wird ihr nichts passieren.« Sein Magen zog sich angespannt zusammen, als er an das Baby dachte und an den irren Blick in Henrys Augen am Vortag. Die Mischung reichte, um Ryan mit einer Angst zu erfüllen, die er bisher nur selten empfunden hatte. Dieses hilflose Gefühl erinnerte ihn an die Zeit, als bei seiner Mutter im Alter von fünfundvierzig Jahren Lungenkrebs festgestellt worden war, obwohl sie in ihrem Leben keine einzige Zigarette geraucht hatte.

Um sich wieder in den Griff zu kriegen, rief er Bernie und Darling an, aber keiner von beiden ging ans Telefon. Da er sonst nichts zu tun hatte, begab er sich ins Fernsehzimmer und schaltete zu *SportsCenter*, wo er erfuhr, dass Todd »Toad« McNeil von den Mavs offiziell als neuer Starting Quarterback nominiert worden war.

»Das hat ja nicht lang gedauert«, grummelte er. Zum ersten Mal verspürte er einen Anflug von Bedauern wegen seiner Entscheidung, zurückzutreten. Er kam sich vor, als wäre er schon vergessen, während er die Pressekonferenz verfolgte, bei der Duke die Beförderung von Toad verkündete. Der arme Toad sah aus wie ein Reh im Scheinwerferlicht, als er sich zum ersten Mal als Mannschaftskapitän der Presse stellen musste.

Ryan schaute so lange zu, wie er es ertrug, dann zappte er durch die Programme und blieb bei einem Regionalsender hängen, der eine Sondersendung zu seiner Karriere zeigte. »Das ist schon besser«, bemerkte er grinsend. Doch während er die glorreichen Tage in Florida und seine Zeit bei den Mavs ein weiteres Mal durchlebte, erkannte er, dass Susie recht gehabt hatte. Er musste sich ein neues Leben aufbauen. Er schaltete den Fernseher aus und rief seinen Agenten an. Es war an der Zeit, einen Plan auszuarbeiten. Eine Stunde später sprach er immer noch mit Aaron, als es an der Tür klingelte. In der Erwartung, Tom vorzufinden, der sein Auto zurückbrachte, führte Ryan die Unterhaltung fort, während er die Haustür öffnete.

Als er sah, wer auf seiner Veranda stand, sagte er zu Aaron: »Ich ruf dich später zurück.« Dann legte er auf. »Was machst du denn hier?«

Susannah kämpfte dagegen an, einzuschlafen, während die Friseurin ihr die Haare föhnte. Die ruhigen Bewegungen der Bürste und das Summen des Föhns waren hypnotisierend, und nach einer beinahe schlaflosen Nacht war sie bereit für ein Nickerchen. Aber während ihr Körper entspannt war, überschlugen sich ihre Gedanken. Je mehr sie an die Dinge dachte, die Henry zu Ryan gesagt hatte, desto wütender wurde sie. Zu behaupten, Ryan hätte nach oben geheiratet! Wie konnte er nur? *Das hat ihn bestimmt schwer getroffen.* Ryan war sehr sensibel, was seine bescheidene Herkunft anging, und stolz auf die vielen Opfer, die seine Mutter gebracht hatte, um dafür zu sorgen, dass er alles hatte, was er brauchte.

Susannah seufzte, als sie an ihre Schwiegermutter dachte, die sie vom ersten Moment ihres Kennenlernens an angebetet hatte. Theresa hatte nicht lange genug gelebt, um das weitläufige Haus einzurichten, das Ryan ihr in einem Vorort von Dallas gekauft hatte. Er hatte den Bonus, den er bei der Vertragsunterzeichnung erhalten hatte – sein erstes selbst verdientes Geld –, genutzt, um sicherzustellen, dass sie nie wieder arbeiten musste. Vier Monate später war bei ihr Krebs diagnostiziert worden, und kurz darauf war sie gestorben. Sie zu verlieren war das schrecklichste Erlebnis in Susannahs bisherigem Leben gewesen, und danach hatte sie sich sehr lange gefragt, ob Ryan sich je von diesem Schlag erholen würde. So viele Jahre später war es weiter eine offene Wunde, und der Gedanke daran schürte ihre Wut auf Henry wegen dem, was er Ryan gegenüber angedeutet hatte.

Ich bin so froh, dass ich Henrys wahres Gesicht erkannt habe, bevor ich ihn geheiratet habe. Susannah war immer noch verblüfft über die

Wendungen, die ihr Leben genommen hatte, seitdem Ryan vor nur neun Tagen in ihrer Eingangshalle aufgetaucht war. War es wirklich erst neun Tage her? Sie lachte leise und war erleichtert, dass sie das wiedergefunden hatten, was sie beinahe für immer verloren hätten. *Danke, Gott, dass du ihn zu mir zurückgeschickt hast. Trotz all seiner Fehler ist er der Einzige für mich.*

Während ein Teil von ihr ihn wegen der Sache mit Henry hätte erwürgen können, war ein anderer Teil – was sie nie zugeben würde – insgeheim erfreut über das, was er getan hatte. Dass so ein starker, beschützender und unberechenbarer Mann so verliebt in sie war, war aufregend.

Sie verließ den Salon und erledigte noch ein paar letzte Besorgungen für den Ball. Auf dem Heimweg rief sie Carol und einige der anderen Lieferanten an, die berichteten, dass sie für das Fest am morgigen Abend alles bereithatten. Jetzt konnte Susannah bloß noch hoffen, dass alles glattlaufen würde. Nach Monaten der Planung war der Höhepunkt nah, und aus Erfahrung wusste sie, dass keine Sorgen der Welt etwas am Ablauf der Ereignisse ändern konnten. Vielleicht ging einiges schief, aber sie interessierte sich ausschließlich dafür, so viel Geld wie möglich für das Krankenhaus zu sammeln. Die Mavericks würden die gleiche Summe drauflegen, egal, wie hoch sie war, und normalerweise kamen sie bei um die zwei Millionen Dollar raus.

Ein Wagen, den sie nicht kannte, parkte in ihrer Auffahrt, als sie zu Hause eintraf. Nachdem sie das Garagentor geöffnet hatte, fiel ihr auf, dass Ryans Wagen noch nicht wieder da war, und sie fragte sich, ob er ihn je wiedersehen würde. Allerdings musste sie zugeben, dass sein Instinkt, was andere Leute betraf, ihn nur selten trog. Immerhin hatte er Henry nie gemocht, und am Ende hatte er recht behalten.

Sie schloss das Garagentor und betrat das Haus durch die Küche. Sie hoffte, dass sie Ryan zu einem gemeinsamen Nickerchen überreden konnte. »Ry?«

»Hier!«, rief er aus dem Fernsehzimmer.

»Hey, Baby, wessen Auto ...« Die Worte erstarben auf ihren Lippen, als sie das Zimmer betrat und ihre Eltern und ihre Schwester dort erblickte. »Was macht ihr denn hier?«

»Hallo, Liebes.« Ihre Mutter stand auf, um Susannah mit einer Umarmung zu begrüßen. Grace Freeman war eine ältere Version von Susannah. Ihre Haare waren allerdings kurz und wirkten immer so, als sei sie auch gerade erst vom Friseur gekommen.

»Mama«, stammelte Susannah. »Was für eine Überraschung. Warum habt ihr mir nicht gesagt, dass ihr kommt?« Sie umarmte ihren Vater. »Hey, Daddy.«

»Du siehst hübsch aus, Liebes«, erklärte Dalton Freeman. Er war groß und hatte weiße Haare und blaue Augen. »Aber du hast uns ganz schöne Sorgen bereitet.«

»Sorgen?« Susannah wandte sich an ihre Schwester, die sich keine Mühe gab, ihr Missfallen zu verbergen.

»Ja, Susannah.« Melissa umarmte ihre Schwester. »Sorgen.«

»Ich nehme an, ihr habt mit Henry geredet?«

Melissa schaute zu Ryan. »Würdest du uns einen Moment allein lassen, Ryan?«

Er stand auf, doch Susannah griff nach seiner Hand. »Er bleibt. Was immer ihr mir zu sagen habt, könnt ihr vor ihm sagen.«

»Das ist sehr persönlich, Susannah«, wandte ihre Mutter ein.

»Er ist mein *Mann*. Was für mich persönlich ist, ist es für ihn ebenfalls.«

Ryan drückte ihre Hand.

»Wir dachten, ihr beide würdet euch scheiden lassen«, begann Dalton.

»Nun, das werden wir nicht«, antwortete Susannah.

»Was ist mit Henry?«, jammerte Missy. »Wie kannst du ihm das antun?«

»Du weißt nichts darüber, Missy. Wenn du Henry so sehr liebst, warum heiratest du ihn nicht?«

»Es gibt keinen Grund, gemein zu werden«, wehrte sich Missy. »Du weißt sehr gut, dass ich nur das Beste für dich will.«

»Wenn das der Fall ist, solltest du meine Ehe mit dem Mann, den ich liebe, unterstützen. Und dich einfach mal aus unserem Leben heraushalten.«

»Susannah!«, rief ihre Mutter.

»Es tut mir leid, Mama. Ich will nicht respektlos sein, aber ich bin es leid, meine Ehe vor euch zu verteidigen. Wenn ihr meinen Ehemann nicht mit dem Respekt behandeln könnt, den er verdient, dann könnt ihr jetzt gehen.«

»Sei vorsichtig, Susannah«, warnte Missy sie. »Sag nichts, was du nicht wieder zurücknehmen kannst.«

Trotz ihrer mutigen Worte zitterten Susannahs Hände vor Nervosität. »Ich hätte euch das schon vor Jahren sagen sollen.«

Ryan legte einen Arm um sie. »Ganz ruhig, Baby.«

»Was ist mit deiner Hand passiert?«, wollte Grace wissen.

Mit einem Mal wünschte Susannah, sie hätte die Schiene nicht abgenommen. »Ich habe mir das Handgelenk verletzt.«

»Wie?«, fragte Dalton.

»Beim Möbelrücken.«

Ihre Mutter griff nach ihrer Hand. »Lass mich mal sehen.«

Susannah konnte den Arm nicht schnell genug zurückziehen.

Grace keuchte. »Sind das Fingerabdrücke?« Sie warf Ryan einen Blick zu, der vor Verachtung nur so troff.

»Ah, klar.« Er schüttelte mit kaum verhohlener Wut den Kopf. »Natürlich muss ich das gewesen sein.«

»Willst du behaupten, du warst es nicht?«, fragte Dalton mit dröhnender Stimme.

»Ganz genau.«

»Er war es tatsächlich nicht«, bestätigte Susannah.

»Wer denn dann?«, hakte Melissa nach.

Susannah und Ryan wechselten einen Blick.

»Henry«, antwortete Susannah schließlich.

Melissa schnaubte ungläubig. »Erwartest du ernsthaft, dass wir dir *das* glauben?«

»Lustig, dass ihr kein Problem damit habt, zu glauben, dass ich es war«, warf Ryan ein und stieß einen unterdrückten Fluch aus.

»Ryan ...«, begann Dalton. »Niemand denkt ...«

»Natürlich tut ihr das. Ich weiß, ihr haltet mich für einen dummen Sportler, Dalton, doch ich bin klug genug, um es zu erkennen, wenn mir etwas unterstellt wird.«

Susannah legte Ryan einen Arm um die Taille. »Henry hat mir den Arm verdreht und mir dabei das Handgelenk gequetscht, als ich unsere Verlobung gelöst habe. Das ist die Wahrheit, ob ihr es nun glauben wollt oder nicht.« Sie hielt inne, atmete tief durch und fügte hinzu: »Ich möchte, dass ihr alle mein Haus verlasst. Und zwar sofort.«

»Ich weiß nicht, was in dich gefahren ist, Liebes«, erwiderte Dalton. »Aber wenn er dich bedrängt …«

»Daddy! Hörst du dir überhaupt zu? Ryan ist mein Mann. Er drängt mich zu gar nichts. Entweder ihr akzeptiert das und ihn, oder wir haben einander nichts mehr zu sagen.«

»Das meinst du nicht so, Susannah«, erklärte Grace. »Wir haben dich überrascht, indem wir einfach so hereingeschneit sind, und offensichtlich kannst du gerade nicht klar denken.«

»Ich meine es ernst, Mama. Und ich denke gerade sehr klar.« Sie trat einen Schritt zurück, um ihnen Platz zu machen. »Bitte geht jetzt.«

»Wir hatten gehofft, dich heute Abend zum Essen auszuführen«, erklärte Dalton, und Susannah fragte sich, ob er überhaupt etwas von dem gehört hatte, was sie gesagt hatte. »Dich natürlich auch, Ryan.«

»Tut mir leid«, entgegnete Susannah. »Wir haben für heute schon Pläne.«

»Als wir Henry erzählt haben, dass wir dieses Wochenende herfahren, hat er uns Karten für den Ball besorgt«, warf Missy ein. »Wir sehen uns dort.«

Susannah sagte kein Wort, als ihre Mutter und ihre Schwester auf dem Weg zur Haustür an ihr vorbeikamen. Ihr Kinn zitterte, als ihr Vater vor ihr stehen blieb und ihr einen Kuss auf die Stirn gab.

»Ich liebe dich, Kleines.«

»Bye, Daddy«, flüsterte sie.

Ryan schloss die Tür hinter ihnen und drehte sich zu Susannah um. Dann umarmte er sie so fest, dass er sie von den Füßen hob.

»Ryan! Deine Rippen! Lass mich runter.«

»In einer Minute.« Doch aus einer Minute wurden zwei, dann

drei. Endlich stellte er sie vorsichtig wieder auf die Füße. »Es tut mir so leid, dass du das durchmachen musstest. Aber verdammt, Baby, du hast es ihnen gezeigt.«

»Hab ich das?«, fragte sie mit einem kleinen Lächeln.

»O ja. Du warst geradezu beängstigend tough.«

Sie legte ihm die Hände auf die Brust. »Es tut mir leid, dass du das mit anhören musstest. Ich wünschte, ich hätte zugelassen, dass du den Raum verlässt.«

»Nein, du hattest recht. Wir müssen eine geeinte Front präsentieren.« Er hielt inne, als seine Stimme brach. »Du hast mir da drinnen gerade sehr viel gezeigt, Susannah.«

»Hoffentlich hast du gesehen, wie sehr ich dich liebe und wie sehr ich will, dass unsere Ehe funktioniert.«

»Das habe ich gesehen – und so viel mehr.«

Susannah reckte den Kopf, um ihn zu küssen. Als sie ihn wieder losließ, hatte er seine Finger in ihrem Haar vergraben.

»Ich habe deine hübsche Frisur zerzaust«, gestand er und gab ihr kleine entschuldigende Küsse aufs Kinn.

Sie neigte den Kopf, damit er ihren Hals erreichen konnte. »Das ist mir egal.«

»Hmm, ich liebe deinen Duft.«

»Wie lange waren sie schon hier, bevor ich nach Hause gekommen bin?«

»Ungefähr zwanzig Minuten.«

Sie verzog das Gesicht. »Waren sie nett zu dir?«

»Es war in Ordnung.« Er zuckte die Achseln. »Natürlich waren sie nicht glücklich darüber, mich hier anzutreffen. Ich glaube, sie hatten gehofft, dass es nicht wahr ist.«

»Tja, jetzt wissen sie es besser.«

»Sie sind deine Familie. Du kannst die Verbindung zu ihnen nicht einfach so kappen ...«

Sie presste einen Finger an seine Lippen, um ihn zum Schweigen zu bringen. »Du bist meine Familie. Du und das Baby.«

»Ich liebe dich, Susie. Ich habe dich immer geliebt, aber was du gerade getan hast – wie du dich für mich eingesetzt hast ... Jetzt liebe ich dich noch mehr. Ich weiß nicht, was ich getan hätte, wenn du mir keine zweite Chance gegeben hättest.«

Sie nahm ihn an der Hand und zog ihn in Richtung Treppe. »Ich bin so froh, dass du mich dazu erpresst hast.«

»›Erpressung‹ ist ein so hässliches Wort.«

Sie lachte.

»Wo gehen wir hin?«, fragte er.

»Ich hatte gehofft, dich zu einem kleinen Nickerchen überreden zu können.«

»Was ist mit den Plänen, die wir heute Abend haben?«

»Das war der Plan.«

Er lachte laut auf. »Ich liebe es!«

»Ja, das habe ich mir gedacht. Übrigens, von deinem Auto ist immer noch nichts zu sehen, hm?«

»Er wird kommen.«

Sie setzte sich aufs Bett. »Er ist inzwischen bestimmt schon fast in Las Vegas.«

»Wie wenig Vertrauen du hast.« Er lachte leise, während er sich vor sie kniete und ihr die Schuhe auszog. »Wie geht es dem Bambino?«

»Sie wird immer hungriger.«

Er zog eine Augenbraue in die Höhe. »Sie? Ist das eine Vermutung, oder weißt du etwas, was ich nicht weiß?«

»Keine Vermutung. Ich will nur, dass du dir bewusst bist, es könnte auch ein Mädchen sein.«

»Kannst du dich mir mit einem kleinen Mädchen vorstellen?«, fragte er, während er ihr die Füße massierte.

»Gott helfe ihr und jedem Mann, der sie jemals zu einem Date ausführen will.«

Bei der Vorstellung erschauerte er. »Gott helfe *mir*. Wenn sie ihrer Mutter bloß im Geringsten ähnelt, hat sie die Kerle innerhalb kürzester Zeit um den kleinen Finger gewickelt.«

Susannahs Magen knurrte, was sie beide zum Lachen brachte.

»Okay, ich höre dich«, sagte Ryan zu ihrem Bauch. »Willst du ausgehen?«

Sie schüttelte den Kopf. »Nein, lass uns was bestellen.«

»Klingt gut.«

»Ry?«

»Hm?«

»Es wird doch so bleiben, oder?«

»Was wird so bleiben?«

»Das mit uns. Ich könnte mich ständig kneifen, weil ich noch nie in meinem Leben so glücklich gewesen bin. Selbst vorher, als es zwischen uns wirklich gut war, war es nicht so. Ich habe Angst, dass es nicht anhält.«

»Susannah«, seufzte er. »Es wird für immer halten.«

»Versprochen?«

Er küsste erst ihre eine Hand, dann die andere. »Versprochen.«

25

Susannah warf noch einen letzten Blick in den Spiegel. Ihr schlichtes schwarzes Ballkleid ließ eine Schulter und den Großteil ihres Rückens frei, weshalb sie keinen BH tragen konnte. Während sie sich hin und her drehte, um sich zu vergewissern, dass bei allen Bewegungen die wesentlichen Teile von ihr bedeckt blieben, zog sich ihr Magen vor Anspannung zusammen. Henry würde heute Abend dort sein, vermutlich mit seinen Eltern, ihren Eltern, ihrer Schwester ...

Sie wünschte, sie könnte das Ganze ausfallen lassen und einen weiteren ruhigen Abend mit Ryan zu Hause verbringen. Wenn sie nicht die Vorsitzende des Komitees wäre, würde sie sich einen Magen-Darm-Virus ausdenken, um nicht hingehen zu müssen. Nach dieser Veranstaltung würden sie und Ryan sich für eine Weile aus dem Veranstaltungszirkus zurückziehen. Sie mussten Zeit miteinander verbringen, ohne ständig Henry über den Weg zu laufen.

»Ich hoffe nur, dass er heute Abend keinen Eklat verursacht«, flüsterte sie ihrem Spiegelbild zu. Die Anhänger an ihrem Armband klimperten, als sie mit der Hand über den französischen Knoten in ihren Haaren strich. »Bitte mach, dass sie uns alle in Ruhe lassen.«

Mit einem letzten tiefen Atemzug, um Mut zu schöpfen, schnappte sie sich Stola und Clutch und ging zur Treppe.

Ryan wartete unten im Foyer auf sie. »Wow«, seufzte er. »Schau dich nur an.«

»Nein, schau *dich* an«, erwiderte sie und richtete ihm die Fliege. Vorhin war er für einen frischen Haarschnitt beim Friseur gewesen, sodass er sogar noch attraktiver aussah als sonst. Vor allem, weil die blauen Flecken in seinem Gesicht fast verschwunden waren. »Ich liebe es, wenn deine Haare so kurz sind.«

Er musterte sie von Kopf bis Fuß. »Dann muss ich sie mir wohl öfter schneiden lassen.«

»Ist das Kleid in Ordnung?«

»Sehr viel besser als nur in Ordnung.«

»Was ist?« Sie wand sich unter seinem hitzigen Blick. »Du magst die Vorderseite nicht, oder? Zeigt sie zu viel?«

»Ich *liebe* die Vorderseite, aber ihr fehlt noch was.« Er hielt ihr ein Schmuckkästchen hin, das er hinter seinem Rücken versteckt gehalten hatte.

»Was ist das?«

»Mach es auf, und finde es heraus.«

Vor Aufregung schlug ihr Herz schneller. »Mach du es auf.«

Als er die Schatulle aufschnappen ließ und Susannah den großen tropfenförmigen Diamantanhänger sah, keuchte sie auf.

»O mein Gott«, stammelte sie. »Wann hast du ... Ich meine, wie hast du ...« Ihre Augen füllten sich mit Tränen. »Er ist wunderschön.«

Ryan drehte sie herum und legte ihr die Kette um, dann gab er ihr einen Kuss auf den Nacken. »Um deine Frage zu beantworten: Ich habe ihn heute gekauft, als ich in der Stadt war, um meinen Smoking aus der Wohnung zu holen. Was das Warum angeht ...« Er drehte sie wieder zu sich herum. »Ich hoffe, das ist offensichtlich.« Er gab ihr einen zärtlichen Kuss. »Du bist absolut umwerfend, und der Gedanke daran, dich heute Abend mit aller Welt teilen zu müssen, treibt mich in den Wahnsinn.«

Vorsichtig betastete sie den Anhänger. »Ich wünschte, wir müssten gar nicht hin.«

»Müssen wir ja auch nicht.«

»Führe mich nicht in Versuchung. Zu diesem Ball *müssen* wir.«

Er legte ihr die Stola um die Schultern. »Okay. Dann nach Ihnen, meine Dame.«

ALS RYAN UND SUSANNAH IM *SEAWELL GRAND BALLROOM* DES *DENVER Center for the Performing Arts* ankamen, waren die meisten der erwarteten fünfhundert Gäste schon im Saal. Bei einem Preis von tausend Dollar pro Karte lockte der Schwarz-Weiß-Ball die Crème de la Crème von Denver an und gehörte zu den am sehnsüchtigsten erwarteten Gesellschaftsereignissen des Jahres.

Bevor sie den Saal betraten, hielt Susannah ihn zurück.

»Was ist, Baby?«

»Ich brauche eine Minute.«

Er legte seine Hände auf ihre Schultern. »Tiefe Atemzüge.«

»Das ist unser großes Debüt«, sagte sie und schenkte ihm ein kleines Lächeln.

»Unser zweites Debüt«, korrigierte er.

»Bleib immer in meiner Nähe, okay?«

»Ich werde dich nicht aus den Augen lassen.«

Sie griff nach seiner Hand. »Warum habe ich das Gefühl, gleich ins Haifischbecken zu springen?«

»Weil es so ist.«

»Hey, ihr«, rief Bernie, der sich von hinten näherte.

Ryan gab Susannah einen Kuss auf die Wange und drehte sich dann um, um seine Freunde zu begrüßen.

»Ich habe gesehen, dass du gestern angerufen hast«, erklärte Bernie. »Wir waren bei Haydens Fußballspiel.«

Susannah hörte sie reden, bekam aber nicht mit, worüber. Mit kritischem Blick checkte sie die gelben und violetten Banner, die über den in den Mavericks-Farben gedeckten Tischen von der Decke hingen. Dekoratives Licht überzog alles mit seinem warmen Schein und ließ den riesigen Saal beinahe heimelig wirken. Es gab unzählige schwarze und weiße Ballkleider, und überall funkelten kostbare Schmuckstücke. Susannah berührte ihren Anhänger und war erleichtert, dass er noch da war, wo er hingehörte.

Unglücklicherweise berichteten ihre Kollegen aus dem Komitee, dass alles wie am Schnürchen lief und sie sich im Moment um nichts kümmern musste. Also hatte sie keine andere Wahl, als die neugierigen Blicke auszuhalten, die auf Ryan und sie gerichtet waren. Die Härchen in ihrem Nacken stellten sich auf – eine Warnung, dass Henry nicht weit weg war.

Aus dem Augenwinkel bemerkte sie, wie er in der Nähe des Eingangs einigen Leuten seine Eltern vorstellte. Er lächelte ungezwungen wie ein Mann, der keine Sorgen hatte, doch als eine der Frauen, mit denen er sich unterhielt, sich vorneigte, um ihm etwas ins Ohr zu flüstern, wurde er sofort ernst und nickte. Es bedurfte nicht viel, um zu erraten, dass sie ihm ihr Mitgefühl zu der gelösten Verlobung ausgedrückt hatte.

Susannah wandte sich wieder der Unterhaltung zu, die Ryan gerade mit dem Zeremonienmeister des Abends führte – Mavericks Trainer Duke Simmons, der von seiner Frau Abigail begleitet wurde.

»Bist du bereit, meine Süße?«, fragte Duke Susannah.

»So bereit, wie ich nur sein kann.«

Duke bot ihr seinen Arm an.

»Wir sehen uns gleich«, sagte sie zu Ryan.

Er lehnte sich vor, um ihr einen Kuss zu geben. »Hau sie um, Baby.«

»Wag es nicht, irgendwohin zu verschwinden«, warf sie über ihre Schulter, während Duke sie zur Bühne geleitete.

»Ich bin direkt hier.«

Vorn im Saal ließ Duke sie an der Treppe zur Bühne zurück und ging hinauf aufs Podium.

»Guten Abend, Ladys und Gentlemen«, begann er, und Schweigen legte sich über den Raum. »Im Namen der Denver Mavericks ist es mir eine Ehre, Sie zum sechzehnten jährlichen Schwarz-Weiß-Ball willkommen zu heißen. Ich kann Ihnen gar nicht sagen, wie dankbar wir sind, dass Sie der Kälte getrotzt haben, um heute das

Kinderkrankenhaus zu unterstützen. Es war ein außergewöhnliches Jahr für die Mavericks.« Er wurde von donnerndem Applaus unterbrochen. »Und der Großteil meiner Mannschaft ist heute hier«, fügte er hinzu und zeigte auf eine Reihe Tische vorn im Raum.

Susannah musste lachen, als sich die Jungs in ihren Smokings zu dem enthusiastischen Applaus übertrieben verbeugten.

»Ich weiß, ich spreche für alle in der Mavericks-Organisation«, fuhr Duke fort, »wenn ich Ihnen dafür danke, dass Sie uns während der Saison und bei Veranstaltungen wie dieser unterstützen, mit denen wir versuchen, der besten Stadt Amerikas etwas zurückzugeben.« Er hielt für eine weitere Runde Applaus inne. »Ich bin nur hier, um die Feier zu eröffnen. Der echte Star des Abends ist, wie Sie sehr wohl wissen, ein Mitglied der Mavericks-Familie, das in dieser Stadt nicht vorgestellt werden muss. Es ist mir ein großes Vergnügen, meine liebe Freundin und die Vorsitzende des Schwarz-Weiß-Balls der letzten sieben Jahre zu begrüßen: Susannah Sanderson.«

Der donnernde Applaus, zu dem Susannah die Stufen zur Bühne emporstieg, war ihr peinlich, doch das wilde Johlen und die Pfiffe von den Spielern amüsierten sie.

Duke gab ihr einen Kuss auf die Wange und verließ die Bühne.

Während Susannah darauf wartete, dass die Spieler wieder Platz nahmen, ließ sie ihren Blick über die versammelten Gäste schweifen. Sie stellte fest, dass Henry sie eindringlich musterte, daher schaute sie rasch weg. Neben ihm bemühten sich seine Eltern, überallhin, nur nicht zu ihr zu sehen. Susannahs Eltern und ihre Schwester saßen an Henrys Tisch, genau wie Betsy James, die Susannahs Blick mit einem selbstzufriedenen Grinsen erwiderte.

Was zum Teufel machte sie hier? Henry wusste, wie sehr sie diese Frau verabscheute. Warum ließ er sie an seinem Tisch sitzen? Vermutlich weil er von ihrer Abscheu wusste und versuchte, sie aus dem Konzept zu bringen. *Tja, der Plan ist aufgegangen.*

Sie zwang sich, ihre Augen auf etwas anderes als Betsy James zu richten, und trat ans Mikrofon. »Danke, Duke, und danke Ihnen allen für dieses herzliche Willkommen.« Die Spieler pfiffen und johlten erneut. Dann lachten sie, als sie ihnen zurief: »Ganz ruhig, Jungs.«

Susannah war erleichtert, als sie neben einigen Freunden auch ihre Scheidungsanwältin an einem der vorderen Tische entdeckte. Genau wie Carol, die offensichtlich die Arbeit dem Team überlassen hatte, denn sie trug ein Abendkleid. Die einzige Person, die Susannah nicht finden konnte, war Ryan. *Wo ist er?*

»Wenn ihr euch wieder setzen würdet?«, wandte sie sich an die Spieler. »Ich möchte gerne ein paar Sätze sagen, bevor das Essen serviert wird.« Sie begrüßte die Gäste im Namen des Komitees, des Krankenhauses und der Mannschaft. Dann deutete sie auf den hinteren Bereich des Saals, erzählte von der Stummen Auktion und wies darauf hin, dass sie auf so großzügige Gebote wie möglich angewiesen waren.

»Zusätzlich zu den im Programm aufgeführten Gegenständen hat Ryan noch einen Football mit seiner Unterschrift gespendet. Er scheint der Meinung zu sein, dass wegen dem, was diese Woche passiert ist, erhöhtes Interesse daran besteht. Ich habe da allerdings so meine Zweifel.« Die Gäste lachten.

»Aber ich muss mit ihm zusammenleben«, flüsterte sie verschwörerisch. »Also wäre ich sehr dankbar, wenn jemand ein paar Scheinchen für diesen Football lockermachen würde.« Dieses Mal wurde das Gelächter von Applaus begleitet. »Wenn Sie außerdem so tun könnten, als würden Sie sich gegenseitig überbieten, wäre das auch super.« Sie lächelte über die Reaktion ihres Publikums, doch ihr Blick wurde von Henrys Tisch angezogen, wo der gerade mit Betsy James lachte.

»Ich danke Ihnen sehr für Ihr Kommen und überlasse Sie jetzt dem Video vom Kinderkrankenhaus, das Ihnen einen Eindruck davon verschaffen soll, was für einen guten Zweck Sie heute unterstützen. Genießen Sie den Abend.«

Als Susannah die Bühne verließ, stand Ryan am Fuß der Treppe. Er gab ihr einen Kuss, was seine Mannschaftskollegen wieder mit Johlen quittierten. Dann geleitete er sie zu ihrem Tisch, an dem Duke und Abigail mit dem Ehrenvorsitzenden der Veranstaltung, Chet Logler, und seiner Frau Martha zusammensaßen.

Ryan rückte Susannah den Stuhl zurecht. »Sie waren ja besonders amüsant da oben, Mrs Sanderson.«

»Ich muss doch dein Ego in Schach halten«, gab Susannah mit einem zuckersüßen Lächeln zurück.

»Wie nur du es kannst«, flüsterte er ihr ins Ohr.

Susannah keuchte auf und schnappte sich die Platzkarte neben seinem Teller, auf der »Henry Merrill« stand.

»Was ist das?«, fragte Ryan, als er sich setzte.

»Nichts.«

Er nahm sie ihr aus der Hand und entfaltete sie. »Tja, da hat jemand die Nachricht wohl nicht erhalten, was?« Er riss die Karte in Stücke und ließ sie unter den Tisch fallen. »Keine Sorge, Baby.«

»Darum hätten sie sich kümmern müssen«, sagte Susannah genervt.

»Ich würde es Henry durchaus zutrauen, dass er vorhin hier vorbeigegangen ist, um unsere Platzkarten auszutauschen.« Ryan gab ihr einen Kuss auf den Handrücken. »Vergiss es, okay?«

Sie nickte und schaute zu Henrys Tisch hinüber. »Was will er mit *dieser* Frau?«

Ryan verengte die Augen. »Das ist eine sehr gute Frage. Ein seltsames Paar, um es vorsichtig auszudrücken.«

Als Susannah Ryan einen Blick zuwarf und sah, dass er Henrys Tisch fixierte, zog sich ihr Magen zusammen. Die Gerüchte um Ryan und Betsy James hatten sie damals beinahe in den Wahnsinn getrieben, und sie waren der Tropfen gewesen, der das Fass zum Überlaufen gebracht und ihrer Ehe den Todesstoß versetzt hatte. Unter dem Tisch griff sie nach Ryans Hand. »Was denkst du gerade?«

Er lächelte, doch seine Grübchen waren nicht zu sehen, und seine Augen wirkten hart. »Ans Essen. Was steht auf dem Menü?«

***

Stunden später tanzte Susannah gerade mit Ryan, als ihr Vater ihm auf die Schulter tippte.

»Macht es dir etwas aus, wenn ich eine Minute übernehme, Ryan?«

Ryan blickte Susannah fragend an, die nickte. »Aber brenn nicht mit meinem Mädchen durch, Dalton.«

»Versprochen.«

Mit einem ermutigenden Lächeln für Susannah ging Ryan.

»Du siehst atemberaubend aus«, erklärte ihr Vater, während er sie über die Tanzfläche führte.

»Danke, Daddy.«

»Da hast du eine beeindruckende Veranstaltung auf die Beine gestellt, meine Kleine. Ich bin froh, dass wir endlich mal daran teilnehmen können.«

»Ich auch, vor allem, weil es vermutlich mein letztes Jahr als Vorsitzende ist.«

»Wieso das?«

»Nun ja, nachdem Ryan die Mannschaft verlassen hat, wollen sie vermutlich, dass eine der anderen Spielerfrauen den Job übernimmt.«

»Es hat mich überrascht, von seinem Rücktritt zu hören.«

»Ich hätte es dir erzählt, bevor es in der Zeitung kam, wenn ich gedacht hätte, dass es einen von euch interessiert.«

»Ich weiß nicht, wieso du denkst, es interessiert uns nicht.«

»Könnte daran liegen, wie ihr ihn die ganze Zeit über behandelt habt.«

»Susannah ...«

»Daddy, kann ich dich was fragen?«

»Na sicher.«

»Ist es dir tatsächlich egal, dass ich ihn liebe? Ihn wirklich von ganzem Herzen liebe?«

Dalton wurde weich. »Natürlich ist es mir nicht egal. Ehrlich gesagt habe ich deiner Mutter und deiner Schwester erst heute Nachmittag erklärt, dass es an der Zeit sei, dich dein Leben leben und deine eigenen Fehler machen zu lassen.«

»Mit Ryan zusammen zu sein ist kein Fehler. Ohne ihn zu sein war einer.«

»Ich möchte nur, dass du glücklich bist.«

»Wenn du das willst, dann musst du Ryan akzeptieren. Er liebt mich wirklich sehr. Was kannst du von einem Schwiegersohn mehr verlangen?«

»Nicht viel, schätze ich«, gab Dalton zu.

Henry und Betsy tanzten jetzt neben Susannah und ihrem Vater.

»Hallo, Susannah«, sagte Henry milde lächelnd. »Ein weiterer Erfolg. Herzlichen Glückwunsch.«

»Danke«, erwiderte sie und bemühte sich, jeglichen Blickkontakt mit Betsy zu vermeiden, die ihre dunkelbraunen Haare in einem glatten Pagenkopf trug. Ihr weit ausgeschnittenes weißes Ballkleid zeigte ihre tief gebräunte Haut und betonte ihre spektakulären, chirurgisch optimierten Brüste.

»Henry, ich würde gerne kurz mit dir reden«, sagte Dalton. An Betsy gewandt fügte er hinzu: »Wenn Sie uns bitte einen Moment entschuldigen würden?«

Überrascht sagte sie nur: »Natürlich«, und verließ mit verwunderter Miene die Tanzfläche.

Dalton behielt Susannahs Hand in seiner, als er sie und Henry in eine ruhige Ecke führte.

»Du brauchst mich doch nicht, oder, Daddy? Ich möchte Ryan suchen.«

»Es dauert bloß einen Moment, Susannah.« Er wandte sich an Henry. »Ich möchte dir eine Frage stellen und hätte gerne eine ehrliche Antwort, mein Sohn.«

»Natürlich, Dalton.« Henry zeigte sein geübtes Lächeln. »Was kann ich für dich tun?«

Dalton hob Susannahs Handgelenk hoch, das immer noch bläulich verfärbt und leicht geschwollen war. »Hast du meiner Tochter das angetan?«

»Daddy!« Susannah wehrte sich gegen den leichten Griff ihres Vaters. »Tu das nicht.«

»Ich habe dir eine Frage gestellt, Henry.«

»Wir haben uns unterhalten«, stotterte der. »Und sie wollte gehen, bevor ich die Gelegenheit hatte, ihr zu sagen ...«

»Hast du ihr das angetan?«

»Es war ein Versehen«, stieß Henry aus, und seine Ohren liefen rot an.

Daltons Kiefermuskeln spannten sich an, und ein harter Ausdruck trat in sein sonst so freundliches Gesicht.

Susannah war diese Konfrontation entsetzlich peinlich, doch gleichzeitig war sie davon fasziniert, diese neue Seite an ihrem Vater kennenzulernen.

»Ich bin sehr enttäuscht von dir, Henry«, sagte Dalton in gemessenem Ton. »Ich denke, du schuldest meiner Tochter mindestens eine Entschuldigung.«

Endlich sah Henry Susannah an, aber in seinen Augen lag Verachtung. »Wie ist es mit dem, was sie *mir* schuldet?«

»Sie schuldet dir gar nichts«, knurrte Dalton. »Ich warte.«

»Es tut mir leid.«

Susannah senkte den Blick.

»Halt dich von ihr fern, haben wir uns verstanden?«

»Ja«, sagte Henry, und seine Südstaatenerziehung zwang ihn, ein widerstrebendes »Sir« anzuhängen, bevor er ging.

»Daddy.« Seufzend ließ Susannah sich in seine Arme fallen. »Das hättest du nicht tun müssen.«

»Doch, musste ich. Und wenn ich die Gelegenheit bekomme, werde ich mich bei Ryan entschuldigen. Es war falsch von mir, anzunehmen, dass er dir so etwas antun könnte. Er mag nicht der Ehemann des Jahres gewesen sein, aber soweit ich weiß, hat er nie Hand an dich gelegt.«

»Das hat er nicht. Und das würde er auch niemals tun.«

Dalton gab ihr einen Kuss auf die Stirn. »Ich hab dich lieb, Süße.«

»Ich dich auch, Daddy.«

Susannah hob den Kopf von der Schulter ihres Vaters und erblickte Ryan am anderen Ende des Saals, in eine intensive Unterhaltung mit Betsy James vertieft. Sie hatte die Hände auf seine Brust gelegt und schien ihn anzuflehen. Er nahm sie bei den Schultern und erwiderte etwas. Susannah wurde übel, als sie merkte, dass jeder im

Raum verfolgte, wie ihr Mann eindringlich mit der Frau redete, von der die meisten glaubten, sie sei einmal seine Geliebte gewesen.

Sie löste sich aus den Armen ihres Vaters und durchquerte den Saal. Die Kontrolle entglitt ihr mit jedem Schritt ein Stückchen mehr, und als sie auf Ryan zumarschierte, schien der Raum um sie herum zu verschwinden. Ein roter Schleier blendete alle außer Ryan und Betsy aus, die einander berührten.

Da er mit dem Rücken zu ihr stand, sah Ryan sie nicht kommen.

»Susannah«, sagte Carol und versuchte, sie aufzuhalten.

Susannah ignorierte ihre Freundin und ging weiter. Das Dröhnen in ihrem Kopf wurde immer lauter.

»Nimm die Hände von meinem Mann«, zischte sie.

Erschrocken von ihrem plötzlichen Auftauchen rief Ryan: »Susie!« Dann zog er seine Hände von Betsys Schultern zurück, als hätte er sich verbrannt.

Als Betsy die Finger nicht sofort von Ryans Brust nahm, schubste Susannah sie.

Betsy hatte sich schnell erholt und schlug nach Susannah, was ein kollektives Aufkeuchen im Saal zur Folge hatte.

Ryan stellte sich rasch zwischen die beiden Frauen und verzog das Gesicht, als Betsys Faust ihn an den Rippen traf.

»Halt dich von ihm fern!«, schrie Susannah und versuchte, ihren Arm aus Ryans Griff zu befreien, der das Einzige war, was sie davon abhielt, sich auf Betsy zu stürzen.

»Susannah!«, rief ihre Schwester. »Du machst dich zum Gespött.«

»Halt den Mund, Missy!«

Ryan versuchte, Susannah wegzuführen, doch sie stieß ihn von sich. »Rühr mich nicht an«, fuhr sie ihn an. »Ich kann einfach nicht glauben, dass du vor aller Augen überhaupt mit ihr redest, geschweige denn sie anfasst!«

»Ich habe nicht mit ihr geredet! Sie hat mit *mir* geredet!«

»Ich habe es mit meinen eigenen Augen gesehen!« Susannah wusste, dass sie eine Szene machte, über die man noch lange sprechen würde, aber es war ihr egal. Dass er diese Frau angefasst und zugelassen hatte, dass sie ihre Hände auf ihn legte, war einfach zu viel.

Seine Augen verdunkelten sich vor Zorn. »Du hast gar nichts gesehen.«

Sie brach in Tränen aus. »Du bist ein Lügner! Alles, was sie über euch beide gesagt haben, entsprach der Wahrheit. Du hast mich *angelogen*! Wieder einmal hast du alles kaputtgemacht.«

Ryan beugte sich wortlos vor, warf sie sich über die Schulter und marschierte zur Tür.

Sie hämmerte auf seinen Rücken ein. »Lass mich runter!« Bevor sie um die Ecke bogen, erhaschte sie einen letzten Blick auf die High Society von Denver, die mit erstaunten Mienen verfolgte, wie ihr erboster Ehemann den Star des Abends aus dem Ballsaal trug. Das Letzte, was sie sah, war Henrys triumphierendes Grinsen.

26

Ryan trug sie den ganzen Weg zum Parkhaus, wo er sie endlich absetzte, sein Smokingjackett auszog und es ihr umlegte.

Bernie und Dalton waren direkt hinter ihnen.

»Ryan!«, rief Bernie. »Warte eine Minute.«

»Nicht jetzt, Bern.«

Susannah stand schweigend da, als Ryan die Beifahrertür öffnete und sie drängte, einzusteigen.

Bernie stellte sich zwischen die Tür und das Auto, sodass Ryan sie nicht zumachen konnte. »Atme tief durch, Ryan«, sagte er und legte eine Hand auf Ryans sich heftig hebenden und senkenden Brustkorb.

»Ich will nicht atmen. Ich will fahren, also geh bitte aus dem Weg.«

»Nicht so schnell«, meinte Dalton und drängte sich an Bernie vorbei, um sich ins Auto zu beugen. »Willst du lieber nicht mit ihm mit, Susannah?« Er schob ihr die Haare aus dem Gesicht, die sich aus ihrem französischen Knoten gelöst hatten. »Du musst es nur sagen, und ich hole dich da raus.«

»Das ist eine Sache zwischen mir und meiner Frau, Dalton«, erklärte Ryan knapp. »Du musst dich da raushalten.«

»Ich werde meine Tochter nicht bei dir lassen, wenn sie das nicht will.«

Susannah zitterte vor Kälte. Sie weinte leise und war sich nicht sicher, wo sie im Moment sein wollte.

Bernie drängte sich neben Dalton und beugte sich vor, um mit Susannah zu reden. »Susie, Liebes, ich weiß, du bist aufgebracht. Aber du musst Ryan die Gelegenheit geben, zu erklären, was da drinnen überhaupt passiert ist. Es ist nicht das, was du denkst.«

»Ich weiß, was ich gesehen habe.«

»Und ich bin mir sicher, es hat böse ausgesehen, doch du musst ihn anhören.«

»Ich bin es leid, ihn anzuhören. Und ich bin seine ganzen Lügen leid.«

Ryan explodierte. »Ich habe dich nie angelogen!«

Bernie ergriff ihre Hand. »Wir sind Freunde, Susie, oder? Gute Freunde?«

Ein Schluchzen schüttelte sie, als sie nickte.

»Vertraust du mir?«, fragte Bernie.

Sie nickte wieder.

»Dann geh bitte mit ihm, und lass es ihn erklären. Wirst du das für mich tun? Ich gebe dir mein Wort, dass alles, was er sagt, der Wahrheit entspricht.«

Susannah musterte ihn lange, bevor sie flüsterte: »Okay.«

Bernie gab ihr einen Kuss auf die Wange. »Alles wird gut, das verspreche ich dir.« Er richtete sich auf und drehte sich zu Ryan um.

»Danke«, sagte der.

Bernie umarmte ihn. »Bleib cool, Kumpel.«

Ryan nickte. »Dalton, Bernie wird dir erklären, was los ist. Kann einer von euch bitte Susannahs Mantel und ihre Tasche holen?« Er reichte Bernie den Garderobenschein.

»Natürlich.«

Dalton beugte sich ins Auto, um Susannah einen Kuss zu geben. »Wir sind im *Inverness*. Wenn du mich brauchst, ruf mich an, und ich hol dich ab. Und wenn es mitten in der Nacht ist.«

»Danke, Daddy.«

Dalton schloss die Wagentür.

Ryan stieg ein und startete den Motor. Bevor er den Rückwärtsgang einlegte, schaute er sie mit einem so wütenden Blick an, dass sie sich tiefer in seinem Smokingjackett vergrub.

Während der gesamten Heimfahrt sprach er kein Wort.

Als sie zu Hause ankamen, ging er um den Wagen herum und hob Susannah heraus.

»Was machst du da? Ich kann selbst laufen! Lass mich runter.«

»Halt den Mund, Susannah«, erwiderte er und trug sie ins Haus, setzte sie im Fernsehzimmer ab. »Rühr dich nicht vom Fleck.« Er drehte sich um und marschierte zur Haustür zurück.

Einen Moment später hörte sie, wie die Autotür zufiel, dann kam Ryan wieder herein. In der Hand hielt er einen Zettel, den er ihr reichte.

Mit zitternden Fingern nahm sie ihn. »Was ist das?«

»Lies es.«

Susannah faltete das Stück Papier auf und sah, dass es eine Art Formular war. Darauf standen sein Name und der von Betsy, darunter juristisches Kauderwelsch. »Ich verstehe nicht ...«

»Das ist ein Kontaktverbot.«

Überrascht schaute Susannah ihn an. »Sie hat ein Kontaktverbot gegen dich erwirkt?«

»Nein«, knurrte er. »*Ich* habe eins gegen *sie* erwirkt.«

»Warum?«

Rastlos lief er im Raum auf und ab. »Anfangs hat sie mich nur genervt. Sie schien überall zu sein, wo ich war. Sie ist beim Training aufgetaucht, bei Veranstaltungen, in Restaurants. Wenn ich da war, war sie ebenfalls da. Ich habe nie sonderlich darauf geachtet, weil wir ständig von so vielen Menschen umgeben waren. Ich habe sie für ein Groupie gehalten und sie nicht groß beachtet. Aber dann habe ich herausgefunden, dass sie Leuten erzählt, wir hätten was miteinander. Das war, kurz nachdem wir Justin verloren hatten, und alle wussten, dass wir eine schwere Zeit durchmachten.« Er fuhr sich mit den Fingern durchs Haar. »Wie auch immer, ich habe sie aufgesucht, um ihr zu sagen, dass sie aufhören soll,

Lügen über mich zu verbreiten. Das hat sich als großer Fehler herausgestellt.«

»Warum?«, fragte Susannah wieder.

»Weil sie unsere Unterhaltung heimlich auf Video aufgenommen und gedroht hat, dir die Aufnahme zu schicken, wenn ich nicht mit ihr ins Bett gehe. Ich habe Panik bekommen, weil ich wusste, das Band würde beweisen, dass ich in ihrer Wohnung war. Zwischen dir und mir lief es nicht sonderlich gut, und ich war ziemlich sicher, dass die Gerüchte dir inzwischen zu Ohren gekommen waren.«

»Das waren sie.«

»Als ich mich geweigert habe, mit ihr zu schlafen, ist sie durchgedreht. Sie war total verrückt, hat mich geschlagen und mir das Gesicht zerkratzt. Es war verrückt.«

»Du hast mir erzählt, du hättest dir die Kratzer beim Training eingefangen.«

»Was hätte ich denn tun sollen?« Seine Augen waren hart und fast starr. »Aber weißt du, heute Abend ist mir etwas bewusst geworden. Als du gesagt hast, ich hätte ›wieder einmal‹ alles kaputtgemacht. Das Gleiche hast du gesagt, als du mich damals rausgeworfen hast. Du hast etwas über mich gehört und sofort den Schluss gezogen, dass ich eine Affäre mit ihr hatte, oder?«

»Ich habe viele Sachen gehört.«

»Aber du hast mich nie gefragt! Du hast mich nie zur Rede gestellt und mich geradeheraus gefragt: ›Hast du mit ihr geschlafen, Ryan?‹« Inzwischen war seine Stimme lauter geworden. »Denn wenn du das getan hättest, hätte ich dir das Gleiche gesagt wie jetzt: Nein, hab ich nicht. Ich habe weder mit ihr noch mit irgendeiner anderen Frau geschlafen, seitdem ich dich kennengelernt habe!«

»Es stand so schlecht zwischen uns«, flüsterte sie. »Wir haben kaum miteinander gesprochen. Alle haben behauptet ...«

»Wir waren damals beinahe neun Jahre verheiratet, Susannah. Warst du mir da nicht mehr schuldig, als einem Haufen Gerüchte zu glauben?«

»Wir hatten seit Monaten keinen Sex mehr gehabt. Ich dachte ...«

»Du hast falsch gedacht!«, brüllte er. »Ich bin sie nicht losgeworden! Eines Tages habe ich sie nach dem Training nackt in meinem Wagen vorgefunden. Das war der Moment, in dem ich Bernie erzählt habe, was los ist, und er hat mir geraten, ich solle die Polizei informieren, damit sie mich schützt. Darüber habe ich nur gelacht. Ich meine, der über eins neunzig große Ryan Sanderson muss vor einer Frau geschützt werden? Ich hatte mehr Angst davor, von den anderen Jungs gehänselt zu werden, als vor ihr.« Er lachte bitter. »Wie sich herausgestellt hat, hätte ich auf Bernie hören sollen.«

Susannah fürchtete sich beinahe, zu fragen. »Warum? Was ist passiert?«

»Nachdem du und ich uns getrennt hatten, hat sie noch mal eine Schippe draufgelegt. Sie ist jeden Tag aufgetaucht statt bloß ein paarmal die Woche. Dann ist jemand bei mir eingebrochen und hat meine Wohnung in der Stadt verwüstet.«

Susannah keuchte auf. »O mein Gott!«

»Ich wusste, dass sie es war, denn alle Fotos von dir und mir waren in kleine Fetzen gerissen worden.«

»Sie gehört ins Gefängnis!«

»Sie haben sie verhaftet und wegen Einbruch und Vandalismus angeklagt.«

»Warum stand davon nichts in der Zeitung?«

»Der Club hat seinen Einfluss geltend gemacht, um den Vorfall aus der Presse herauszuhalten. Ich hatte schreckliche Angst, dass du davon erfährst. Ich habe befürchtet, du würdest denken, es hätte sich um einen Streit unter Liebenden gehandelt. Ich wollte nicht, dass du etwas davon erfährst, weil ich immer noch die Hoffnung hatte, dass wir wieder zusammenkommen. Ich wusste, du würdest das Schlimmste annehmen, wenn du meinen und ihren Namen im gleichen Satz hören würdest.«

Susannah ließ sich im Sofa zurücksinken. Ihr war schlecht, als sie daran dachte, dass sie genau das heute Abend getan hatte. Und das nach all den Fortschritten, die sie in den letzten zehn Tagen erreicht hatten.

»Der Richter hat sie auf Bewährung freigelassen und ihr ein Kontaktverbot auferlegt. Was du glaubst, heute Abend gesehen zu haben, war ich, der sie daran erinnert hat, dass sie sich mir auf höchstens dreihundert Meter nähern darf. Ich habe ihr zehn Minuten dafür gegeben, den Ball zu verlassen, sonst hätte ich die Polizei gerufen.«

»Du hast sie angefasst ...«

»Ich habe versucht, sie loszuwerden! Um Himmels willen, Susannah! Nach allem, was wir durchgemacht haben. Glaubst du ehrlich, ich würde das wegen einer Schlampe wie ihr aufs Spiel setzen?«

Scham erfüllte Susannah, und Tränen strömten ihr über die Wangen. »Es tut mir so leid, Ry. Ich hatte angenommen ...«

»Ich weiß, was du angenommen hast. Halb Denver weiß, was du angenommen hast.«

Der Schmerz, den er ausstrahlte, war fast mit Händen greifbar.

»Ich habe dich mit ihr gesehen, wie du sie berührt hast und sie dich, und bin durchgedreht.«

»Ich weiß, ich war dabei.«

»Ich wette, Henry hatte was damit zu tun«, erwiderte Susannah, als sie sich an sein triumphierendes Lächeln erinnerte.

»Ich bin sicher, dass er sie ermuntert hat, mich anzusprechen. Sie wussten beide, dass ich nicht die Polizei rufen oder eine Szene machen würde, wenn es sich vermeiden ließ.«

»Und stattdessen habe *ich* eine Szene gemacht.«

»Und was für eine«, sagte er, aber in seiner Stimme schwang kein Humor mit. Er löste seine Fliege und öffnete den obersten Knopf seines Hemds.

»Du hättest mir das alles früher erzählen müssen.«

»Da hast du vermutlich recht. Wenn ich es getan hätte, hätte ich mich privat mit deinen Anschuldigungen auseinandersetzen können, anstatt sie mir vor meinen Mannschaftskollegen und allen, die wir kennen, anzuhören.«

Sie zuckte zusammen. »Was ich gesagt habe, tut mir so leid.«

»Mir auch. Als wir in der Hütte waren, habe ich dir geschworen – *geschworen* –, dass ich dich nie angelogen und nie betrogen habe. Und doch, trotz allem, was wir in der letzten Woche miteinander geteilt haben, bist du automatisch vom Schlimmsten ausgegangen, als du mich mit ihr gesehen hast. Das tut weh, Susannah.«

»Ich weiß. Und es tut mir leid. Ich wünschte, ich könnte etwas sagen oder tun, um das alles ungeschehen zu machen.«

»Ich brauche es, dass du mir vertraust. Ich brauche es, dass du mir glaubst, wenn ich dir sage, dass ich dich liebe, dass ich dir treu war, dass es keine andere für mich gibt. Ich kann diese Streitereien nicht für den Rest meines Lebens haben. Die Kraft habe ich einfach nicht.«

Sie stand auf und ging zu ihm. Nachdem sie ihm die Arme um die Taille geschlungen hatte, erklärte sie: »Ich glaube dir, und ich habe Vertrauen zu dir. Es tut mir leid, dass ich auch nur eine Sekunde an dir gezweifelt habe.«

»Eine Sekunde reicht, um alles zu untergraben, woran wir so hart gearbeitet haben. Ganz zu schweigen davon, dass es Leuten wie Henry, Betsy und deiner Schwester ungeheures Vergnügen bereitet, wenn wir zerstritten sind.«

»Ich weiß. Und es tut mir aufrichtig leid, Ry.« Sie brach in Schluchzen aus. »Es tut mir so leid.«

Er legte die Arme um sie und zog sie an sich, doch seine Umarmung war steif. »Du bist bestimmt müde, und wir haben morgen einen Termin bei Gericht.«

»Was werden wir dem Richter sagen?«, fragte sie.

»Was meinst du?«

Sie biss sich auf die Unterlippe und wischte sich die Tränen ab. »Nach dem, was heute Abend passiert ist, würde ich es verstehen, wenn du das mit der Scheidung durchziehen willst.«

Er schloss seufzend die Augen. »Eine Scheidung ist das Letzte, was ich will, Susannah. Wir bekommen ein Baby. Hast du das vergessen?«

»Natürlich nicht. Aber ich will nicht, dass du nur wegen des Babys bei mir bleibst.«

»Das tue ich nicht«, antwortete er, doch sie war nicht überzeugt. »Geh ins Bett. Du musst dich ausruhen.«

»Kommst du auch?«

»Später.«

Sie reckte den Kopf, um ihn zu küssen. »Ich liebe dich, und was heute Abend geschehen ist, tut mir wirklich leid. Ich würde alles geben, um zu dem Zeitpunkt zurückzukehren, als du mir diese wundervolle Kette geschenkt hast.«

»Ich auch.«

Susannah ließ ihn im Fernsehzimmer zurück und begab sich nach oben, wo sie sich mechanisch auszog, sich das Gesicht wusch und ihr Haar löste. Dann nahm sie die Kette ab und hielt sie lange in der Hand, bevor sie sie in ihr Schmuckkästchen legte. Als sie ins Bett kroch, wurde sie erneut von Schluchzern geschüttelt. Das Bild von Ryans verletzter Miene war mehr, als sie ertragen konnte, und sie weinte, bis ihr beinahe schlecht wurde. Sie hatte ihn vor den wichtigsten Menschen in seinem Leben gedemütigt und ihm so schreckliche Sachen vorgeworfen, nur um dann zu erfahren, dass er das Opfer dieser furchtbaren Frau war. Sie erschauerte, als sie sich an die grauenhafte Szene auf dem Ball erinnerte.

»Das wird er mir nie verzeihen«, flüsterte sie in dem dunklen, leeren Zimmer. »Und ich kann es ihm nicht mal verdenken.«

Lange lag sie da und dachte über die Ereignisse des Abends nach, bevor sie schließlich in einen unruhigen Schlaf fiel. Sie träumte von niedlichen Babys und Footballspielen und schreckte hoch, als die Gesichter der Babys verschwanden. Ihr Herz schlug wie verrückt, als sie den Kopf drehte und sah, dass die andere Betthälfte leer war. Die Uhr auf dem Nachttisch zeigte zwanzig nach drei.

Susannah stand auf, zog sich den Morgenmantel über und ging nach unten. Ryan lag schlafend in seinem Smoking auf dem Sofa, die Arme über den Kopf gestreckt. Ihr Herz schmerzte beim Anblick seines attraktiven Gesichts, das im Schlaf ganz weich war. Sie kniete sich neben ihn und streichelte seine Wange.

»Ry?«, flüsterte sie.

Er rührte sich nicht.

Sie löste einige der Onyxknöpfe an seinem Smokinghemd. Dann presste sie ihre Lippen auf seine Brust und wiederholte: »Ryan?«

»Ja?«

Sie schaute zu ihm auf und sah den Moment, in dem ihm einfiel, was passiert war. »Komm mit ins Bett.« Sie umfasste seine Hand. »Ich brauche dich.«

Nach einem endlos scheinenden Moment, in dem Susannah fürchtete, er würde ablehnen, ließ er sich von ihr hochhelfen und die Treppe hinaufführen.

Oben löste sie die restlichen Knöpfe und zog ihm das Hemd aus. Als sie nach seiner Hose griff, wandte er sich von ihr ab, ging ins Bad und schloss die Tür hinter sich.

Mit einem tiefen Seufzer legte sich Susannah ins Bett, um auf ihn zu warten.

Zehn Minuten später kam er nur in Boxershorts heraus und schlüpfte unter die Decke. Er blieb auf seiner Seite des Betts, sodass Susannah näher an ihn heranrutschte.

Mit einer Hand auf seinem Bauch küsste sie seine Brust.

Er erzitterte ein wenig.

Ermutigt von seiner Reaktion, ließ sie ihre Hand weiter nach unten gleiten.

Er hielt sie auf. »Nicht, Susie.«

»Lass mich dich lieben, Ry.«

»Nicht jetzt.«

In ihren Augen brannten Tränen. »Es könnte helfen.«

»Nein, das kann es nicht.«

***

DAS ERSTE, WAS SUSANNAH AUFFIEL, ALS SIE AM NÄCHSTEN MORGEN UM Viertel nach acht aufwachte, war, dass sie das Kissen ganz für sich allein hatte. Diese Entdeckung war verstörend. Ryan lag, den Rücken ihr zugewandt, so weit von ihr entfernt, wie es das breite Bett zuließ. Die Kluft zwischen ihnen war weit und tief, und Susannah fragte sich, ob es ihnen gelingen würde, sie ein zweites Mal zu überwinden. Sie musterte seinen muskulösen Rücken und versuchte zu entscheiden, was sie tun sollte, als das Telefon klingelte. Neugierig, wer so früh anrief, ging sie ran.

»Hallo?«

»Susannah?«

Ihr Herz wurde schwer, und ihr Magen zog sich zusammen. »Was willst du, Henry?«

»Ich wollte nur hören, ob es dir gut geht.«

»Mir geht es wunderbar. Warum sollte es auch nicht?«

Ihre Antwort schien ihn aus der Bahn zu werfen. »Aber«, stammelte er. »Gestern Abend warst du so aufgebracht ...«

»Ach das.« Sie lachte leise. »Das war bloß ein dummes Missverständnis. Ryan hat mir alles erklärt, und wir haben herzlich darüber gelacht.« Dann quiekte sie in den Hörer: »Ryan, *lass* das!«

»Ich frage mich, ob Betsy wohl das Gleiche sagt«, erwiderte Henry scharf.

Susannah sah rot, behielt jedoch einen lockeren Plauderton bei. »Da wir beide wissen, dass sie sich Ryan nur auf maximal dreihundert Meter nähern darf, bezweifle ich, dass sie sonderlich viel dazu beizutragen hat. Ich danke dir für deinen so unglaublich besorgten Anruf, Henry, aber mein Mann und ich liegen noch im Bett. Es ist wirklich *viel* zu früh, um hier anzurufen. Wir stehen erst auf, wenn wir es unbedingt müssen.«

»Du bist eine dumme Schlampe, Susannah«, schäumte er. »Ich bin froh, dass ich das erkannt habe, bevor ich mich für den Rest meines Lebens an dich gefesselt habe.«

»Und du bist ein manipulatives Wiesel. Danke, dass du mir noch mal gezeigt hast, dass zu meinem Ehemann zurückzugehen das Klügste war, was ich je getan habe. Ruf mich nie wieder an.« Sie beendete das Telefonat und legte den Hörer auf den Nachttisch zurück. Als sie zu Ryan schaute und sah, dass er sie amüsiert beobachtete, füllte ihr Herz sich mit Hoffnung.

»Das war eine Oscar-würdige Vorstellung«, bemerkte er.

»Er hat nicht weniger verdient.«

Ryan streckte die Hand nach ihr aus.

In der Mitte des großen Betts trafen sich ihre Hände, und er verschränkte seine Finger mit ihren.

Sehr lange lagen sie so da und musterten einander stumm.

Dann zupfte er an ihrer Hand und zog Susannah näher zu sich heran. »Was genau habe ich gemacht, während du am Telefon warst?«

Schüchtern antwortete sie: »Oh, ich weiß nicht. Vielleicht hast du mich genau hier geküsst?« Sie zeigte auf ihren Hals.

Er ersetzte ihren Finger durch seine Lippen. »Hier?«

»Ja«, seufzte sie. »Genau da.«

Durch den seidigen Stoff ihres Nachthemds streichelte er ihre Brust.

»Ry ...«

»Sag jetzt nichts.«

»Aber du sollst wissen ...«

Er unterbrach sie mit einem tiefen, innigen Kuss.

Sie löste ihre Lippen von seinen und ergänzte: »Dass ich dich liebe.«

»Und ich liebe dich«, erwiderte er und zog sie unter sich, wobei er ihr das Nachthemd hochschob.

Ihr letzter Gedanke, bevor sie aufhörte zu denken, war: *Ich danke dir so sehr, dass du angerufen hast, Henry.*

27

Hand in Hand gingen Susannah und Ryan die Stufen des Gerichtsgebäudes hinauf.

»Wir kommen zu spät, und das wird er uns spüren lassen«, befürchtete sie.

»Ich habe versucht, dich dazu zu bewegen, das Bett zu verlassen.«

»*Du* hast mich doch nicht aufstehen lassen.«

»Wir haben noch dreißig Sekunden.«

»Beeil dich!«

Atemlos trafen sie um Punkt elf Uhr im Vorzimmer des Richters ein.

»Der Richter und Ihre Anwälte warten im Richterzimmer auf Sie, Mr und Mrs Sanderson«, erklärte ihnen die Sekretärin des Richters mit sauertöpfischer Miene. »Gehen Sie durch.«

Ryan ließ Susannah den Vortritt.

»Mr und Mrs Sanderson«, begrüßte Richter Prescott Tohler sie. »Wie schön, dass Sie sich zu uns gesellen.«

»Eurer Ehren«, sagte Ryan und nickte seinem Anwalt zu.

»Sie beide haben mir mehr graue Haare verursacht als jeder andere.«

Ryan rückte Susannah den Stuhl zurecht, wobei sie verwirrte Blicke wechselten.

»Zuerst haben Sie mich hiermit ganz schön aufgeregt.« Der Richter bezog sich auf den Artikel über Ryans Rücktritt aus dem aktiven Sport. Der Richter las vor: »Auf der Pressekonferenz hat Sanderson außerdem verkündet, dass er und seine Frau wieder zusammen sind.‹ Oh, das hat meinem alten Herzen gutgetan! Zu glauben, dass die sechs Monate, die ich Ihnen auferlegt habe, vielleicht doch die richtige Entscheidung waren ...« Er nickte zufrieden, aber dann verschwand sein Lächeln. »Und dann, als ich mich heute darauf gefreut habe, zu hören, *wie* richtig ich gelegen habe, hätte ich mich beinahe an meinem Müsli verschluckt, als ich das hier gesehen habe.« Er hielt die Gesellschaftsseite der heutigen Zeitung hoch, auf der ein Bild prangte, auf dem Ryan eine wütende Susannah aus dem Ballsaal trug.

Susannah keuchte auf. »O nein ...«

»O ja, Mrs Sanderson. O ja.« Mit einem tiefen Seufzer lehnte der Richter sich auf seinem Stuhl zurück. »Sie beide haben mich enttäuscht.«

Ryan zupfte sich ein paar unsichtbare Fusseln von der Anzughose.

»Haben Sie eigentlich eine Ahnung, wie viele Kinder in dieser Stadt Sie als Helden betrachten, Mr Sanderson?«

»Ja«, stieß Ryan durch zusammengebissene Zähne aus. »Dessen bin ich mir nur zu gut bewusst.«

»Wie können Sie es dann rechtfertigen, sich mit Ihrer Frau dermaßen in der Öffentlichkeit zu streiten?«

»Eurer Ehren«, warf Susannah ein. »Das war nicht seine Schuld, sondern meine. Ich habe auf etwas, das ich gesehen habe, vollkommen überreagiert.« Sie warf Ryan einen Blick zu, der stur aus dem Fenster hinter dem Richter starrte. »Ryan hat bloß versucht, mich da rauszuholen, bevor ich es noch schlimmer machen konnte.«

»Und sind Sie dem Missverständnis auf den Grund gegangen?«, fragte der Richter.

Susannah griff nach Ryans Hand. »Das sind wir, Euer Ehren.«

Ryan nickte zustimmend.

Der Richter stützte die Ellbogen auf den Tisch und beugte sich vor. »Sind Sie gar nicht neugierig, warum ich Ihre Scheidung auf so unkonventionelle Weise behandelt habe?«

Bei diesen Worten richteten sich beide Anwälte aufmerksam auf.

»Wir haben etwas gemeinsam, Sie und ich«, fuhr der Richter fort.

»Wirklich?« Susannah warf Ryan einen Blick zu.

Der Richter nickte. »Ich habe ebenfalls einen Sohn verloren.« Er hielt einen Moment inne, bevor er fortfuhr: »Mein Sohn war sechzehn, als er beim Überqueren einer Straße, die er schon Hunderte Male überquert hatte, von einem Auto überfahren wurde. Und so erschütternd es auch war, ihn so plötzlich zu verlieren, kann ich mir doch nicht vorstellen, wie viel schlimmer es gewesen wäre, ihn überhaupt nie kennengelernt zu haben.«

Susannah stiegen Tränen in die Augen, und sie musste den Kopf senken.

Ryan drückte ihre Hand.

»Wir haben unseren Jungen vor neunzehn Jahren verloren«, fuhr der Richter fort. »Und danach habe ich sehr lange gefürchtet, meine Frau ebenfalls zu verlieren. Wir schienen irgendwie nicht mehr miteinander klarzukommen. Es hat Jahre – *Jahre* – gedauert, bis wir wieder zusammen lachen konnten.«

»Ihr Verlust tut mir sehr leid«, flüsterte Susannah.

»Und mir der Ihre.« Der Richter sah Ryan an. »Ich habe Ihre Karriere verfolgt, Mr Sanderson. Und zwar ab dem Moment, in dem Sie und Ihre hübsche junge Frau hier in Denver gelandet sind. Ich habe immer Ihren Mut und Ihre Selbstbeherrschung selbst unter größtem Druck bewundert. Sie beide schienen so glücklich zusammen zu sein – zumindest nach dem, was bekannt war. Also war ich sehr traurig, als ich vor ein zwei Jahren von Ihrem Verlust hörte, und noch trauriger, als ich Ihre Namen kurz darauf in meinem Terminplan entdeckt habe. Denn ich weiß besser als die meisten, was Sie durchgemacht haben und wie lange es dauern kann, eine Ehe nach so einem Verlust wieder auf die richtige Bahn zu lenken.

Also habe ich mich gefragt, ob Sie nicht übereilt gehandelt haben. Unter anderem deshalb habe ich auf der sechsmonatigen Wartezeit bestanden.«

»Sie hatten recht, Euer Ehren«, erklärte Susannah. »Ich habe voreilige Schlüsse gezogen und unüberlegt gehandelt.«

»Mr Sanderson, empfinden Sie das genauso?«

»Ja, Euer Ehren«, antwortete Ryan mit ausdrucksloser Miene.

»Sind Sie sicher?«, hakte der Richter nach. »Ich muss mir ganz sicher sein. Meine Trickkiste ist leer. Ich hatte bereits beschlossen, wenn Sie beide heute herkämen und die Scheidung immer noch wollten, würde ich sie Ihnen gewähren.«

»Ich will keine Scheidung«, sagte Ryan.

»Ich auch nicht«, bestätigte Susannah.

Der Richter musterte sie einen Moment, bevor er verkündete: »Nun gut. Der Antrag ist hiermit zurückgezogen. Ich hoffe, ich werde Ihre Namen nie wieder in meinem Terminplan lesen.«

»Ganz bestimmt nicht«, versicherte ihm Susannah.

Der Richter gab ihnen beiden die Hand. »Viel Glück.«

»Danke.« Susannah lächelte ihn an. »Sie haben uns von einem großen Fehler abgehalten.«

»Ich hatte einfach so ein Gefühl, was Sie beide betraf.« Kurz darauf rief der Gerichtsdiener ihn in den Gerichtssaal.

Während Susannah von Diane umarmt wurde, sah sie, dass Ryan seinem Anwalt die Hand schüttelte und ein paar ruhige Worte mit ihm wechselte.

»Bist du sicher, dass alles in Ordnung ist, Susannah?«, wollte Diane wissen.

»Ganz sicher. Ich weiß, ich habe gestern Abend ein ziemliches Spektakel aufgeführt ...«

»Ach bitte. Das war das Aufregendste, was seit Jahren in dieser Stadt passiert ist. Ich wollte aufstehen und jubeln, als du diese Schlampe Betsy James geschubst hast.«

»Es ist mir immer noch entsetzlich peinlich, dass ich mich so benommen habe.«

»Wenn diese Frau ihre Hände an *meinen* Mann gelegt hätte, hätte ich das Gleiche getan. Und ich weiß, dass die meisten Frauen da meiner Meinung sind. Also mach dir darüber keine Gedanken.«

Mit einem zögernden Blick zu Ryan meinte Susannah: »Ich hoffe nur, dass wir das alles endgültig hinter uns lassen können.«

»Ich wünsche euch beiden nur das Beste, Susannah. Ihr habt es verdient.«

»Danke. Dafür und für alles andere, was du im letzten Jahr für mich getan hast.« Susannah atmete tief ein. »Also, wie ist es gestern Abend gelaufen? Wegen meines abrupten Abgangs habe ich das große Finale verpasst. Wie viel ist zusammengekommen?«

»Über zwei Millionen Dollar.«

»Wow.« Susannah schnappte nach Luft. »Das sind mindestens zweihunderttausend mehr als unsere bisherige Bestmarke.«

»Dafür hat Ryans Football gesorgt. Für den haben wir zweihundertzehntausend bekommen – das ist die höchste Summe, die je bei einer Stummen Auktion für einen Gegenstand erzielt wurde.«

»Oje.« Susannah lachte leise. »Das wird ihm zu Kopf steigen.«

Diane lächelte. »In diesem Fall verdientermaßen.«

»Susannah, bist du fertig?«, fragte Ryan.

Mit einer letzten schnellen Umarmung für Diane verließen sie gemeinsam das Gerichtsgebäude.

Auf dem Parkplatz hielt Ryan ihr die Tür des Wagens auf.

Bevor sie einstieg, fragte Susannah: »Wohin geht es jetzt für uns, Ry?«

»Äh, nach Hause?«

»Nein, das meinte ich nicht.«

»Ich weiß es nicht, Susie. Ich schätze, wir werden einfach unser Bestes geben.«

»Ich will mehr. Ich will, was wir hatten, bevor ich gestern Abend einen geistigen Aussetzer hatte. Ich will das, was wir hatten, bevor mein Vater unseren Tanz unterbrochen hat.«

Ryan legte eine Hand auf die Wagentür und ließ den Kopf sinken. »Das will ich auch.«

Susannah zog seinen Kopf an ihre Brust. »Ich wünschte, ich wüsste, was ich tun kann«, sagte sie. »Ich will das wiedergutmachen, doch ich weiß nicht, wie.« Irgendwann während des Treffens mit dem Richter hatte sie erkannt, dass ihre Nähe an diesem Morgen nicht reichte, um den Schaden zu beheben, den sie in ihrer zerbrechlichen Beziehung angerichtet hatte.

Er hob den Blick und sah sie an. »Immer einen Schritt nach dem anderen. Erst mal fahren wir nach Hause.«

»Und dann?«

Er zuckte die Achseln. »Da ich meine Chance, dich loszuwerden, da drin gerade verpasst habe, schätze ich, dass wir darüber nachdenken, wenn es so weit ist.«

Sie lächelte. »Danke.«

»Wofür?«

»Dafür, dass du mich nicht losgeworden bist. Aber ich hätte dir keinen Vorwurf daraus gemacht.«

»Nein, ich hab dich am Hacken. Auf die eine oder andere Weise werden wir das überstehen, Liebling. So wie ich das sehe, haben wir schon Schlimmeres durchgestanden, oder?«

»Das stimmt. Doch ich habe dich verletzt, Ry. Ich habe *uns* verletzt.«

»Ja, das hast du. Aber ich bin ein großer Junge und werde irgendwann darüber hinwegkommen.«

»Dann warte ich solange.«

»Klingt fair.«

* * *

Susannah zog den Vorhang beiseite und sah erstaunt, wie schnell der Schnee fiel. Eine Straßenlaterne erhellte die unberührte weiße Fläche, und ihr Magen zog sich nervös zusammen. *Wo ist er? Noch vor ein paar Tagen hat er mich mit seiner Fürsorge in den Wahnsinn getrieben, und jetzt habe ich keine Ahnung, wo er ist oder wann er nach Hause kommt.*

Seufzend drehte sie sich um und betrachtete den Tisch, den sie für sie beide gedeckt hatte. Das Abendessen war fertig, und sie hatte die letzte Stunde damit verbracht, den überwältigenden Drang niederzukämpfen, ihn anzurufen. Sie wollte ihm nicht das Gefühl geben, sie würde ihm hinterherspionieren. *Mein Gott, ich hasse das. Zwischen uns ist alles auf einmal so steif und seltsam.*

Die Lampen flackerten, als sie ins Fernsehzimmer ging, um noch ein Scheit aufs Feuer zu legen. Sie wollte es am Brennen halten, für den Fall, dass der Strom ausfiel. Sie schaltete den Fernseher ein, denn sie nahm an, wenn Ryan einen Unfall gehabt hatte, würden die Nachrichten davon berichten. Dreißig Minuten waren verstrichen, ohne dass er erwähnt worden war, als sie hörte, wie sich das Garagentor öffnete, und erleichtert ausatmete. Sie eilte in die Küche und kümmerte sich gerade um den Spargel, als Ryan aus der Garage hereinkam und einen Schwall kalter Luft mit sich brachte.

»Hey.« Er zog Stiefel, Stetson und Ledermantel im Vorraum aus. »Die Straßen sind das reinste Chaos. Tut mir leid, dass ich so spät dran bin.«

»Schon okay.«

»Hast du versucht, mich anzurufen?«

»Nein.«

»Gut. Ich hatte Angst, dass du dir Sorgen machst. Mein Handy ist tot. Ich habe es heute Morgen erst vom Ladekabel genommen, also schätze ich, dass ich ein neues brauche.«

»Ich besorge dir morgen eins, wenn du willst.«

»Wenn du Zeit hast.« Seine Nase war kalt, als er sie auf die Wange küsste. »Irgendetwas riecht hier ganz köstlich. Was gibt es denn?«

»Lamm.«

»Hmm, mein Lieblingsessen.«

»Ich weiß.«

»Soll ich den Tisch decken?«

»Das habe ich schon gemacht.« Sie zeigte ins Esszimmer.

Er warf einen Blick hinein. »Wow, Grandma Sallys Porzellan und alles. Gibt es einen Anlass?«

Sie zuckte mit den Schultern. »Nein, eigentlich nicht.«

Nachdem Susannah die Kerzen auf dem Tisch angezündet und Ryan ein Glas Wein eingeschenkt hatte, setzten sie sich zum Essen. »Wie schmeckt es dir?«, fragte sie.

»Fabelhaft. Deine Kochkünste standen an zweiter Stelle auf meiner Liste von Dingen, die ich während unserer Trennung am meisten vermisst habe.«

Amüsiert trank sie einen Schluck Eiswasser. »Will ich wissen, was an erster Stelle stand?«

Er bedachte sie mit einem vernichtenden Blick, der ihr ein Lachen entlockte. »Ich fühle mich schlecht, wenn ich vor dir Wein trinke.«

»Das musst du nicht. Ich habe im Moment gar keinen Appetit darauf.«

Er sah sie besorgt an. »Fühlst du dich nicht gut?«

»Heute ist mir ein wenig übel.« Sie schob das Essen auf ihrem Teller herum und war nicht sicher, ob dieses Gefühl von ihrer Schwangerschaft verursacht wurde oder von der Anspannung, die zwischen ihnen herrschte.

»Hast du Pam angerufen?«

Sie schüttelte den Kopf. »Nein, das ist ganz normal.«

»Bei Justin hattest du das nicht.«

»Ich glaube, damals hab ich einfach Glück gehabt.«

»Bist du sicher, dass mit dir alles in Ordnung ist?«

Berührt von seiner aufrichtigen Sorge drückte sie ihm den Arm. »Mir geht es gut. Was hast du heute gemacht?«

Er verzog das Gesicht. »Ich hatte ein Meeting im Sender.«

»Und das ist nicht so gut gelaufen?«

Er zuckte mit den Schultern. »Ich hasse es, da hinzumüssen. Die behandeln mich immer wie einen Idioten.«

»Was meinst du damit?«

»Sie reden mit mir, als wäre ich zu dumm, um die geschäftliche Seite des Senders zu verstehen. Das nervt mich.«

»Warte mal. Der Sender gehört dir. Sollten sie dir nicht schmeicheln?«

»Ja, das sollte man meinen.«

»Das macht mich wütend.«

Er lachte leise. »Mich auch. Ich denke, ich muss einen Idioten finden, der einen Fernsehsender kaufen will.«

Susannah lachte. »Das geschähe ihnen recht. Vergiss nicht, du bist Ryan Sanderson. Du kannst alles tun oder lassen, was du willst. Lass den Sender von deinen Managern leiten, und kümmere dich nicht darum.«

»Ich habe nur versucht, ein wenig Interesse zu zeigen. Aber egal. Wie war dein Tag?«

»Ziemlich ruhig.« Sie wollte ihm nicht mitteilen, dass sie die meiste Zeit damit verbracht hatte, das abzusagen, was von ihrer Hochzeit mit Henry noch übrig gewesen war. »Aber ich habe ein paar Anrufe von Leuten erhalten, die mir dazu gratulieren wollten, dass ich Betsy James auf dem Ball in die Schranken gewiesen habe. Außerdem wird es dich freuen, zu hören, dass sie es toll fanden, wie du mich über die Schulter geworfen und rausgetragen hast. Das fanden sie sehr sexy.«

Er grinste so breit, dass seine Grübchen erschienen.

»Das steigt dir gleich zu Kopf, oder?«

»Natürlich. Ich schätze, diese ganzen Bestätigungen bedeuten, dass wir uns wieder in der Öffentlichkeit zeigen können.«

»Wir sollten nichts überstürzen. Ich bin immer noch dafür, dass wir uns ruhig verhalten, bis ein größerer Skandal die Titelseiten übernommen hat.«

»Guter Plan.«

»Ich habe heute mit meiner Mutter gesprochen. Sie hat tatsächlich nach dir gefragt.«

»Wirklich?«, fragte er schockiert.

»Das ist kein Witz.« Seine Reaktion freute sie, denn sie wollte unbedingt alles tun, was sie nur konnte, um ihm zu gefallen. »Sie hat wirklich gefragt.«

»Tja, das ist ja mal was.«

Wieder flackerten die Lampen.

»Könnte sein, dass uns mal wieder eine Nacht vor dem Kamin bevorsteht«, meinte Susannah.

»Ich hätte nichts dagegen.«

Ihr Lächeln war schwach und traurig, als sie sich an die Nacht in der Hütte erinnerte, als sie vor dem Kamin geschlafen hatten – sie war sich ziemlich sicher, dass in dieser Nacht ihr Kind empfangen worden war.

Ryan strich ihr mit dem Daumen über den Handrücken. »Warum bist du so traurig, Baby? Wir kriegen das doch ganz gut hin, oder?«

Sie zuckte mit den Schultern. »Vermutlich schon. Ich habe allerdings das Gefühl, dass wir uns zu sehr bemühen. Selbst wenn wir tun, was wir immer tun, ist da irgendetwas mit uns im Raum.«

»Wenigstens bemühen wir uns.«

»Ich wünschte, ich hätte etwas, womit ich dich erpressen könnte«, gestand sie.

Er lachte. »Wie meinst du das?«

»Na ja, als du an meiner Stelle warst und versucht hast, etwas Schlimmes wiedergutzumachen, konntest du mich wegen der Hochzeit mit Henry zu einem Deal zwingen. Ich aber habe nichts in der Art.«

Sein Blick wurde ganz weich, als er ihre Hand an die Lippen zog. »Du hast wirklich keine Ahnung, was du gegen mich in der Hand hast, oder?«

Damit hatte er recht. Sie hatte keine Ahnung.

»Alles, Susie. Dich. Du könntest mir damit drohen, mir das wegzunehmen.«

»Wenn ich dir also sage, dass ich dich verlasse, könnte ich dir damit genügend Angst machen, dass du mir verzeihst, was ich dir angetan habe?«

»Vielleicht.«

Sie stand auf.

»Wo willst du hin?«

»Packen.«

Er warf den Kopf in den Nacken und lachte, während er die Arme nach ihr ausstreckte und sie auf seinen Schoß zog. »Du gehst nirgendwohin.«

Ihre Augen füllten sich mit Tränen. »Ich will dich zurückhaben, Ry.«

»Ich bin doch hier, Baby.«

»Aber nicht wirklich.«

»Doch, ganz wirklich.«

»Ich wollte dich vorhin anrufen. Als es immer später wurde, hab ich mir Sorgen gemacht. Ich war ehrlich gesagt sogar krank vor Sorge, aber ich hatte Angst, mich bei dir zu melden.«

»Warum? Das ist verrückt. Du weißt, dass du mich jederzeit anrufen kannst.«

»Ich wollte nicht, dass du denkst, ich würde dich kontrollieren.«

»Susie.« Er schüttelte sie im Spaß. »Ich *will*, dass du mich kontrollierst. Das zeigt mir, dass du mich liebst.«

»Ich habe befürchtet, es würde dir auch zeigen ...«

»Was?«

»Dass ich dir nicht vertraue.« Sie atmete tief ein. »Aber es ist vermutlich sowieso egal, weil dein Handy keinen Akku mehr hatte.«

Erneut flackerten die Lampen, und dieses Mal fiel der Strom endgültig aus und ließ sie beide im Schein der Kerzen zurück.

»Susannah, Baby, hör mir gut zu.« Er fasste sie am Kinn, damit sie ihn ansah. »Wenn du dir Sorgen machst oder Angst hast oder dir übel ist oder du dich einsam fühlst – ruf mich an. Es ist mir egal, wo ich bin oder was ich tue. Ich will immer mit dir reden. Und ich verspreche, ich werde niemals denken, dass du mich kontrollieren willst. Klar?«

Gerührt schüttelte sie die Hand, die er ihr hinhielt. »Klar.«

»Fühlst du dich jetzt besser?«

Sie nickte und neigte den Kopf, um ihn zu küssen. Der kleine Kuss wurde schnell leidenschaftlich, als Ryan die Finger in ihre Haare schob und mit der Zunge über ihre Unterlippe strich.

Nach einer Weile stand er auf und trug sie ins Fernsehzimmer, wo er sie aufs Sofa legte und sich neben ihr ausstreckte.

Sie schlang ihm die Arme um den Hals und wollte den Kuss wieder aufnehmen.

»Susie«, seufzte er an ihren Lippen. »Ich liebe dich so sehr. Du musst mich nicht erpressen, okay? Du kannst alles von mir haben, was du willst.«

»Das Einzige, was ich will, bist du. Alles von dir.«

»Das hast du.«

»Gut. Denn ich habe ein Bedürfnis.«

Amüsiert zog er die Augenbrauen hoch. »Kann ich dir dabei helfen?«

Sie nickte. »Du bist sogar der Einzige, der mir dabei helfen kann.«

»Das klingt ernst.«

»Es ist eine Sache von Leben und Tod«, bestätigte sie und fing an, sein Hemd aufzuknöpfen. »Bist du dazu bereit?«

Er schob die Hüften vor und drückte seine Erektion zwischen ihre Beine. »Was meinst du?«

Sie lachte leise. »Mir scheint, du bist gut auf die Mission vorbereitet.«

Er lachte immer noch, als er ihren Mund mit einem Kuss eroberte, der zugleich leidenschaftlich und beruhigend war.

In diesem Moment fing sie endlich an zu glauben, dass sie beide es hinbekommen würden.

28

Susannah stand mitten in dem leeren gelben Raum und öffnete ihr Herz dem Sturm von Gefühlen, die damit einhergingen, das erste Mal seit dem Verlust von Justin wieder hier zu sein. Wenn sie die Augen schloss, sah sie immer noch das Kinderzimmer vor sich, das sie so liebevoll für ihn eingerichtet hatte – die gelben Enten und die karierten Vorhänge. Tränen rannen ihr über die Wangen, aber sie tat nichts, um sie aufzuhalten, denn sie wusste, sie waren notwendig bei diesem letzten Abschied von ihrem Sohn, den sie verloren hatte.

Zwei lange Jahre war dieser Raum in ihrem Haus und in ihrem Herzen verschlossen gewesen, doch in nicht allzu ferner Zukunft würde ein anderes Baby in dieses Zimmer einziehen. Dieses Baby würde *nach Hause* kommen. Das fühlte sie mit einer Sicherheit, die sie nicht erklären konnte und nicht hinterfragte.

Die Angst war in den letzten zwei Wochen der Hoffnung gewichen. Und heute Abend, am Vorabend des Tages, an dem sie Henry hätte heiraten sollen, war sie von einem Frieden erfüllt, nach dem sie sich gesehnt und den sie bei Ryan endlich gefunden hatte. Sie war genau da, wo sie hingehörte, und sein Kind wuchs in ihr und wartete darauf, zu Eltern zu kommen, die ihn oder sie mehr wollten als alles andere auf der Welt.

In ihrer Faust hielt sie das kleine Mavericks-Trikot, das sie für das Baby gekauft hatte. Sie war heute Abend hierhergekommen, um einen Platz zu finden, wo sie es aufbewahren konnte, bis es gebraucht wurde. Vor dem Fenster ging sie in die Hocke und hob den Deckel der eingebauten Bank an. Dann legte sie das Trikot hinein, klappte den Deckel wieder zu und lehnte ihre Wange dagegen, als wollte sie den Deal besiegeln, den sie mit dem Schicksal geschlossen hatte. Wenn sie nur diese eine Sache kaufte, würde vielleicht, ganz vielleicht ...

»Susie? Was machst du da, Baby?«, fragte Ryan von der Tür her.

Sie wischte sich das Gesicht ab und drehte sich lächelnd zu ihm um. »Ich habe bloß was weggepackt. Hast du deine ganzen Football-sachen verstaut?«

Er kam zu ihr, um ihr aufzuhelfen. »Alles wieder da, wo es hingehört.«

»Jetzt gibt es kein Entkommen mehr«, witzelte sie. »Deine Jungge-sellenbude gehört endgültig der Vergangenheit an.«

Er beugte sich vor, um sie zu küssen, und sagte: »Zum Glück. Bist du sicher, dass es dir gut geht?«

Sie nickte. »Ich war nicht mehr hier drin, seit ...«

»Nie mehr?«

»Nein.«

Er hielt sie lange schweigend in den Armen. »Ich habe ein Geschenk für dich.«

»Wirklich?« Sie tastete ihn ab. »Wo?«

Lachend führte er sie aus dem Zimmer. »Unten.«

»Ich habe dich vorhin Gitarre spielen hören«, meinte sie und schloss hinter sich die Tür. »War das Enrique Iglesias?« Sie verzog das Gesicht. »Das ist normalerweise doch gar nicht dein Stil.«

»Dahinter steckt eine lustige Geschichte«, gestand er mit einem Grinsen, während sie die Treppe runterstiegen. »Nachdem wir Atlanta geschlagen hatten, haben wir in der Hotelbar gefeiert, und dieser Klavierspieler hat ›Hero‹ zum Besten gegeben. Die ganze Mannschaft hat mitgesungen. Der Kerl war total begeistert. Ich glaube, er hatte keine Ahnung, dass wir uns über ihn lustig gemacht haben. Im Laufe der folgenden Woche habe ich den Song dann auswendig gelernt und ihn den Jungs nach dem Spiel gegen Houston im Flugzeug vorgespielt. Sie sind durchgedreht, und so ist das diese Saison irgendwie zu unserer Hymne geworden.«

»Das ist echt lustig.«

»Es gibt noch einen Grund, warum ich den Song gelernt habe.«

»Und welchen?«

Er führte sie ins Fernsehzimmer. »Wenn ich es dir sage, darfst du es den Jungs nicht verraten«, erklärte er ernst.

»Auf keinen Fall«, versicherte sie genauso ernst. »Versprochen.«

»Kennst du diese Stelle, wo er singt, sie raube ihm den Atem?«

Susannah nickte.

»Da muss ich immer an dich denken.« Er lächelte verlegen. »Weil du mir den Atem raubst.«

»Ry ... Das ist so süß. Spielst du mir das Lied vor?«

»Nachdem du dein Geschenk geöffnet hast.« Er zeigte auf ein schmales, flaches Päckchen auf dem Couchtisch.

Sie nahm es in die Hand und schüttelte es. »Was ist das?«

»Mach es endlich auf«, stöhnte er.

»Erinnere ich dich an jemanden, den du kennst?«

»Susannah ...«

Sie riss das Papier auf und fand zwei Flugtickets und die Broschüre von einem Resort auf Barbados. »O Ry, das ist ja großartig. Und genau das, was wir brauchen.«

»Da ist noch mehr. Schau rein.«

Im Inneren befand sich eine gravierte Karte, auf der stand: »Erneuerung des Eheversprechens: Susannah & Ryan Sanderson, bei Sonnenuntergang am 21. März«.

»Ich dachte, es wäre schön, unsere Gelübde am Strand zu erneuern. Nur wir beide, bevor das Sommersemester anfängt und das Baby kommt.«

»Das hast du alles organisiert?«, fragte sie verblüfft.

Er nickte. »Ich finde, es ist wichtig, oder?«

»Ja.« Sie streckte die Arme nach ihm aus. »Es ist wirklich wichtig. Danke.«

»Ist es in Ordnung, dass es nur wir zwei sind? Wenn du deine Familie einladen willst ...«

»Nein. Es sollten nur wir zwei sein.« Sie lehnte sich an ihn. »Ich danke dir, Ry.«

Er strich mit den Lippen über ihre Haare. »Gern geschehen.«

Sie hob den Kopf, um ihn anzusehen. »Nicht bloß hierfür. Auch dafür, dass du zurückgekommen bist, um uns gekämpft hast. Dafür, dass du der Mann bist, den ich brauche. Für alles.«

»Wenn du mir an dem Abend, an dem ich zum ersten Mal wieder hergekommen bin, gesagt hättest, dass du mir eines Tages dafür danken würdest ...«

Sie lachte leise. »Ich sollte es dir nicht verraten, aber ...«

»Was?«

»Es geht nicht.«

Er kitzelte sie, bis sie vor Lachen aufschrie. »Sag es mir«, verlangte er und drohte, die Kitzelfolter fortzusetzen.

»Okay, okay.« Sie atmete tief ein. »Ich habe mich insgeheim gefreut, dich zu sehen.«

Er lachte. »Das muss sehr insgeheim gewesen sein.«

»Oh, versteh mich nicht falsch. Ich war auch wütend auf dich. Es war so typisch für dich, so etwas abzuziehen.«

»Ich glaube, du hast mir gerade dafür gedankt, dass ich so etwas abgezogen habe.«

»Ach, halt den Mund.«

Er grinste. »Halt du ihn mir doch.«

»Ich dachte, du wolltest für mich spielen.«

»Willst du das Lied wirklich hören?«

Sie nickte.

»Aber du darfst es den Jungs *wirklich* nie verraten. Sie werden mich bis zu meinem Lebensende damit aufziehen, wenn sie glauben, dass ich versucht habe, dich damit rumzukriegen.«

»Tust du das denn?« Sie hob fragend eine Augenbraue.

Er griff nach seiner Gitarre. »Was denn?«

»Versuchst du, mich damit rumzukriegen?«

»Natürlich. Warum sollte ich sonst so ein kitschiges Lied singen?«

Sie lachte, bis ihr die Tränen kamen. »Keine Sorge. Dein Geheimnis ist bei mir sicher.«

»Du darfst mich nicht angucken, sonst muss ich lachen«, erklärte er und spielte die ersten Töne.

Susannah war überrascht, dass ihr die Tränen in die Augen stiegen, während sie ihm zuhörte. Sowohl sein Gitarrenspiel als auch sein Gesang waren unglaublich.

Ein Klingeln an der Tür überraschte sie.

»Bleib, wo du bist«, verlangte Ryan und gab ihr einen Kuss, bevor er aufstand.

Er öffnete die Tür und sah sich zwei Männern im Anzug gegenüber.

»Guten Abend, Mr Sanderson«, sagte er Ältere der beiden und zeigte ihm seinen Ausweis. »Ich bin Detective Cooper, und das ist mein Partner Detective Ortiz. Dürfen wir für eine Minute reinkommen?«

Überrascht trat Ryan einen Schritt zur Seite. »Wie kann ich Ihnen helfen?«

Susannah tauchte aus dem Fernsehzimmer auf und blieb stehen, als sie die beiden Männer bemerkte. »Was ist hier los?«

»Das ist meine Frau Susannah.«

»Ma'am«, sagte Cooper, bevor er sich wieder Ryan zuwandte. »Können wir uns irgendwo ungestört unterhalten?«

Ryan legte einen Arm um Susannah. »Wir können gleich hier reden.«

Die beiden Polizisten wechselten einen Blick.

»Kennen Sie eine Misty Carmichael?«, fragte Ortiz.

»Nein. Sollte ich?«

»Sie behauptet, Sie zu kennen.«

»Ich habe den Namen noch nie zuvor gehört. Du vielleicht, Susie?«

»Nein«, antwortete Susannah. »Worum geht es hier eigentlich?«

»Wir wurden vorhin von Ms Carmichaels Vater kontaktiert. Seine Tochter ist im sechsten Monat schwanger und hat Sie als Vater angegeben.«

Ryan schnappte nach Luft. »Was?«

Susannah zuckte geschockt zurück.

Ryan verstärkte seinen Griff um sie.

»Wir würden Sie bitten, mit uns in die Stadt zu kommen, um die Sache aufzuklären«, sagte Cooper.

»Da gibt es nichts zu klären«, empörte sich Ryan. »Ich kenne sie nicht! Und wieso sind Sie involviert, wenn eine Frau behauptet, ich hätte sie geschwängert?«

»Sie ist sechzehn«, erwiderte Ortiz.

»O mein Gott«, flüsterte Susannah. »O mein Gott.«

»Stehe ich unter Anklage?« Ryans Wangen waren vor Stress gerötet.

»Derzeit nicht«, antwortete Cooper. »Im Moment bitten wir Sie nur, uns bei unseren Ermittlungen zu helfen, indem Sie mit uns kommen.«

»Ich verstehe nicht, warum wir das nicht sofort hier klären können.«

»Normalerweise würden wir Ihren Wünschen gerne entsprechen, Mr Sanderson, denn uns ist Ihr Status in unserer Stadt wohlbekannt. Doch Mr Carmichael ist ein guter Freund des Bürgermeisters, und uns wurde aufgetragen, genau nach Vorschrift vorzugehen.«

»Na super.« Ryan biss die Zähne zusammen. Dann wandte er sich an Susannah. »Ruf Chuck an, und sag ihm, er soll sich auf dem Revier mit mir treffen.«

Sie riss sich aus ihrer Betäubung und nickte. »Ich folge euch.«

»Bleib hier, Susie. Ich komme sofort zurück, sobald geklärt ist, dass ich nichts damit zu tun habe.«

»Ich kann nicht einfach hier sitzen und warten! Das kannst du nicht von mir verlangen.«

»Ich will nicht, dass du damit irgendetwas zu tun hast.«

Etwas in seiner Miene machte ihr Angst, was er ihr anzusehen schien, denn er wandte den Blick ab.

»Mr Sanderson?«, sagte Cooper. »Bitte holen Sie Ihren Mantel.«

Eine Minute später führten sie ihn – Gott sei Dank ohne Handschellen – aus dem Haus. Susannah sah ihnen wie erstarrt nach. Der

Wagen fuhr aus der Einfahrt und war außer Sicht, bevor sie sich wieder rühren konnte. Sie hatte das Gefühl, durch Treibsand zu waten. Mit zitternden Händen blätterte sie die Papiere auf Ryans Schreibtisch durch, bis sie endlich die Telefonnummer des Anwalts fand, den sie anrufen sollte.

»Soll das ein Witz sein?«, rief Chuck, als Susannah ihm erklärt hatte, was passiert war.

»Ich wünschte, es wäre so.«

»Und er hat dieses Mädchen nie zuvor getroffen?«

»Nein.«

»Glaubst du ihm?«

»Ja. Aber die Detectives ... Sie schienen ziemlich sicher zu sein, dass sie den Richtigen haben. Ich kann mir nicht vorstellen, dass sie sich die Mühe machen würden, hierherzukommen und ihn abzuholen – vor allem angesichts dessen, wer er ist –, wenn sie nicht irgendwelche Beweise gegen ihn hätten.«

»Susannah, hör mir zu. Das Mädchen hat offenbar Probleme. Alles, was sie derzeit sagt und tut, ist fragwürdig. Bleib ganz ruhig, und geh nicht vom Schlimmsten aus, bis wir mehr wissen.«

Susannah atmete tief ein. »Okay. Kannst du sofort hinfahren?«

»Auf jeden Fall. Außerdem rufe ich einen meiner Partner an, der sich auf Strafrecht spezialisiert hat. Bloß für den Fall, dass wir ihn brauchen.«

»Glaubst du wirklich, dass das nötig ist?«

»Sollten sie ihn wegen sexuellen Missbrauchs einer Minderjährigen anklagen, auf jeden Fall.«

Sie keuchte auf. »Das können sie nicht machen.«

»Warten wir ab, was passiert. Ich fahre sofort los.«

»Ich auch. Wir sehen uns dort.«

Susannahs Gedanken überschlugen sich auf dem Weg zum Polizeirevier, in dem es an diesem Freitagabend nur so von Menschen wimmelte. Nachdem sie sich fünfzehn Minuten lang angestellt hatte, sagte man ihr, sie solle sich setzen, es werde gleich jemand kommen und sich um ihr Anliegen kümmern. Eine angespannte halbe Stunde verging, bevor ein Officer auf sie zukam.

»Mrs Sanderson?«

Susannah sprang auf.

»Bitte hier entlang.«

Sie folgte ihm durch ein Gewirr aus Korridoren zu einem Raum, in dem Ryan mit seinem Anwalt zusammensaß.

Ryan stand auf, als sie eintrat. »Susie. Ich hatte dich doch gebeten, nicht zu kommen.«

Seine Verzweiflung war so greifbar, dass sich in Susannah Angst regte.

»Was ist los?«, wollte sie wissen und setzte sich neben ihn. Sie griff nach seiner Hand. »Was sagen sie?«

»Offensichtlich hat sich dieses Mädchen, Misty, bis gestern geweigert, den Namen des Vaters ihres Babys zu nennen«, erklärte Chuck.

»Aber wie kann sie *dich* nennen?«, fragte Susannah an Ryan gewandt. »Du hast gesagt, dass du sie nie getroffen hast, oder?«

»Ja«, stieß er durch zusammengebissene Zähne aus.

»Bist du sicher, Ry? Du triffst so viele Leute ...«

Sein Blick war kalt, als er seine Hand zurückzog. »Ich bin mir sicher. Ich habe sie nie getroffen. Und ganz sicher habe ich nicht mit einer Sechzehnjährigen geschlafen.«

»Das hab ich nicht gemeint!«

Ryan wandte sich an Chuck. »Worauf warten wir?«

»Sie sprechen noch mal mit ihr und sollten gleich zurück sein.«

Schweigend warteten sie zwanzig Minuten, bis die Tür wieder aufging und die Detectives hereinkamen.

»Mrs Sanderson, wir müssen Sie bitten, draußen zu warten.«

»Warum?«, fragte Ryan. »Warum kann sie nicht bleiben, wenn ich nicht unter Arrest stehe und nicht angeklagt bin?«

Die Detectives wechselten einen Blick.

»In Ordnung«, meinte Cooper. »Für den Moment kann sie bleiben.«

»Ms Carmichael gibt an, sie hätte Sie am Abend des 29. September nach einem Ihrer Spiele kennengelernt«, sagte Ortiz. »Das war auf einer Party in der Innenstadt. Sie konnte sich nicht an den genauen Ort erinnern, sondern weiß nur, dass viele Leute da waren, darunter andere Mitglieder Ihrer Mannschaft. Sie meinte, Sie hätten ihr mehrere Drinks ausgegeben und mit ihr getanzt. Dann hätten Sie sie in Ihre Wohnung in der ...«, er warf einen Blick in seine Notizen und nannte Ryans Adresse, »eingeladen, wo es zum Geschlechtsverkehr gekommen sei.«

Susannah verspannte sich, als sie den monotonen Worten des Detectives lauschte.

»Sie lügt«, erklärte Ryan, erst an die Polizisten gewandt, dann noch einmal an Susannah.

»Da müssen Sie uns schon ein bisschen mehr geben, Mr Sanderson«, erwiderte Ortiz.

»Kein Problem.« In Ryans Augen blitzte Wut auf. »Am 29. September haben wir gegen die New England Patriots gespielt. Wir haben vierundzwanzig zu einundzwanzig verloren. Ich erinnere mich an dieses Datum, weil ich mich nach dem Spiel mit meinem Vater zum Essen getroffen habe. Es war das erste Mal seit dreißig Jahren, dass ich ihn wiedergesehen habe.«

Diese Neuigkeiten schienen die Detectives aufrichtig zu überraschen.

»Haben Sie eine Telefonnummer, unter der ich ihn erreichen kann, um das zu bestätigen?«

»Auswendig weiß ich sie nicht. Wir haben keinen Kontakt mehr. Aber er heißt David Sanderson und wohnt im Großraum San Francisco. Ich bin mir nicht sicher, wo genau.«

»In welchem Restaurant waren Sie essen?«

»Im *Sullivan's*«, antwortete Ryan. Das war ein Steakhaus in der Innenstadt.

»Wer hat bezahlt?«

»Ich.«

»Bar?«

Ryan dachte kurz nach und schüttelte dann den Kopf. »Mit Amex.«

»Wo sind Sie nach dem Dinner hingegangen?«, fragte Ortiz.

»Ich war aufgebracht.«

Susannah griff nach seiner Hand und war erschrocken, als er sie abschüttelte.

»Warum waren Sie aufgebracht?«

»Weil mein Vater nur Geld von mir wollte – eine halbe Million Dollar, um genau zu sein.«

»Haben Sie ihm die gegeben?«

Ryan nickte. »Ich kann Ihnen die Kopie des Schecks zeigen, um es Ihnen zu beweisen.«

»Hat er gesagt, wofür er das Geld braucht?«

»Spielschulden. Nachdem sich unsere Wege getrennt hatten, bin ich zu meinem Haus in Cherry Hills gefahren. Meine Frau und ich lebten zu dem Zeitpunkt getrennt. Ich habe lange im Auto vor dem Haus gesessen. Ich wollte mit ihr reden, aber …«

»Sie sind also nicht hineingegangen?«

Ryan schüttelte den Kopf. »Ich habe vermutet, dass ich nicht willkommen wäre. Irgendwann bin ich nach Hause gefahren.«

»Zu Ihrer Wohnung in der Stadt?«

Ryan nickte.

»Hat Sie irgendjemand im Gebäude gesehen oder mit Ihnen gesprochen?«

Darüber musste er nachdenken. »Nicht, dass ich mich erinnere. Aber das ist über sechs Monate her. Das Einzige, was ich weiß, ist, dass ich keinen Sex mit dieser Misty Carmichael oder mit sonst jemandem hatte.«

»Er hat mir von diesem Abend erzählt«, bestätigte Susannah, und ihre Stimme klang in ihren eigenen Ohren beinahe hysterisch. »Von dem Treffen mit seinem Vater und dem Geld und dass er danach bei mir am Haus war. Wir haben, ungefähr einen Monat nachdem wir wieder zusammengekommen sind, darüber gesprochen.«

Wieder wechselten die Detectives einen Blick.

»Lassen Sie uns überprüfen, was Sie uns erzählt haben«, sagte Cooper. »Wir sind gleich zurück.«

»Das ist gut«, meinte Chuck und grinste. »Das ist wirklich gut.«

Doch ein Blick auf Ryan verriet Susannah, dass überhaupt nichts gut war.

29

R yan starrte auf ein Poster von den Rocky Mountains, sagte aber kein Wort, während aus einer Stunde zwei wurden und sie auf die Rückkehr der Detectives warteten.

»Ich muss mal auf die Toilette«, erklärte Susannah schließlich, und Chuck zeigte ihr, wo sie die finden konnte.

Sie wusch sich gerade die Hände, als die Tür aufging und ein hübsches junges Mädchen hereinkam. Nur ihr Schwangerschaftsbauch verriet, dass sie diejenige war, die Ryan fälschlich beschuldigte. Ihre langen blonden Haare hatte sie zu einem Pferdeschwanz gebunden, und ihre blauen Augen waren rot vom Weinen. Susannah stellte überrascht fest, dass das Mädchen eine jüngere Version von ihr selbst war. Sie hätte ihre Schwester oder Tochter sein können.

»Warum tust du das?«, fragte Susannah sie. »Mein Mann hat dich nie getroffen, geschweige denn mit dir geschlafen.«

»Bitte«, flüsterte das Mädchen. »Ich muss auf die Toilette.«

»Du lügst! Ich weiß nicht, was du dir von dieser Sache erhoffst, aber du wirst sein Leben – *unser Leben* – nicht ruinieren. Das lasse ich nicht zu.«

Das Mädchen fing an zu weinen. »Bitte ...«

Eine Polizistin kam herein, um nach dem Mädchen zu sehen. »Mrs Sanderson, bitte gehen Sie.«

»Ich will lediglich ein paar Antworten«, erwiderte Susannah.

Die Polizistin deutete auf die Tür. Die Warnung stand ihr deutlich ins Gesicht geschrieben.

Mit einem letzten Blick zu dem Mädchen verließ Susannah den Waschraum. »Ich habe sie getroffen – Misty Carmichael«, teilte sie Ryan und Chuck mit, als sie in den Verhörraum zurückkehrte. »Sie sieht genauso aus wie ich.«

»Was meinst du damit?«, fragte Ryan.

»Was ich gesagt habe. Sie sieht aus wie ich vor fünfzehn Jahren.«

»Was zum Teufel ...«

Chuck schüttelte den Kopf. »Die ganze Sache stinkt zum Himmel.«

Als die Detectives schließlich eine Stunde später zurückkamen, war es schon nach eins in der Nacht.

»Ich fürchte, wir müssen uns bei Ihnen entschuldigen, Mr Sanderson.«

Ryan seufzte hörbar erleichtert auf. »Ich habe Ihnen ja gesagt, dass sie lügt.«

»Hat sie irgendwelche Erklärungen abgegeben, warum sie das gemacht hat?«, wollte Susannah wissen.

»Man hat sie zu der Behauptung angestiftet, dass Mr Sanderson der Vater ihres Kindes sei. Sie hat jedoch nicht damit gerechnet, dass ihr eigener Vater die Polizei einschaltet.«

»Angestiftet?«, verlangte Ryan wütend zu wissen. »Von wem?«

Ortiz warf einen Blick in seine Notizen. »Von einem Henry Merrill und einer Betsy James. Kennen Sie diese Personen?«

Susannah, die in dem kleinen Raum auf und ab gelaufen war, ließ sich schwer auf den Stuhl fallen, als die Beine unter ihr nachgaben.

»Ja«, knurrte Ryan. »Die kennen wir.«

»Und wissen Sie, warum die beiden Ihnen so etwas antun wollten?«

»Oh, das weiß ich ganz genau.« Er erzählte den Polizisten von Henrys Vorgeschichte mit Susannah und dem Kontaktverbot, das er gegen Betsy erwirkt hatte. »Das sollte für Sie leicht zu überprüfen sein«, endete er und schaffte es kaum, seine Feindseligkeit zu verbergen.

»Wir lassen ihre Namen gerade checken.«

»Bitte sagen Sie mir, dass die beiden angeklagt werden«, warf Chuck ein.

»Sie sind beide verhaftet worden und auf dem Weg hierher, um sich verschiedenen Anklagen zu stellen. Wir sind noch dabei, die Einzelheiten zu klären, aber offensichtlich kennt Ms James die Familie von Ms Carmichael und hat irgendwie erfahren, dass das Mädchen schwanger ist.«

»Und wer ist nun der Vater?«, fragte Ryan.

»Ms Carmichael trifft sich mit einem Studenten der University of Colorado, von dem ihre Eltern nichts wissen. Er ist der Vater ihres Babys. Als Mr Merrill und Ms James ihr fünfundzwanzigtausend Dollar angeboten haben, wenn sie behauptet, dass Sie der Vater sind, erschien ihr das als günstige Gelegenheit, endlich mit ihrem Freund zusammenziehen zu können. Dass sie Mrs Sanderson sehr ähnlich sieht, war nur ein Bonus. Laut Ms Carmichael war es so noch glaubwürdiger. Ihr Plan ist so schnell gescheitert, weil sie ein Datum gewählt haben, für das Sie ein solides Alibi haben, das Ihr Vater übrigens bestätigt hat. Irgendwann hätte ein DNA-Test Sie entlastet, doch das hätte eine Weile gedauert.« Er musste nicht extra aussprechen, dass Ryans Leben nach dieser Zeit ruiniert gewesen wäre, was genau das Ziel der beiden gewesen war.

Ryans Lippen waren weiß, und in seiner Wange zuckte ein Muskel.

»Ich hoffe, das Mädchen wird ebenfalls angeklagt«, sagte Chuck.

»Ja, allerdings als Minderjährige. Wegen Verleumdung und Vortäuschung einer Straftat.«

»Können Sie sie nicht aus der Sache rauslassen?«, bat Ryan. »Sie ist genauso Opfer wie ich.«

Cooper sah ihn überrascht an. »Mr Sanderson, haben Sie eine Ahnung, in welche Schwierigkeiten Sie geraten wären, wenn sich die Sache nicht aufgeklärt hätte?«

»Natürlich weiß ich das!« Er schlug mit den flachen Händen auf die Tischplatte. »Sie haben mich hier drei Stunden sitzen und an nichts anderes denken lassen. Aber sie ist ein Kind, das von zwei Menschen mit unersättlichem Rachedurst gegenüber meiner Frau und mir ausgenutzt wurde. Halten Sie sie da raus.«

»Ich werde Ihre Bedenken dem Richter vom Jugendgericht mitteilen«, sagte Cooper. »Mehr kann ich nicht tun. Sie können jetzt gehen. Vielen Dank für Ihre Kooperation und Geduld. Und entschuldigen Sie bitte noch einmal die Unannehmlichkeiten.«

»Wird das in der Zeitung stehen?«, fragte Ryan.

»Wir hatten leider mehrere Anrufe von Reportern. Die Informationen sind öffentlich.«

»Na super«, meinte Ryan. »Einfach super.«

»Sie sind hier das Opfer, Mr Sanderson. Ich bin mir sicher, dass auch so darüber berichtet wird.«

»Ja, mit meinem Namen und dem Begriff ›Sexueller Missbrauch einer Minderjährigen‹ in einem Satz.« Ryan lachte bitter auf. »Ich bin mir sicher, das wird meinem Ruf richtig guttun. Ganz zu schweigen von meinen Werbeverträgen. Der Schaden ist bereits angerichtet, Detective.«

»Das tut mir leid.«

Ryan warf Susannah einen Blick zu. »Komm, lass uns gehen.«

Chuck folgte ihnen durch das Labyrinth der Korridore zum Wartebereich, der sich in den Stunden seit ihrer Ankunft deutlich geleert hatte. Die Türen schwangen auf, und vier Polizisten kamen herein. Sie eskortierten Henry und Betsy, die beide Handschellen trugen. Henrys Mantel stand offen, und darunter trug er einen Pyjama.

Da Ryan und Susannah ihren Weg blockierten, hatten die Polizisten keine andere Wahl, als mit ihren Gefangenen stehen zu bleiben.

»Du verdammter Dreckskerl«, stellte Ryan Henry zur Rede, der sich weigerte, ihn anzusehen. »Hat nicht so funktioniert wie geplant, was? Du bist einfach davon ausgegangen, dass ich die Zeit, in der ich von Susie getrennt war, damit verbracht habe, mich durch die Stadt zu schlafen, oder? Es muss ja ein ziemlicher Schock für dich gewesen sein, zu hören, dass ich ein felsenfestes Alibi hatte, das nichts mit einer anderen Frau zu tun hatte. Aber ich gebe dir eine Eins für deine Bemühungen. Wenn du durchdrehst, dann auf spektakuläre Weise.«

»Fick dich«, murmelte Henry.

»Ryan, nicht.« Susannah legte ihm eine Hand auf den Rücken. »Er ist es nicht wert.«

Henrys Augen füllten sich mit Tränen, als er sie anblickte. »Das ist alles deine Schuld! Du hast mich dazu getrieben, indem du mich all die Jahre an der Nase herumgeführt hast.«

»Nein, Henry«, widersprach Susannah leise. »Du hast dich mit deiner ungesunden Obsession für die Frau eines anderen Mannes selbst dazu getrieben.«

»Heute sollte unsere Hochzeit sein, Susannah. Du hast mir ein Versprechen gegeben, und dann hast du mich für *ihn* verlassen. Genau wie immer.«

»Ryan«, sagte Betsy mit leichter Panik in ihrer Stimme. »Ich habe da nur mitgemacht, weil ich dich liebe. Sie weiß dich nicht zu schätzen. Nicht so wie ich.«

»Halt's Maul, Betsy«, fuhr Henry sie an.

»Okay, das reicht«, entschied einer der Polizisten. Sie führten Henry und Betsy in den Raum für die erkennungsdienstliche Erfassung.

»Ryan!«, schrie Betsy noch einmal, bevor die Tür sich hinter ihr schloss.

Susannah presste sich eine Hand auf den Magen, als sie von einer Welle der Übelkeit erfasst wurde.

»Was ist los?«, fragte Ryan.

»Ich glaube, ich muss mich übergeben.«

Er brachte sie schnell raus in die Kälte, die nach der stickigen Luft auf dem Revier ein Schock für sie war.

»Geht es dir besser?«

»Ja.«

Er drehte sich um und schüttelte seinem Anwalt die Hand. »Danke für alles, Chuck.«

»Du solltest überlegen, ob du sie verklagen willst«, sagte der.

Ryan schüttelte den Kopf. »Auf keinen Fall. Der Vorfall bekommt so schon zu viel Aufmerksamkeit, auch ohne dass ich Öl ins Feuer gieße. Ich will einfach bloß, dass das in der Versenkung verschwindet.«

»Wenn der Fall vor Gericht kommt, werdet ihr beide als Zeugen aussagen müssen«, warnte Chuck sie.

»Was für ein Albtraum«, murmelte Ryan.

»Jetzt bring deine Frau nach Hause.« Chuck legte Ryan eine Hand auf die Schulter. »Sie sieht ein wenig blass aus. Ihr werdet euch besser fühlen, wenn ihr erst mal ein wenig geschlafen habt.«

Er wandte sich ab, und Ryan führte Susannah auf die Beifahrerseite ihres Wagens. Schweigend fuhren sie zu ihrem Haus, in dem noch die Lichter brannten, seine Gitarre noch am Sofa lehnte und vom Feuer nur noch Glut übrig war. Das Haus war genau so, wie sie es verlassen hatten. Trotzdem war alles anders.

Sie gingen ins Bett und lagen stundenlang wach, während sie beide versuchten, zu verdauen, was passiert war, was beinahe passiert wäre und was für Folgen das alles haben würde.

»Ry?«, fragte Susannah schließlich, als die ersten Sonnenstrahlen durch die Vorhänge drangen.

»Was?«

»Sprich mit mir.«

»Was soll ich sagen?«

»Irgendetwas.«

»Hm. Wie wäre es damit, dass ich dankbar bin, hier bei dir zu sein und nicht im Gefängnis? Oder: Dein Ex hat mich echt in die Scheiße geritten? Oder wie wäre es damit: Ich weiß deine Unterstützung zu schätzen. Wo soll ich anfangen?«

Sie setzte sich auf und sah ihn an. »Was soll das heißen? Du weißt meine Unterstützung zu schätzen? Ich war die ganze Zeit an deiner Seite.«

Er lachte leise, doch da schwang ein Unterton mit, der an ihren sowieso schon zum Zerreißen gespannten Nerven zerrte.

»Wenn du was sagen willst, sag es.«

»Du hast es geglaubt. Für einen kurzen Moment hast du geglaubt, was sie über mich behauptet haben. Ich habe es dir am Gesicht abgelesen.«

Wütend fuhr sie ihn an: »Ryan Sanderson, ich weiß nicht, was du meinst, gelesen zu haben, aber das Einzige, was ich empfunden habe, war Schock – genau wie du.«

»Nein, für mich war es anders, weil ich *wusste*, dass ich mir nichts habe zuschulden kommen lassen. Du warst dir da nicht so sicher.«

»Wie kannst du das sagen? Ich habe nicht für eine Sekunde geglaubt, dass du dich mit einer Minderjährigen auf irgendwas eingelassen hast.«

Er ahmte ihren Tonfall und Akzent nach, als er sagte: »Bist du sicher, dass du sie nicht kennst, Ry? Du triffst so viele Menschen.«

»Das war eine ernst gemeinte Frage! Ich wollte wissen, ob du sie vielleicht kennst und sie aus etwas Unschuldigem mehr gemacht hat. Wir wissen beide, dass das Menschen wie dir, die in der Öffentlichkeit stehen, passieren kann. Wir haben *erlebt*, dass es passiert. Mehr wollte ich damit nicht sagen.« Als ihr Magen sich hob, schoss Susannah aus dem Bett ins Bad und übergab sich.

Ryan kam an die Tür. »Ist alles in Ordnung?«

Mit dem Kopf über der Toilette traf sie das ganze Ausmaß dessen, was passiert war, und ihre Schluchzer hallten durchs Bad.

Er befeuchtete einen Waschlappen und setzte sich neben sie. Dann zog er sie in seine Arme und wischte ihr zärtlich mit dem Lappen übers Gesicht.

»Ich habe ihnen nicht geglaubt, Ryan«, stieß sie zwischen zwei Schluchzern aus. »Wirklich nicht. Ich habe *dir* geglaubt. Ich habe versucht, dir zu helfen. Als ich gesagt habe, dass du mir die Geschichte mit deinem Vater schon erzählt hattest, wollte ich dir helfen.«

»Okay, Baby. Lass es uns einfach vergessen.«

Sie lehnte sich ein Stück zurück. »Glaubst du mir?«

»Ja.« Er zog ihren Kopf wieder an seine Schulter.

»Es tut mir leid«, schluchzte sie.

»Was?«

»Das mit Henry. Du hast mich gewarnt, dass er gefährlich ist. Aber ich hätte mir nie vorstellen können, dass er dir so etwas antut.«

»Er war es nicht allein«, erwiderte Ryan verbittert. »Er hat in dieser Irren eine willige Komplizin gefunden. Wir hätten ihn anzeigen sollen, als er dir das Handgelenk gequetscht hat. Vielleicht hätte er sich dann vor Angst genügend in die Hose gemacht, dass das hier nie passiert wäre.«

Susannah lachte traurig. »Ich kann einfach nicht glauben ...«

»Was?«

»Dass sie uns so sehr hassen, nur weil wir zusammen und glücklich sind«, flüsterte sie. »Das ist unglaublich.«

»Tja, sie werden dafür bestraft werden.«

»Aber das wirst du auch. Was du zu dem Detective gesagt hast, über deinen Ruf und deine Werbeverträge. Das ist wahr. Diese Geschichte wird deinen Q-Wert in den Keller rauschen lassen.«

Er zuckte mit den Schultern. »Ich habe nichts gemacht. Das muss doch was wert sein.«

»Morgen wird die ganze hässliche Geschichte in den Zeitungen stehen – was heute Abend passiert ist, Henry, unsere gelöste Verlobung, das Kontaktverbot, ein Abriss von dem Streit auf dem Ball. Alles.«

»Ja, vermutlich.«

Sie erschauerte.

Ryan half ihr auf und lehnte sich gegen den Waschtisch, während Susannah sich die Zähne putzte. »Warum fahren wir nicht für ein paar Tage in die Hütte, bis der Sturm vorbei ist? Wir tun einfach so, als wäre nichts von alldem je passiert.«

»Wenn wir weglaufen, sieht es dann nicht so aus, als hätten wir etwas zu verbergen?«

Er verzog das Gesicht. »Wir haben nichts zu verbergen, also lass uns gleich losfahren, bevor diese Sache sich setzen und uns mit ihrer Hässlichkeit infizieren kann. Bist du dabei?«

»Ich schätze, mir kann da genauso gut schlecht sein wie hier.«

Er gab ihr einen Kuss auf die Stirn. »Beeil dich. Pack alles ein, was du brauchst, und zieh dir einen Mantel an. Wir schlafen, wenn wir da sind.«

AUF DEM WEG NACH BRECKENRIDGE FÜHRTEN SIE TROTZ DER FRÜHEN Stunde zwei Telefonate – eins mit Bernie und eins mit Susannahs Eltern in Florida. Alle waren geschockt, als sie hörten, was passiert war, und waren sich einig, dass es richtig von Ryan und Susannah war, zur Hütte zu fahren.

»Lass es mich wissen, wenn ihr was braucht, Kumpel«, sagte Bernie. »Ich kann das immer noch nicht fassen.«

»Glaub mir, ich auch nicht«, erwiderte Ryan.

Susannahs Eltern waren entgeistert.

»Das ist einfach unerhört«, verkündete Dalton. »Dass Henry dir und Ryan etwas so Gemeines antun würde. Und dem jungen Mädchen auch.«

»Ich weiß, Dad«, meinte Susannah. »Ich versuche immer noch, das zu begreifen.«

»Wir sind für euch da, wenn ihr uns braucht, Susannah«, erklärte ihre Mutter.

»Danke, Mama. Wir melden uns in ein paar Tagen.« Als sie auflegte, entging Susannah nicht, dass es einer gemeinen Aktion von Henry bedurft hatte, damit Ryan endlich die Unterstützung ihrer Familie bekam. Sie warf ihm einen Blick zu. »Schaffst du es noch, wach zu bleiben?«

Er nickte. »Ich wäre überrascht, wenn ich schlafen kann, sobald wir da sind. Ich bin vollkommen überdreht.«

Susannah nahm seine Hand und lehnte ihren Kopf an seine Schulter. Sie war wohl eingeschlafen, denn als sie aufwachte, trug er sie gerade in die Hütte. »Hey«, flüsterte sie. »Die Fahrt ging aber schnell.«

»Du hast ja auch den Großteil verschlafen.«

»Tut mir leid.«

»Das muss es nicht. Es war eine lange Nacht.« Er half ihr, den

Mantel auszuziehen, und steckte sie dann ins Bett. »Schlaf weiter«, sagte er und gab ihr einen Kuss.

»Kommst du auch?«

»Noch nicht.«

Sie streckte die Hand nach ihm aus. »Bleib bitte eine Minute bei mir, ja?«

Er zog seinen Mantel aus und streckte sich neben ihr aus.

»So ist es besser.« Seufzend kuschelte sie sich an ihn.

Sie schlief ein, während er ihr mit den Fingern durch die Haare strich. Als sie aufwachte, war es halb eins. Sie war allein, und ihr war übel. Stöhnend legte sie ihre Hände auf ihren noch flachen Bauch. »Bitte sag mir, dass du deiner Mama nicht monatelang Übelkeit bereiten wirst.«

Ihr Magen hob sich, und sie rannte schnell ins Bad und schaffte es gerade noch rechtzeitig zur Toilette. Nach dem letzten Mal war nicht mehr viel übrig, und so würgte sie ein paarmal trocken und sackte dann schwach und erschöpft auf dem Boden zusammen.

———

RYAN STAND AUF SEINEM LIEBLINGSBERGKAMM UND NAHM DEN umwerfenden Ausblick auf die Rocky Mountains in sich auf. Was für ein Unterschied zu dem Poster im Verhörraum. Seine Hände hatten irgendwann aufgehört zu zittern, aber er hatte trotzdem weder schlafen noch etwas essen können. Er fasste es weiter nicht, wie einfach es gewesen war, alles, wofür er so hart gearbeitet hatte, zu bedrohen.

An seinem ersten Tag im Nachwuchscamp hatte Duke Simmons ihn beiseitegenommen und ihm eine strenge Rede darüber gehalten, dass er sich vor den Verrückten in Acht nehmen müsse, die Profisportlern auf Schritt und Tritt folgten. Ryan hatte sich seine Worte zu Herzen genommen und immer darauf geachtet, niemals mit einer anderen Frau als seiner eigenen allein in einem Raum zu sein. Diese Regel hatte er nur ein einziges Mal gebrochen, und er hatte einen hohen Preis dafür gezahlt. In einer Gesellschaft, in der Prominente als schuldig galten, bis ihre Unschuld eindeutig bewiesen war, hatte er gelernt, dass schon Vorwürfe ein Leben zerstören konnten.

Ein weiterer Ratschlag – dieses Mal von seiner Mutter, kurz bevor er bei den Mavs unterschrieben hatte – ging ihm durch den Kopf: Es braucht ein Leben voll harter Arbeit, um sich einen Ruf aufzubauen, und nur eine Minute der Dummheit, um ihn wieder zu verlieren. In den letzten vierundzwanzig Stunden hatte er herausgefunden, dass einem der Ruf auch von jemandem genommen werden konnte, wenn dieser Mensch einen bloß ausreichend hasste.

Er zuckte innerlich zusammen, als er sich die Schlagzeilen der heutigen *Denver Post* vorstellte. Nur Wochen nachdem er als der größte Footballspieler seiner Generation gefeiert worden war, lasen seine Fans nun von Sexuellem Missbrauch von Minderjährigen, Kontaktverboten und gelösten Verlobungen. Er fragte sich, wie viele Leute sich gar nicht erst die Mühe machen würden, die ganze Geschichte in Erfahrung zu bringen, sondern glaubten, er hätte während der Trennung von seiner Frau wirklich eine Sechzehnjährige geschwängert. Von der ganzen Sache wurde ihm übel, und zum ersten Mal war er dankbar, dass seine Mutter das nicht mehr erleben musste. Und es war ihm auch zuwider, dass er sich wegen des Alibis ausgerechnet an seinen verhassten Vater hatte wenden müssen. Aber wenigstens war der alte Herr für ihn da gewesen, als er ihn gebraucht hatte.

Mit einem tiefen Seufzer erlaubte er sich schließlich, an Susannah zu denken und an das kurze Aufblitzen von Abscheu in ihrem Gesicht, bevor die Polizisten ihn aus dem Haus geführt hatten. Als er rechtschaffene Empörung gebraucht hatte, hatte sie ihm stummen Schock gegeben. Er hatte gewollt, dass sie sich aufregte und die Cops anschrie, dass er auf keinen Fall schuldig sein konnte. Doch sie hatten vierzehn lange Monate getrennt verbracht – vierzehn Monate, in denen sie sich bewusst gewesen war, dass er jeden Tag der Versuchung ausgesetzt war. Deshalb war er sich sicher, dass sie in einem tief verborgenen Teil von sich, wo ihre Unsicherheiten hausten, geglaubt hatte, was die Polizisten gesagt hatten, selbst wenn sie das Gegenteil behauptete.

Mit einem letzten Blick zu den majestätischen Bergen drehte er sich um und ging zur Hütte zurück, um nach Susannah zu sehen. Begleitet vom Knirschen des Schnees unter seinen Schuhen ermahnte er sich, dass er dieses Gefühl nicht weiter in sich schwären lassen durfte, sonst hätte Henry Erfolg damit, etwas wesentlich Wertvolleres zu zerstören als Ryans Ruf. Er und Susie hatten so hart an sich gearbeitet, sie waren so weit gekommen – zu weit, um sich vom Hass anderer in die Knie zwingen zu lassen. Als er sich der Hütte näherte, traf er deshalb die Entscheidung, ihre Reaktion auf den Schock des Moments zu schieben und es damit gut sein zu lassen. Das würde vielleicht nicht über Nacht passieren, aber er würde es loslassen.

Drinnen zog er seinen Mantel und seine Stiefel aus, bevor er ins Schlafzimmer ging, um zu gucken, ob sie noch schlief. Das Bett war leer, deshalb rief er nach ihr.

»Ich bin hier!«, antwortete sie aus dem Badezimmer.

Er fand sie weinend auf dem Fußboden vor. »Susie«, stieß er alarmiert aus. »Baby, was ist los?«

»Ich blute«, schluchzte sie.

Alle Gedanken, die er auf dem Bergkamm gehabt hatte, waren vergessen, und er fiel vor ihr auf die Knie und griff nach ihren Händen. »Baby, schau mich an.«

Sie hob ihren Blick, und in ihren Augen sah er, dass sie am Boden zerstört war.

»Du musst mir jetzt gut zuhören, okay?« Woher die Ruhe in seiner Stimme kam, wusste er selbst nicht, denn eigentlich wollte er sich weinend neben ihr zusammenrollen. »Hörst du mir zu?«

Tränen tropften von ihren Wangen, als sie nickte.

»Ich bin hier, ich liebe dich, und alles wird gut. Wir bringen dich zu einem Arzt, und der wird uns versichern, dass mit dem Baby alles in Ordnung ist, okay?«

»Ich kann nicht«, weinte sie verzweifelt. »Ich kann das nicht noch einmal durchmachen.«

»Susie«, sagte er mit fester Stimme. »Du bist jetzt eine Mutter. Du musst für das Baby stark sein. Du musst *für mich* stark sein.« Er half ihr auf und hielt sie dann einen Moment fest in seinen Armen. »Kannst du für mich stark sein?«

Den Kopf gegen seine Brust gelehnt, flüsterte sie: »Es gibt nichts, was ich für dich nicht tun würde.«

Seine Augen wurden feucht, und mit rauer Stimme sagte er: »Komm, Baby. Lass uns gehen.«

EPILOG

»**E**s ist ein perfekter Tag für ein Footballmatch in der wunderschönen Stadt Denver in Colorado. Willkommen bei der Live-Übertragung des letzten Heimspiels der Denver Mavericks in dieser Saison. Ich bin Steve Tate, und bei mir ist Terrell Peterson. Terrell, mit ihrem spektakulären Sieg am letzten Wochenende gegen Chicago haben die Mavs sich den Einzug in die Play-offs gesichert und werden ihre Saison heute mit diesem Spiel gegen die Kansas City Chiefs abschließen. Und was für eine Saison das für die Mavericks hinter ihrem neuen Quarterback Todd ›Toad‹ McNeil war, der in die großen Fußstapfen von Ryan Sanderson treten musste und sie auf bewundernswerte Weise ausgefüllt hat.«

»Da hast du recht, Steve«, sagte Terrell. »Und heute ehren die Mavericks Sanderson, der in seinen zehn Jahren mit der Mannschaft drei *Super-Bowl*-Siege nach Hause geholt hat, auf ganz besondere Weise: Der Club hat beschlossen, seine Trikotnummer nicht mehr neu zu vergeben.«

»Während wir darauf warten, dass die Zeremonie unten auf dem Feld beginnt«, sagte Steve, »begrüßen wir bei uns Jimmy Stevens, Ryan Sandersons Footballtrainer aus der Highschool, der uns aus dem Studio des uns angeschlossenen Senders *KDFW Fox 4* in Dallas zugeschaltet ist. Danke, dass Sie bei uns sind, Jimmy.«

»Es ist mir ein Vergnügen, aber Sie können mir glauben, ich wünschte, ich wäre vor Ort.«

»Wir sollten erwähnen, dass Jimmy gerade ein neues Kniegelenk erhalten hat, sonst wäre er heute hier in Denver«, erklärte Terrell.

»Darauf können Sie wetten«, warf Jimmy ein.

»Erklären Sie uns, was dieser Tag für Sie bedeutet, den Trainer, der als Erster das Potenzial eines NFL-Quarterbacks in Ryan Sanderson erkannt hat«, bat Steve.

»Ich kann Ihnen gar nicht sagen, wie stolz ich auf ihn bin und auf alles, was er in seiner Karriere erreicht hat. Ryan hat immer schon mit Mut und Köpfchen gespielt. Ich sehe viele Spieler, die das eine oder das andere haben, aber wenige mit beidem. Es war ein Vergnügen, ihn zu trainieren, und ich freue mich, dass die Mavericks ihn auf diese Weise ehren.«

»Und nur Tage nachdem wir gehört haben, dass Sanderson einen neuen Fünf-Jahres-Vertrag mit Nike abgeschlossen hat, erreichte uns die Nachricht, dass er Ihre Stelle als Trainer der Arlington Colts übernimmt, wenn Sie nächsten Monat in den Ruhestand gehen«, sagte Steve. »Können Sie uns verraten, wie es dazu gekommen ist?«

»Nun, nachdem Ryan Anfang des Jahres seinen Rückzug aus dem aktiven Sport verkündet hatte, haben wir beide uns mehrmals darüber unterhalten, dass er Trainer an einer Highschool werden möchte.«

»Hat Sie das überrascht, Coach?«, wollte Terrell wissen. »Ich meine, er könnte alles tun, was er will – in der NFL, im Fernsehen ...«

»Nein, es hat mich nicht wirklich überrascht«, gestand Jimmy. »Er glaubt, dass er diesen Kids etwas zu bieten hat, und das sehe ich genauso. Mit meinem kaputten Knie und allem habe ich schon länger darüber nachgedacht, mich zur Ruhe zu setzen, und die Vorstellung, die Zügel an Ryan zu übergeben, hat in den letzten Monaten immer konkretere Züge angenommen. Ich meine, wer könnte die Colts besser trainieren als jemand, der genau hier, in

Arlington, angefangen und dann eine solche Karriere hingelegt hat? Noch dazu mit so viel Stil und Klasse?«

»Ich denke, wir sind da ganz Ihrer Meinung, Coach«, meinte Steve. »Danke, dass Sie heute Zeit für uns hatten. Scheint so, als würde es unten gleich losgehen, also schalten wir zu Darren Murphy, der den Besitzer der Mavericks, Chet Logler, bei sich hat. Darren?«

»Danke, Steve. Chet, bevor wir anfangen, möchte ich Sie fragen, ob Sie damit gerechnet haben, Ihr Team dieses Jahr wieder in den Play-offs zu sehen – im ersten Jahr nach einer Dekade, in der Ryan Sanderson das Spiel bestimmt hat.«

»Nein«, gab Chet offen zu. »Damit habe ich überhaupt nicht gerechnet. Aber wie wir in dieser Saison miterleben konnten, hat Toad McNeil in den letzten Jahren nicht nur an der Seitenlinie gesessen und Staub angesammelt. Er hat Ryan beobachtet, sich Notizen gemacht und sich mental darauf vorbereitet, genau das zu tun, was er die ganze Saison über getan hat. Er hat vom Besten gelernt.«

»Danke, Chet«, erwiderte Darren. »Damit übergebe ich Ihnen jetzt das Mikrofon.«

»Guten Abend, Mavericks-Fans!«, rief Chet, begleitet von donnerndem Applaus. »Ich bin Chet Logler, und es ist mir eine Ehre, an diesem besonderen Tag in der Geschichte des aktuellen Meisters Denver Mavericks den Vorsitz zu haben! Heute ehren wir den größten Spieler, der je das Trikot der Mavericks getragen hat.«

Die Menge flippte förmlich aus.

RYAN UND SUSANNAH WARTETEN IM TUNNEL AN DER VIERZIG-YARD-Linie, während Chet einen kurzen Überblick über Ryans Erfolge als Maverick gab.

Sie strich ihm über sein Trikot. »Du siehst super aus.«

Er schob den Stetson ein wenig zurück und beugte sich vor, um ihr einen Kuss zu geben. »Du auch.« Dann wackelte er mit den

Augenbrauen und sagte: »Du weißt, wie sehr ich es liebe, wenn du mein Trikot trägst.«

»Das versteckt meine Speckröllchen von der Schwangerschaft.«

»Du hast keine Speckröllchen! Du bist umwerfend. Und selbst wenn meine Nummer jetzt aus dem Verkehr gezogen wird, könntest du sie vielleicht heute Abend tragen, was denkst du?«

Sie verdrehte die Augen. »Noch zwei Wochen, bis du wieder im Sattel sitzt, Cowboy.«

»Bis dahin halte ich niemals durch«, stöhnte er.

Sie schwiegen, als Chet sagte: »Ladys und Gentlemen, bitte heißen Sie den letzten Mann, der je die Nummer achtzehn der Mavericks getragen hat, mit einem herzlichen Applaus willkommen: Ryan Sanderson, begleitet von seiner Frau Susannah.«

Susannah schaute zu Ryan auf. »Bereit?«

Er nickte und rückte den Stetson zurecht. »Ziehen wir es durch.«

Hand in Hand traten sie aus dem Tunnel auf das Spielfeld. Der Applaus, mit dem sie begrüßt wurden, dauerte beinahe zehn Minuten. Ryan und Susannah winkten der Menge zu, während seine ehemaligen Mannschaftskollegen auf den Bänken am Seitenrand standen und jubelten.

Als Ryan ans Mikrofon trat, kam Bernie aus dem Tunnel und reichte Susannah ein in Violett und Gelb gewickeltes Bündel.

»Ich danke euch vielmals!« Ryan nahm seinen Hut ab und winkte den Fans noch mal zu. Dann ließ er seinen Blick eine volle Minute lang über die gefüllten Ränge schweifen, wie um alles ein letztes Mal in sich aufzunehmen.

»An einem Tag wie diesem, allerdings unter ganz anderen Umständen«, fing er an, »stand Lou Gehrig vor den Fans in seiner Heimatstadt New York und hat sich zum glücklichsten Mann der Erde erklärt.« Ryan hielt inne und räusperte sich, um die Emotionen unter Kontrolle zu kriegen. »Dank euch allen gehört dieser Titel heute mir.«

Die Zuschauer johlten und klatschten frenetisch.

»Ich hatte Glück, dass ich dieses Spiel mit einigen der besten Menschen spielen durfte, die ich kenne.« Er zeigte auf seine Kameraden. »Ihr alle im Team – von Chet Logler über Duke Simmons, von all meinen Mannschaftskameraden und Trainern bis hin zu unserem Kabinenwart Tony und den Menschen, die hinter den Kulissen arbeiten – habt dafür gesorgt, dass meine Zeit hier in Denver die schönsten zehn Jahre meines Lebens waren. Aber es wart ihr, die Fans, die es jeden Sonntag zu einem solchen Vergnügen gemacht haben, zur Arbeit zu kommen. Ihr habt mir in guten und schlechten Zeiten zur Seite gestanden, und das werde ich niemals vergessen.«

Während die Menge tobte, wischte Ryan sich über die Augen und streckte eine Hand aus, um Susannah näher zu sich zu ziehen.

»Ich habe außerdem das wahnsinnige Glück, heute von meiner Frau Susannah und unserer einen Monat alten Tochter Hope Theresa Sanderson begleitet zu werden.«

Nachdem die Fans auch ihre Liebe zu Susannah und dem Baby bekundet hatten, fuhr Ryan fort: »Es ist sicher kein Geheimnis, dass Susie und ich unsere Probleme und Herausforderungen hatten. Doch ihre Liebe und ihre Unterstützung haben mich immer getragen. Ich wäre heute nicht hier, wenn sie mich nicht jeden Tag daran erinnert hätte, was im Leben wirklich wichtig ist. Ihr habt diese Woche gehört, dass wir nach Texas ziehen, aber ich möchte euch versichern, dass wir unser Haus in Breckenridge behalten, also werdet ihr uns nicht endgültig los.« Er presste sich eine Hand aufs Herz und schloss seine Rede mit den Worten: »Egal, wo ich bin oder was ich tue, ich werde *immer* der größte Denver-Mavericks-Fan sein – und der größte Fan der Mavericks-Fans. Ich danke euch allen für diese überwältigende Ehre.«

Susannah kämpfte selbst mit den Tränen, als sie ihn anlächelte, während er sich über die Augen wischte und die Standing Ovations über sich hinwegdonnern ließ.

Chet übernahm erneut das Mikro. »Bitte richtet eure Augen auf die Endzone der Mavericks, wo die Nummer achtzehn erst als dritte Nummer in der Geschichte des Clubs aus dem Verkehr gezogen wird. Ryan, du stehst jetzt Seite an Seite mit Nummer vier – Johnny Palmer – und Nummer zwölf – George Urban. Eine Legende unter Legenden.« Er reichte Ryan eine reich verzierte Plakette zum Andenken an diesen Tag. »Herzlichen Glückwunsch.«

»Danke, Chet.« Ryan nahm die Plakette entgegen und wurde dann von seinem ehemaligen Boss fest in den Arm genommen.

Stille senkte sich über die Zuschauer, während Ryans Nummer achtzehn langsam in den Olymp hinaufgezogen wurde. In dem Moment, als sie ihr Ziel zur Rechten der Nummer zwölf erreichte, brachen Ryans Mannschaftskollegen, angeführt von Marcus Darlington, in eine schiefe, aber enthusiastische Darbietung von »Hero« aus.

Ryan sah Susannah an, und sie mussten beide lachen.

Er beugte sich vor, um ihr einen Kuss zu geben, dann legte er die Arme um seine Mädchen. Sie hatten alles, was sie sich je erträumt hatten – und noch so viel mehr.

BONUS-EPILOG

Ein klingelndes Telefon vor Anbruch der Morgendämmerung war nie ein gutes Zeichen. Vor allem dann nicht, wenn man die halbe Nacht von einem zahnenden Baby wach gehalten worden war. Weil er wollte, dass seine Frau Susie und ihr kleiner Sohn Brayden noch ein wenig weiterschlafen konnten, schnappte sich Ryan Sanderson sein Handy aus der Ladestation neben dem Bett und ging ins Bad, um den Anruf von seinem ehemaligen Trainer Duke Simmons anzunehmen.

»Hey, Duke.« Ryan sprach leise, um Susie und den sechs Monate alten Brayden nicht zu wecken, der in einem Bettchen neben ihrem schlummerte. Zwei Kinder in zwei Jahren hatten Ryan und Susannah in einen konstanten Zustand der Erschöpfung versetzt, aber sie würden ihr jetziges Leben gegen nichts auf der Welt eintauschen.

»Tut mir leid, dass ich so früh anrufe, Sandy.« Duke klang ungewohnt angespannt.

Da der Trainer niemand war, der sich vom *Super-Bowl*-Druck stressen ließ, war Ryan sofort besorgt. »Das ist schon in Ordnung. Was ist los?«

»Es geht um Toad. Wir haben hier ein ernsthaftes Problem, bei dem wir deine Hilfe brauchen.«

Obwohl er nicht länger ein Denver Maverick war, verfolgte Ryan alles, was seine ehemalige Mannschaft betraf, sehr genau. Deshalb wusste er auch, was für eine schreckliche Saison ihr neuer Quarterback Todd »Toad« McNeil gehabt hatte, nachdem er das Team im vorigen Jahr in die Play-offs geführt hatte. Er hatte von mehreren ehemaligen Teamkameraden gehört, dass Toad außer Kontrolle geriet – und nicht auf gute Weise. Die Medien in Denver und im ganzen Land waren bei ihrer Berichterstattung über seine katastrophale Leistung nicht gnädig gewesen, was den Albtraum für Toad und das Team nur verschlimmert hatte.

»Was ist los?«

»Nancy hat mich angerufen«, sagte Duke und meinte damit die Frau, die Toad am Ende der letzten Saison nach mehreren Jahren und einem gemeinsamen Kind endlich geheiratet hatte. »Er hat sich in seine Hütte zurückgezogen und nimmt weder ihre Anrufe noch die von anderen Leuten entgegen. Wir haben eine spielfreie Woche, und ich habe den Jungs ein paar Tage Urlaub gegeben, damit sie den Kopf frei kriegen. Ich mache mir wirklich Sorgen um seine geistige Gesundheit, Sandy.«

»Was sagen die Mannschaftsärzte?«

»Mit denen will er nichts zu tun haben.« Nach einer Pause fuhr Duke fort: »Ich hasse es, dich darum zu bitten, vor allem wegen der beiden Kleinen, aber kannst du rauffahren und mal mit ihm reden? Toad bringt dir so großen Respekt entgegen. Wenn irgendjemand zu ihm durchdringen kann, dann du. Chet meint, er würde dir den Jet schicken. Ich weiß, es ist viel verlangt, doch wir wissen einfach nicht mehr weiter.«

»Natürlich übernehm ich das.« Ryan schossen tausend Gründe durch den Kopf, warum das gerade kein guter Zeitpunkt war. Aber nach allem, was Duke und Chet während seiner Zeit bei den Mavericks für ihn und Susie getan hatten, gab es beinahe nichts, was er nicht im Gegenzug für sie tun würde.

»Das ist super. Ich danke dir vielmals. Bring ruhig Susie und die Kinder mit, und nutzt das für einen kleinen Urlaub, wenn es geht.«

Die Football-Saison der Highschool-Mannschaften war vorbei,

und Ryan steckte gerade in den Planungen für die nächste Saison. Deshalb hatte er mehr freie Zeit als üblich. Er hatte sich schon auf ein paar ruhige Wochen mit Susie und den Kindern gefreut. Sie könnten einige Tage in Breckenridge verbringen und vielleicht sogar das erste Mal mit Hope, ihrer Zweijährigen, Ski fahren.

»Was glaubst du, wie schnell kannst du hier sein?«

»Lass mich mit Susie reden, dann melde ich mich.«

»Je eher, desto besser. Ich mache mir wirklich Sorgen.«

»Ich melde mich noch heute Vormittag bei dir.«

»Ich warte auf deinen Anruf. Und danke noch mal, Sandy. Wir wissen deine Hilfe sehr zu schätzen.«

»Ich freue mich, wenn ich was für euch tun kann.« Er legte auf und nahm sich eine Minute, um über ein paar Termine nachzudenken, die er für diese unerwartete Reise nach Denver würde verschieben müssen. Als er aus dem Bad kam, sah er, dass Susie im Bett saß und gerade ihren Sohn stillte. Sie zu beobachten, wenn sie sich um die Kinder kümmerte, hatte immer die gleiche Wirkung auf ihn – es traf ihn jedes Mal direkt ins Herz, vor allem, wenn er daran dachte, wie kurz er davor gestanden hatte, sie für immer zu verlieren.

Er versuchte, nicht allzu oft daran zu denken, war aber jeden Tag dankbar für die zweite Chance, die sie bekommen hatten. Trotz des zusätzlichen Stresses mit zwei kleinen Kindern war ihre Beziehung nie besser gewesen. Sie hatten gelernt, ihre Ehe an die erste Stelle zu setzen, und nie mehr würde er sie als selbstverständlich ansehen. Nachdem sie ihr erstes Kind Justin noch vor der Geburt verloren hatten, liebten und schätzten sie jede Minute des Chaos, das sie jetzt umgab.

»Habe ich ihn aufgeweckt?«, fragte Ryan, als er neben ihr ins Bett kroch.

»Nein. Das war sein leerer Magen.«

Ryan strich mit dem Finger über die hellblonden Haare seines Sohnes. Ihre beiden Kinder waren blond, was wenig überraschend war, denn das waren sowohl er als auch Susie ebenfalls.

»Wer war das am Telefon?«

»Duke.«

»Was wollte er denn so früh?«

»Offenbar geht es Toad nicht gut, und sie wollen, dass ich rauffahre und mit ihm rede.«

»Ich habe letzte Woche mit Nancy gesprochen. Sie meinte, er wäre in letzter Zeit in einer seltsamen Stimmung. Keiner kann sich erklären, was mit ihm los ist.«

»Duke sagt, er hätte sich in seiner Hütte verschanzt und würde mit niemandem reden.«

»Das ist schlimm. Dem armen Kerl wird in letzter Zeit auch einfach keine Pause gegönnt.«

»Er lässt zu, dass ihm das alles viel zu nahe geht, was das Schlimmste ist, was er tun kann.«

»Wie soll er das verhindern, wenn die Leute ihn ständig mit dir vergleichen und betonen, dass er nicht ist wie du? Der Leitartikel letzte Woche, darüber, dass die Mavs dich aus dem Ruhestand holen sollen, um die Saison zu retten, muss ihn tief getroffen haben.«

Ryan seufzte. Er hatte den Artikel ebenfalls gelesen und sich gefragt, wie lange es wohl dauern würde, bis Toad unter dem Druck zusammenbrach. »Ich kann es nicht leiden, wenn sie mich da mit reinziehen.«

»Was hat Duke gesagt, wann sollst du kommen?«

»Ich glaube, er will mich am liebsten heute schon dahaben, wenn das möglich ist.«

Sie riss die Augen auf. »Heute wie in ... *heute*?«

Er lächelte. »Was hältst du von einem Kurztrip nach Denver? Wir könnten ein paar Tage in Breckenridge verbringen und Hope das Skifahren beibringen ...«

»Äh, tja, ich schätze, das könnten wir wohl ...«

»Ich weiß, es ist viel verlangt, vor allem nach den letzten schweren Tagen mit dem Zahnen. Aber Duke klang wirklich gestresst. Er würde mich nicht darum bitten, wenn er mich nicht dringend bräuchte. Und ich will nicht ohne euch fahren.«

Es erstaunte Ryan noch immer, dass er in seiner aktiven Zeit als Spieler oft wochenlang unterwegs und von seiner Frau getrennt gewesen war und es jetzt kaum ertrug, auch nur eine Nacht ohne sie oder die Kinder zu verbringen. »Er hat gesagt, Chet würde uns den Jet schicken, damit wir die Tonnen an Zeug mitnehmen können, die man für das Reisen mit kleinen Kindern braucht.«

»Ein paar Tage klingen wirklich gut«, erwiderte sie.

»Lügst du?«

»Würde ich dich je anlügen?«

Grinsend meinte er: »Ich weiß, es ist viel verlangt, Liebling, vor allem, wo wir so unter Schlafmangel leiden.«

»Wir würden guten Freunden einen Gefallen tun. Und schlafen können wir, wenn wir mal tot sind.«

Ryan lachte und nahm ihr das Baby ab, nachdem sie fertig gestillt hatte. Er legte sich seinen schläfrigen Sohn an die Schulter und tätschelte ihm sanft den Rücken, bis er ein Bäuerchen machte.

»Genau wie sein Daddy. Immer gut für einen lauten Rülpser.«

»Das ist mein Junge.«

Sie verdrehte die Augen und stieg aus dem Bett. »Ich springe schnell unter die Dusche, davon werde ich hoffentlich wach. Und wenn du mich wirklich liebst, kochst du mir in der Zwischenzeit einen Kaffee.«

»Ich liebe dich wirklich. Und Brayden und ich gehen jetzt in die Küche.«

»Und wir wecken Hope *nicht* früher auf. Das ist meine einzige Bedingung für diese überstürzte Reise.«

Ryan zuckte gespielt entsetzt zurück. »Ich habe nicht vorgeschlagen, sie zu wecken.« Sein kleiner Engel wurde zum Teufel, wenn man ihren Schlaf störte. »Ich rufe Duke an und sage ihm, dass der Jet für uns um ein Uhr bereitstehen soll.«

»Das klingt gut. Hoffentlich schlafen die beiden im Flugzeug.«

»Hierfür stehe ich tief in deiner Schuld, Susie.«

»Ich schreib's auf die Liste«, antwortete sie und warf ihm über die Schulter ein verruchtes Lächeln zu, bevor sie im Badezimmer verschwand und die Tür hinter sich schloss.

»Deine Mommy ist sehr, sehr süß«, vertraute er Brayden an und trug ihn die Treppe hinunter, um den Kaffee aufzusetzen, den Susie brauchte, um in den Tag starten zu können. Ihr Haus in Arlington,

Texas, war etwas bescheidener als die Villa, die sie in Denver besessen hatten, aber sie hatten sich für eine bewachte Wohnanlage entschieden, damit nicht überraschend irgendwelche Fans vor der Tür stehen konnten. Ryan wurde immer noch überall erkannt, auch wenn die Leute ihm normalerweise respektvoll und höflich begegneten.

Seit der Geburt von Hope war Ryan gut darin geworden, Dinge mit nur einer Hand zu erledigen, und so bereitete es ihm keine Schwierigkeiten, Kaffee zu kochen, während er Brayden auf dem Arm hielt. Dann holte er sein Handy aus der Tasche seiner Pyjamahose und rief Duke an.

»Wie wäre es, wenn der Privatjet uns um eins in Dallas abholt?«, fragte er, als sein Trainer sich meldete.

»Sehr gut. Ich kann dir gar nicht genug danken, Sandy.«

»Du, Chet und die Mavs sind für uns Familie, Coach. Wenn du mich brauchst, bin ich da.«

———

Um ein Uhr gingen Ryan mit Hope und Susannah mit Brayden auf dem Arm über das Rollfeld zu dem wartenden Privatjet mit dem Logo der Denver Mavericks. Ryan schüttelte dem Piloten, einem langjährigen Mitarbeiter der Mavericks, die Hand. »Schön, dich zu sehen, Mike.«

»Gleichfalls, Ryan. Eine hübsche Familie hast du da.«

»Danke. Wir genießen sie. Du erinnerst dich an meine Frau Susannah?«

»Natürlich.« Er schüttelte Susie die Hand. »Schön, Sie wiederzusehen, Ma'am.«

»Sie auch, Mike.«

»Dann bringen wir euch mal nach Denver. Chet hat mir aufgetragen, mich zu beeilen, und wenn der große Mann sagt: ›Spring‹ ...«

»Fragen wir: ›Wie hoch?‹«, ergänzte Ryan grinsend.

»Freut mich, dass du das nicht vergessen hast.«

»Ich habe nichts vergessen. Einmal ein Mav, immer ein Mav.« Von dem Tag an, an dem die Mavs ihn von der University of Florida zu sich geholt hatten, nachdem er dort die *Heisman Trophy* als Quarterback der Gators gewonnen hatte, hatten sich Chet Logler und die Mavericks-Organisation bestens um ihn gekümmert. Selbst jetzt, in Jahr drei seines Ruhestands, war er noch ein Maverick und würde es auch immer bleiben. Es hatte ihn mit großem Stolz erfüllt, als beschlossen worden war, seine Spielernummer nicht mehr neu zu vergeben.

Auf dem zweistündigen Flug, während Brayden in Ryans Armen schlief und Susie versuchte, auch Hope zu einem Mittagsschlaf zu überreden, dachte Ryan an Toad und dessen schnellen Sturz vom Hoch des letzten Jahres, als die Mavs es in die Play-offs geschafft hatten, zu dem jetzigen Tief, bei dem ihre Chance, die Play-offs zu erreichen, sich in Richtung null bewegte.

Es war schmerzhaft gewesen, mit anzusehen, wie für die Mannschaft in den ersten sieben Spielen dieses Jahres alles schiefgegangen war, was schiefgehen konnte – Interceptions und Turnovers und die Art schlampiges Spiel, die man eigentlich nur von schlechteren Mannschaften kannte. »Schlampig« war eigentlich kein Begriff, den man bisher mit einem der am besten trainierten Teams der Liga in Verbindung gebracht hatte. Aber dieses Jahr war es das einzige Wort, das passte. Und Toad war zweifelsohne das größte Problem. Ryan hatte ihn bei jedem Spiel genau beobachtet und vermutete, dass irgendetwas sein Selbstbewusstsein untergraben hatte. Toad hatte seine Selbstsicherheit *und* seine Präzision verloren. Er führte die Mannschaft in unmögliche Situationen, und seine Trefferquote war unter aller Sau.

Lange bevor Duke angerufen hatte, hatte Ryan sich gefragt, was seit den Play-offs im letzten Jahr so falsch gelaufen war.

Während seiner zwei letzten Jahre in der Mannschaft hatte Ryan den Mann, der seinen Platz einnehmen sollte, sehr gut kennengelernt. Er hatte sein Bestes gegeben, um ihn auf das Leben im Scheinwerferlicht vorzubereiten, und war stolz darauf gewesen, wie Toad letztes Jahr in seine Rolle geschlüpft war. Ryan hatte große Fußstapfen hinterlassen, das wusste er, doch Toad war es gelungen, das Gerede auszublenden, um sich allein auf das Spiel zu konzentrieren. Seit Wochen fragte Ryan sich, was seitdem passiert war, aber er hatte sich nicht bei Toad melden wollen, um ihn nicht noch mehr unter Druck zu setzen.

Von seinen besten Freunden im Team – Bernie Peterson und Marcus »Darling« Darlington – hatte Ryan gehört, dass Toad dabei war, kaputtzugehen, und niemand wusste, was sie tun konnten, um ihn wieder auf die Spur zu bringen. Laut seinen Freunden hatte er auf stumm geschaltet, als es immer schlimmer geworden war. Er sprach weder mit seiner Frau noch mit seinen Freunden oder den Trainern, und Ryan fragte sich, wieso das Management glaubte, er würde ausgerechnet mit ihm sprechen.

Susannah nahm ihm Brayden ab und legte ihn neben seine schlafende Schwester auf das Sofa, wo sie ihn mit seiner Lieblingsdecke zudeckte.

Ryan streckte die Arme nach ihr aus, und sie kuschelte sich auf seinen Schoß und lehnte den Kopf an seine Schulter. Sie hatte vom Schlafmangel der letzten Monate dunkle Ringe unter den Augen. Hope hatte gerade angefangen, die Nächte durchzuschlafen, als Brayden gekommen war. Er war eine kleine Überraschung gewesen, da sie beide der falschen Annahme erlegen waren, Susie würde nicht sofort wieder schwanger werden. Da hatten sie sich geirrt.

»Ruh dich aus, solange du kannst, Liebling.«

Sie gähnte. »Worüber denkst du nach?«

»Über Toad und das, was mit ihm los ist. Ich hoffe, er redet mit mir – oder sonst jemandem –, bevor er sich seine vielversprechende Karriere ruiniert.«

»Er hält große Stücke auf dich. Wenn jemand zu ihm durchdringen kann, dann du.«

»Dein Wort in Gottes Ohr.« Ryan schloss die Augen. *Nur für eine Minute*, dachte er. Das Nächste, was er mitbekam, war Mike, der verkündete, dass sie sich im Landeanflug auf Denver befanden.

Susannah schlief tief und fest in seinen Armen, also hob Ryan sie vorsichtig auf den Sitz neben sich und schnallte sie für die Landung an.

Dann ging er zum Sofa und legte auch seinen noch schlafenden Kindern die Sitzgurte an.

Keiner von ihnen rührte sich, bis das Flugzeug aufsetzte und das Dröhnen der Schubumkehr alle weckte. Die Kinder fingen an zu weinen, und sobald es möglich war, kümmerten sich Ryan und Susie um sie und nahmen sie auf den Arm.

Auf dem Rollfeld stand ein SUV, neben dem Duke schon auf sie wartete. Chet saß höchstpersönlich hinter dem Steuer, und der Wagen war sogar mit Kindersitzen ausgestattet.

»Wo habt ihr die denn her?«, fragte Ryan, nachdem beide Männer ihn, Susie und die Kinder umarmt hatten.

»Wir haben Enkel«, erwiderte Chet indigniert. »Wir wissen, wie das läuft.«

Als Ryan sah, wie der andere auf seiner unangezündeten Zigarre herumkaute, fühlte er sich sofort wie zu Hause.

Während der Fahrt in die Stadt schaute Chet in den Rückspiegel und erklärte: »Wir sind dir unendlich dankbar, dass du das für uns machst.«

»Alles für euch und die Mavs«, antwortete Ryan. »Hoffen wir nur, dass es hilft.«

»Es wird zumindest nicht schaden«, erwiderte Chet. »Martha hat das Gästehaus für euch hergerichtet. Ich musste auf ihre Anweisung sogar zwei Kinderbettchen reinschleppen.«

»Das ist wirklich lieb von euch«, sagte Susie. »Vielen Dank.«

»Nichts zu danken, Süße. Wir sind einfach froh, dass ihr gekommen seid.« Chet lächelte ihr im Rückspiegel zu.

Bei der Einfahrt in Denver nahm Ryan den vertrauten Anblick der Stadt in sich auf, die er in den zehn besten Jahren seines Lebens seine Heimat genannt hatte. Sie hatten hier auch schwere Zeiten durchlebt, vor allem, nachdem sie Justin verloren hatten und in der Leere danach beinahe einander. Das Beste, was Ryan je getan hatte, war gewesen, für seine Ehe zu kämpfen. Nie wieder würde er etwas so Wichtiges wie die Frau, die er von ganzem Herzen und mit ganzer Seele liebte, als selbstverständlich ansehen.

In diesem Moment nahm sie seine Hand und drückte sie. Ryan schaute sie an und wusste, dass sie das Gleiche dachte wie er.

Denver fühlte sich bereits an, als wäre es Jahre her. Inzwischen war ihr Leben wesentlich einfacher, selbst wenn es durchaus anstrengend war, eines der besten Highschool-Football-Teams des Landes zu trainieren, gleichzeitig seine Werbedeals durchzuziehen und sich um zwei kleine Kinder zu kümmern. Er war dankbar für seine Zeit in der NFL und die Jahre, die sie hier in Denver verbracht hatten, aber er wusste, er würde froh sein, wenn er in einigen Tagen nach Arlington zurückkehren konnte – zurück in die neue Realität, die weit besser zu ihm passte, als es das Leben als NFL-Star je getan hatte.

Vater zu sein war das Beste, was ihm je passiert war – okay, das Zweitbeste. Das Beste war, dass er Susie getroffen hatte. Er verspürte nicht das geringste Bedauern darüber, seine Karriere als Spieler beendet zu haben, auch wenn einige geunkt hatten, er würde es bereuen, gegangen zu sein, nachdem er seinen dritten *Super Bowl* gewonnen hatte. Er war an der Spitze abgetreten, zu seinen Bedingungen, und Reue war reine Zeitverschwendung.

Nachdem er Susie und den Kindern geholfen hatte, sich in dem zweigeschossigen Gästehaus auf dem Anwesen der Loglers einzurichten, gab er ihr einen Kuss und sagte, er werde so schnell wie möglich zurück sein.

»Ich werde mal Nancy anrufen«, sagte Susie.

»Sie freut sich bestimmt, von dir zu hören.«

»Sei vorsichtig, okay?«

Ryan lächelte. »Mach dir keine Sorgen.«

»Ich werde mir so lange Sorgen machen, bis du zurück bist.«

»Das könnte morgen werden, wenn er stur ist.«

»Ich weiß. Ich habe hier alles im Griff, und Martha hat angeboten, mir zu helfen. Das klappt schon.«

Er nahm sie in den Arm und hielt sie ganz fest. »Wenn ich zurück bin, will ich so schnell wie möglich nach Breckenridge fahren und meine Frau an unserem Lieblingsplatz vor dem Kamin lieben.«

»O ja, bitte.«

Er gab ihr noch einen Kuss. »Dann haben wir einen Deal.«

DUKE FUHR IHN ZUM FUSS DER ROCKY MOUNTAINS, WOBEI ER DER Wegbeschreibung folgte, die Nancy ihnen gegeben hatte.

»Wann hat er diese Hütte gekauft?«

»Am Anfang der letzten Saison. Nach allem, was ich gehört habe, ist sie sehr schlicht, hat aber Potenzial.«

»Klingt wie unser Haus in Breckenridge, als wir es gekauft haben. Es hat nur ein wenig Zuwendung gebraucht.«

»Und jetzt ist es wunderschön.«

»Wir lieben es.« Nach einer Pause sagte Ryan: »Die Chancen stehen gut, dass es mit Toad das Gleiche ist.«

Duke warf ihm einen Blick zu. »Wie meinst du das?«

»Ein verborgenes Juwel, das bloß ein wenig Zuwendung benötigt.«

»Ich weiß nicht ... Wenn er letzte Saison und dieses Jahr im Trainingslager nicht so gut gewesen wäre, würde ich dir zustimmen. Aber ich fürchte, dahinter steckt etwas anderes. Ich wünschte, ich wüsste, was, doch er hat sich total abgeschottet. Deshalb haben wir dich angerufen. Du weißt schon, verzweifelte Zeiten und so ...« Duke drosselte das Tempo, bis sie den Briefkasten fanden, nach dem sie suchten. »Hier ist es«, meinte er und bog rechts ab.

Sie fuhren eine lange Straße mit vielen Serpentinen hoch, die im Winter nicht leicht zu meistern wäre, und hielten vor einer Blockhütte an, die inmitten von Fichten und Espen stand. Wie Duke gesagt hatte, lag sie wunderschön, auch wenn noch ein wenig Arbeit investiert werden musste. Toads großer Chevy-Truck stand vor der Hütte.

Ryan betrachtete sie. »Wie lautet der Plan, Coach?«

»Ich werde hier warten, während du reingehst. Lass dir Zeit. Ich habe mir ein Buch und Snacks mitgenommen.«

»Okay, dann mal los.«

»Viel Glück, Sandy.«

Ryan stieg aus und schritt zur Haustür, hämmerte mit der Faust dagegen. »Toad! Mach auf!« Er klopfte ein weiteres Mal. Keine Antwort. Also ging Ryan zu dem Fenster zu seiner Linken, legte die

Hände aufs Glas und schaute hinein. Toad lag ausgestreckt auf dem Sofa, und um ihn herum auf dem Boden befanden sich lauter leere Flaschen.

Ryan drehte sich zu Duke um, der das Autofenster heruntergelassen hatte. »Er hat getrunken.«

»Na super ...«

Ryan öffnete die Tür und trat ein. Er brauchte eine Sekunde, bis seine Augen sich an die Dunkelheit gewöhnt hatten. In der Hütte war es eiskalt, also schaltete er zuerst ein paar Lampen an und machte dann ein Feuer. Danach trat er zum Sofa, wobei er die leeren Flaschen aus dem Weg kickte, und versuchte, Toad wach zu rütteln.

Er rührte sich nicht, doch seine Brust hob und senkte sich, was eine Erleichterung war.

Ryan gab ihm eine leichte Ohrfeige. Immer noch nichts. »Toad! Wach auf!«

Der junge Spieler knurrte nur und drehte sich von Ryan weg.

»Toad!« Ryan schüttelte ihn, bis er blinzelnd zu sich kam und dann erschrocken zurückzuckte, als er sah, wer ihn da geweckt hatte.

»Sandy?« Langsam setzte Toad sich auf und stöhnte kurz, als er sich mit den Fingern durch die in alle Richtungen abstehenden Haare fuhr. Seine braunen Augen waren blutunterlaufen, und er strahlte eine Erschöpfung aus, die Ryan von ihrem letzten Zusammentreffen nicht kannte. »Was zum Teufel tust du hier?«

»Dich besuchen.«

»Aus Texas?«

»Jap.«

»Warum?«

»Weil die Leute sich Sorgen um dich machen.«

Toad schnaubte. »Was für Leute machen sich Sorgen um mich?«

»Duke, Chet, deine Mannschaft, deine Frau – um bloß mal ein paar zu nennen.«

»Du kannst ihnen sagen, dass es mir gut geht. Ich wollte nur ein wenig Zeit für mich. Das wird ja wohl noch erlaubt sein, oder?«

»Natürlich. Aber das hier ist mehr, und das wissen wir beide.« Ryan setzte sich ihm gegenüber und stützte die Ellbogen auf die

Knie. »Du wirst mich am Hals haben, bis wir beide darüber geredet haben, was eigentlich mit dir los ist.«

»Nichts ist mit mir los. Ich habe eine miese Saison. So was kommt vor.«

Ryan zog nur eine Augenbraue hoch. Das kam nicht einfach so vor – nicht auf ihrem Niveau, nicht nach einer Saison wie der letzten. Außer unter sehr seltenen Umständen unterliefen Quarterbacks nicht solche Fehler, wie sie Toad passiert waren. So wie Toad in der letzten Zeit gespielt hatte, hätte Ryan ihn nicht mal zu einem Freundschaftsspiel in seinem Garten eingeladen, geschweigen denn in die Profiliga.

Toad betrachtete ihn mürrisch.

Ryan verschränkte die Arme und erwiderte den Blick.

»Ich könnte dich bitten, mein Haus zu verlassen.«

»Das könntest du. Doch du tust es nicht.«

Sie schauten einander lange an. Keiner wollte zuerst blinzeln. Dann stand Toad auf, schlurfte ins Bad und schlug die Tür hinter sich zu.

Während er dort drinnen war, ging Ryan in die Küche und durchsuchte die Schränke, bis er Kaffeepulver gefunden hatte. Als Toad mit nassen Haaren vom Duschen aus dem Badezimmer kam, war der Kaffee schon fertig.

Ryan schenkte einen Becher ein und schob ihn Toad über den Tresen zu. Dann nahm er sich selbst einen, lehnte sich gegen die Arbeitsplatte und starrte seinen ehemaligen Mitspieler an, wobei er hoffte, ein wenig einschüchternd zu wirken.

Toad setzte sich auf den Barhocker und trank einen Schluck. »Ich weiß nicht, was du von mir hören willst.« Er hielt den Blick fest auf seinen Becher gerichtet. »Ich habe eine schlechte Saison. Das passiert uns Normalsterblichen mal, aber davon weißt du natürlich nichts.«

Ryan sah ihn weiter einfach still an.

Nach einem langen Schweigen schaute Toad zu ihm auf. Er wirkte verloren und verängstigt.

»Was auch immer es ist«, erwiderte Ryan sanft, »wenn du es

jemandem erzählst, bist du damit nicht mehr allein. Sag mir, was los ist, Toad. Lass mich dir helfen. Wir wollen dir alle helfen.«

Toad setzte zu einer Antwort an, schien es sich dann jedoch anders zu überlegen.

Ryan trat zu ihm, stützte die Ellbogen auf den Tresen und blickte Toad tief in die Augen. »Hier geht es nicht um Football. Es geht um *dich*. Irgendetwas stimmt nicht. Und jeder, der dich kennt, kann das sehen. Sag mir, was es ist.«

Toad schien zu spüren, dass es keinen anderen Ausweg gab, denn er seufzte tief. »Ich ... ich habe ... einen Knoten gefunden«, stieß er schließlich hervor und schluckte schwer.

»Wo?«

Er schaute weg. »In meinen Eiern.«

»Wann?«

»Am Ende des Trainingslagers.«

»Und du hast das bis jetzt niemandem gegenüber erwähnt?«

»Der Saisonstart stand unmittelbar bevor. Lillenbrand ist nicht ansatzweise so weit, dass er übernehmen könnte«, erklärte er und bezog sich damit auf seinen Ersatz-Quarterback. »Was hätte ich denn tun sollen?«

»Du hättest deine Gesundheit und dein Leben über das Spiel und die Mannschaft stellen sollen. Was zum Teufel stimmt mit dir nicht?«

»Ich weiß es nicht. Aber ich habe schreckliche Angst, dass es Krebs ist, Sandy.« Seine Augen wurden feucht. »Nancy ist schwanger ... Wir haben Kara, und jetzt ist ein weiteres Baby unterwegs. Ich bin noch nicht bereit, zu sterben.«

Ryan hätte ihn am liebsten geschüttelt, doch das brauchte sein Freund jetzt nicht. Deshalb ging er stattdessen zur Tür und winkte Duke. »Wir fahren zurück in die Stadt und direkt zu einem Arzt.«

Stöhnend ließ Toad den Kopf in die Hände sinken, aber er widersprach nicht, als Ryan ihn am Arm nahm und aus dem Haus führte.

Susannah und Ryan trafen sich im Krankenhaus, in dem Toad

von einem Team aus Ärzten und Spezialisten untersucht wurde.

Nancy tigerte im Wartezimmer auf und ab und wartete auf eine Chance, ihren Ehemann zu sehen. Er hatte sie gebeten, während der Untersuchungen draußen zu warten.

Susannah umarmte Ryan und ging dann direkt zu Nancy, die sie ebenfalls in die Arme schloss.

»Ich danke euch so sehr, dass ihr gekommen seid«, erklärte Nancy. »Sobald ich meinen Ehemann in die Finger kriege, werde ich ihm den Hals umdrehen. Seit Monaten dachte ich, mit mir stimmt etwas nicht, weil er keinen Sex mehr wollte, und nun stellt sich heraus, dass mit *ihm* etwas nicht stimmt, und er hat es keinem gesagt?«

»Gott sei Dank, dass er es schließlich doch erzählt hat«, tröstete Susannah sie.

»Ja, Gott sei Dank.«

Was sie alle fürchteten, aber niemand laut aussprach, war, dass Toad mit seinem Geständnis zu lange gewartet hatte. Über eine Stunde saßen Ryan und Susannah bei Nancy, bevor Doc zu ihnen kam.

Nancy sprang sofort auf. »Was sagen sie?«

»Sie bereiten ihn gerade für die Operation vor«, erklärte der Mannschaftsarzt.

»Jetzt?«

Er nickte mit ernster Miene. »Ja, jetzt, Liebes.«

»O Gott.« Nancy fing an zu weinen. »O mein Gott.«

Während Susannah sich um sie kümmerte, nahmen Ryan und Duke Doc in die Zange. »Wie schlimm ist es?«, wollte Ryan wissen.

»Das wissen wir erst nach der Operation, doch sie glauben, es ist Krebs. Hoffentlich hat er noch nicht gestreut.«

»Er hat gesagt, er hätte den Knoten vor Monaten entdeckt.«

»Der verdammte Idiot. Er hätte etwas sagen sollen.« An Nancy gewandt fügte der Arzt hinzu: »Wenn du ihn sehen willst, kann ich dich zu ihm bringen.«

»Ja, das will ich unbedingt.« Nancy wischte sich die Tränen ab.

Sie gingen, und Susannah trat zu Ryan und legte ihm die Arme um die Taille. »Was ist das nur mit euch Jungs und eurer blinden Loyalität dem Spiel gegenüber?«

»Es ist schwer, das Leuten verständlich zu machen, die diese blinde Loyalität nicht teilen.« Ryan stützte sein Kinn auf ihren Kopf und dachte an all die Male, als er trotz Verletzungen gespielt hatte, entschlossen, für seine Mannschaft das Beste zu geben, egal, was es ihn persönlich kostete. Er hieß das, was Toad getan hatte, nicht gut, doch er konnte definitiv verstehen, *warum* er es getan hatte.

Bernie und Darling stießen kurz darauf zu ihnen und begrüßten Ryan und Susannah mit einer Umarmung.

»Es ist gut, dich zu sehen, Mann«, sagte Darling. »Aber was ist das für ein Scheiß mit Toad?«

»Er hat versucht, die Saison irgendwie hinter sich zu bringen«, erwiderte Ryan.

»Das erklärt leider sehr viel.« Bernie nickte. »Ich habe nicht kapiert, wie wir von den Play-offs im letzten Jahr auf diesen Tabellenplatz abstürzen konnten, obwohl sich praktisch nichts verändert hatte.«

»Jetzt weißt du es«, bemerkte Ryan.

»Der arme Kerl.« Darling schüttelte den Kopf. »Der Stress muss ihn förmlich aufgefressen haben.«

In den nächsten paar Stunden kamen immer mehr Mitglieder der Mavericks in den Warteraum. Alle begrüßten Ryan wie einen lang verloren geglaubten Bruder. Es war schön, wieder mit den Jungs zusammen zu sein, selbst wenn die Umstände nicht ideal waren.

Susannah überredete Nancy, eine Kleinigkeit mit ihr zu essen, und kümmerte sich um sie, bis Doc herauskam und sie darüber informierte, dass Toad die Operation gut überstanden hatte, auch wenn ihm jetzt ein Hoden fehlte.

Nancy brach vor Erleichterung fast zusammen und ging mit Doc, um ihren Mann im Aufwachraum zu besuchen.

»Ich sollte zurückfahren und Martha erlösen«, meinte Susannah.

Ryan gab ihr einen Kuss auf die Stirn. »Ich komme gleich nach.« Als er mit Duke allein war, meinte er: »Was für ein Tag.« Es war inzwischen weit nach Mitternacht.

»Aber wirklich. Ich wünschte, er hätte früher etwas gesagt. Ich fühle mich verantwortlich, als hätte die in unserer Mannschaft herrschende Kultur es ihm unmöglich gemacht, früher damit rauszurücken.«

»Mit der Kultur der Mannschaft ist alles in Ordnung, Duke. Er ist definitiv nicht der erste Spieler, der das Spiel über alles stellt, einschließlich seiner eigenen Gesundheit.«

»Das stimmt allerdings. Ich hoffe, wir haben ihn rechtzeitig hergebracht.«

»Das hoffe ich auch.«

AM NÄCHSTEN TAG TRAFEN RYAN, SUSANNAH UND DIE KINDER IN Breckenridge ein. Sie hatten vor ihrer Abfahrt mit Nancy gesprochen, die berichtet hatte, dass Toad positiv gestimmt auf die Laborbefunde wartete, die ihnen verraten würden, womit sie es zu tun hatten. Die Mannschaft hatte früher am Tag verkündet, dass Todd »Toad« McNeil sich von einer nicht näher genannten Operation erholte und für den Rest der Saison ausfallen würde. Brandon Lillenbrand hatte seine Position übernommen und würde für die zweite Halbzeit der Saison der Starting Quarterback der Mavs sein.

»Ich kann euch gar nicht genug dafür danken, dass ihr gekommen seid, als wir euch gebraucht haben«, hatte Nancy zu ihnen gesagt.

»Für unsere Mavs-Familie geben wir immer alles«, hatte Ryan erwidert und ihr versprochen, auf dem Rückweg nach Texas auf einen Besuch vorbeizukommen.

Nachdem sie mit Hope eine Stunde im Schnee gespielt hatten, legten sie die Kinder für ihr Mittagsschläfchen hin und landeten dann auf dem Sofa vor dem Kamin.

Susannah kuschelte sich an ihn. »Es ist schön, wieder zu Hause zu sein«, stellte sie fest.

»Wir müssen öfter herkommen.«

»Da bin ich dabei.«

»Wo wir gerade von ›dabei sein‹ sprechen …« Er wackelte vielsagend mit den Augenbrauen. »Wir sind an unserem Lieblingsort, vor unserem Lieblingsfeuer mit dem Lieblingsteppich …« Einst hatten sie ihre Ehe an genau dieser Stelle wieder geflickt.

»Und unsere beiden Kinder schlafen gleichzeitig.«

»Es wäre eine Schande, so eine Gelegenheit nicht zu nutzen.«

Susie überraschte ihn, indem sie sich aufsetzte und sich den Pullover über den Kopf zog. »Beeil dich, bevor einer von ihnen aufwacht.«

Das musste sie ihm nicht zweimal sagen. In Rekordzeit entledigte Ryan sich seines Hemds und seiner Jeans.

Susannah schnappte sich eine Decke von der Rückenlehne des Sofas und warf sie über sie beide, als sie gemeinsam auf dem Teppich lagen. Seitdem Hope angefangen hatte, in einem »Große Mädchen«-Bett zu schlafen, wanderte sie gerne herum, und falls sie das wieder tun würde, musste sie nicht sehen, was hier passierte.

Ryan schlang die Arme um seine sexy Frau und zog sie an sich. Er liebte ihre neuen Kurven, die sie nach den Babys bekommen hatte.

»Ich bin stolz auf dich, Ry«, erklärte sie und küsste sich an seinem Kinn entlang zu seinem Hals.

»Wieso?«, fragte er erstaunt.

»Du hast Toad dazu gebracht, mit dir zu reden, und damit vielleicht geholfen, ihm das Leben zu retten.«

»Ich habe eigentlich nichts gemacht, außer ihn anzuschauen, bis er eingeknickt ist.«

»Das hat sonst niemand geschafft. Er hat mit dir gesprochen, weil er dich bewundert.«

»Was auch immer nötig war, um ihm die Hilfe zukommen zu lassen, die er brauchte. Ich hoffe bloß …« Er ertrug den Gedanken nicht, dass Toad zu lange damit gewartet hatte, sich untersuchen zu lassen.

»Ich weiß.« Susannah seufzte. »Ich auch.«

Danach bedurfte es keiner Worte mehr. Da waren nur leidenschaftliche Küsse und das heftige Verlangen, das Ryan jedes Mal überkam, wenn er auf diese Weise mit ihr zusammen war.

»Haben wir Zeit für ein paar Ausschmückungen?«, fragte er und küsste ihre Brust.

»Vielleicht. Aber ich hätte lieber nur dich.«

»Du hast mich. Du hattest mich seit dem ersten Tag, an dem ich dich in Gainesville gesehen habe.« Er glitt in sie hinein und atmete lang aus. Hier, in ihren Armen, war er zu Hause. Wenn er daran dachte, dass er sie beinahe verloren hätte ...

Nein, nicht jetzt. Das lag in der Vergangenheit, und das mit ihnen war jetzt besser, als es je gewesen war.

»Ry«, keuchte sie.

»Ist es sicher, dass wir es ohne Verhütung tun, Liebling?«

»Ich denke schon. Ich stille Brayden noch.«

»Ich denke schon« war vermutlich nicht gut genug, doch Ryan würde jetzt nicht aufhören. »Halt dich an mir fest.«

Sie grub ihre Finger in seinen Rücken, während er die Arme um sie schlang und sie beide zu einem unglaublich intensiven Orgasmus brachte.

»Ich liebe dich so sehr, Susie«, flüsterte er, und sein Herz hämmerte wie verrückt in seiner Brust.

Sie strich ihm durch die Haare. »Ich liebe dich auch. Mehr als je zuvor.«

Solange er Susie und die Kinder hatte, hatte Ryan alles, was er brauchte, um glücklich zu sein. Das Leben nach dem Football war tatsächlich perfekt.

Zwei Wochen später ...

Der Krebs hatte sich auf Toads Hoden beschränkt. Er war vollständig entfernt worden, und es waren keine weiteren Behandlungen nötig. Toad setzte sich danach öffentlich für die Früherkennung von Hodenkrebs ein. Während seiner Karriere führte er die Mavericks zweimal zum *Super Bowl* und brachte einmal die *Lombardi Trophy* nach Hause.

ACHTUNDDREISSIG WOCHEN SPÄTER ...

Duke Ryan Sanderson kam tretend und schreiend auf die Welt.

VIERZEHN JAHRE DANACH ...

Duke Sanderson wurde zum ersten Freshman in zwanzig Jahren, der als Quarterback für die Arlington Colts startete, die von seinem Vater, der NFL-Legende Ryan Sanderson, trainiert wurden.

VIER JAHRE SPÄTER ...

Nachdem er die Colts drei Jahre in Folge direkt zur Landesmeisterschaft geführt hatte, betrat Duke zum ersten Mal das Feld in »The Swamp«, als Quarterback für die Florida Gators, das Team der Alma Mater seines Vaters. Dukes Eltern, sein Bruder und seine Schwester feuerten ihn von der Zuschauertribüne aus an. Inzwischen war Dukes Bruder Brayden der Nachwuchs-Star-Pitcher der Texas Rangers, und seine Schwester Hope stand kurz vor ihrem Abschluss in Sonderpädagogik an der University of Texas in Austin. Nach dem Studium hatte sie vor, einen Mann zu heiraten, den ihr Vater tatsächlich mochte.

VIER JAHRE DANACH ...

Nachdem er in seinem Junior-Jahr in Florida die *Heisman Trophy* gewonnen hatte – womit er und sein Vater das erste Vater-Sohn-Duo waren, das diesen angesehenen Preis erhielt –, wurde Duke in der ersten Runde von den Denver Mavericks unter Vertrag genommen. Die Saison verbrachten seine Eltern in Breckenridge, um keines seiner Heimspiele zu verpassen.

DANKSAGUNG

Ich danke Ihnen, dass Sie diese neue und erweiterte Ausgabe von »Küsse für den Quarterback« gelesen haben. Mit diesem Buch begann 2008 meine Karriere als veröffentlichte Autorin. Ich hoffe, Ihnen hat die Geschichte von Susannah und Ryan gefallen, genau wie der ausführlichere Epilog, der dieser Ausgabe beigefügt worden ist. Für alle, die mich ursprünglich durch dieses Buch kennengelernt haben und mich seitdem begleiten: Ich danke Ihnen für über zehn Jahre Treue zu mir und meinen Büchern! Für diejenigen unter Ihnen, die »Küsse für den Quarterback« jetzt zum ersten Mal gelesen haben: Ich hoffe, es hat Ihnen gefallen! Wenn Sie über die neue Version chatten wollen, werden Sie doch Mitglied der englischsprachigen »Line of Scrimmage«-Lesergruppe unter https://www.facebook.com/ groups/LineofScrimmage/. Und melden Sie sich unter http:// marieforce.com für meinen Newsletter an, um kein neues Buch von mir zu verpassen.

Vielen Dank fürs Lesen!

Xoxo

Marie

ÜBER DIE AUTORIN

Marie Force ist die *New York Times*-Bestseller-Autorin von sechzig zeitgenössischen Liebesromanen, u. a. der *Gansett Island*-Reihe, der *Fatal*-Reihe und der *Greenmountain*- und *Butler, Vermont*-Reihe sowie der erotischen *Quantum*-Liebesromanreihe, die sie unter dem Namen M.S. Force veröffent-  licht. Ihre Bücher haben sich weltweit über sechs Millionen Mal verkauft.

Was sie in ihrem Leben erreichen möchte, ist einfach: ihre beiden Kindern zu glücklichen und gesunden jungen Erwachsenen heranwachsen zu sehen, so lange wie nur irgend möglich weiter Bücher zu schreiben ... und niemals in einem Flugzeug zu sitzen, das es in die Nachrichten schafft.

Tragen Sie sich in Maries Mailingliste ein, um alles Wichtige über neue Bücher und Veranstaltungen zu erfahren. Folgen Sie ihr auf Facebook *www.Facebook.com/MarieForceAuthor* und auf Instagram *www.instagram.com/marieforceauthor/*.

WEITERE TITEL VON MARIE FORCE

Die McCarthys

Liebe auf Gansett Island (Die McCarthys 1)

Mac & Maddie

Sehnsucht auf Gansett Island (Die McCarthys 2)

Joe & Janey

Hoffnung auf Gansett Island (Die McCarthys 3)

Luke & Sydney

Glück auf Gansett Island (Die McCarthys 4)

Grant & Stephanie

Träume auf Gansett Island (Die McCarthys 5)

Evan & Grace

Küsse auf Gansett Island (Die McCarthys 6)

Owen & Laura

Herzklopfen auf Gansett Island (Die McCarthys 7)

Blaine & Tiffany

Rückkehr nach Gansett Island (Die McCarthys 8)

Adam & Abby

Zärtlichkeit auf Gansett Island (Die McCarthys 9)

David & Daisy

Verliebt auf Gansett Island (Die McCarthys 10)

Jenny & Alex

Hochzeitsglocken auf Gansett Island (Die McCarthys 11)

Owen & Laura

Gansett Island im Mondschein (Die McCarthys 12)

Helden küsst man nicht

Die Green Mountain Serie

Alles was du suchst (Green Mountain Serie 1)

Endlich zu dir (Green Mountain Serie 1/Story 1)

Kein Tag ohne dich (Green Mountain Serie 2)

Ein Picknick zu zweit (Green-Mountain-Serie/Story 2)

Mein Herz gehört dir (Green Mountain Serie 3)

Ein Ausflug ins Glück (Green-Mountain-Serie/Story 3)

Schenk mir deine Träume (Green-Mountain Serie 4)

Der Takt unserer Herzen (Green-Mountain-Serie/Story 4)

Sehnsucht nach dir (Green-Mountain Serie 5)

Ein Fest für alle (Green-Mountain-Serie 5/Story 5)

Öffne mir dein Herz (Green-Mountain-Serie 6/Story 6)

Jede Minute mit dir (Green-Mountain-Serie 7)

Ein Traum für Uns, (Green-Mountain-Serie 8)

Meine Hand in Deiner, (Green-Mountain-Serie 9)

Die Neuengland-Reihe

Vergiss die Liebe nicht (Neuengland-Reihe 1)

Wohin das Herz mich führt (Neuengland-Reihe 2)

Wenn das Glück uns findet (Neuengland-Reihe 3)

Und wenn es Liebe ist (Neuengland-Reihe 4)

Die Quantum Serie

Tugendhaft (Quantum-Serie 1)

Furchtlos (Quantum-Serie 2)

Vereint (Quantum-Serie 3)

Befreit (Quantum-Serie 4)